"운명⋯⋯ 그 이름 아래서만이 사람은 죽을 수 있는 것이다."

관부연락선 1
이병주

한길사

이병주전집 편집위원

권영민 문학평론가 · 서울대 교수
김상훈 시인 · 민족시가연구소 이사장
김윤식 문학평론가 · 서울대 명예교수
김인환 문학평론가 · 고려대 교수
김종회 문학평론가 · 경희대 교수
이광훈 경향신문 논설위원
이문열 소설가
임헌영 문학평론가 · 중앙대 교수

관부연락선 1권

서장 | 7
1946년 여름 | 31
흘러간 풍경 | 67
유태림의 수기 1 | 137
탁류 속에서 | 161
유태림의 수기 2 | 223
서경애 | 297

2권

유태림의 수기 3
테러의 계절
1947년 여름
유태림의 수기 4
불연속선
오욕과 방황
몇 개의 삽화
파국
에필로그
유태림의 수기 5

근대사의 굴곡과 문학적 인식의 만남 • 김종회
작가연보

서장

한 통의 편지가 고향에서 전송되어왔다. 일본에서 온 것이었다. 편지의 발송인은 E. 도가 강한 안경의 그늘에 자학적으로 빛나는 눈, 엷은 입 언저리에 얼어붙은 고집, 언제나 한줌가량의 머리털이 앞이마에 헝클어져 있는, 차가운 흰 빛깔의 어느 모로 보나 일본인일 수밖에 없는 조그마한 얼굴이 선명한 윤곽으로 일순 뇌리를 스쳤다. 바로 그 E라는 것을 의심할 수 없었다. 이렇게 30년 가까운 세월의 저편에서 돌연 과거가 찾아든 것이다.

E는 내가 일본 도쿄의 어떤 사립대학에 다니고 있을 때의 동기동창 중 한 사람이다. 풍문에 의하면 그는 모교인 대학에서 교수 노릇을 하고 있다고 했다. 재학 중에나 졸업 후에나 나는 그에게서 편지를 받아본 적이란 없다. 그러니 동기동창이긴 해도 30년 가까운 공백을 거슬러 새삼스럽게 나를 찾아 편지를 해야만 할 까닭이 있을 정도로 친한 사이는 아니다.

의아심보다도 일종의 당황함이 앞섰다는 것은 이상한 일이었다. 나는 봉투를 뜯었다. 거기엔 일본 사람이 곧잘 쓰는 형식에 따른 이편에의 문안, 자기의 근황에 대한 간단한 소개가 있었고 다음과 같은 부탁이 적혀 있었다.

　……군도 기억하고 있으리라고 믿는다. 안드로스라고 하는 아르헨티나 유학생이 우리 반에 있었지. 전문부가 아니고 학부 때의 이야기다. 그자는 지금 아르헨티나에서 상원의원 노릇을 하며 또 다른 영직榮職도 맡아보고 있는 모양이다. 그자가 나와 유태림柳泰林 군을 자기 나라로 초청하고 싶으니 유군의 주소를 알려달라는 편지를 보내왔다. 그래 옛날의 주소로 유군에게 두어 차례 편지를 보냈는데도 아직껏 소식이 없다. 만약 군이 유군의 거처를 알거든 그에게 연락해서 내게 편지를 쓰게 하든지, 군이 직접 그의 주소를 내게 알려주든지 하면 고맙겠다…….

편지를 받아들었을 때 의아심보다 당황감이 앞선 그 감정이 적중했음을 나는 편지를 읽고 나서 확인했다. 그 편지가 내게 대한 용무로서 씌어진 것이 아니고 유태림 군에 대한 용무로서 씌어진 것일 게라는 예감 같은 것이 있었던 것이다.
　안드로스! 물론 기억하고 있다. 하지만 퍽이나 장신이며 머릿빛과 눈빛이 동양 사람과 꼭 같이 검은빛이었다는 것과 주일 아르헨티나 대사의 아들이란 것 이외는 낡은 그림엽서처럼 희미한 기억으로 남아 있을 뿐이다. 유태림과는 친교가 있었던 것 같은데 나와는 거의 접촉이 없었다.
　그러나저러나 유태림이 왜 이곳에서 나타나는 것일까. 잊어버리고 싶은 이름, 거의 망각의 먼짓더미 속에 파묻어버리고 싶은 그 이름이 뜻하지 않은 엉뚱한 방향에서 고개를 쳐들고 나타났다는 느낌이 나의 가슴을 억눌렀다. 유태림이란 이름만 떠오르면 나의 가슴은 언제나 답답하다. 그러나 나는 간단하게 가볍게 E에게 답장을 썼다.

……모교에서 교편을 잡으며 꾸준히 학구생활에 정진하고 있다니 반가운 일이고 부러운 일이다. 그런데 슬픈 소식을 군에게 전하지 않을 수 없는 사정을 유감으로 생각한다. 군과 안드로스 군이 소식을 알고 싶어하는 유태림 군은 6·25동란이 발생한 그 이듬해의 가을, 행방불명이 되었다. 그 후 16년이 지났지만 아직도 생사조차 모른다. 시체를 찾지 못했으니 무어라 단언할 순 없지만 제반 사정으로 보아 십중팔구 죽었으리란 것이 대부분의 결론이다. 아르헨티나의 안드로스 군에게도 그렇게 전해주길 바란다. 소식을 전할 때 그의 성공과 출세에 대한 나의 축의도 아울러 전해주었으면 감사하겠다…….

이 회신을 어제처럼 보낸 것 같았는데 오늘처럼 도쿄의 E에게서 다시 편지가 날아들었다. 필치에 그의 흥분이 엿보였고 문면엔 유태림의 비보를 듣고 느낀 슬픔이 가득 차 있었다. '위대한 인물로 성장할 것을 믿어 의심하지 않았던 유태림 군이 그러한 비운을 당했다고 듣고 심한 충격을 받았다.'는 글귀가 있었고 '유군의 비극을 통해 한국의 비극을 보다 절실하게 가슴으로써 느꼈다.'는 구절도 있었다. 그리고 해방 후—그의 말대로는 종전 후, 행방불명이 될 때까지의 유군의 동향을 가능한 한 상세하게 알려줄 수 없느냐고 부탁하고 나서 다음과 같은 설명을 덧붙이고 있었다.

……유군이 도쿄를 떠날 때 내게 맡겨놓은 물건 가운데 '관부연

락선'關釜連絡船이란 타이틀이 붙은 꽤 큰 부피의 원고 뭉치가 있다. 그 당시 읽었을 때도 흥미를 느꼈지만 지금 꺼내 읽어보았는데 흥미가 있을 뿐만 아니라 대단히 중요한 자료란 자신을 얻었다. 나는 그것을 유군이 찾을 때까지 일절 공개하지 않고 소중하게 보관하고 있을 작정이었지만 유군이 앞으로 그것을 찾을 기회가 없으리라고 생각하니 한없이 슬프다. 그러니 이것을 그냥 버려둘 수도 없지 않은가. 적당하게 정리해서 해설을 달아 공개하고 싶은데 그러자면 유군의 생애를 알아야 할 것 같다. 종전 전의 유군에 관해서 유년기와 병정생활 부분만을 제외하곤 비교적 잘 알고 있다. 종전 직후부터 행방불명이 되었을 때까지의 동향만 알 수 있으면 유군에 있어서의 이 원고 '관부연락선'의 의미를 조명해낼 수 있지 않을까 해서 이렇게 부탁을 올린다. 그리고 거기서 유군이 발표한 것이나 쓴 것이 있으면 한국어로 된 것을 그냥 보내주어도 좋으니 보내줄 수 없는가. 나는 군에게서 온 편지를 통해 유군의 소식을 알자 도쿄 안에 있는, 유군을 알 만한 사람을 청해서 하룻밤 유군을 추억하는 밤을 가졌다. 그때 모인 모두의 의견이 그 탁월한 한국의 인물을 기념할 만한 책을 내자는 데 일치를 보았다. 이런 뜻도 있고 하니 우리의 성의를 보람 있게 해주기 위해서라도 유군에 관한 되도록이면 상세한 기록을 보내주길 바란다…….

'관부연락선'이란 타이틀이 붙은 원고 뭉치가 E에게 있다는 사실을 안 것은 대발견이라고 아니할 수 없다. 나는 우선 그 내용이 어떤 것일까 하고 궁금도 했지만 그런 것을 E에게 맡겼다는 사실과 내겐 일언반구도 그것에 관한 말을 비춰 보지도 않은 사실에 대해서 원망 비슷한, 질투 비슷한 감정을 느꼈다. 그러나 돌이켜보면 유태림은 해방이 되자 그런 원고를 E에게 맡긴 사실은 물론, E의 존재조차도 염두에서 씻어 버리고 있었는지 모를 일이다. 그렇다고 치더라도 일본에 있는 일본 사람인 친구들이 유태림을 기념하기 위해서 책을 낼 결정을 했다는 소식은 나의 양심을 깨워 흔들었다. 나도 그러한 기념사업쯤은 벌써 기획하고 실천했어야 옳을 일이었다. 평화로운 나라에 평화롭게 살고 있는 놈들하고 우리의 처지와는 다르다는 변명만 가지고는 메울 수 없는 실책이었다고 자인한다. 하지만 유태림이 우리들의 가슴속에 심은 우정의 뿌리가 그만큼 얕았다고 한다면 과실은 우리에게 있는 것이 아니고 유태림의 편에 있는 것이다. 사정이야 어떻든 나는 유태림의 유고遺稿가 될지 모르는 그 원고 뭉치를 일본의 E에게 그냥 둘 수 없다고 생각했다. 나는 이편에서도 유태림에 관한 기념사업을 하기 위해선 그 원고가 필요하다는 거짓말까지 꾸며서 당장 그 원고를 보내줄 수 없느냐는 뜻의 편지를 썼다.

수일이 지나서 E에게서의 회신이 왔다. 돌려줄 수 없다는 데 대한 구구한 변명이었고 유태림의 동향을 소상히 알려달라는 재차의 부탁과 독촉이었다.

……도쿄에서 이 원고를 읽으면 그 객관적인 의미를 납득할 수 있지만, 잘은 모르나 오늘의 한국에 앉아 이것을 읽으면 그 의미가 흐려지고 자칫하면 왜곡되지 않을까 두렵기도 해서 하는 말이니 양해하길 바란다. 그리고 이 '관부연락선'이란 원고 뭉치는 문자 그대로 원고 뭉치이지 소설도 아니고 논설도 아니고, 황차 체제가 완결된 기록도 아니다. 그저 편편片片한 자료에다 감상을 섞은 정도의 것인데 이대로 공개하는 것은 거의 무의미하다. 이 원고의 성립 과정을 잘

아는 사람의 설명이 없으면 어떻게 할 수도 없는 미완성 원고다. 나는 유군이 이것을 만들어나갈 때 시종 그를 도왔기 때문에 유군 다음으론 내가 그 사정을 가장 잘 알 수 있다고 자부한다. 만약 그가 살아만 있다면야 자기의 생각에 맞추어 자료를 정리하고 보완할 수도 있겠지만 그가 없는 지금 그것을 공개하고 가치를 부여하려면 부득이 나의 보충설명이 있어야만 한다. 내가 종전 후에 있어서의 그의 동향을 알고자 하는 것은 그것을 알아야만 본인의 뜻에 맞도록 정리할 수 있고 보충설명을 할 수도 있기 때문이다. 거듭 부탁하거니와 유군과 나에게 대한 우정의 이름으로 유군에 대한 상세한 기록을 보내주었으면 한다. 군의 성의를 헛되이 하지 않으리라고 맹세해도 좋다…….

나는 '유군과 나에게 대한 우정'이란 대목에서 약간의 저항을 느꼈다. 나와 유태림과의 사이에는 분명히 우정이 있었다. 그러나 단순하게 우정이라고 할 수 있기엔 나의 유태림에게 대해 복사輻射되는 감정은 너무나 복잡했다. 그것을 우정이라고 치더라도 지금 유태림이 나와 상종하고 있는 형편이라면 어떻게 발전되고 어떻게 변화되었을까, 생각하니 결코 만만한 문제가 아닐 성싶다. E와의 우정은 그 가능성 여부조차 생각하기 싫다. 이십칠팔 년 전의 교실의 분위기가 되살아났다.

이십칠팔 년 전에 내가 다니던 학교는 서투름을 무릅쓰고 한마디로 말하면 기묘한 학교였다. A대학 전문부 문학과라는 것이 정식 명칭인데, 전문부 상과商科, 전문부 법과法科, 하다못해 전문부 공과工科라면 그 나름의 가치가 있다고 하겠지만 전문부 문학과란 이 학과는 도대체 뭣을 가르칠 작정으로 학생을 모집하고, 장차 뭣을 할 작정으로 학생들이 들어가고 하는 것인지 분간할 수 없는 그런 학교, 학교라기보다는 강습소, 강습소라고 보면 학교일 수밖엔 없다는 그러한 곳이었다.

그것이 속해 있는 대학 자체가 격으로 봐서 3류도 못 되는 4류인데다가 학과가 그런 형편이니 여기에 모여든 학생들의 질은 물으나마나 한 일이다. 고등학교는 엄두도 못 내고 3류 대학의 예과豫科에도 붙을 자신이 없는 패들이면서 법과나 상과쯤은 깔볼 줄 아는 오만만을 키워 가지곤 학부에 진학할 때 방계입학傍系入學할 수 있는 요행이라도 바라고 들어온 학생은 나은 편이고 거의 대부분은 그저 학교에 다닌다는 핑계를 사기 위해서 들어온 학생들이었다. 그만큼 지능 정도는 낮았어도 각기 특징 있는 개성의 소유자들만 모였다고도 할 수 있었다. 대부분이 중학 시절에 약간의 불량기를 띤 학생들이고 이런 학교에 가도록 허용하는 집안이고 보니 경제적으로도 윤택한 편이어서 천진난만하고 비교적 단란한 30여 명의 학급이었다.

이 학과, 특히 내가 속해 있었던 학급의 또 하나의 특징은 일체의 경쟁의식이 없다는 점이다. 학교의 성적에 구애를 받지 않는 열등학생들의 습성이 몸에 배어 학교의 성적을 좋게 해야겠다든가 선생들에게 잘 보여야 하겠다든가 하는 의식이 전연 없었다고 해도 과언이 아니다. 그러니 우월의식을 뽐내는 놈도 없고 때문에 열등의식을 개발할 틈도 없었다.

모파상의 단편 하나 원어로 읽지 못하면서도 프랑스 문학을 논하고 칸트와 콩트를 구별하지 못하면서 철학을 말하는 등, 시끄럽기는 했으나 소질과 능력은 없을망정 문학을 좋아하는 기풍만은 언제나 신선했기 때문에 불량학생은 있어도 악인은 없었다.

이 평화롭기 참새들의 낙원 같은 학급에 이질분자가 끼게 된 것은 2학년 초였다. E라는 학생과 H라는 학생이 한 달을 전후해서 나타난 것이다.

E가 나타나자 학급 안엔 선풍처럼 소문이 돌았다. E의 고향은 일본 동북지방 일본해에 면한 사카다酒田 항. 명치明治 때부터 그 연안 일대의 선운船運을 독점하고 있는 운송업자일 뿐만 아니라 일본 전국에서도 유명한 미림美林을 수십만 정보, 농토를 수만 정보나 가진 동부 일본에서 제일가는 부호의 외아들인데 Y고등학교에 다니다가 연애 사건을 일으켜 그 지방을 떠들썩하게 해놓곤 자진 퇴학하고 우리 학급에 전입했다는 얘기였다. 당시 고등학교라고 하면 여간 수재가 아니고서는 들어가지 못하는 곳으로 되어 있었다. 그러니까 E의 출현은 동부 일본에서 제일가는 부호의 아들인데다가 눈부신 수재라는 후광을 띤 등장이었다. 우리 학급의 동료, 1학년에서부터 올라온 학생들은 부호의 아들이란 사실엔 무관심할 수 있었지만 수재라는 사실엔 무관심할 수 없었다. 열등생만의 집단에 하나의 수재가 나타났으니 그 사실만으로도 학급의 평화는 깨질 수밖에 없었다. 어제까지는 수재의 존재를 의식하지 않고 천진하게 살아왔는데 오늘부터 돌연 수재란 존재를 의식하고 따라서 스스로의 둔재를 싫더라도 인식하지 않을 수 없게 되었으니 따분하게 된 셈이다.

휴식시간만 되면 타월 수건을 머리에 둘러 앞이마 쪽으로 불끈 지르곤 '도도이쓰'며 '나니와부시'浪花節를 부르던 놈이 그 버릇을 억누르게 되었다. 백화점에서 여인용 팬티를 훔쳐내온 자기의 모험을 아문센의 북극탐험 이상의 모험이었다고 선전하던 놈이 그 선전을 중단해버렸다. 어떻게 하면 가장 재미나게 놀 수 있는가의 이법理法을 연구하는 것이 백 명의 소크라테스보다도 인류에게 공헌하는 바가 크다고 설교하길 일삼던 놈도 그 설교를 멈췄다. '엽기오락 도쿄사전'獵奇娛樂東京

辭典을 만든다면서 매일처럼 진부眞否 분간할 수 없는 재료를 수집해선 피력하기에 정열을 쏟던 친구도 그 정열의 불을 껐다. 그러고는 모두들 갑자기 심각한 표정으로 인정받지 못한 불우한 천재의 모습을 가장하기에 이르렀다.

일본인 학생이 이처럼 수재에겐 약하다는 사실을 안 것은 하나의 수확이긴 했으나 결코 유쾌한 분위기는 아니었다. 이렇게 말하고 있는 나도 E의 출현 때문에 적잖게 위축했다. 제법 똑똑한 척 날뛰려 하다가도 E의 시선을 느끼면 기가 꺾여 수그러지곤 했던 것이다.

이와 같이 말하고 있으면 E가 눈에 조소의 빛을 띠고 교실 한가운데 버티어 앉아 있는 모습을 상상할는지 모르나 그런 것은 아니다. 사실은 불어도 날아갈 듯한 조그마한 체구를 교실의 한구석에 가라앉히고 겁에 질린 듯한 눈을 간혹 천장에다 던져보는 것 외엔 언제나 책상 위만 바라보고 있었다. E는 되레 거인국에 나타난 걸리버와 같은 심정이었을지 모른다. 수재는 수재들끼리 어울려야 맥을 쓰는 법이다.

한 달쯤 지나 H가 나타났을 때도 E의 경우처럼 소란스럽지는 않았지만 적잖은 파문이 일었다. H는 현재 일본 문단의 대가이며 당시에도 명성이 높았던 중견작가 H씨의 아우라는 사실에다가, M고등학교에 들어가자마자 불온사상단체의 실제 운동에 뛰어들었다는 경력까지 겹친 후광이 있었고 이에 만약 그의 형이 이름 높은 명사가 아니었다면 줄잡아 10년은 징역살이를 했어야 되었을 것이란 극채색極彩色까지 하고 있는 판이니 우리들에겐 눈부신 존재가 아닐 수 없었다. 그러나 E가 신경질만을 모아 만든 인간 같아서 접근하기가 어려운 데 비하면 H는 거무스레한 외모에서부터 친근감을 풍기는 위인이었다. H가 나타나자 E에게도 변화가 있었다. 음울하게 풀이 죽어 있던 E에게서 물을 만난 물고기 같은 생기가 돋아난 듯 보였다. 교실의 분위기도 한결 부드러워지고 구성진 '도도이쓰' 소리가 다시금 교실 안에 퍼질 때도 있었다.

유태림의 등장은 2학기에 접어든 9월의 어느 날이라고 나는 기억한다. 그리고 둘째 시간의 시업始業 벨이 울렸을 때라고 생각한다. 문이 열리면 반사적으로 그곳을 보게 되는데 나는 열린 문으로부터 걸어 들어오는 사람을 보고 놀랐다. 같은 고향의 이웃에 사는, 내겐 2년쯤 선배가 되는 유태림이었던 것이다. 처음엔 눈을 의심했지만 틀림없는 유태림이었다. 나는 반가움에 복받쳐 그의 곁으로 뛰어가서 손을 잡았다.

"이거 웬일이십니까?"

하고. 유태림은 애매한 웃음을 띠고,

"이군이 여기에 있었구먼."

하면서 빈자리를 찾아 앉았다.

유태림이 나와 같은 학교의 같은 학급에 오게 되었다는 것은 내게 있어선 대사건이었다. 유태림은 우리 고향에서 수재로서 이름난 사람이었고 그의 광채가 너무나 강렬했기 때문에 나를 비롯한 몇몇 유학생들의 존재는 상대적으로 희미해 있었다. 그런 사람과 한 학교 한 학급에 있게 된 것이다. 이로써 고향에 있어서의 나의 면목도 살릴 수 있을 것이란 여태까진 생각지도 않았던 허영조차 싹트게 되었다.

이번에 소문을 돌릴 사람은 나였다. 수업이 파하기가 바쁘게 나는 유태림을 선전하기 시작했다. 우리 고을에선 제일가는 부호의 아들이란 것(여기서 E보다도 더 부자면 부자이지 뒤지지는 않을 것이란 점에 강세를 두었지만 이건 당치도 않은 거짓이라고 내심 꺼림칙해하면서도 그렇게 버티었다), Y고등학교니 M고등학교와는 격이 다른 S고등학교에 다녔다는 것, 독립운동 결사에 가담했다가 퇴학당했다는 것(여기에도 약간의 조작이 있었다), 퇴학당한 뒤 구라파 일대를 여행하고 돌아 왔다는 것 등을 신나게 지껄였다.

유類는 유를 후각으로써 식별하는 것인지, 누가 소개할 틈도 없었을 것 같은데 유태림은 어느덧 E와 H의 클럽이 되었다. 그것이 한국 학생들의 비위를 거슬러놓았다. 나의 실망도 컸었다. E와 H의 출현에 대항하는 뜻으로 한국 학생들은 유태림을 끼고 돌 작정을 모두들 은근히 지니고 있었던 참이었는데 그런 작정을 산산이 부숴버렸으니 화를 낼 만도 했다. 성질이 괄괄한 평양 출신의 윤尹은,

"자아식, 생겨먹긴 핥아놓은 죽사발처럼 귀족적으로 생겼는데 마음 보는 천민이구먼."

하고 혀를 찼다.

"저 꼴로 독립운동을 했어?"

서울 출신의 임林도 한마디 거들었다. 같은 고향인데다가 극구 선전한 책임도 있고 해서 나는 이런 변명을 했다.

"그런 사건 때문에 퇴학을 당하고 했으니 감시 같은 것이 있지 않을까. 그래 고의로 저렇게 하는 것인지도 모르니 그만한 건 양해를 해야지."

"집어쳐!"

하고 윤은 와락 화를 냈다.

"그 사건 때문에 딴 애들은 징역살이를 하고 있는데 저는 구라파에 가서 놀구 와! 틀려먹었지 뭐야. 그따위 수재면 뭘 해. 어, 치사하다. 앞으론 본척만척해. 뭐 대단하다구."

이런 일이 있었다고 해서 유태림이 전연 우리들 한국 학생과 어울리지 않았다는 것은 아니다. 5, 6명밖엔 안 되는 한국 학생이었으니 때론 비위를 상하기도 하고 싸움질도 있었지만 대체로 무관하게 혈육처럼

어울려 놀기를 잘했는데, 유태림도 간혹 이 모임에 끼였다. 우리가 청했을 때 응하기도 하고 자기가 우리를 청해 호화로운 잔치를 베풀어주기도 했다. 유태림으로선 동족인 우리들에게 대해서 자기 나름의 배려를 하고 있었던 것만은 분명한 사실이었다.

그랬는데 그 뒤 뜻하지 않은 사건으로 유태림과 한국 학생과의 사이는 영영 벌어지고 말았다.

우리가 다니고 있는 학교의 바로 이웃에 M학원이란 이름의 여자 전문학교가 있었다. 그 학원의 음악과에 다니는 학생 가운데 박문희라는 평양 출신의 여학생이 있었다. 섬세하고도 화려한 미모를 가진 이 여학생에게 우리 학교 학생은 일본인 한국인 할 것 없이 농담濃淡은 있을망정 다소의 연정을 품고 있었다. 박양을 한번 보기 위해서 학교에 나온다고 털어놓고 말하는 일본인 학생조차 있었다. 이런 가운데서도 가장 열렬한 연모를 쏟고 있는 사람이 박문희 양과 같은 고향 출신인 윤이었다. 윤은 우리들끼리 모이기만 하면 입버릇처럼 말했다.

"너희들의 목표는 보오드렐인가 거어드렐인가 몰라도 내 목표는 단 하나다. 그것은 박문희 양. 그러나 나 혼자의 힘 가지고는 도저히 자신이 없다. 다니는 학교가 자랑거리가 되나, 내 얼굴이 잘났나, 돈이 있나, 볼 거란 하나도 없거든. 있는 것은 여러분의 우정이다. 첫째 박문희에게 벌레가 붙는가 안 붙는가를 감시해주어야겠고, 둘째는 같이 만나는 자리에서 나를 영웅처럼 지도자처럼 받들어주어야겠고…… 나도 너희들이 요구한다면 그렇게 할 거니 말야. 박양은 저처럼 예쁘고 자기 아버지는 부자다. 그러니 내가 박양과 결혼만 하게 되면 일석이조하는 셈이 된다. 결혼하지? 취직하지? 지극히 낭만적이고 지극히 실리적이고, 그렇게만 되면 나는 성공한 베르테르이고 성공한 쥘리앵 소렐이다

……."

그래서 우리들은 박양과 같이 있는 자리에선 각기 연기력을 다해서 윤군을 클로즈업시켰다. 세계에서 윤군같이 훌륭한 사나이는 없노라는 듯이. 이런 효과가 있기 때문에 윤은 동향의 핑계를 팔아 박양을 우리들이 노는 자리에 초대하곤 했는데, 그러한 자리에서 유태림과 박양도 길에서 만나면 인사를 나눌 정도로 서로 알게 되었다. 그러자 유태림은 유명한 음악회가 있으면 입장권을 사서 보내는 등 해서 E와 H에게도 소개하고 가끔 같이 어울리는 기회를 가졌던 모양이다. 그러던 끝에 어느 해의 크리스마스 선물로 E가 박문희 양에게 호화스러운 그랜드 피아노를 선사한 것이다.

이런 소문이 윤의 귀에 들어가지 않을 리가 없었다. 윤은 미친 듯 흥분해선 3학기가 시작된 바로 그날 교실 안에서 유태림에게 육박했다.

"E라는 녀석을 두들겨 주어야겠는데 유형의 의견은 어떻소."

"E를 때리는 데 내게 물을 필요가 있소?"

유태림은,

"그러나 때릴 필요가 어디에 있으며 말로 해선 안 되는 거요?"

하고 반문했다.

"문제는 그 녀석이 박양에게 피아노를 사준 데 있어. 무엇 때문에 피아노를 선사했지?"

언성을 높이며 달려드는 윤을 바라보는 유태림의 표정은 싸늘했다. 이런 얘길 가지고 이곳에서 떠들어대면 창피하지 않느냐고 하면서 그 얘기는 학교가 끝난 뒤 천천히 하자는 유태림의 나지막한 말소리였다.

그날 밤 우리들은 한국 사람이 경영하는 요릿집의 2층을 택해서 모였다. 그 자리에서의 유태림의 석명釋明을 간추리면 다음과 같다. 어떤 음악회에서 E와 H와 유태림은 박양과 박양의 친구를 만났다. 음악회가 파한 뒤 어떤 다방에서 잠깐 동안 차를 마시며 얘기를 나눴다. 그때 E가 박양더러 피아노는 어떤 것을 쓰느냐고 물었다. 박양은 피아노는 학교의 것을 쓴다고 대답했다. 박양과 박양의 친구는 돌려보내고 난 뒤 그들은 술집엘 갔다. 거기서 얼근히 술이 취한 E가 음악을 한다면서 피아노가 없어서야 되겠는가고 중얼거렸다. 그 말을 받아 그렇게 안타깝거든 네가 피아노를 하나 선사하라고 말한 것은 유태림이었다. 그러자 E는 유망한 장래의 음악가를 위해서 그럼 내가 피아노를 하나 선사하지, 그러나 찬스와 명분이 있어야 선사가 우습지 않게 될 것이니 크리스마스 선물이 좋겠다고 말했다. 그것은 크리스마스 석 달 전의 이야기였다. 크리스마스가 가까워졌을 때 유태림은 E에게 약속을 상기시켰다. E는 대장부가 말을 먹을 수 있느냐면서 그 길로 악기점에 갔다. 그래 이왕 살 바에야 좋은 것을 산다고 하면서 호사로운 피아노를 사서 박문희에게 보냈다. 그러니까 피아노를 박양에게 보낸 것이 나쁜 일이라면 그 책임은 유태림 자신에게 있다는 이야기였다.

"돈 많은 놈들 본때를 내본 거구먼. 그래 E는 아무런 야심 없이 그걸 보냈단 말야?"

윤의 말은 여전히 거칠었다.

"사람이 행동하는 덴 갖가지의 동기가 있어. 나쁘게만 생각할 필요는 없다고 보는데……."

유태림의 말은 어디까지나 싸늘했다.

"단순한 인사 소개만을 받은 여자에게 불순한 야심 없이 그런 물건을 선사한다는 걸 나는 납득할 수가 없어."

"납득을 하지 못하고 꼭 때려야만 직성이 풀린다면 나를 때려. 책임은 나에게 있으니까."

"대단한 의리로구먼. 일본놈에게 아첨하는 꼴 보기도 싫다. 시시하게 굴지 마라. 그래 일본놈에게 한국 여학생 소개해주는 뚜쟁이 노릇을 하느라고 애썼구먼. 민하게 굴지 말아이."

유태림의 얼굴에서 핏기가 없어지는 듯이 느껴졌다. 따분하고 음울한 공기가 괴었다. 이런 공기를 잠시도 견디지 못하는 것은 전라도 출신의 강이다.

"이봐 윤, 말이 어찌 그렇게 맹랑한가. 유군에게서 충분한 설명을 듣지 않았나. 자, 유군한테 사과를 하고 유쾌하게 술이나 마시자."

이 강의 말이 끝나기가 바쁘게 윤은 벌떡 일어서면서 강의 따귀를 갈겼다.

"사과하라구? 내 장래 마누라를 일본놈에게 팔아먹으려는 놈에게 사과를 해!"

강도 지지 않고 일어나서,

"왜 이 녀석이 손찌검이야."

하면서 윤을 걷어찼다.

이 광경을 싸늘한 눈초리로 바라보고 있던 유태림은 자리에서 일어서더니 말도 없이 미닫이를 열고 밖으로 나가버렸다. 나는 황급히 일어서서 그의 뒤를 따랐다. 못 가게 해야 한다는 생각이 들었고 지금 가버리면 유태림과 우리들 사이는 그만이라는 생각도 들었다. 그래,

"싸워도 같이 싸우고, 싸우고 나서 화해도 해야 할 것 아뇨. 가면 됩니까?"

했던 것인데, 유는,

"내가 싸움판에 끼어야 한단 말이오?"

뱉듯이 이렇게 말하고 충계를 내려섰다. 충계를 내려선 유는 계산대로 가더니 셈을 치르곤 10원짜리를 두 장 더 꺼내놓으며,

"술을 더 먹거든 이 가운데서 계산하고 지금 싸움이 붙었으니 그릇 깨나 깰 것이오. 그 변상조로 미리 받아두시오."
하곤 내게 한마디 말도 없이 밖으로 휭 나가버렸다.

지나치게 홍분한 윤에게 실수가 없었다고는 하지 않지만 나는 어디까지나 냉정하고 침착하게 행동하는 유태림에게 처음으로 그때 미움을 느꼈다. 젊은 사람들끼리 그럴 수는 없다는 느낌이었다. 한국 여자를 일본놈에게 팔아먹으려는 뚜쟁이 운운한 윤의 말은 지나쳤지만 싸우고 그러곤 서로 화해하고 해야 하는 것이다. 시종일관 나는 너희들과 다르다는 의식, 언제나 자기를 한 칸 위에다 놓고 행동하는 마음먹이, 그것이 틀려먹었다는 것이다.

결과적으로 보면 윤의 행동이 잘한 것이었다는 생각도 든다. 피아노 사건 이래 E는 물론 유태림이 박문희 양과 만난 흔적이 없다. 만약 피아노 사건으로 인한 윤의 억센 반발이 없었더라면 박양과 유태림과의 관계가, 또는 E와 박양과의 관계가 어떻게 되었을 것인지, 지금 친구 마누라가 되어 있는 분에겐 황공한 말이지만, 알 수 없기 때문이다.

훨씬 뒤의 이야기지만 윤과 박문희 양은 결혼했다. 그러나 윤이 농담조로 말하던 일석이조는 되지 못하고 말았다. 해방이 되어 38선이 그어지자 박양의 친정 권속은 재물이란 한푼도 가지지 못하고 서울로 왔다. 윤은 마누라의 친정 식구까지 먹여 살리느라고 진땀을 뺐다는 얘기니 말이다.

피아노 사건이 있은 뒤 유태림은 한국 학생 클럽과는 눈에 띄게 소원하게 되었다. 나와는 종전대로 교제하고 있었으나 서먹서먹한 감정을

내 편에서 소화하기엔 그 후 상당한 시간이 흘러야만 했다. 종전대로의 교제라고 했으나 대단한 교제도 아니다. 그로부터 3년 동안을 같은 학교에서 지내게 되었지만 나는 그의 하숙이 어디 있는지도 몰랐다. 그러니 학교 이외의 그의 도쿄생활에 대해서는 백지에 가깝다.

유태림은 우리들과는 소원하게 됨에 따라 E, H 등 일본 사람과의 교의交誼는 더욱 두터워진 것 같았다. 우리는

'한국 사람이 그럴 수가 있나'

하는 불평마저 하지 않기로 했다. 그건 그런 말을 액면 그대로 받아들이지 않고 열등생의 수재들에게 대한 질시로 해석될 우려가 있었기 때문이다.

'유군과 나에게 대한 우정'이란 E가 쓴 편지의 구절에 약간의 저항을 느낀 것은 이러한 당시의 상황이 나의 기억에 남아 있기 때문이다. 그러나 이건 너무나 옹졸한 마음먹이가 아닐까도 한다. 30년 가까운 세월이 흘렀으면 미숙했을 때의 감정쯤은 말쑥히 지워버릴 수도 있어야 하는 것이다. 그때 잘 지내지 못했기 때문에 뒤에 만났을 땐 더욱 친근감을 갖게 되는 그런 경우도 있을 수 있고, 있어야만 하는 것이다.

E에게서의 재삼의 부탁을 들어주지 못한 것은 그러니까 그때의 감정을 되새긴 탓이 아니고 나대로 바쁜 일에 얽매여 있는 탓이었고 짧은 세월이라고는 하나 5, 6년에 걸친 남의 동향을 상세하게, 그리고 요령 있게 기록한다는 일이 여간 벅찬 일이 아니고 보니 엄두를 채 내지 못했던 까닭이었지 결코 버려둔 것이 아니었다.

그러는 동안에 얼마간의 시간이 흘렀다. 이번엔 H에게서 편지가 왔다. H는 어쩌다 얻어볼 수 있는 일본의 잡지를 통해서도 그의 활약상을 알 수 있는 쟁쟁한 일본의 작가다. 일본인이기는 하나 그 오죽잖은 학

교에서 H와 같은 인물을 알게 되었다는 것이 요행한 일이라고 나는 생각하고 있다. 어렸을 때는 불온사상 운동을 하느라고 정열을 기울였다지만 최근 그가 직접 자기에 관해서 쓴 문장을 보면 그런 사상을 보다 넓고 깊은 인생의 인식으로 발전시키고 있는 것 같았다.

E의 배타적인 태도와는 달리 H는 종종 우리들과도 어울렸다. 동인지를 같이하자고 제안해오기도 했다. 어려운 문장 같은 걸 내밀어 해석해달라고 부탁하면 수줍은 태도로,

"나는 잘은 모르겠는데 이렇게 되는 것이 아닙니까?"
하고 성의껏 가르쳐주기도 했었다. E와 더불어 학내 잡지의 편집위원이었는데 어떤 모임에서 다음과 같은 일이 있었다고도 들었다. E가 차별대우한다고 한국 학생들이 떠들면 곤란하니 한국 학생의 작품도 하나쯤은 실어줘야 되지 않겠느냐는 말을 했을 때, H는 그런 사고방식이 벌써 차별의식이 아닌가고 반박하고 좋은 것이 없으면 그만이고 좋은 것이 많으면 전부를 한국 학생 것만 가지고 채워도 되지 않겠는가 하더라는 것이다. 대수롭지 않은 일 같지만 호감이 가는 태도라고 생각했다.

그러한 H에게서의 편지였기 때문에 나는 E의 편지를 대할 때와는 달리 반가운 마음으로 봉을 뜯었다.

군의 소식을 E로부터 전해 듣고 우선 반가운 마음으로 이 편지를 쓴다. 건강한 모습으로 신생 조국을 위해서 활약하고 있다니 기쁜 일이 아닐 수 없다. 유태림 군의 얘기도 E에게서 전해 들었는데 가슴 아픈 일이다. 탁발卓拔한 천품을 타고난 위인이었는데 아무리 생각해도 아까운 손실이다. 아름다운 장미엔 벌레가 붙기 쉽다는 속담이

있듯이 아름다운 사람에겐 운명이 보다 가혹하게 작용하는 듯한 느낌이다. 거듭된 전쟁으로 인해 인류는 아름답고 준수한 인물들을 많이 잃었다. 귀국貴國의 동란에서도 얼마나 많은 인재를 잃었을까. 유태림 군의 비극을 통해서 새삼스럽게 그런 일까지를 생각하게 된다. 어쨌든 유군의 실종(나는 최악의 경우라도 이렇게 믿고 싶다)은 여간 섭섭한 일이 아니다. 간혹 우리들 사이에서 유태림 군의 얘기가 나오면, 뜻하지 않고 있을 때 그 친구 불쑥 나타날지도 모르지 하고 농담 섞은 기대도 해보곤 했는데 지금은 그런 막연한 기대마저 할 수 없게 되었으니 허황하기 이를 데가 없다. 6·25동란이 발생한 바로 그 해의 1월쯤인가, 나는 유태림 군에게서 편지를 받은 적이 있다. 나라의 운명에 관한 유군의 생각을 추상적으로 적은 것이었는데 스스로의 운명을 예견하고 쓴 것 같은 침통한 문언文言이었다고 지금 새삼스럽게 생각이 난다. 그 편지에 대한 답장 가운데 무슨 작품 같은 것이 없느냐고 묻고, 있으면 보내달라고 했더니 그때 보낸 것이 「명정酩酊의 거리」라는 단편이었다. 남쪽 한국의 지방도시, 그 정치적 생활 환경을 체호프풍으로 유머러스하게 그린 일품이었다. 그것을 그해 9월, 문예지 G에 실었지만 그때는 벌써 동란의 불길이 한반도 전체에 번지고 있을 무렵이라 잡지를 보내기는커녕 편지를 할 방도도 없이 3, 4년을 지내버렸다. 휴전이 된 다음해 나는 수삼차 유군에게 편지를 냈다. 「명정의 거리」가 평이 좋았던 탓도 있어 계속 유군의 작품을 일본에 소개하고 싶었던 것이다. 그러나 전연 소식이 없기에 그런 처참한 운명을 당한 줄 상상도 못한 우리들은 워낙 게으른데다가 도쿄의 옛 친구들을 잊을 정도로 공사간 생활이 바쁜 탓일 거라고만 생각하고 이편에서 다시 편지를 낼 생각도 않고 지나온 터였다. 그러나 요즘은 한일 양국의 국교도 트이고 피차의 내왕도 빈번한 모양이니 이때쯤 나타나지나 않을까 하고 가끔 생각하곤 했었는데, E군으로부터의 벽력 같은 그 소식이 아닌가.

E군이 군에게 유태림 군에 관한 상세한 동향 기록을 보내달라고 부탁했다는데 바쁘시겠지만 E의 부탁을 들어주길 바란다. E는 자네의 비위를 거스르지나 않았을까 하고 걱정이더라만 웬만한 것 가지고 비위를 상할 정도로 협량狹量한 군이 아니라고 단단히 위로를 해두었다. E는 예나 다름없이 너무나 내성적인 꽁생원이 돼서 사고에 융통성이라곤 조금도 없는 놈이긴 하지만 그런대로 학자로선 쓸모가 있고 나쁜 사람은 아니다. 더욱이 유태림 군에게 대한 성의는 이만저만한 것이 아니라는 점을 알아두어야 할 게다.

유태림 군의 원고 '관부연락선'을 군이 보내달라고 했다는데 언젠가는 물론 보내줄 것이다. 화급하게 그것이 필요하다면 차례차례 사진을 찍어서 보내는 것이 어떨까 하는 의논도 나와 E군 사이에 있었다. 그러나 그것을 보내기에 앞서 이편에서 할 일도 있으니 E의 소망만은 이루도록 해주게. E는 결혼도 하지 않고 아직 독신으로 있으면서 앞으로 당분간 자기가 할 일은 불우한 유태림 군의 이미지를 재생시켜 세상에 알리는 데 있다고 열을 올리고 있으니 말이다.

그리고 E가 '관부연락선'의 원고를 선뜻 내주지 못하는 이유도 이해해야 될 줄 믿는다. 그것을 만들기 위한 자료수집을 한국인인 유군이 하면 위험하다는 이유로 대부분을 E가 서둘러 한 것이다. 나도 조금 거들었지만 그건 구우九牛에 일모一毛 격이고…… 또 한 가지 알아두어야 할 것은 그 원고는 유군이 귀국할 때에 주고 간 것이 아니라 혹시 고등계 형사들의 가택수색 같은 것이 있으면 곤란하다는 이유로 당초부터 E의 집에 둬두고 있었던 것이다. 선뜻 보내지 못하는 이유는 이러한 사정에 따른, E의 애착에만 있는 것이 아니라 그 원고의 대부분이 한일합방과 한국 독립운동에 관한 새로운 해석으로 이루어져 있는데, 그것을 썼을 당시엔 일본 측에서 불온시할 내용이었지만 귀국이 독립한 오늘에 와서 보면 되레 귀국 측에서 불온시할 수 있는 내용의 것이 더러는 있다는 점이다. 그러니 E의 간독성실懇篤誠實한 해설이 붙지 않으면 그 원고의 가치가 살아나지 않는다는 것이다. 이 점을 해결할 자는 자기를 두곤 없다는 E의 자부심쯤은 인정해주어도 무방하지 않을까.

우리의 천하무류天下無類의 모교, A대학 전문부 문학과(나는 이 학교에서 지낸 나날에 기막힌 향수를 느끼고 있다)에서 문학부로 진학한 친구는 자네와 유군, 그리고 나, E, A, M, S였었지. 그런데 A는 전사했고 E와 나는 군이 알고 있는 그대로. M은 지금 한창인 시나리오 라이터. 자네와 친했던 S는 지금 고본점古本店의 주인. E와 나는 가끔 그 집 신세를 진다. 겨를이 있으면 한번 도쿄로 놀러 나오너라. 환영에 부족이 있다는 소리는 듣지 않도록 할 것이다. 유태림 군에 관한 기록을 쓰려거든 E의 부탁을 위해서보다 되도록이면 작품으로서의 결구結構를 생각하며 써주길 바란다. 그렇게 하는 것이 여러 모로 유용하지 않을까 해서 하는 부탁이다.

한 가지 또 알려둘 이야기는 유태림 군의 아들이 벌써 의과대학을 나와 인턴도 마치고 대학병원의 의사로서 활약하고 있다는 사실이다. 자네도 알고 있을 것이지만 아이의 어머니는 그가 하숙하고 있었던 집의 큰딸, 지금은 도쿄에서도 이름난 부인병원의 과장이다. 일본제일의 사생아를 길러보겠다고 어지간히 고집을 부리더니 공습 때의 파괴를 기화로 아들을 자기의 양자로 입적해놓고 있는 모양이다. 평생을 독신으로 지내면서 은근히 유태림 군이 도쿄에 나타나길 기다리고 있는 눈치인데 30여 년을 기다림 속에 있는 그들에게 차마 이번 소식을 전할 수는 없을 것 같다. 황차 유태림이 죽었다고는 단언할 수 없으니 말이다. 황당무계한 영화를 만드는 선수 M은 그 황당무계한 공상을 미끼로 가만있어 봐, 타히티나 사모아 근처에서 나는 살아 있다고 편지를 보낼지 알 수 있나 하곤 깔깔대고 웃는데, 그렇게 되는 날이 있다면 얼마나 기쁘겠는가. 건강에 조심하고 많은 활약 있기를 빈다.

 E에게서 온 편지에 대해선 비교적 냉담할 수 있었지만 H에게서 온 편지를 받고는 그저 있을 수 없는 심정이 되었다. 나는 최선을 다해 유태림에 관한 기록을 만들어 보내겠노라고 E와 H에게 편지를 썼다. 그 편지에는 유태림이 6·25동란이 난 해에 H에게 보냈다는 「명정의 거리」란 단편이 실린 잡지를 두어 권 보내달라는 청과 '관부연락선' 원고의 내력이 그런 것이라면 원본은 E에게 두고 시일이 지난 뒤에도 좋고 한꺼번이 아니라도 좋으니 사진으로 찍어서 보내주면 좋겠다는 뜻도 써넣었다.
 막상 그런 편지를 보내놓기는 했지만 생각할수록 곤란한 일이 한두 가지가 아니다. 이왕 쓰려면 잘 쓰고 싶다. 되도록이면 훌륭한 전기를 쓰고 싶다. 이런 마음이 간절할수록 초조해지기만 한다. 일본의 학우들이 그처럼 유태림을 높이 평가하고 또 그를 위해서 열성을 보이고 있는데 그를 잘 아는 내가 이때까지 그에게 관한 관심을 죽이려고만 하고 있었다는 사실을 생각하니 부끄럽기조차 하다.

일본인 친구들의 사이에서뿐만이 아니라 유태림은 우리 고장에서도 그를 아는 사람들 사이에선 점점 신화적 인물이 되어가는 경향에 있다. 나는 이런 경향에 대해서 반발을 느끼고 있는 나 자신의 감정을 솔직하게 표명한다. 그를 신화적인 인물로 만들기 위해서 그의 주위에 있었던 우리들 같은 사람을 부당하게 왜소화하고 추잡화하는 폐단 때문도 있거니와, 그가 만약 죽지 않고 지금까지 살아 있었으면 어떻게 되었을까 하는 데 대해서 일반의 상상력이 너무나 빈곤하다는 점을 지적하고 싶기도 한 때문이다.

대개 사람들은 신화를 풍부한 상상력의 소산으로 생각하고 있는 것 같다. 그러나 유태림의 경우를 통해서 보아 상상력의 빈곤이 신화를 만드는 수도 있음을 알았다.

한편 30에 죽었으니 신화가 될 수 있다고도 생각한다. 30까지의 결점은 결점으로 보이지 않는 대신 장점만이 카운트되는 경향이 있기 때문이다. 인간의 결점이 결점으로서의 결정적인 의미를 나타내는 것은 30 이후부터이다. 추잡하게 되는 것도 30부터다. 나는 유태림이란 사람 속에 있는 모든 경사傾斜를 잘 알고 있다. 그 경사가 30이 넘었을 때 황폐해가는 환경 속에서 어떻게 변형해갈 것인지에 대해서도 대강의 짐작은 하고 있는 것이다.

30이 넘은 유태림이 가산을 탕진했을 때 사기에 가까운 수단을 써서라도 돈을 손에 넣어야겠다고 마음먹지 않을 것이란 단정은 누구도 할 수 없을 것이다. 사기를 하기까진 이르지 않더라도 지금까지의 유태림의 그 후한 휴머니스트로서의 스마트한 이미지를 스스로 깨뜨리는 방향으로 걷지 않을 수 없을 것이란 단정만은 해볼 수 있는 것이다. 30이 넘어 유태림이 국회의원 선거에 출마해선 애국의 감정을 실물의 4, 5배쯤으로 부풀리고 마음에도 없는 말을 지껄이며 스스로의 천진한 위엄을 구기는 우열愚劣한 짓을 하지 않으리라고 누구도 단정하지 못할 것이다.

30이 넘어 유태림이 아직도 교사의 직을 떠나지 않고 있다고 가정할 때 그 프레시했던 옛날의 인상은 낡아 없어지고 진부한 상식만을 되풀이하는 페더고그가 되지 않으리라고 누구도 단정할 수 없을 것이다. 30이 넘어 유태림이 감언이설로 숱한 여자를 꾀어 드디어는 헌신짝처럼 버리는 추잡하고 비열한 행동을 하지 않으리라곤 누구도 보장하지 못할 것이다. 그렇다면 유태림의 신화는 30 안의 젊은 광휘에 싸인 유태림의 이미지에 현혹당한 나머지 30이 넘으면 나타났을지 모르는 사악한 가능을 예견할 수 없게 된 고갈해버린 상상력의 탓이라고도 말할 수가 있다. 유태림의 신화는 또 30에 죽었다는 아쉬움 속에서 싹트고, 혹시 죽지 않았을는지도 모른다는 막연한 기대 속에 성장한 것이라고도 생각할 수가 있다.

이렇게 생각하고 있으니 유태림의 이미지는 멀어져가고 그의 불행까지를, 그의 불운까지를 질투하고 있는 나의 옹졸한 마음먹이만이 노출되는 것 같아서 몹시 우울하다. 그의 불행까지를, 그의 불운까지를 질투하면서 나는 유태림의 전기를 써야 하는 것일까. 그의 진실을 왜곡하고 내 스스로를 더럽히는 결과만이 남는 것이 아닐까. 그러나 피할 수가 없다. 사람은 스스로의 가능만을 시험할 수밖엔 없는 것이다.

1946년 여름

필연적이라고 할 땐 사람은 쉽게 체관諦觀할 수 있다. 호우가 내리면 홍수가 지게 마련이니까. 운명적이라고 말할 땐 체관할 수밖엔 없지만 그 체관이 쉽지가 않다. 운명적이란 말엔 그때 그 자리를 피했더라면 하는 한탄, 그때 그 일을 하지 않았더라면 하는 한탄이 묻어 있다.

유태림과 나와의 운명적인 접촉이 다시 있게 된 것은 1946년의 가을이다.

그때 나는 모교인 C고등학교에서 영어교사 노릇을 하고 있었다. 영어교사라고 말하니 제법 허울이 좋게 들리지만 미국인을 만나도 영어 한마디 시원스럽게 건네지 못하고 내일의 수업을 위해서 밤새워 사전과 씨름을 해야 하는 이른바 엉터리 교사였던 것이다.

변명 같기는 하지만 엉터리는 나만이 아니었다. 나말고도 다섯 사람의 영어교사가 있었는데 그 가운데는 '예스'와 '노'를 분간하지 못한 까닭으로 장학사의 실소를 터뜨린 교사도 있었고 흑판에다 A와 Z 두 글자를 굵다랗게 써놓곤 이것만 배우면 영어를 처음부터 끝까지 배운 것으로 된다고 자못 초연하게 설명하고는 숫제 수업할 생각을 하지 않는 교사도 있었다.

이러한 꼴은 또한 영어교사의 경우만도 아니다. 더러는 실력과 덕망이 겸전한 교사가 없었던 바는 아니었지만 학교의 규모는 일정日政 때의 그것보다 4, 5배쯤으로 늘려놓고 교사의 절대수는 모자랐으니 이력서 한 장 근사하게 써넣기만 하면 돼지도 소도 교사로서 채용될 수 있었던 때라, 자연 엉터리 교사가 들끓지 않을 수가 없었다. 학력 위조쯤은 예사로운 일이라서 원자탄 덕택으로 경향 각지의 학교에 히로시마 고등사범 출신의 교사가 범람한 것도 이 무렵의 일이다.
　파리가 왜 앞발을 비비는가 하는 문제를 가지고 꼬박 한 학기를 넘겨버린 동물교사가 있었다. 딴에는 동물학을 가르치는 것이 아니고 동물철학을 가르친다는 것이다. 1년이 300일이면 300일, 200일이면 200일로 되었으면 편리할 것을 왜 365일로 구분되어야 하는가를 끝끝내 납득하지 못하는 지리교사도 있었다. 하루 벌어 하루 먹는 주의가 실존주의이며 푼푼이 저축하며 사는 주의가 이상주의라고 설명하는 사회생활과 교사도 있었고 도수체조 한번 제대로 지도하지 못하는 체육교사가 유도 5단이란, 참말인지 거짓말인지 모르는 간판을 코에 걸고 으스대고 있었다.
　어떤 수학교사는 참고서대로 수식과 답을 노트에 베껴온 것까진 좋았는데 그것을 흑판에 옮겨놓고 보니 이상하게 되었다. 답은 정확한데 그 답에 이르기까지의 수식에 이상이 생긴 것이다. 간밤에 참고서를 옮겨 쓸 때 수식 하나를 빼먹은 탓이었다. 그 교사는 수업 도중에 울상이 되어 교무실에까지 잃어버린 수식을 찾으러 왔다. 참고서는 집에다 두고 왔고 공교롭게도 다른 수학교사가 자리에 없어 드디어 엉터리 영어교사에게까지 구원을 청해왔다. 수식을 잃어버린 수학교사가 엉터리 영어교사에게서 수식을 찾아간 얘기에는 그 솔직함과 성의로 해서 그런대로 애교가 있다.

이렇게 헤아리고 있으면 거뜬히 만화책 한 권쯤은 꾸밀 수 있는데 더욱 흥미가 있는 것은 이러한 엉터리 교사들이 어떻게 교사 노릇을 감당할 수 있었을까 하는 점일 게다.

C고등학교라고 하면 일정 이래 수십 년의 전통을 지닌 학교다. 시골 소읍에 자리잡고 있는 학교이긴 하나 당시의 그 학교 학생들은 저학년을 제외하면 일정 때 10 대 1 이상의 경쟁을 뚫고 입학한 그 지방으로서는 수재로 꼽아주는 학생들이었다. 그러니 전쟁 말기, 보국대니 근로봉사니 해서 제대로 공부를 못한 탓으로 학년 상당의 학력은 없었다고 해도 교사의 진가조차 알아차릴 수 없었을 것이라고 판단하는 것은 그들을 부당하게 깔보는 것으로 된다. 되레 그들이 교사들을 깔보고 있었다고 말하는 것이 적당하다. 그들은 교사로서 대접해야 할 교사와 함부로 깔봐도 좋은 교사를 구별하고 있었음이 분명했다. 교사들도 이런 풍조를 민감하게 느끼고 있어 실력이 없는 교사들은 발언권이 강한 교사와 학생들에게 영합함으로써 보신保身의 책으로 하고 있었다.

그리고 당시의 학교는 학원의 생리로써만 움직이고 있었던 것이 아니다. 일종의 정치단체적인 생리가 작용하고 있었다. 그러므로 학생들은 교사들의 교사로서의 자격을 묻기 전에 대상이 되는 교사가 그들의 편인가 아닌가에 중점을 두는 경향이 있었다. 엉터리 교사들은 학생의 편을 들거나 또는 편을 드는 척만 하고 있으면 쉽게 연명할 수도 있었다.

엉터리 교사들이라고 해서 바보처럼 웅크리고 있었던 것은 아니다. 직원회의가 있으면 엉터리일수록 소란스럽게 떠들어댔다. 직원회의의 의제는 주로 민주학원의 건설이고 교사의 생활보장 문제였다. 듣고 있으면 이상한 결론으로 발전하는 수가 태반이다. 민주학원이란 학생들의 의사를 존중해야 하는 학원이니 그러자면 학생들이 요구하는 학생집회는 이를 무조건 승인해야 한다는 것이다. 그렇게 해서 1년 내내 수업은 하지 않고 학생집회만 열고 1백 프로의 민주학원이 된다는 따위의 결론이 그 예다. 생활보장을 요구하는 발언에도 다채다양한 것이 많았다. 그 가운데서 예를 들면 다음과 같은 것이 있다.

"우리들 교사는 모두들 수양이 되어 있고 도道를 통해 있기 때문에 물이랑 안개만 먹고도 살 수 있지만 수양이 덜 되고 도를 통하지 못한 처자들은 아무래도 밥을 먹고 옷을 입어야 하는 모양입니다. 그런데 지금 주는 월급 가지고는 홍길동 같은 기술로도 어떻게 할 수 없으니 월급을 올려주어야겠습니다."

또 이런 것도 있었다.

"우리가 야학교 강사만도 못하다고 합시다. 그래도 이튿이니 해로학교의 교사들처럼 대접을 해달라, 이 말씀입니다. 그래놓으면 벼룩에도 낯짝이 있고 빈대에도 체면이 있다고 하지 않습니까. 공부하고 연구해서 좋은 교사가 될 것입니다."

이럴 땐 교장은 구구한 변명만 하고 있어야 된다. 만약 현재의 형편으로선 불가능하다든가 분수를 지키라든가 하는 설교가 섞이면 불이 튀기 시작한다.

"교장은 기밀비 기타 등등으로 생활 걱정이 없으니까 그렇게 말하는 것이 아니오?"

라는 말이 어디선가 터져나오고,

"우리, 학교의 경리장부 좀 감사해봅시다."

하는 소리가 뒤따르게 마련이다.

이런 상황이었으니 학내의 질서는 엉망이었다. 하지만 학내의 질서를 바로 세우지 못한 것을 어떤 특정한 학교의 개별적인 책임으로 돌릴 수는 없다. 해방 직후의 정세, 이어 1946년의 국제·국내의 정세가 모든 학원에 그렇게 반영된 것이라고 보아야 하기 때문이다.

1946년은 세계적으론 제2차 세계대전의 전후 처리 문제를 둘러싸고 그 방향과 내용에 있어서 미국과 소련의 대립이 점차 예각적銳角的으로 부각되기 시작한 시기다. 동구라파에 있어서의 구질서의 분해, 중국에 있어서의 국공내전의 발전, 동남아 제국에서의 독립 기운, 승리자의 처단만을 기다리는 패전국의 초조, 이러한 사상事象들이 얽히고설켜 격심한 동요를 겪고 있는 가운데 서서히 새로운 역관계力關係가 구축되어 갔다.

이와 같은 세계의 동요를 한국은 한국의 생리와 한국의 규모로서 동요하고 혼란하고 있었다. 해방의 벅찬 환희가 감격의 혼란으로 바뀌고 이 감격의 혼란이 분열과 대립의 적대관계로 응결하기 시작한 것이 1946년의 일이다. 일본군을 무장해제하기 위해서 편법적으로 그어진 38선이 항구적인 분단선으로 교착되지 않을까 했던 막연한 공포가 결정적이고 냉엄한 현실의 벽으로서 느껴지게 된 것도 1946년의 일이다.

모스크바에서의 삼국 외상회의가 결정한 한국 신탁통치안을 둘러싸고 국론이 찬반양론으로 갈라져 좌우익의 충돌이 바야흐로 치열화해서 전국적으로 번지기 시작한 것이다.

이해의 여름엔 콜레라가 만연해서 민심의 분열을 미분微分하고 혼란을 적분積分하는 데 부채질을 했다.

이러한 모든 일들이 학생들을 자극했고 또 학생들을 이용하려는 세력들이 끈덕지게 작용하기도 했다. 다른 학교의 경우도 비슷했겠지만 당시의 C고등학교는 표면은 미군정청의 감독을 받고 있는 척했으나 학교의 주도권은 완전히 좌익세력의 수중에 있었다. 교장과 교감, 그리고 몇몇 교사들을 빼놓곤 대부분의 교사들이 학교의 체통과는 전연 다른 정치단체의 조직 속에 들어 있었고 학생들도 대부분이 학생동맹이란 좌익단체에 소속되어 있었다. 그러니 그 조직 속의 교사들과 학생들은 사제지간이라기보다 동지적인 유대관계로써 묶여 있었다.

우익적인 세력 또는 좌익의 그러한 움직임에 비판적인 태도를 취하고 있는 인물이 없지는 않았지만 그런 태도의 강도에 따라 부딪쳐야 할 저항이 강했고 다음으로 학생들의 배척 결의의 대상이 되어 드디어는 추방되기가 일쑤인 까닭에 1946년 여름까지의 C고등학교에선 그런 세력이 맥을 추지 못했다.

그리고 좌익계열의 움직임에 반대하는 언동은 곧 미군정에 추종하는 것으로 되고, 미군정에 추종하는 언동은 곧 일제 때의 노예근성을 청산하지 못한 소치이며 조국의 민주적 독립을 반대하는 노릇이란 일종의 통념 같은 견해가 지배적이었기 때문에 반동·매국노·민족반역자라는 낙인을 무릅쓸 용기가 없고서는 섣불리 행동할 수도 없었던 것이다.

이 까닭에 일주일이 멀다 하고 학생대회가 열리고, 사흘에 한 번꼴로 학급집회가 있고, 그밖에 별의별 구실을 만들어 학업을 거부해도 교사들은 속수무책이었다. 무책일 뿐만 아니라 교사들 가운데에는 되레 학생들의 이러한 움직임을 선동해선 힘겨운 수업을 피하는 수단으로 이용하기조차 했다.

이런 가운데서도 그럭저럭 대사大事엔 이르지 않도록 유지해온 학교가 7월에 들어서면서부터는 거친 풍랑을 만난 배처럼 더욱 소연騷然하게 되었다. 교장 이하 몇몇 교사들을 반동 교육자로 몰아 배척하는 대대적인 동맹휴학을 좌익계열의 교사들과 학생들이 계획하고 나선 것이다. 교장은 일제 때 관리 노릇을 한 적이 있는, 좌익들의 말을 빌리면 친일파적 인물이었다. 그런 까닭도 있고 해서 이때까지도 몇 번이고 배척 대상이 되었지만 '우리 말을 듣지 않으면 정말 배척한다.'는 공갈적 제스처로써 실리를 거두곤 수그러지고 했던 것인데 이번의 계획은 공갈로서 끝내선 안 된다는 상부 조직의 지령을 받고 이루어진 것이란 정보가 흘러들어온 것이다.

  이 위기를 용케 미봉할 수 있었던 것은 이 지방에까지 만연하기 시작한 콜레라를 미끼로 여름방학을 앞당겨버렸기 때문이었다. 방학이 되어 한시름 놓기는 했으나 화근은 그냥 남아 있을 뿐만 아니라 전국적 소동으로 번질 것이 확실한 국대안國大案 반대까지 겹칠 판이니 9월의 신학기는 소란하기 짝이 없는 학기가 될 것이었다.

  교장이 교감과 나와 A교사, 그리고 나의 선배가 되는 B교사를 불러놓고 유태림 씨를 모셔올 수 없을까 하는 의논을 걸어온 것은 이처럼 불안한 가을의 신학기가 한 주일쯤 후로 다가온 8월 어느 날의 오후였다.

  교장 댁의 비좁은 응접실에 다섯 사람은 땀을 뻘뻘 흘리며 앉아 있었다. 창문을 죄다 열어 젖혔는데도 바람 한 점 들어오지 않고 되레 찌는 듯한 바깥의 열기가 간혹 훅 하며 스쳐가곤 했다. 뜰에 몇 그루 서 있는 나무에서 두세 마리의 매미가 단속적으로 쓰르릉대고 있는 것이 더욱 무더움을 더했다. 교장은 어떻게 말을 꺼내야 할까 하고 망설이고 있는 모양이었다. 침묵이 또한 무겁고 무더웠다.

  "콜레라는 퍽 수그러진 모양입니다."

  A선생이 불쑥 이렇게 말을 꺼냈다.

  아무도 대답하는 사람이 없었다. 콜레라 따위는 문제가 아니라는 듯한 표정이 교장의 얼굴을 스쳤다.

"내 개인의 진퇴는 문제가 아닙니다. 다만 학교의 혼란을 이대로 방치할 수가 없다는 겁니다. 신학기가 시작하기 전에 무슨 방법을 마련해야 되겠는데…… 그 방법이란 것이……."

교장은 알알이 맺힌 이마의 땀을 닦으며 무거운 입을 열었다.

"그렇습니다. 무슨 방법을 강구해야만 되겠습니다."

교감이 맞장구를 쳤다. 그러나 무슨 뾰족한 수가 있어서 하는 말은 아니었다. A선생이 볼멘소리를 하고 나섰다.

"방법이란 게 달리 있을 수 없습니다. 그 P선생, M선생, S선생 세 사람만 파면시켜버리면 됩니다. 교장선생님은 너무나 관대하셔서 곤란하단 말씀입니다. 과단이 필요합니다. 그 셋만 잘라보십시오. 다른 선생들이나 학생들이 뭘 믿고 덤빕니까."

교장은 그런 말엔 이미 싫증이 나 있다는 듯이 고개를 창밖으로 돌렸다. A선생은 더욱 핏대를 돋우어 말했다.

"항상 드리는 말씀입니다만 그 P, M, S를 그냥 두곤 백 년 가도 학교의 혼란을 수습할 순 없을 겁니다."

"무슨 말을 그렇게 하는 거요, A선생. 그래 보시오, 벌집을 쑤셔놓은 것같이 될 테니까. 교장선생님은 지금 혼란을 피하자고 말씀하시는 거지 더욱 혼란을 시키자고 말씀하시는 것이 아닙니다."

교감도 못마땅한 듯한 얼굴로 말했다.

"그들은 진짜 빨갱입니다. 공산당이에요. 화근을 빨리 없애자는 거지요. 그들의 목을 잘라놓으면 물론 한동안은 시끄럽겠지요. 그러나 버티어나가면 즈그가 어떻게 할 겁니까. 학교를 떠메고 나가겠어요? 모진 열병을 치를 셈하고 해치우자 이겁니다. 백 년 가봐요, 그들을 그냥 둬

두고는……."
 A선생이 계속 떠들어대려는 것을 교감이 가로막았다.
 "파면시키려면 조건이 있어야 할 게 아뇨?"
 "조건? 공산당과 내통하고 있는 게 분명하지 않소? 학생들을 선동하고 있는 것도 분명하지 않소? 이 이상의 조건이 또 필요합니까?"
 "증거가 있어야 된단 말입니다. 확실한 물적 증거가……."
 교감은 뱉듯이 말했다.
 "증거라니?"
 A선생은 더욱 흥분했다.
 "학교의 현상, 이것이 곧 증거가 아닙니까. 경찰에서 내사해놓은 것도 있을 겁니다. 그것하구 종합해서 도청에 내신內申하면 되지 않겠어요?"
 "누가 그들의 목을 자를 줄 몰라서 안 자르는 줄 아시오?"
 쓸데없는 말싸움을 그만두라는 어조로 교장이 잘라 말했다. 자리는 다시 무더운 침묵으로 돌아갔다. 매미소리가 한층 높은 옥타브로서 들렸다. 나는 교장의 심중을 상상해봤다.
 교장도 A선생 이상으로 과격한 수단을 써보고 싶지 않은 바는 아닐 게다. 하지만 그들의 목을 잘랐다고 하자. 동맹휴가는 더욱 악성화될 것이 뻔하다. 다른 학교와도 연합할 것이다. 학생대표들이 도청으로 우르르 몰려갈 것이다. 거기서 기세를 올리며 농성을 한다. 그러면…… 일제처럼 체통이 서 있지도 않고, 끝끝내 자기를 보호해줄 아무런 연분도 없는 군정청 관리들은 잠시나마 조용해지기만 하면 그만이라는 심산으로 학생들의 요구를 들어줄 것이 틀림없다. 그러니…… 교장에게 P, M, S의 목을 자르라고 권하는 것은 자살을 권유하는 것이나 마찬가지다.

1946년 여름 39

게다가 P와 M은 교사로서의 실력이 있었고 동지적인 유대관계가 아니라도 학생들의 신임을 받을 만한 자질을 갖추고 있는 인물들이고 보니 더욱 만만치가 않았다. S는 교사로서의 실력은 없으면서 변설이 날카로웠다. 일제 때엔 교장 밑에서 하급관리 노릇을 한 적이 있어 교장과는 서로 괄시할 수 없는 사이일 것이지만 '공과 사를 구별할 줄 알아야 한다.'는 교장의 입버릇을 역이용해서 자신의 존재를 학생들 사이에 클로즈업시키고 있는, 나쁘게 말하면 맹랑하고 좋게 말하면 다부진 위인이었다. 이들 셋이 교장 반대파의 지도적 인물임을 교장 자신도 잘 알고 있었다. 그럼에도 불구하고 이런 화근을 쾌도난마할 수 없는 데 교장의 딜레마가 있었고 고민이 있었다.

"요는 인물의 빈곤에 모든 화근이 있는 겁니다. 교육자로서의 우리들의 힘이 너무나 무력합니다. 너무나 무력했어요. 모든 혼란은 우리들이 무력한 탓에서 생긴 겁니다."

언제나 하는 교장의 탄식이 또 한번 되풀이되었다.

"시대의 풍조 아니겠습니까. 어디 우리 학교만 혼란하고 있습니까."

교장의 탄식이 있으면 으레 뒤따르는 교감의 말이다.

"시대의 풍조까지 지도할 수 있는 인물이라야 교육자로서의 자격이 있다는 뜻이지요. 하여간 학력이 있고 지도력이 있고 감화력이 있는 선생을 많이 모셔 와야겠습니다. 그런데……."

하고 말을 끊었다가 교장은 나를 향해 물었다.

"이선생은 유태림 군하곤 어떻게 되지요?"

뜻밖에 유태림의 이름이 튀어나오는 바람에 어리둥절해서 나는,

"어떻게 되다니, 무슨 말씀입니까?"

하고 되물었다.

"잘 아는가 어떤가를 물은 겁니다."

"잘 압니다. 이 학교에선 저보다 2년쯤 선배가 되는데 제가 들어왔을 땐 벌써 다른 학교로 전학한 후였습니다만 대학에선 동기동창이었습니다. 그런데 교장선생님이 이 학교에 계실 때 유태림 씨가 있었습니까."

"내가 도청으로 전근하기 직전 1년 동안 유군의 반을 맡은 적이 있지."

"그렇습니다."

하고 B선생이 거들었다.

"저와 한반이었습니다."

"그렇지. B선생도 그럼 유태림 군을 잘 알겠구먼. 어떨까, 유군을 이 학교에 데리고 올 수 없을까. 그만한 교사면 큰 힘이 될 것도 같은데……."

"그 사람이 와주기만 하면 힘이 되지요."

B선생의 말이었다.

"어떤 인물인지 저는 잘 모르겠습니다만 그런 분이 온다고 해서 신학기의 사태를 수습하는 데 도움이 되겠습니까?"

교감의 이 말은 나의 의사를 그대로 대변한 것이나 마찬가지였다.

교장은 수색愁色이 어린 얼굴을 엄숙하게 차리면서 말했다.

"신학기의 사태 때문만으로 하는 얘기가 아닙니다. 근본적으로 학원을 개조해야 된다는 겁니다. 그러자면 좋은 인재를 모을 필요가 있다는 거지요. 헌데 유태림 군은 지금 어떻게 지내고 있답니까."

"금년 3월 저와 거의 같은 무렵, 중국에서 돌아왔습니다. 그러고는 잠깐 고향에서 머물고 있다가 지금은 서울에 가 있는 모양입니다. 그러나 학병으로 갔을 때나 돌아와서나 만나본 적은 없습니다."

이렇게 말하면서 더 이상 구체적인 것을 B선생이 알고 있지나 않을까 해서 그쪽으로 건너보았다. 그러자 B선생이 다음과 같이 보충했다.

"유태림 군이 중국에서 돌아왔다는 소식을 듣고 제가 한번 찾아갔었지요. 그때 유군의 말로는 서울에 자리를 잡고 학문을 계속할 의향인 것 같았습니다."

"어떻게 해서라도 그 사람을 데리고 왔으면 좋겠어. 서울엔 이따가 가도 될 게고 학문을 한다고 해서 꼭 서울에 있어야 할 까닭도 없을 테니 시대가 안정될 때까지 고향에 있어보는 것도 좋지 않을까. 이렇게 권해서 2, 3년간이라도 좋으니 이 학교를 돌봐달라고 해볼 수 없을까. 어떻겠어요, 이선생과 B선생이 책임을 지고 서둘러주었으면 하는데!"

원래 아첨하는 근성이 있는 탓으로 상사가 이렇게 부탁해오면 나는 거절을 못한다. 그래 이럭저럭 말들을 주고받고 있는 동안에 어쩌다 보니 유태림을 C고등학교의 교사로 모셔오는 책임을 나 혼자서 걸머진 결과가 되어버렸다.

신학기의 사태에 어떻게 대비하느냐의 문제로 되돌아갔다. 어떤 수단으로라도 P와 M과 S를 없애야 한다고 A선생이 다시 한바탕 떠들었다. 주동되는 학생을 회유하는 수단이 없을까 하는 의견도 나왔다. 방학을 연기하면 어떠냐는 안도 나오고 경찰에 의뢰해서 공포 분위기를 조성하자는 제안도 있었다. 그러나 모두가 실현성이 없는 말들이었다.

"도리가 없습니다. P선생과 M선생을 교장선생님이 불러서 간곡하게 부탁해보는 수밖엔 없지 않습니까?"

차분한 소리로 B선생이 이렇게 말했다. 교감은 그렇게 해보았자 그들은 자기들의 말을 학생들이 들을 턱이 없다고 딱 잡아뗄 것이 뻔하다고 했다.

"그러나 어떻게 합니까. 우리들도 우리들 나름으로 설득 공작을 해볼 것이니 교장선생님이 P선생과 M선생을 불러서 타일러보십시오."

언제나 온건한 의견이어서 화려한 광채가 없는 그만큼 B선생의 의견엔 설득력도 있었다.

"그자들의 의견은 들으나마나지. 그러니 얘기하나마나구. 전번에 내가 부탁했더니 교장선생님의 말을 듣지 않는 학생들이 어떻게 우리 말을 듣겠습니까, 하더구먼."

이렇게 말하는 교장의 입 언저리에 쓸쓸한 웃음이 남았다.

"일본 사람의 말입니다만 적심赤心을 상대의 뱃속에 둔다는 것이 있지 않습니까."

하고 B선생은 다시 한 번 말했다.

"적심! 그것이 통할 수만 있다면야!"

교장은 힘없이 중얼거렸다.

그러나 별달리 묘안이 있을 까닭이 없었다. 교장이 P와 M, 그리고 S를 불러 술이나 같이 나누면서 수단껏 타일러본다는 것으로 모임의 끝을 내지 않을 수 없었다.

무덥고 무거운 회의는 끝냈으나 나의 마음은 여전히 무거웠다. 유태림을 데리고 오는 데 책임을 진다고 하면서도 내 가슴의 한구석에서는 그렇게 되길 원하지 않는 마음이 도사리고 있었기 때문이다. 그리고 설마 유태림이 서울을 버리고 아무리 고향의 학교이기로서니 교사가 되고 싶으면 대학교수의 자리도 있을 텐데 C고등학교의 교사 노릇을 하러 올 리가 없다는 생각이 있었다. 유태림보다 못한 사람도 인재가 모자라는 나라의 형편이라 각기 좋은 자리를 찾아서 모교의 간곡한 권유를 거절하고 있는 상황이었던 것이다.

솔직하게 말해서 유태림이 C고등학교에 나타난다는 것은 학교를 위하고 학생을 위해서는 유익할는지 몰라도 내 개인으로 봐선 탐탁한 일이 못 되었다. 밤새워 사전과 씨름을 하는 처지이긴 했으나 그때 그 학교에선 나는 실력이 있는 교사로서 인정되어 있었는데 유태림이 등장하기만 하면 실력파인 척하는 나의 가면이 벗겨질 것은 빤한 사실이었다. 게다가 교장의 스파이니 회색분자니 반동이니 하는 욕을 들으면서도 4류이긴 하나 도쿄에서 대학엘 다녔다는 후광과 적당하게 얼버무려 넘기는 재간으로 해서 좌익계열 선생이나 학생들 사이에 그럭저럭 치대어온 것인데, 유태림이 나타나기만 하면 그따위 후광쯤은 아침 해에 이슬 녹듯 사라질 것이고 얼버무리는 재간을 피울 수도 없게 될 것이니 나의 입장은 그야말로 난처하게 될 것이었다.

그렇다고 해서 교장과 약속까지 해놓고 그냥 있을 수는 없었다. 교장 댁에서 나오는 길로 나와 B선생은 우선 유태림의 부친을 찾아보기로 했다. 교장 댁과 유태림의 집과는 각각 반대편에 있었기 때문에 거기서 유태림의 집으로 가자면 시가를 끝에서 끝까지 걸어야만 한다. 도중 나는 유태림이 C고등학교에 올 수 있다고 해도 과연 교장의 의도대로 힘이 되어줄 것인지가 의심스럽다고 말하고, 잘못하면 P선생이나 M선생의 클럽과 결합될 염려도 없지 않은 것이 아닌가고 말해보았더니, B선생은,

"글쎄요, 그럴 수야 없겠지만……."
하고 조심스럽게 말끝을 흐릴 뿐이었다.

시가를 남쪽으로 바라보는 산기슭에 널찍하게 자리를 잡곤 덩그렇게 서 있는 유태림의 집 앞에 다다랐을 때는 긴 여름 해도 어느덧 기울어지고 황혼의 노을이 울창한 숲과 더불어 집 전체를 감싸고 있었다. 시대의 이끼가 낀 그 순한국식 건물을 노을 속으로 바라보며 나는 격동

하는 시류에 뒤져 퇴락할 수밖에 없는 운명의 모습 같은 것을 느꼈다. 그러면서도 한편으론 그 집을 볼 때마다 느껴왔던 감정, 수대에 걸쳐 이 지방에 군림한 가문의 위엄 같은 것도 새삼스럽게 느꼈다.

유태림의 부친은 거기 계시지 않는다고 사동이 전해왔다. H촌에 있는 산정山亭에 가 계신다는 전갈이었다.

H촌은 C시에서 J산 쪽으로 20킬로쯤 들어간 곳에 있다. 거기엔 나의 생가도 있었다. 나의 생가와 유태림의 산정이 있는 동곡東谷이란 곳과는 불과 2킬로 정도의 상거다. 나는 그곳에 살고 있는 친척들의 문안도 할 겸, 이튿날 아침 일찌감치 일어나 H촌으로 향하는 버스를 탔다.

동곡으로 가자면 서포동西浦洞이란 동리 앞에서 내려 서포동의 긴 골목을 거슬러 올라가야 한다. 서포동은 백 호 남짓한 꽤 큰 동리인데 그 동리의 주민은 모두가 유태림 일가의 하인들이다. 유태림의 집에서는 그들을 해방시키려고 했으나 그들 자신이 듣지 않았다고 한다. 말하자면 당시의 그들은 자유의사로써 유태림 일가에 예속되어 있기를 택한 것이다. 그러나 지금 이 시간엔 어떨까 하고 나는 긴 골목길을 올라가면서 생각해보았다. 나이가 많은 층은 예나 다름이 없을지 몰라도 젊은 층은 그처럼 호락호락하지 않을 것이 아닌가.

H촌에도 당시엔 거센 좌익의 바람이 불고 있었던 것이다. 만약 좌익 정권이 서기만 하면 이 마을 노비들의 태도는 돌변하지 않을까, 하는 생각도 들었다.

서포동의 골목을 빠지면 뒷산의 중허리에 나선다. 이 중허리를 끼고 동으로 돌아가면 개울이 있고 개울 저편에 골짜구니 가득히 기와집의 중락中落이 있다. 이 중락은 모두가 유태림 대소가大小家의 집들인데 그

맨 위편에 자리잡고 있는 것이 산정이었다. 이 산정엔 동리를 통해서도 갈 수 있지만 동리의 외곽을 둘러서도 갈 수 있게 되어 있다.

근방의 산들은 거의가 발갛게 벗겨져 있는데 동곡을 둘러싼 산들만은 울창한 송림이다. 나는 아름드리 소나무 사이를 누벼 가는 동리 외곽의 길을 걸으면서 소나무 가지 사이로 보이는 하늘의 유난한 푸르름과 소낙비처럼 쏟아지는 매미소리에 이끌려 아득히 10여 년 전 아버지와 같이 그 길을 처음으로 걸었던 때를 회상했다.

그때의 내 나이는 아홉 살인가 열 살인가 했을 게다. 여름방학을 산정에서 지내러 온 유태림이 심심할까 봐 유태림의 아버지가 나의 아버지에게 청해서 태림과 동무를 하게 하려고 나를 데리고 오라고 한 것이었다.

나는 아직껏 유태림을 처음 만났을 때의 그 강렬한 인상을 잊지 않고 있다. 유태림의 나이는 나보다 두어 살 위였지만 나는 그때까지 그런 나이 또래의 소년 앞에서 부끄러움을 느껴본 적이 없었는데 유태림 앞에선 그 자리에서 사라졌으면 하는 수치감을 느낀 것이다. 삼베저고리에 잠방이를 입은 초라하기 짝이 없는 내 앞에 새하얀 모시의 반소매 셔츠와, 짧은 바지를 입고 하얀 운동화를 신은 해맑고 기품 있는 소년이 나타났으니 무리도 아닐 일이었다. 어린 소년일수록 잘 입은 옷과 못 입은 옷에 민감하고, 잘났는가 못났는가에 민감하다. 나는 그때처럼 아버지를 원망해본 적이 없다. 지금 생각해도 그런 처사를 용서할 수가 없다. 아이를 그처럼 비굴한 처지에 몰아넣는다는 건 잔인하고 가혹한 짓이다. 이런 말을 만약 내가 아버지에게 했더라면

"만석꾼 외아들에게 가난한 집 아들이 버글 셈이냐?"

고 나의 덜 든 철을 나무랐겠지만 두고두고 분한 일이 아닐 수 없었다.

나는 유태림을 만날 때까진 부자가 뭣인지 알지 못하고 살았었다. 우리집도 그다지 궁한 편은 아니었기 때문에 빈부의 차라는 것이 그처럼 엄청난 것인지를 미처 몰랐던 것이다.

어른의 팔로써도 두어 아름쯤 되어 보이는 기둥이 늘어선 집, 처마가 높고 지붕 네 귀에 풍경이 달려 있는 거창한 집 앞뜰엔 이름 모를 꽃들이 성하盛夏의 녹음을 바탕으로 화려하게 피어 있고, 뒤뜰엔 검은 대竹가 바람에 살랑거리는 풍경 속에 그려놓은 귀공자 같은 유태림의 모습, 그때 그에게서 받은 인상을 지금의 의식으로써 번역하면 『아라비안 나이트』의 책에서 솟아나온 왕자를 만난 황홀함이었다.

그때 유태림과 나와의 사이에 어떤 이야기가 오고 갔는지 기억할 수는 없다. 조금만 더 놀고 있으면 뒤에 데려다주마고 태림의 아버지가 말리고, 아버지도 좀더 있다가 오라고 나무라기조차 했지만 나는 아버지가 떠날 때 한사코 따라와버린 기억만이 남아 있다.

나는 유태림을 만났기 때문에 나의 장래에 대한 꿈을 잃었다. 아무리 공부를 잘하고 노력을 해도 그처럼 참하게 되는 경지엔 이를 수 없다는 그런 경지를 미리 알아버리는 경험처럼 소년에 대해서 쓰라린 경험이란 있을까. 아무리 애를 써도 그 앞에 가선 고개를 들 수 없을 것이란 자각을 배운 경험처럼 가혹한 경험이 있을 수 있을까.

그 뒤 나는 아버지가 아무리 강요해도 유태림을 찾을 생각을 안 했다. 그랬는데 내가 거길 갔다 오고 난 며칠 후 유태림이 하인을 데리고 돌연 나의 집을 찾아왔다.

"놀러왔다."

고 유태림은 상냥하게 웃어 보였지만 나는 몹시 당황했다. 처음 만났을 때처럼 압도당하는 것 같은 기분은 갖지 않았지만 그 대신 당황함은 컸었다. 우리집은 보잘것없었다. 풍경이 없는 것은 물론 그 철엔 꽃도 없었다. 그런데다가 어머니가 맵시도 없는 음식물을 내놓을까 봐 겁에 질렸다. 나는 한시라도 바삐 우리집에서 내보낼 작정으로 가까이에 있는 학교에 놀러가자고 그를 꾀었다.

학교로 가는 도중 나는 새로운 불안에 사로잡혔다. C시에 있는 큼직한 학교에 다니는 유태림의 눈에 우리가 다니고 있는 학교가 얼마나 초라하게 비칠까 해서였다. 그러나 학교에 들어서자 유태림은 뜻밖의 말을 했다.

"난 이 학교가 좋더라. 조그마하고 조용하고…… 내가 다니는 학교는 싫어. 시끄럽기만 하고, 크고…… 나도 이 학교에 다니고 싶은데 할머니가 안 된다고 그래."

뒷문에서 들어가 학교의 앞쪽으로 돌아갔을 때 우리들은 나무 그늘 밑에 평상을 내놓고 그 위에 앉아 있는 일인 교장의 부인을 만났다. 교장 부인은 유태림을 보면서 나더러 누구냐고 물었다. 서투른 일본말로 설명을 했더니 교장 부인은 소사를 시켜 우물에 채워 둔 사이다를 꺼내 오너라, 수박을 가져오너라 하면서 법석을 떨었다. 유태림은 융숭한 대접에 익숙해 있는 태도로 사이다를 두어 모금 마시고 교장 부인의 묻는 말에 활발하게 대답하고는 아무리 먹으라고 해도 수박에는 손을 대지 않았다. 나도 유태림이 하는 대로 사이다는 두어 모금 마셨으나 수박에는 손을 대지 않았다.

조금 있다가 학교를 빠져나오면서 유태림은 나를 보고,

"파리가 앉은 수박을 자꾸만 먹으라고 하니 그 교장선생님 부인 딱한 분이지."

했다.

그 말을 들은 나는 먼저 나의 집에서 유태림에게 먹을 것을 내놓기 전에 그를 데리고 나온 것을 썩 잘한 짓이라고 생각했고 내가 그를 본 떠 수박을 먹지 않은 것도 참으로 잘된 일이라고 생각했다. 그리고 내 눈에는 파리가 보이지 않았는데 언제 파리를 보았을까 하면서도 한편 통쾌한 느낌을 가졌다. 한국 사람은 으레 불결하다는 뜻의 언동을 그 교장 부인은 곧잘 하는 것을 보아왔기 때문에 유태림의 행동이 그러한 교장 부인에게 한국 사람의 맛을 보여준 것같이 느꼈기 때문이다.

이런저런 것을 생각하면서 걷고 있었는데 어느덧 산정의 문앞에 선 나를 발견했다. 십수 년 전에 봤을 적과 조금도 그 느낌에 다른 바가 없는 웅장한 대문이고 건물의 차림이었다. 대문을 들어서니 유태림의 부친은 대청 한가운데 등의자를 놓고 앉아 혼자 신문을 보고 있었다. 인사도 채 끝나기 전에 나를 알아본 유태림의 아버지는 어쩔 줄 모를 정도로 나를 반갑게 대했다. 이미 작고한 나의 아버지를 들먹이며 애석해 하곤 나의 근황을 물었다. 유태림의 아버지는 십여 년 전에 보았을 때나 그때나 조금도 다름이 없는 것 같았다.

유태림은 그 용모로부터 귀공자인 것 같은 냄새가 풍기고 그만큼 싸늘한 면이 있는데 그의 부친의 인상은 전연 달랐다. 그저 복스럽게 유하게 생긴 중년의 촌부라는 표현이 알맞은 풍채이며 태도였다.

나는 그를 찾아온 용무를 대강 말했다. 유태림을 C고등학교에 모셨으면 하는 교장의 뜻을 전하고 그렇게 되면 C고등학교를 위해서 영광이며 내게도 큰 도움이 될 것이라는 말까지 덧붙였다. 유태림의 부친은 자기로선 무조건 찬성한다면서 그러나 태림이 어디 자기 말을 듣겠는가 하면서 한탄했다. 그런 한탄에 수긍할 만한 예비지식이 내겐 있었다. 듣는 바에 의하면 유태림은 그의 할머니의 절대적인 총아였다. 그의 할머니는 이 지방에선 이름 높은 여장부여서 태림의 양육에 있어선 어떠한 타의 간섭도 용납하지 않았다. 그래서 어릴 때부터 유태림의 아버지는 자기 아들에 대한 간섭을 하지도 못했고 간섭할 생각도 않았다. 되레 유태림이 장성함에 따라 아들이 시키는 대로만 한다는 풍평風評이 있었다.

"태림이는 열다섯 살부터 객지생활이다. 12년 동안을 줄곧 집 밖에서만 있은 셈이지. 2, 3년간이라도 좋으니 같이 있고 싶기도 한데…… 어디 내 말을 들을라구. 그러나 나두 편지를 해볼 거니까 자네도 한번 권해보게. 이와 같은 난세에는 되도록 가족이 같이 있어야 하느니."

이 정도의 말만 들었으면 교장에게 대한 나의 책무의 반은 다한 셈이라고 생각하고 일어서려는 나를 유태림의 아버지는 기어코 붙들어 앉혔다. 십수 년 전 중국에서 가져온 오갈피주가 있으니, 그것을 한잔하고 가라는 것이다. 친구의 부친과 같이 술을 마신다는 건 그 지방의 풍습으로선 있을 수 없는 일이다. 나는 굳이 사양하지 않을 수 없었는데, 유태림의 아버지는 그런 나의 마음을 알아차렸는지,

"지금부턴 노소동락老少同樂을 해야 하네. 민주주의의 세상이 아닌가. 민주주의란 어떤 뜻으론 노소동락해야 한다는 말이 아닌가."
하고 술상을 차려오라고 하인에게 일렀다.

외롭던 차에 아들의 친구, 또는 친구의 아들을 만나 반가워하는 그의 뜻을 매정스럽게 뿌리칠 수가 없어 한잔 한잔 거듭하는 바람에 그 오갈피주라는 것을 두 병이나 비웠다. 잔이 오가는 동안 시속時俗의 이야기도 나왔는데, 어머니의 위세 때문에 아들을 전면에 내세우고 자기는 아들의 그늘처럼 살아온 이 어른의 견식이 보통이 아니라는 점에 놀랐다. 술이 얼근해지자 유태림의 부친은 나의 손을 부드럽게 만지면서 대충

다음과 같은 얘기를 한 것으로 나는 기억하고 있다.

"태림일 잘 봐주게. 어릴 때는 할머니의 뜻대로만 크고, 커선 제멋대로만 한 사람이 돼서 생각하면 불안하기 짝이 없어. 교토京都에선 옥살이를 할 뻔했고, 자네도 마찬가지지만 병정 노릇을 해야 할 팔자가 어디 있겠노. 겨우 사지를 면했는가 했더니 세상의 꼴이 이게 뭔고. 하여튼 팔자가 세어. 고이 자란 놈들이 당할 일인가. 자네도 조심을 하게. 해방이 되었으면 모두들 정신을 가다듬어야 할 일이지. 나는 앞으로 얼마 남지 않았으니까 걱정이 없네만 자네들이 불쌍해. 나이 많은 놈이 젊은 사람들을 보면 부러워야 할 건데 자꾸 불쌍한 생각만 드니 이게 될 말인가. 어떻게 해서라도 태림일 내려오도록 해야지. 서울이란 지금 있을 곳이 못 되네. 제 맘대로 할 재산이 아직도 남아 있으니 그걸 가지고 고향에 와서 학교를 하든, 사회사업을 하든 하면 될 게 아닌가. 당黨은 안 되네. 당이 아니라도 많은 사람들의 덕이 될 수 있는 사업을 하면 될 것이 아닌가. 자네에게 의견이 있으면 같이 의논해서 해보게. 이조가 망하는 것을 우리 눈으로 보지 않았는가. 일본이 망하는 것도 우리 눈으로 보지 않았는가. 권불백년權不百年 세불십년勢不十年이란 걸세. 백 년을 가도 천 년을 가도 가치가 있는 그런 일을 하도록 하게. 태림일 잘 봐주게. 그놈이 아무리 잘난 척해도 봐주는 친구 없으면 안 되느니. 아무래도 그놈의 사주가 심상칠 않아. 팔자가 세어. 아직도 액이 풀린 것 같질 않아. 무슨 산해山害도 아닐 거구. 내 대에 와서 무슨 변이 날 것만 같으니 선조의 영에 대한 면목도 없구. 태림이가 불쾌한 짓을 해도 자네는 그를 잘 봐주게. 자네가 하고 싶은 일이 있으면 내게 말하게. 태림이가 반대해도 내가 해주지. 돈으로써 되는 일이면 언제든지 말해주게. 어쨌든 태림을 잘 봐주게."

말의 도중에 잘 봐줘야 할 편은 내가 아니고 태림이라고 몇 번 서둘러 나의 뜻을 전하려 했지만 태림의 아버지는 자기의 말이 그냥 지껄이는 인사말이 아니라고 정색을 했다. 나는 그런 말을 들으면서 태림의 부친이 태림에게 대한 나의 복잡한 감정을 꿰뚫어본 탓으로 그렇게 말하는 것이 아닐까 하는 생각마저 들었다. 그러나 그 부친의 말은 유태림에게 대한 나의 미묘한 감정을 풀어놓는 데 커다란 작용을 했다. 진심으로 유태림을 C고등학교에 모셔왔으면 하는 생각이 돋아나게까지 된 것이다.

어머니에게 드리라고 싸주는 한 꾸러미의 인삼을 들고 산정을 나온 것은 이미 모색暮色이 짙어 있을 때였다. 유태림의 부친은 동구 앞 개울가에까지 전송하러 나왔다.

그날 밤 나는 오래간만에 H촌에 있는 친척집에 자면서 대단한 이야기를 들었다. 유태림의 부친이 태림의 뜻이라고 하면서 약 5천 석어치 가량의 토지를 하인들과 소작인들에게 무상으로 나눠 주었다는 것이다. 나는 그것이 유태림의 뜻이기에 앞서 태림의 장래를 위해서 그의 아버지가 한 노릇이 아닐까 하고 생각했다. 팔자가 센 아들의 액을 풀어주는 셈으로 그런 영단을 내린 것일 게라는 추측이었다. 그러나 본래의 뜻은 아버지의 것이라도 아들과 의논하지 않곤 그런 대영단을 할 수 없었을 터이니 결국은 유태림의 뜻이라고 할 수 있을 것이기도 했다.

한데 뒷맛이 쓴 것은 하인들과 소작인들이 유씨 부자의 송덕비를 세우려고 했는데 어떤 층의 사람들이,

"본시 착취해서 모은 재산이며 머지않아 몰수당할 것을 알고 한 영리한 행동에 불과한데 대단할 건 없지 않으냐."

고 방해를 했다는 얘기였다. 이런 소동 때문에 비를 세운다는 소식을

알게 된 유태림의 아버지가 만약 비를 세우기만 하면 이 고장을 뜨겠노라고 우기는 바람에 그 일은 중단된 채로 있다는 것이었다.

착취해서 모은 재산이란 말과 몰수당하기에 앞서 한 영리한 행동이란 말이 나의 마음에 걸렸다.

유태림의 재산이 어떠한 형태의 것이든 착취로써 이루어진 것이란 사실은 아무도 부인하지 못할 것이다. 후한 지주라는 명망이 있다고 치더라도 그것은 착취의 도가 누그러웠다는 사실을 말하는 것이지 착취의 사실이 없었다는 뜻은 아닐 게다. 그리고 그 일대에 퍼져 있는 전설에 의하면 소부小富에 지나지 않았던 유씨가 일시에 거부가 된 것은 태림의 5대조가 심한 기근이 있었을 때 쌀 한 되에 논 한 마지기, 보리 한 되에 밭 한 마지기, 이런 식으로 토지를 마구 모아 제친 데 있다고 했다. 말하자면 천재를 기화로 한 수탈이었다는 것이다.

그렇다고 치더라도 그 후손이 그런 까닭만으로 순순히 재산을 내놓을 수가 있을까. 몰수당할 것을 미리 알고 한 행동이라지만 유씨 부자의 처사를 꼭 그렇게만 해석해야 옳을까.

그리고 이 지방에는 부자가 10대를 넘기지 못한다는 징크스가 있는데 유태림은 그 10대째의 당주가 된다는 것이다. 그렇다면 그런 징크스와 유관하단 말인가.

나는 C시로 돌아오자 곧 유태림에게 편지를 썼다. 교장의 뜻과 그의 아버지의 뜻을 간곡하게 적고 같이 지내면서 지도를 받고 싶다는 나의 소원도 빼놓지 않았다. 그리고 학교의 사정을 알고 싶으면 내가 직접 서울로 가서 설명해도 좋다고 덧붙이기까지 했다.

내가 편지를 띄운 며칠 후에 유태림에게서 짤막한 회신이 왔다. 가까운 시일에 고향으로 돌아갈 예정이니 자기를 만날 용무만으로 상경할 필요가 없다는 내용의 것이었다.

이 편지를 받은 바로 그날인지 그 이튿날인지 지금 기억이 확실하지 않으나 아무튼 그 무렵의 어느 날 오후, 나는 대구에서 유태림을 만나러 왔다는 어떤 여인에게서 전화를 받았다. 유태림을 찾아 이곳까지 왔으나 서울에 가고 안 계신다고 하니 그의 친구인 내게 부탁이라도 해놓고 가야겠다는 얘기였다.

거절할 이유도 없었고 호기심도 곁들고 해서 나는 T라는 다방에서 오후 5시쯤 만나자고 했다. 그러나 혼자서 만나는 것은 어쩐지 어색한 느낌이었다. 나는 그때 나와 약혼한 사이에 있었던 최영자崔英子란 여자를 데리고 갔다. 다방엘 가서 혼자 앉아 있는 낯이 선 여자만 찾으면 될 일이었다.

T다방에 들어서자 나는 곧 구석진 곳에 홀로 앉아 있는 그 여인을 알아차렸다.

"서경애라고 합니다."

그 여인은 대구에서 오신 분이냐고 묻는 나의 말에, 대답 대신 일어서서 가볍게 고개를 숙이며 그렇게 말했다. 나도 우선 자기 소개를 하고 나의 약혼녀 최영자와도 인사를 시키곤 자리에 앉았다.

베이지색 서지의 투피스를 입은 25, 6세가량의 여인. 당시로선 호사스러운 그 차림엔 어울리지 않게 화장기라곤 전연 없는 얼굴이었다. 어떻게 보면 시골티가 풍기는 거무스레한 얼굴빛이기도 했다. 그러나 잠깐 대좌하고 있는 동안에 그 시골티가 말쑥히 가셔지고 뭔지 모르게 높은 기품이 느껴지는 것이니 이상한 일이 아닐 수 없었다.

"유태림 선생님과는 도쿄에서 서로 알고 지내던 사이였습니다."

조용하게, 그러나 또박또박 이렇게 말하는 것이었는데 '알고 지내던 사이'란 말을 해놓고 보니 어색한 생각이 들었던 모양으로,

"오빠의 친구였으니 오빠처럼 모셨습니다."

하고 고쳐 말했다.

"그런데 그동안 통 소식 왕래가 없었습니까?"

"전 도쿄에 있었다고는 하나 바깥에 있어본 것은 전후 합쳐서 일 년이 채 못 되고 주로 감옥에만 있었습니다. 그래서……."

"감옥에요?"

나는 놀라면서 실례를 무릅쓰고 그 여인을 똑바로 바라보았다. 꼬리가 길게 흐른 큰 눈의 윤곽, 그 속에서 간혹 광채가 더하며 빛나는 눈동자엔 그 나이에 벌써 인생의 깊이를 안 것 같은 슬기가 괴어 있었다.

"그럴 까닭이 있었습니다. 제가 풀려나온 것은 작년 연말이었습니다. 고국에 돌아온 지는 금년 5월이구요."

"우리들보다 두 달 늦게 돌아오신 셈이구먼요."

하고 나는 무의미하게 중얼거렸다.

"유선생님이 돌아와 계신다는 소식은 곧 알았습니다. 그래 한 번쯤 찾아주실까 하고 기다렸는데도 소식이 없고 해서 용기를 내어 제가 이곳으로 와봤습니다."

"유태림 씨께서 편지가 왔는데 수일 내로 돌아온답니다. 그때까지 이곳에서 머물고 계시도록 하시죠."

"그럴 시간은 없어요. 다만 제가 다녀갔다는 말만 전해주시면 되겠습니다."

"모처럼 오셨는데 며칠만 이곳에 계시다가 유선생님을 만나 보고 가시도록 하시죠."

최영자도 이렇게 거들었다.
"겨우 몸을 빼 나왔어요. 미안합니다만 제가 다녀갔다고만 전해주십시오."
그러고는 주소를 적은 듯한 쪽지를 내 앞에 내놓았다.
"옛날의 그 집이라고 해도 아실 겁니다만 혹시 주소를 잊으셨나 해서."
나는 그 쪽지를 호주머니에 접어 넣으면서 물었다.
"바쁘시다고 하시는데 무슨 일이 그렇게 바쁘십니까?"
서경애의 얼굴에 머뭇거리는 빛깔이 돋았다. 그러고는,
"요즘 모두들 바쁘시지 않아요?"
하고 말끝을 흐렸다.
나는 이 여자가 무슨 정치운동을 하는구나 하는 느낌을 가졌다.
"허지만 오늘은 여기서 주무셔야 할 겁니다. 기차는 내일에라야 있습니다."
"저의 집으로 가도록 하세요."
하고 최영자가 권했다.
나도 그렇게 권했다. 서경애는 고맙다는 말과 함께 그렇게 하겠노라고 했다.
나는 서경애가 어떻게 해서 그렇게 오랜 시간을 감옥 속에서 보냈는가에 대해 궁금하긴 했지만 물어볼 수도 없어 그저 덤덤히 앉아 찻잔을 들었다가 놓았다가 하면서 그 여인의 눈치만을 살폈다. 그러나 서경애는 이젠 용무가 죄다 끝났다는 듯이 다시 입을 열지 않았다.
나는 웬일인지 그때의 정황을 소상하게 기억하고 있다. 서쪽에 있는 창의 스테인드글라스로 스며든 석양빛이 거무스레한 서경애의 얼굴을 연한 앰버 빛깔로 물들이고 있었다. 전축에선 질리란 테너 가수가 '남

모르는 눈물'의 청승맞은 가락을 퍼세틱하게 노래 부르고 있었다.

'필경 이 여인에겐 남모르는 눈물이 있었을 게다. 지금도 있을 게다. 앞으로도 얼마나 많은 남모르는 눈물을 흘릴 것인가.'

이런 생각에 잠기며 질리의 감미로운 성색聲色이 물들인 감정으로 나는 한동안 넋을 잃고 서경애를 바라보고 있었다. 서경애를 곁에 두고 보니 나의 애인의 모습은 장난으로 만든 조화造花 같기만 했다. 얼굴의 윤곽, 얼굴의 빛깔로 봐선 누구라도 최영자를 잘난 편으로 칠 것이지만 얼굴에서만이 아닌 보다 깊은 곳에서 풍겨 나오는 서경애의 매력에는 이미 적수가 아니었다.

그 이튿날 나는 서경애를 전송하고 돌아온다는 최영자를 만나 강변의 죽림 사이를 걸었다. 최영자는 서경애와 지난 밤, 밤을 새워 이야기를 나누었다고 했다. 최영자가 전한 서경애의 얘기는 이를 간추리면 다음과 같다.

서경애의 오빠와 유태림은 일본 교토 S고등학교의 동기동창이었다. 어떤 사건으로 한국 출신의 학생들이 전원 퇴학 처분을 받자 그것이 충격이 된 탓은 아니었지만 서경애의 오빠는 병을 얻어 고향으로 돌아와 요양생활을 하고 있었다.

그 후 서경애는 도쿄에 있는 모 여자전문학교에 입학하게 되었다. 병석에 있는 오빠는 도쿄엘 가거든 유태림을 찾아 지도를 받으라고 일렀다. 서경애와 유태림은 그가 오빠의 병문안을 온 적이 있었기 때문에 벌써 인사를 나누고 있었다.

도쿄에서 서경애는 1주일에 한 번꼴로 유태림의 하숙에 놀러갔다. 놀러갔댔자 별일은 없었고 주로 학문에 관한 딱딱한 얘기나 듣고 공부를 잘하라는 격려를 받아 왔을 뿐이다.

늦은 가을의 어느 일요일, 서경애는 여느 때와 같이 유태림을 찾아갔다.

그런데 그는 방에 없었다. 무료히 혼자 기다리고 있다가 심심풀이로 서가를 훑어보고 있었는데 육중한 책들이 즐비한 가운데서 예쁘장하게 장정이 된 조그마한 책 하나가 눈에 띄었다. 꺼내 보니 *New Russia Primer*란 책이었다. 저자는 미하일 이린이란 사람이었다. 얄팍한 부피인데다가 비교적 쉬운 영어로 씌어진 책이라서 그 책 자체에 대한 관심보다 영어를 배우는 데 손쉽겠다는 생각으로 그 책을 보았으면 했다. 그래 조금 있으니 돌아온 유태림더러 그런 뜻을 말하자, 유태림은,

"여학생은 여학생다운 책을 읽어야 할 건데."

하면서도 서경애에게 그냥 가져가라고 했다.

자기 하숙에 돌아와서 읽어보니 그 책은 미하일 이린이란 사람이 러시아 말로 쓴 『위대한 계획』이란 책을 영어로 번역한 것인데 비판까지 섞어놓은 책이었다. 그러니 서경애는 그 책을 읽으면서 조금도 위험하다고 느끼지 않았다. 그랬기에 유태림도 아무 거리낌 없이 서경애에게 그것을 주어버린 것이거니 했다.

서경애는 그 책을 빨리 읽고 그 내용을 화제로 유태림과 얘기를 하고 싶기도 해서 사전을 찾아가며 열심히 읽었다. 바로 그 무렵, 고등계 형사 둘이 서경애의 하숙을 찾아왔다. 고등계 형사가 한국인 학생의 하숙을 간혹 찾아온다는 얘기는 들었지만 서경애로선 처음 당한 경험이었다. 그만큼 서경애는 당황하기도 했다. 별일 없느냐는 등 두어 마디 물어보고 돌아가려던 형사 하나가 요즘 무슨 공부를 하느냐면서 책상 위에 펴놓은 *New Russia Primer*를 들었다.

"영어 공부 하시는군."

하고 그 책을 도로 놓으려다가 동료인 다른 형사를 돌아보며,

"자넨 영어 좀 할 줄 알지."

했다.

"어디 좀 보자."

면서 그 형사는 책을 받아들더니,

"럿시아, 럿시아, 이것 노서아(러시아)란 뜻이지."

하곤 경찰서로 가져가 보아야겠다는 것이 아닌가.

서경애는 하늘이 무너지는 듯한 환청을 들었다. 얼굴에서 핏기가 일시에 빠져 나가는 느낌이어서 그냥 그 자리에 쓰러지려는 것을 형사들이 나갈 동안 간신히 참았다. 그 책을 놓고 가달라는 부탁을 해볼 마음의 여유도 육체의 힘도 없었다. 큰일났다는 공포감만이 굵다란 고동이 되어 심장의 벽을 두드렸다.

빨리 유태림에게 이 사실을 알려야겠다는 생각이 들었다. 전화를 걸어야겠는데 경애의 하숙엔 전화가 없었다. 공중전화 있는 곳으로 뛰어가다가 골목의 반쯤에서 돈을 가지고 오지 않았다는 사실을 알았다. 되돌아 방으로 왔다. 전화를 할 것이 아니라 유태림에게 직접 가는 것이 옳다고 생각했다. 대강 방을 치우고는 밖으로 뛰어나갔다. 긴 골목을 빠져 전찻길로 나와 전차를 기다리고 있는데 아까의 형사 한 사람이 헐레벌떡 뛰어오더니 서경애를 붙들면서 서에까지 같이 가자고 했다.

경찰서를 향해 갈 땐 서경애는 되도록 침착한 태도를 꾸몄다. 별일 없을 것이고 조금 물어볼 말이 있을 뿐이란 형사의 말을 그대로 믿은 것은 아니지만 그 책에 공산 러시아를 비판한 부분이 있다는 데 애매한 희망 같은 것을 느낀 것이다. 그러나 경찰서에 도착하자마자 아까 예감

한 공포가 그대로 들어맞은 것을 깨달았다. 서에 도착하기까진 쾌활한 척 농담을 하기도 하던 형사가 서 안에 발을 들여놓자 돌연 굳은 표정으로 돌아가더니 경애를 살풍경한 지하실로 끌고 갔다. 잇달아 두세 명의 형사가 들어왔다. 백 촉짜리 나전구裸電球가 비추고 있는 두 평가량의 콘크리트 바닥의 방엔 찌그러져가는 탁자와 의자가 몇 개 놓였고 사위의 벽은 휘두른 몽둥이의 여세가 군데군데 자국을 내어 무참하게 이지러진 피부와 같았다.

서경애를 삐걱거리는 의자 하나에 앉히자,

"이 책을 누구헌테서 받았지?"

하고 안경 너머로 날카로운 눈동자를 굴리면서 형사의 한 사람이 그 책을 바싹 서경애의 코앞에 갖다대곤 나지막하게 물었다.

"그 책은 위험한 책이 아닙니다. 읽어보시면 알 겁니다."

겁에 질려 경애는 겨우 이렇게 대답했다.

"위험하고 안 하고를 묻는 것이 아냐. 이 책을 누구헌테서 받았는지를 묻고 있단 말야."

형사의 말이 약간 거칠어졌다. 서경애의 눈앞으로 유태림의 얼굴이 스쳤다. 부드러운 눈, 넓은 이마, 고요한 몸가짐, 그 이름을 들먹이기만 하면 유태림은 당장 이곳에 끌려와 지금 경애가 당하고 있는 굴욕을 당하게 되는 것이다. 경애는 꼭 같은 말을 되풀이할 수밖에 없었다.

"그 책은 위험한 책이 아닙니다. 나쁜 책이 아닙니다."

"그런 걸 묻고 있는 것이 아니라니까."

눈에 불이 튀었다. 아찔했다. 야무지게 경애의 따귀가 갈겨진 것이다.

"위험한 책이 아니라는 걸 알면 왜 이 책을 준 사람을 못 대?"

바늘 끝만을 곤두세워 엮은 것 같은 잔인하고 앙칼진 고함이었다.

"누가 이 책을 학생에게 주었지?"

이번엔 다른 형사가 부드럽게 어조를 다지면서 타이르듯 물었다.

"그것만 가르쳐주면 학생은 아무 일 없이 집으로 돌아갈 수 있는 거야."

경애는 울며불며 그 책은 나쁜 책이 아니고 위험한 책도 아니고 읽어 보면 알 것이라고만 부르짖었다.

때리다가 꼬이다가 이런 식으로 몇 시간을 끌었는지 몰랐다. 유치장에 처넣인 시간조차 몰랐다.

첫날은 단순한 구타로 끝났지만 그 익일엔 본격적인 고문이 시작되었다. 누구에게서도 받은 것이 아니라니까 그럼 어디서 구했느냐고 물어왔다. 양서洋書를 취급하는 곳이 마루젠丸善이란 서점이라고 들은 적이 있었기 때문에 그렇게 거짓말을 해버렸다. 이 거짓말이 사건을 확대시켰다.

며칠 후 밤늦게 끌려 나간 서경애는 형사들로부터 엄청난 얘기를 들었다. 마루젠은 물론 일본 국내에서 양서를 수입하는 상점을 모조리 조사한 결과 그 책을 수입한 책점은 한 군데도 없을뿐더러 수입 리스트에도 기입되어 있지 않았다는 것이다. 그러곤 한다는 말이,

"들어 봐. 이 책의 원서인 러시아어판이 나온 것이 1930년, 영역 초판이 나온 것은 1932년, 이건 영역 제3판이다. 불과 1년 전에 간행된 거다. 이 1년 동안 시국도 시국이려니와 이런 책을 수입할 비애국적 서점은 이 일본 안에는 없어. 그러니 이 책은 공식 루트를 타고 들어온 것이 아니고 스파이의 루트를 타고 들어온 것이 분명하다는 결론이다. 너에게 이 책을 준 자가 스파이가 아니더라도 그 사람을 거슬러 올라가기만 하면 우린 스파이를 잡을 수 있어. 이렇게 중대한 문제이니 사소한 체면

같은 것은 버리고 순순히 얘기를 해주어야겠다."

조르게, 오자키 호쓰미尾崎秀實의 사건이 소연한 물의를 일으키고 있던 당시였다. 완강하게 입을 열지 않는 서경애는 드디어 국제간첩단의 일원일 것이라는 혐의조차 받았다. 따라서 고문 또한 참혹을 극했다.

이렇게 되고 보니 서경애는 영영 유태림의 이름을 내놓을 수 없게 되었다. 만약 당초에 형사들이 그 책을 경애에게 돌려주며 흘러가는 말로 책 주인을 물었더라면 그 책이 위험한 것이 아니라고 믿고 있었던 서경애는 단순히 유태림의 이름을 밝혔을지 모를 일이었다.

그러나 이제 와선 유태림의 이름을 댄다는 건 곧 그를 사지에 보내는 것이나 다름없이 되어버렸다. 서경애는 그렇게 할 수는 없었다.

그러나 그 책이 정 위험한 책이었다면 아무 소리도 하지 않고 순순히 내어준 유태림의 태도가 너무나 무책임하지 않은가 하는 원망이 가슴을 찔렀다. 그러다가도 예사로 서가에 그런 책을 꽂아 둘 턱이 없으니 역시 책 주인을 알기 위해 꾸민 엄청난 트릭이 아닌가도 생각하며 원망으로 부푼 흥분을 진정시키기도 했다.

어떤 때의 고문은 도쿄 안에 있는 지인知人을 모조리 대라고도 했다. 그럴 때마다 서경애는 무난한 학우들 이름이나 들먹일 뿐, 유태림의 이름은 조심스럽게 빼놓았다. 어떤 때는 고문에 정신을 잃고 유태림의 이름을 지껄이지나 않을까 지레 공포를 느끼기도 했고, 어떤 때는 자기와 유태림과의 교제 사실을 알고 유태림이 붙들리지나 않았을까 겁을 먹어 번민할 때도 있었다.

그러나 자기 입으론 유태림의 이름을 불지 않겠다는 각오가 커갔다. 고문에도 사람은 익숙해지는 법이다. 아니 고문도 이것을 겪어보면 쌓아올린 공적처럼 되는 것이다. 보다 심한 고통도 전공前功이 아까워서 견뎌내는 수가 있다. 어떠한 고통도 이것을 이겨내야 한다고 마음을 굳히면 이겨낼 수 있다는 것도 서경애는 배웠다.

이러한 각오와 수련은 그러나 서경애 혼자의 힘으로써만 얻은 것이 아니었다. 서경애가 처음 붙들려 간 모토후지本富士 서의 감방에서 가마타라는 중년 여성을 만났다. 어떤 사상관계로 들어온 이 여자도 심한 고문을 연일 받고 있는 형편이었다. 서너 시간의 고문을 받고 헌 걸렛조각처럼 끌려 감방에 돌아와선 고통에 전신을 가누지 못하면서도 곁의 사람이 들을 정도로 뽀두둑 이를 갈곤,

"내가 죽어 봐라, 너희놈들에게 굴복하는가."
하며 중얼거리듯 다짐을 했다.

그 여자는 또 서경애를 격려하길 잊지 않았다.

"보아하니 당신도 어떤 남자 때문에 이 고비를 당하는 것 같소. 사상보다도 무엇보다도 소중한 것이 사랑이다. 당신은 당신의 사랑을 시련을 통해서 키워야 한다. 사랑이란 사랑하는 사람을 위해서 험준한 산을 넘는다는 뜻이다. 광풍노도에도 뛰어든다는 뜻이다. 이 세상 누구도 겪어보지 못한 사랑을 당신은 당신의 시련을 통해서 겪는다는 자부를 가져라. 누구도 가꿔보지 못했고 가꾸지 못한 사랑을 당신은 이 고통을 통해서 가꾸어보겠다는 긍지를 가져라. 좋은 집에서 좋은 옷을 입고 하고 싶은 일을 하면서 평화롭게 살아야만 유지되는 그따위 사랑은 근처에도 접근할 수 없는 고귀한 사랑이 이 세상에, 이 인생에 있다는 것을 우리 스스로가 증명해야 한다. 짐승과 사람이 싸우다가 사람이 짐승에게 잡혀 먹힐 수도 있다. 그러나 힘이 모자라 잡혀 먹히는 것과 힘이 있는데도 굴복하는 것과는 다른 거다. 굴복하면 개처럼 거꾸러지는 거고 잡혀 먹는 것은 당당한 전사다. 어떻게 죽어도 죽는 건 마찬가지라고

생각해선 안 된다. 사랑의 극한에서 죽는 것과 굴욕의 나락에서 죽는 것과는 승리와 패배만큼 다른 거다. 우리가 여기서 굴복하지만 않으면 살아 나가도 승리자, 죽어도 승리자다. 굴복을 하면 살아 나가도 패배자, 죽어도 패배자다. 부디 당신은 이 시련 속에서 당신의 사랑을 위대하게 가꿔라……."

서경애는 유태림에의 사랑을 키우기로 했다. 그것만이 혹심한 고문을 이겨낼 수 있는 힘의 원천이었다. 하지만 유태림에겐 어릴 때 결혼한 마누라가 있다는 사실을 서경애는 알고 있었다.

'마누라가 있는 사람에의 사랑은 어떠해야 하는가. 보다도 유태림 본인의 생각은? 지금의 유태림은?'

그러나 서경애는 비록 일방적일망정 유태림에게의 사랑을 키우고 가꾸기로 했다.

고문의 시달림을 받으며 서경애는 도쿄 내의 경찰서 감방을 1년 이상의 시일, 전전했다. 그러고는 구치감에서 1년, 해방을 1년쯤 앞두고 재판을 받았다. 간첩의 혐의는 증거 불충분으로 벗어졌으나 끝끝내 책의 출처를 대지 않는 불령不逞함에 개전의 징조가 없다고 해서 징역 5년의 선고를 받았다. 상소를 했지만 원심과 같은 판결이었다. 대심원에 계류 중 8·15해방이 왔다. 12월에 출감해선 모토후지 서에서 알게 된 가마타 여사 집에 묵고 있었다. 거기서 쇠약한 몸을 달래다가 귀국한 것이 1946년 5월 초.

대충 이와 같은 이야기였는데 나는 그 얘기를 듣고 나자 전신에 피로를 느꼈다. 그러니까 그 깊은 눈빛은 그러한 고난 속에서 닦아진 것이었다. 온몸에서 풍기는 슬기로운 기품도 그러니까 너무나 비싼 대가를 치르고 가꾸어진 것이었다.
　나는 그 모든 사실을 유태림이 알고 있었을까 하고 중얼거렸다. 최영자도 그걸 물어보았는데 서경애 자신 알 수 없다는 대답이었다고 한다.
　"그런데 가장 큰 충격은 출옥 후 유태림 씨가 학도병으로 나갔다는 사실을 알았을 때라고 했어요."
　"그건 또 왜. 죽었을까 봐서?"
　"그런 뜻이 아니구요. 조선인 학생 전부가 지원을 해도 유태림 씨만은 그럴 수가 없다는 뜻이었어요."
　"누구는 가고 싶어서 갔나?"
　"아녜요. 아무리 강제라도 지원하는 형식을 밟아야 했을 것이니 왜 버틸 수가 없었겠느냐, 그런 뜻이겠죠."
　죽림의 그늘이 어느덧 강을 반쯤 덮고 있었다. 나와 최영자는 모래 위에 주저앉은 채 한동안 묵묵히 흐름을 지켜보고 있었다.
　"알고 있었을 테지. 그랬다면 유태림인 평생 씻을 수 없는 죄를 지은 거야."
　나는 불쑥 이렇게 말을 꺼냈다.
　"알고 있으면 어떻게 했겠어요, 이선생 같으면. 그래 괴롭기도 해서 학병으로 나가버린 건지도 모르잖아요?"
　나는 최영자의 유태림을 두둔하는 것 같은 이런 말이 귀에 거슬렸다. 하지만 그걸 탓할 수도 없었다. 그래 다음과 같이 말해보았다.
　"서경애 씨의 심경 같아선 유태림이 마누라와 이혼하고 자기가 출옥하는 날을 기다려주었으면 했을 거야."
　"유선생이 어떻게 서경애 씨의 당시 심정을 알 수 있었겠어요? 알기만 했으면야……."

나는 최영자의 태도가 자꾸만 불쾌해져서 나도 모르게 격한 어조가 되었다.

"그렇다손 치더라도 귀국했으면 서경애 씨의 안부부터 알아봐야 할 게 아뇨. 그의 오빠와는 친구인 사이고 더구나 중병을 앓고 있었다는데…… 하여간 비정한 사람이지 뭐요."

돌연 흥분해버린 나의 태도에 질렸는지 최영자는 입을 다물고 강 쪽으로 눈을 던지고만 있었다.

나는 서경애의 눈빛을 다시 한 번 뇌리에 떠올려봤다. 나이보다 앞서 인생을 안 것 같은 깊이가 고인 눈을. 그러한 여자를 두고 아직껏 안부도 묻지 않았다면 유태림은 결코 좋은 인간은 아니다. 나는 그의 아버지가 아들을 위해서 한 걱정이 결코 터무니없는 것이 아니라는 것을 믿게 되었다. 지자불여부知子不如父. 아들을 아는 사람은 아버지란 고인古人의 말이 새로운 빛깔로서 나의 가슴에 새겨졌다.

나는 강물 위를 부드러운 손길처럼 덮어가는 노을진 그늘을 바라보며 유태림의 그런 비밀을 알고 있다는 사실이 내게 불리할 건 없다고 생각했다. 그러나 이 비밀로 인해서 나의 운명에 격심한 변화가 일어날 줄이야 그땐 꿈에도 상상할 수 없었던 것이다.

흘러간 풍경

 낡은 문서 꾸러미에서 옛날의 일기장을 찾아냈다. 쓰다가 말다간 다시 쓰다가 한, 나의 경솔함과 게으름을 증명하는 재료일 수밖에 없는 그 일기를 펴보니 1946년 9월 5일의 난에 다음과 같은 기록이 적혀 있다.

 가을의 감촉이 가볍게 느껴지는 맑은 날씨. 유태림이 돌아왔다는 전화가 있었다. 오후 B선생과 같이 그의 집으로 태림을 방문. 우선 그의 변화에 놀랐다. 학병 시절의 이야기, 상해 시절의 이야기로 꽃을 피웠다.
 교사로서 취임할 것을 즉석에서 승낙. 밤엔 요정에서 한바탕 흥겹게 놀았다.

 그 나름으로 일기란 좋은 것이다. 이렇게 어수선한 문면인데도 그것을 들여다보고 있으면 당시의 상황이 방불하게 기억 속에 떠오르니 말이다.

 태림이 돌아왔다는 전화를 받고 B선생과 나는 학교가 파하자 곧 그의 집을 찾았다. B선생은 지난 봄, 그가 귀국했을 때 만난 일이 있었다 지만 나와는 도쿄 이래 약 4년 만의 재회가 되는 셈이었다. 둘이가 나타나자 유태림이 먼저 내 손부터 붙들어 대청마루로 끌어올리듯한 것도 그 때문이었을 것이다.

나는 우선 그 외모의 변화에 놀랐다. 도쿄에 있었을 때의 그의 얼굴엔 창백하게 보일 만큼 핏기가 없었다. 동작은 언제나 조용했고 활기라곤 찾을 수가 없었다. 그랬었는데 눈앞에 나타난 그의 얼굴엔 화색이 돌아 있었고 동작에도 활기가 넘쳐 있었다.

눈빛 역시 그랬다. 도쿄 시절의 그의 눈은 차갑고 날카롭기만 했다. 여자에게 대할 때, 또는 다른 친구에게 대할 땐 그 눈빛이 어떠했는지 모르긴 하지만 내가 보아온 한 그랬던 것인데 어떻게 된 셈인지 그의 눈빛엔 부드러운 윤기가 감돌아 있었고 붙임성까지 깃들어 있었다.

과잉한 자의식을 가누지 못해 지쳐 있는 것 같은, 고의로 그렇게 꾸미고 있는 것 같은 냉랭하고도 어색스러웠던 옛날의 모습은 감쪽같이 사라지고 눈앞에 있는 그는 넘치는 정열을 감당하지 못하는 듯 쾌활하고 늠름한 청년의 모습 그대로였다.

도쿄에 있었을 때라고 해서 유태림이 언제나 우울하고 활기가 없고 지쳐만 있었던 것은 아니었을 테지만 어쩐지 그런 인상으로 나의 기억속에 새겨져 있었던 까닭으로 4년 후의, 어디로 보나 씩씩한 그의 모습엔 놀라지 않을 수 없었던 것이다.

"상해 있었을 때 왜 만날 수 없었을까."

좌정하자마자 유태림은 나더러 이렇게 물었다. 천진한 소년의 음성이나 다를 바가 없었다. 그 음성과 어조도 옛날의 것이 아니었다.

도쿄 시절의 태림은 되도록이면 음성을 낮추고 단어 하나하나를 다져가며 발성하는 듯한 어조로 말했던 것이다.

"상해에서 만났다면 참 좋았을 건데 그랬지?"

상해에서 만나지 못한 것이 태림에겐 못내 아쉬운 일인 것 같았다.

"캬왕에서 나오질 않았으니까 별루."

나는 변명이나 하는 것처럼 중얼거렸다.

"캬왕이면 일군日軍 수용소 아냐?"

"그렇지."

"뛰어나와버리지 않고 뭣 한다구 그런 곳에 처박혀 있었어!"

"글쎄! 용기가 없었던 거지."

나는 쓴웃음을 띠지 않을 수 없었다.

"용기는 또 뭣 때문의 용기야. 나와버렸으면 그만이지."

"쉬운 일이 아니었거든."

무슨 말을 주고받는지 알 까닭이 없어 어리둥절한 표정을 하고 있는 B선생을 보자 유태림은 다음과 같은 대강의 설명을 했다.

캬왕이란 한자로 '江灣'이라고 쓴다. 황포강 기슭에 오송吳淞 쪽으로 있는 지명이다. 일본군이 항복하고 난 뒤, 일본군의 수용소를 거기에다 두었기 때문에 그때 말로 캬왕이라고 하면 포로가 된 일본군의 수용소라는 뜻으로 되었다. 한국 출신 사병의 일부는 일본의 항복과 동시에 정식으로 제대를 했거나 탈출을 해서 개인 또는 집단으로 상해에서 자유로운 행동을 취했다. 그런데 그러지 못한 일부는 일본군과 함께 포로 취급을 받으면서 귀국하는 날까지 일군의 수용소에 있었다. 유태림은 자유행동을 취한 부류에 들었고, 나는 일군 수용소에 머물러 있는 부류에 속해 있었다. 유태림이 내게 한 말은, 그러니,

"뭣 때문에 자유행동을 취하지 않고 수용소에서 포로 취급을 받고 있

었느냐."

는 얘기인 것이다.

이런 설명을 듣자 B선생은,

"이선생은 원래 간이 무척 작은 모양이구먼."

하고 웃었다.

"따지고 보면 간이 크고 작고 할 것도 없었지. 그냥 나와버렸으면 되었던 거니까. 그러곤 나라도 찾아주었으면 좋았지."

유태림은 이처럼 간단하게 말하고 쾌활하게 웃는 것이었지만 사실은 그렇게 쉬운 일이 아니었다.

나라고 해서 수용소 생활이 좋아서 한 짓이 아니다. 매일처럼 소금국과 곰팡내나는 좁쌀밥만 먹고 병업兵業은 없어졌지만 그대로 남아 있는 일본 군대의 규율에 얽매여 살고 싶었을 까닭이 없다. 게다가 많은 한국 출신의 사병들이 자유의 몸으로 상해의 거리를 활보하고 있는 것을 목격도 하고, 그 가운데는 유태림처럼 잘 먹고 잘 입고 잘 놀고 있는 친구들도 있다는 소문을 듣기도 했으니 하루에도 몇 번이고 탈출했으면 하는 생각이 일기조차 했다. 탈출이라야 항복 전의 상황과는 딴판이어서 어려운 일이 아니었다. 가끔 외출을 허가하고 있었는데, 외출했을 때 수용소로 돌아가지 않으면 그만인 것이다.

그러나 내가 탈출했으면 하는 생각을 하고 있었을 때는 이미 상해의 거리엔 일본군에서 빠져나간 한국 청년들이 범람하고 있었고 이들을 먹여 살리는 문제가 상해 거주 교포들의 골칫거리로 되어 있었을 무렵이었다. 뿐만 아니라 억지로 어떤 교포의 동정과 호의를 구해서 밖으로 나갈 수 있었다고 하더라도 나 혼자만이 행동을 취할 수 없을 정도로 동료간의 관계가 미묘했었다. 유태림의 소식도 들어 알고 있었지만 이미 백여 명의 친구들과 함께 어떤 사람의 신세를 지고 있다는 것이니, 설혹 나 혼자 개인행동을 취해 그를 찾아가도 탐탁스러운 결과가 있을 것 같지 않았다. 게다가 상해의 거리는 위험하기 짝이 없다는 풍문이 자자했다. 어느 골목에서 무슨 귀신에게 홀려갈지 모른다는 것이다. 이런 풍문은 터무니없는 과장만도 아니었다.

그러니 모험을 하느니보다, 불편하고 지리할망정 캉왕의 수용소에 들어박혀 연명이나 하다가 귀국할 날을 기다리는 편이 낫다고 생각한 것이다.

이렇게 설명을 해도 태림은 아쉬운 표정이었다.

"기회를 영원히 놓친 거지. 상해라는 곳은 한 번쯤은 파고들어가 볼 만한 도시거든. 앞으로 거길 갈 기회도 없을 게고. 갈 수 있댔자 1945년의 상해는 아닐 것이니 아까운 기회를 놓쳤다고 할 수밖에. 하여간 이 군은 너무나 소심한 것 같애……."

"소심하다고? 그럴는지 모르지."

나는 그럴 수밖에 없지 않으냐는 말을 이렇게 고쳐 말하고 다음과 같은 농을 했다.

"속담에 팔자 좋은 년은 넘어져도 가지밭에 넘어지고 팔자 사나운 놈은 냉수를 마시다가도 이빨 다친다는 게 있잖아."

"팔자? 팔자까지 등장해야 하나?"

태림은 깔깔대고 웃었다.

"1945년의 상해라! 듣기만 해도 흥미가 있는 대목인데."

B선생이 이렇게 말하자, 태림은,

"상해라는 곳은 원래 흥미가 있는 곳 아냐? 동양과 서양의 기묘한 혼합, 옛날과 지금의 병존, 각종 인종의 대립, 그 혼혈, 호사와 오욕과의 선명한 콘트라스트, 전 세계의 문제와 모순을 집약해놓은 도시. 특히 1945년 상해라고 내가 말하는 것은 이때까지나 앞으로나 상해에선 기생충과 같은 존재밖엔 안 되는 한국 사람들이 주인이 없는 틈을 타서 한동안이나마 주인 노릇, 아니 주인인 척 상해에서 설친 때라는 그런 의미에서였지. 허파가 뒤집힐 정도로 우스운 노릇이었는데 8·15 직후 상해에서 한국 사람들이 우쭐대던 꼴은 꼭 기억해둘 만한 가치가 있어. 승리를 했다는 중국 사람이나 패배한 일본 사람이나 그밖의 각국 사람들이 어리둥절하고 있는 판인데 한국 사람들만은 내 세상을 만났다는 듯이 설쳐댔으니 가관이었지."
하고 상해 시절의 얘기를 시작했다.

이어 학병 시절의 얘기도 나왔다. 이런 얘기가 대충 끝났을 무렵 B선생이 태림에게 C고등학교에 와줄 수 없느냐고 물었다. 태림은 그렇게 할 작정으로 내려왔다고 했다.

"사실 서울에 있어보았자 무의미할 것 같애. 시끄럽기만 하고 먼지투성이고, 매일처럼 술 마실 일만 생기고…… 고향에서 조용하게 교사 노릇이나 하면서 공부나 해야지."

"조용할 수도 없을 걸세."

B선생은 학교의 혼란, 직원의 구성, 학생들의 동태 등을 소상하게 설명하고 약간의 곤란쯤은 미리 각오하고 있어야 할 것이라고 덧붙였다.

"성의껏 노력하면 될 일 아니겠어? 일본 병정 노릇도 했는데 웬만한 곤란쯤이야 문제도 아냐."

태림의 대답은 이처럼 활달했다.

나는 태림에게 걸고 있는 교장의 기대와 그 기대의 성질을 얘기해봤다. 그랬더니 태림은,

"어쨌든 교사로서의 최선을 다해볼 작정이니까, 그러한 노력이 교장 선생의 기대와 통하면 다행한 일이고 그렇지 못해도 할 수 없는 노릇이구…… 문제는 수양과 실력이 모자라는 내가 어느 정도 교사로서 성공할 수 있을까 하는 데 있는 거겠지."
하며 교사 노릇을 해보겠다는 마음의 밑바닥에 만만치 않은 포부가 사려 있음을 보였다.

어느덧 해는 기울어 있었다. 저녁 진지를 어떻게 하겠습니까, 하고 묻는 하인의 말에 대답 대신 태림이 앞에 낭자해 있는 술상을 치우라고 이르면서 일어섰다. 그러고는 B선생과 나를 번갈아 보고,

"우리 밖에 나가 한잔 더 하자."
면서 상냥한 웃음을 띠었다.

이왕 유태림에 관한 기록을 쓸 바에는 학병 시절의 유태림, 상해 시절의 유태림에 관한 기록을 빼놓을 수 없다. 그렇다면 그 기록을 이 자리에 써두는 것이 적당하지 않을까 한다. 그런데 다음의 기록은 유태림에게서 직접 들은 이야기, 당시의 유태림을 잘 아는 사람들이 들려준 이야기들을 나 자신의 체험을 통한 추측을 토대로 종합한 것이다.

1944년 1월 20일 오전 9시. 유태림은 약 1천 명의 학병과 같이 대구에 있는 80연대에 입영했다. 간단한 신체검사가 끝난 뒤 검은 학생복을 벗고 카키색 군복으로 갈아입었다. 군복으로 갈아입은 친구들의 모습에 반사된 스스로의 모습을 보고 비로소 운명의 채찍질을 두뇌에서 가슴에서 뼈에서 피부에서 실감했다. 일본군의 군복은 묘한 작용을 한다. 장교복은 아무리 못난 놈이라도 그것을 입기만 하면 잘나 뵈도록 하기

위해서 고안된 것임이 틀림없다. 이와는 반대로 병정이 입는 군복은 아무리 잘난 놈이라도 되도록이면 못나 뵈도록 하기 위해서 고안된 것이다.

인격은 학생복을 싼 옷 꾸러미와 더불어 고향으로 보내버리고 병력의 한 단위로서 스스로의 육체와 정신을 규제해야 하는 노예의 나날이 그때부터 시작되었다.

'무엇을 위해, 누구를 위해, 그리고 어떻게 하자는 이 꼴인가!'

차라리 감옥을 택했어야 할 일이었다.

1월 28일. 출발. 어디를 향해서 출발한다는 것인지 신병들은 아무도 몰랐다. 80연대에서 대구역까지는 상당히 먼 거리다. 그 연도는 전송 나온 시민들에 의해서 혼잡을 이루고 있었다. 거시적擧市的인 전송이었다. 마음의 탓인지 어린이들을 제외한 시민들의 얼굴은 어두웠다. 눈앞을 지나가는 카키색의 군상들은 불과 몇 달 전까지만 해도 전체적으로나 개인적으로나 갖가지의 희망을 거기에 탁해 보았던 청년들인 것이다. 보랏빛 희망이 카키색 체관이 되어 지금 절망의 저편으로 흘러가는 것이다. 어두울 수밖에 없었다.

미리 마련된 군용 열차. 기관차는 북쪽을 향해 달려 있었다. 땅거미가 내릴 무렵 기적은 높이 울렸다. 이윽고 열차는 어둠 속으로 달려가고 있었다. 힘찬 박력의 차바퀴 소리가 운명의 소리처럼 들렸다. 바깥을 보려고 해도 어둠을 바닥으로 한 유리는 이편의 얼굴을 희미하게 비춰 줄 뿐 산하의 모습은 보이지 않았다. 그러나 눈을 감으면 어둠 속에 묵연히 펼쳐진 산하의 차림새가 완연하게 떠오르는 것이다.

'마음을 달래며, 말없이 떠나갈 때 강산은 이렇게도 아름다운 것일까. 지금 노래 부르지 않는 나의 마음은 영원한 승리를 노래 부르기 위

해서다. 지금 꽃피지 않는 나의 마음은 구원의 젊음으로 빛나기 위해서다.'

　압록강을 건널 땐 눈이 내리고 있었다. 공습에의 대비라고 해서 닫아 버린 셔터의 틈으로 어두운 강 위에 펄펄 휘날리는 눈송이를 보며 모두들 저마다의 가슴에 탄식 어린 물음을 새기고 있었다.

　'다시 이 강을 건너는 날이 있을까?'

　날이 밝았을 땐 열차는 만주의 광야를 달리고 있었다. 어디선지 일기 시작한 노랫소리가 폭풍처럼 열차를 휩쓸었다. '진도아리랑', '양산도', '강강수월래', '육자배기', 민요란 민요는 죄다 등장하는 대합창이 그칠 새 없이 되풀이되었다. 어디 갖다놓아도 젊음은 젊음이다. 한숨도 뭉쳐진 젊음을 통하면 노래가 된다. 그러나 그런 노래는 통곡보다도 더욱 슬프다. 그 슬픔을 모르는 척하려는 것이 또한 젊음이다.

　해가 지고 해가 뜨는 것 외의 시간 관념이 없어졌을 무렵, 열차는 봉천奉天 들머리에서 서쪽으로 향했다. 열차 안엔 종일 안도의 한숨 같은 것이 미풍처럼 일어났다. 소만 국경으로 가는 것이 아닐까 하는 불안이 해소된 때문이었다. 당시 소만 국경에선 전쟁이 없었다. 경비태세가 있을 뿐이었다. 중국 본토에선 전쟁이 있었다. 그런데 전쟁이 없는 소만 국경에 갈까 봐 겁을 먹고 전쟁이 있는 중국 본토엘 간다고 알자 안도의 숨을 내쉰 것은 어떠한 까닭일까 모를 일이었다.

　열하를 지나 산해관山海關에 다다랐을 때 산의 능선을 타고 내려온 성벽 같은 것이 눈에 띄었다. 누군가가 외쳤다.

　"만리장성이다!"

　틀림없는 만리장성이었다. 아득한 옛날 유태림이 가냘픈 손가락 끝으로 지도 위에 그려진 만리장성의 기호를 더듬은 기억이 어제 일같이 되살아났다. 황당한 옛이야기가 돌연 현실로서 나타난 느낌이었다. 여태까지 보지 못했던 선조의 고국에 돌아온 것 같은 이상한 감상에 눈시울이 뜨거워졌다.

태원太原에서 약 반수의 학병이 내렸다. 아직 정거한 채로 있는 열차의 창을 통해 음울하게 찌푸린 하늘 밑으로 행진해가는 그들에게 미친 듯이 손을 내저으면서 모두들 눈물을 흘렸다. 군용 열차를 타고난 뒤 처음으로 흘린 눈물이었다. '어느 때 어느 곳에서 다시 만날 날이 있을까!'

제남濟南을 지날 땐 눈이 내렸고 남경南京을 건너편으로 보는 포구에 도착했을 때는 부슬비가 내리고 있었다. 포구에서 군용 열차를 하직해야 했다. 멀리 대구에서부터 이 양자강의 기슭에까지 태워다 준 열차, 그 열차와의 이별은 고향을 떠나는 슬픔에 못지않았다.

부슬비를 맞으면서 양자강을 바라보았다. 도도한 탁류가 거센 파도를 일으키며 망망하게 흐르고 있는 강물. 역사책 속에 서 있는 것 같은 환각과 오랜 여로에 지친 현실감이 뒤섞인 눈으로 대안에 있다는 남경을 바라보았으나 자금산紫金山 위에 솟은 중산탑中山塔이란 그 첨탑의 끝만 아슴푸레 보일 뿐이었다.

남경엘 건너가니 포구에선 비가 오고 있었는데 거기는 겨울의 태양이긴 하지만 밝은 태양빛이 거리에 가득했다. 퇴락해가는 듯한 집들이 즐비한 거리에 우중충한 곤색 빛깔의 옷을 입은 중국인 남녀들이 광채를 잃은 눈을 멍청하게 뜨고 지나가는 일본 군대를 보고 있었다. 태림은 그 가운데서 적의敵意의 하나라도 찾아보려고 했으나 허사였다. 의론이나 한 것처럼 무표정한 얼굴, 무표정한 눈빛. 그러나 상점엔 표정이 있었다. 아직 겨울인데도 점두까지 넘쳐 있는 갖가지 과일, 껍질을 벗긴 채 발톱을 아래로 하고 매달린 돼지들. 일본군이 가든 오든 어떻게 해서라도 살아야겠다는 의지를 사람에게서가 아니라 상품에서 느꼈다.

병참숙사兵站宿舍라는 곳에서 점심과 저녁을 겸한 식사를 하고 남경역에서 기차를 탔다. 기차라지만 화차다. 유태림들은 화차에 짐짝처럼 실려서 남경을 떠났다. 이 화차 속에서 비로소 그들이 갈 곳은 소주蘇州라는 것을 알았다. 소주! 거기는 전쟁이 없다고 했다. 좋은 곳이라고 했다. 태림은 소주에 가게 된 것을 다행으로 생각했다.

먼동이 틀 무렵 소주역에 도착했다. 모두들 사단사령부에 가서 부대 배치를 정한다고 하는데 태림이 끼인 60명가량의 일대一隊는 미리부터 소속될 부대가 정해져 있는 모양이어서 사단사령부에 가지 않아도 된다는 것이었다. 다른 곳으로 가야 하는 친구들과 인사를 나눌 겨를도 없었다. 태림이 속한 일대는 지휘자가 이끄는 대로 소주 성벽을 왼편으로 끼고 무작정 걷기만 했다. 돌을 깎아 포장한 길 위에 군화는 요란스럽게 소리를 냈다. 아직 꿈길에 망설여 있는 거리를 요란스러운 소리를 내고 걸으면서,

'여기가 소주로구나.'

하는 감회를 만들어보려고 했으나 유태림의 지쳐 있는 육체와 의식은 일체의 반응을 거부했다.

드디어 목적한 곳에 도착한 모양이었다. 고국을 떠난 지 9일째, 1944년 2월 5일.

유태림이 소속한 부대는 방첩명을 호코矛 2325부대라고 했다. 정식 명칭은 제60사단 치중대. 이것의 원대는 근위사단 동부 제17연대다. 이 부대는 중지中支에 있어서의 인텔리 부대로서 널리 알려져 있는 부대였다.

부대의 상층 간부는 직업군인들이었지만 중견장교, 하사관, 병정 가운데는 소설가, 동화작가, 만화가, 연극인, 대학교수, 중학교사 등 상당수의 지식인들이 있었다.

3개 중대 편성의 조그마한 부대. 평상시의 총원이 4백 명도 채 못 되는데 한국 출신의 학병이 60명이나 끼이게 되었다. 다른 부대에선 한국 출신의 학병이 각 중대에 3, 4명 끼일까 말까 한 정도였다는데 유태림의 부대에선 중대마다 한국의 학도병이 20명씩이나 배치된 것이다. 그런데 북지北支 서주徐州에 있는 부대에 배치된 한국 학도병의 거의 반쯤이 탈출해버린 바람에 나머지 학도병을 이 부대에 합류시키기까지 했으니 부대 총원의 5분의 1에 해당하는 숫자가 한국인이었다. 어떤 이유로 일반 지원병과 징병 출신의 한국인은 하나도 섞지 않고, 학도병만을 그렇게 많이 이 부대에 배치하게 되었는지는 알 수 없는 일이다. 다만 지금은 모두 퇴역해버린 모양이지만 한국의 전 육군 총참모장을 비롯한 수 명의 한국군 장군이 이 부대에 소속된 학병 가운데서 나왔다는 사실만은 특히 기록해둘 필요가 있다.

인텔리 부대라고 하지만 일본 군대는 일본 군대다. 비교적 인텔리가 많았을 뿐이지 역시 다수는 지식 정도가 낮은 병정들이어서 일본 군대로서의 생리와 병리는 빠짐없이 갖추어져 있었다. 초년병 시절의 훈련은 어디에서나 마찬가지로 가혹했다. 뺨은 노상 맡겨놓아야 했고 구두의 밑바닥을 핥아야 했고 마루 위를 기어다니며 개처럼 짖기도 해야 했다.

게다가 유태림의 부대는 말馬 부대였다. 말 부대의 병정은 다른 병과의 병정들보다 언제나 한 시간 먼저 일어나야 한다. 취침하는 시간은 같은데 기상하는 시간만은 한 시간 빨라야 한다는 건 불공평한 처사라고 하겠으나 말 시중을 들자니까 그만한 시간이 더 있어야 하는 것이다.

말 시중, 또는 말 치다꺼리―일본의 군대용어로 '마구간 동작'이라고 한다―는 병업 중에서도 가장 고된 일에 속한다. 보통, 병정 하나가 평균 다섯 필의 말 시중을 들어야 하고 다섯 개의 마방을 소제해야 한다. 구체적으로 말하면 다섯 마리의 말에게 물을 먹이고 사료를 먹여야 하며 그 털이 윤이 나게 빗질하고 발톱 소제를 깨끗이 하고 기름까지 발라야 한다. 그리고 나면 마구간에 깔려 있는 똥오줌 섞인 짚을 손으로―꼭 손으로 해야만 한다. 기구를 써선 안 된다―꺼내선 똥과 짚을 가려 똥은 일정한 장소에 갖다버리고 짚은 두 치 이상으로 두텁지 않도록 깔아 말린다. 마구간의 바닥은 밥알이 떨어져도 주워 먹을 수 있도록 물을 퍼부어 씻고 닦아야만 한다. 체력이 좋고 부지런한 장정 머슴을 시켜도 한나절은 실히 걸릴 작업량을 한 시간 동안에 해치워야 하니 마구간 동작은 그야말로 전쟁이다. 그러니 말 발톱을 씻을 시간은 있어도 자기 낯짝을 씻을 시간은 없게 된다. 어쩌다 보면 측간에 갈 시간도 없어지는데 나오는 것을 어떻게 할 수 없어 측간에 가놓고 보면 뒤엔 벌에 쏘인 만큼 부풀어 오르도록 따귀를 얻어맞아야 한다. 말 부대에서의 서열은 장교, 하사관, 말, 그리고 병정이란 순서다. 이건 결코 과장된 얘기가 아니다.

마구간에서 돌아오면 옷을 갈아입어야 하고 구두를 말끔히 닦아야 한다. 자기 구두만이 아니라 고병古兵들의 구두까지 닦아주어야 한다. 아니꼬운 것은 그 볼품없는 구두를 하루에 두 번씩 닦아야 하는데, 그 볼품없는 구두 밑바닥에 흙덩이라도 붙어 있다간 그 밑창을 핥아야 하는 처지다.

그러고는 식사. 젓가락을 들었을까 말았을까 할 땐 연습 개시의 나팔

이 울린다. 허겁지겁 밥덩어리를 집어 삼키기가 바쁘게 구두를 신고 각반을 치고 총을 메고 나가서 연병장에 정렬, 잇달아 추상 같은 호령 아래 숨가쁘게 뛰어다녀야 한다. 기진맥진했을 무렵에 점심시간. 그러나 바로 점심을 먹을 순 없다. 말에 점심을 먹여놓아야 병정들의 점심이 있다. 점심시간에 약간의 여유를 아껴 빨래를 한다. 겨울철이면 녹지 않은 얼음을 그냥 부숴서 그것으로 부비고 문댄다. 조금이라도 때가 묻은 내의를 입고 있거나 양말을 신고 있으면 저녁때의 기합이 엄청나기 때문이다.

"천황폐하의 팔다리가 그처럼 불결해서 쓰겠느냐."
는 호통과 함께 주먹이나 몽둥이가 소문 없이 날아든다. 그들의 말따라 천황폐하의 팔과 다리를 그처럼 함부로 때릴 수 있느냐는 반문도 있을 법한 일이지만 그따위 논리가 통하지 않는 곳이 일본 군대다.

오후의 연습. 그것이 끝나면 다시 마구간 동작이 시작된다. 아침에 끌어내서 말려놓았던 짚을 도로 말간으로 갖다 넣곤 말에게 물을 먹이고 사료를 먹인다. 저녁밥을 먹고 소제를 끝내고 나면 지옥의 고문이 시작된다. 무기검사, 복장검사를 비롯해서 군인칙어 외우기, 내무령 외우기, 기타 트집을 잡힐 대로 잡혀 얻어맞고 나면 다시 한 번 말간에 갈 시간이 돌아온다. 네 번째 말간에서 돌아오고 나면 취침 준비, 그리고도 시간이 남으면 편지쓰기, 잠자리에 들어가라는 호령이 떨어지면 봉투처럼 접어놓은 담요 속으로 기어든다. 드디어 취침 나팔 소리가 울린다.

'신병들은 불쌍도 하다. 오늘밤도 울며 자는가.'

그 나팔 소리를 번역하면 이렇게 된다는 것인데, 차라리 죽어버렸으면 하는 생각이 부풀어오르지만 오늘밤은 이왕 누웠으니 내일 죽기로 하고 잠이 든다. 그러나 내일은 또 일어나기가 바쁘게 채찍에 맞아 돌아가는 팽이처럼 돌아야만 하는 판이니 죽을 생각은 엄두에 내보기조차 못하고 만다.

이밖에 근무라는 것이 있다. 위병 근무, 불침번 근무, 마구간 당번 근무, 성문·야전창고·사단·연료창고 등의 영외 근무. 워낙 병력이 모자라는데 필요와 격식은 충족시켜야 하니 이런 근무가 이틀이 멀다 하고 돌아온다. 근무가 있으면 잠을 자지 못한다. 이것이 최대의 고통이다. 어느덧 먹는 것과 잠자는 것 외엔 아무것도 생각하지 않는 동물이 되어 스스로를 느낀다. 그래도 놀라지 않을 정도로 신경은 이미 무디어 있다.

이러한 상황 속에 놓인 한국 학도병의 처지는 경험해보지 못한 사람이면 상상할 수도 없을 게다. 더욱이 유태림의 처지를 생각하면 나쁜 취미일지 모르나 흥미가 있다. 파리 한 마리쯤 앉았다고 해서 모처럼 내놓은 수박에 손을 대려고도 하지 않았던 유태림이 구두 밑창을 핥아야 했으니 말이다. 사소한 모욕에도 견디지 못하는 거만한 유태림이 매일처럼 따귀를 얻어맞았으니 말이다. 아니나다를까, 일본 군대에서의 유태림은 결코 우수한 병정이 아니었던 모양이다. 초년생 훈련에 견디어 내지 못해 꾀병을 부리곤 석 달 동안이나 병원에 드러누워 있었다고 한다. 유태림에게 호의를 가진 담당 간호부가 태림의 병상일지를 어디다 치워버렸기 때문에 군의가 치유 진단을 내리지 않아 이미 병은 나아 있었는데도 그렇게 오랫동안 병원에 머물러 있을 수 있었다고도 했다. 그 간호부와의 연애관계가 발각되어 강제 퇴원을 당했다는 얘기도 있다. 퇴원하자 자포자기한 나머지 외출한 날에 한 말 가까이 술을 퍼먹고 노상에서 사단의 순찰장교에게 덤벼들어 하마터면 헌병대에 끌려갈 것을 중대장의 적극적인 비호로 그 화를 면한 일도 있었다고 했다.

그러나 이 모든 것은 본인에게서 들은 얘기가 아닐 뿐더러 옛날의 그의 성품으로 미루어서도 상상할 수 없는 일들이니 설혹 사실이라고 하더라도 과장된 부분이 많지 않을까 한다.

초년병 교육기간이 끝나고 나면 주변의 공기가 거짓말처럼 일변한다. 열대 또는 한대에서 온대 지방으로 옮긴 정도로 기후조차 바뀐다. 그런데다 유태림의 부대에 보충병이 들어왔다. 유태림들보다 한 칸 아래의 계급이 나타난 것이다.

일본 군대에서는 어떤 일이 있어도 병정들끼리 단결해서 상층부에 반항하지 못하는 것은 병정들의 계급이 세분되어 있고 각 계급의 이해관계가 판이한 까닭에 있다. 초년병 때 적개심은 2년병이 되어 새로 들어온 신병들에게 군림하는 맛으로 가셔지는 것이 그 예다.

초년병의 교육기간도 끝나고 보충병도 들어오고 해서 유태림 등이 한시름 놓게 된 무렵의 어느 날, 태림과는 같은 고향이라서보다 가깝게 지내는 사이인 허봉도許鳳道란 친구가 태림을 근처에 있는 방공호 속으로 끌어들였다. 그러고는 한다는 말이 안달영安達永 씨가 교양회를 가지자고 하는데 그러자면 태림이 관리하고 있는 창고를 빌려야겠다는 것이었다. 태림은 그때 부대의 소모품 창고를 관리하는 임무를 맡고 있는 터였다.

어떤 교양회냐고 물은 태림에게 대한 허군의 답은, 아마 공산주의 교양이 아닌가 싶다고 했다. 태림은 허군의 얼굴을 들여다보면서, 너 정신이 있는 사람이냐고 쏘았다. 허군의 평소 언동엔 엉뚱한 데가 있는데다가 그때 하는 말이 하도 어이가 없었기 때문이었다.

허군은 발끈하면서 안씨는 애국자이며 사상가이니 그릇된 짓을 할 사람이 아니라고 우겼다. 대학 시절에 사상관계로 몇 번이나 감옥 출입을 했기 때문에 저렇게 나이가 많은데도 학병으로 끌려오지 않았느냐는 설명까지 붙이고는 일본의 패망과 조국의 독립을 목전에 둔 이 마당에서 안씨를 중심으로 한 교양회와, 나아가 결사를 만들어야 한다고 사뭇 열띤 어조로 말했다.

 그 자리에서 시비를 벌여보았자 아무런 보람이 없을 것을 짐작하고 태림은 생각할 여유를 달라면서 허군과 헤어졌다. 그러나 난처한 문제가 아닐 수 없었다. 그 시국에 더더구나 일본의 병영 내에서 공산주의의 모임을 가지려는 행위는 그 사상에 동조하건 안 하건은 둘째로 하고 대단한 용기라고 아니할 수 없었다. 만약 그것이 진짜 용기라면 자기는 거기에 따를 수가 있을까 하고 태림은 생각해봤다. 진짜일 뿐 아니라, 두곱 세곱의 진짜라도 그러한 용기엔 따라갈 수 없다는 결론에 다다르자 태림은 자기가 비겁한 놈이 아닐까 하는 생각도 해보았다.

 하지만 이상한 일이기도 했다. 하필이면 지금 이 판국에 이곳에서 꼭 그런 모임을 가져야 할 이유가 무엇일까. 단순한 교양, 순수한 수양을 목적으로 하는 것이라면 생명을 거는 위험을 피하고 스스로의 내면에서 할 수 있지 않을까. 동지가 필요하다면 모임을 가질 필요 없이 마음이 통하는 사람끼리 일대일의 대화로써 해나갈 수 있지 않을까. 정치적인 목적이 있다면 제일 먼저 생각해야 할 것이 효과의 문제가 아닌가. 만약의 경우도 생각하고 그랬을 때의 손익타산도 해보아야 할 것이 아닌가. 하여간 태림은 안달영의 의중을 물어보기나 해야겠다고 결심했다.

 그날 밤, 점호시간을 한 시간쯤 앞두고 유태림과 안달영은 창고 깊숙한 곳에 마주 대하고 앉았다. 마주 대하고 앉았으나 불을 켜지 않아 상대방의 표정을 살필 수는 없었다. 10월도 중순경, 으스스 한기가 돌았다. 높은 살창을 통해 스며든 달빛이 희미하게 두어 줄 천장에 금을 긋고 있었다.

"모임을 갖자는 의도가 뭡니까?"

유태림은 단도직입적으로 물었다. 안씨의 나이가 유태림보다 다섯 살이나 위였기 때문에 서로 위대접을 하는 사이였다.

"얼마 안 가서 일본이 패망합니다. 그땐 우리나라는 독립합니다. 그 독립에 대비해야 합니다. 그것이 모임을 갖자는 의도지요."

나지막하지만 또렷또렷한 말씨. 비밀집회에 익숙한 말투로구나 하고 태림은 생각했다.

"독립에 대한 준비와 공산주의의 교양과는 어떻게 관련되는 것입니까?"

"공산주의 이외에 우리나라가 나갈 길이 있겠소? 그 길 외엔 없습니다. 그러니까 공산주의의 교양이 독립에 대한 준비가 되는 게죠."

"그건 안선생 개인의 의사입니까, 또는……."

"역사적 결정이죠. 세계의 조류라고 해도 좋구."

"역사는 사람이 만드는 것이 아닙니까. 우리나라의 나갈 길은 우리나라 국민들의 전체 의사가 결정할 문제가 아닙니까?"

"그 전체 의사가 공산주의에의 의사라야 된단 말이죠. 그러니까 교양을 주라는 거요."

"전체 의사가 공산주의에의 의사라야 된다! 너무나 지나친 독단이 아닙니까?"

"독단이라니, 이것은 객관적 진리요. 동시에 절대적 진리요."

"내가 독단이라고 한 것은 전체 국민에게 물어보지도 않고 미리 전체 의사라고 결정해버리는 사고방식이 그렇다는 말씀입니다."

"물어보나마나 아뇨! 그러니까 진리라는 것 아뇨? 마르크스에 의해서 자본주의가 붕괴한다는 것이 증명되지 않았소? 레닌에 의해서 제국주의는 타파되어야 하며 타파될 수 있다고 증명되지 않았소? 스탈린에 의해서 공산국가로서의 번영이 가능하다는 것이 증명되지 않았소?"

"말이 그렇게 나왔으니 나는 반대의 증거를 대보지요.『자본론』이 나온 지 80년 가까운 세월이 되었는데 그사이 줄곧 성장한 것이 자본주의 아뇨? 제국주의는 타파되어야 한다고 레닌은 말했는데 그 후 30년 가까운 동안 늘어나기만 하지 않았소? 스탈린에 의해서 공산국가로서의 번영을 이룩했다고 하지만 그 번영을 인정하더라도 그 길 이외엔 길이 없었다고 말할 순 없는 것 아뇨? 그리고 나라 전체를 감옥으로 만들어 백성을 탄압하지 않았소? 스탈린이 증명한 것은 나라 전체를 감옥으로 만들고 백성의 자유를 죄다 뺏지 않고는 공산국가를 만들 수 없다는 바로 그 사실 아니겠어요?"

"일본놈의 황국신민 교육을 철저히 받아놓았으니 그따위 말밖엔 하지 못할 줄을 이해는 하고 있소만 앞으론 좀 겸손할 줄도 알아야 할 게요."

"나는 안선생이 믿고 있는 공산주의에 반대하려는 것은 아닙니다. 다만 물어보기도 전에 국민의 전체 의사를 결정해버리는 것은 독단이 아닐까 했을 뿐이오."

"두고 보시오. 중국은 일본이 패망하자 곧 공산국가로 됩니다. 우리나라는 대륙의 절대적인 영향에 놓이게 되구요. 그렇게 되면 우리나라도 자연 공산국가로서 독립하게 됩니다."

"절대적인 영향 밑에 있는 것하고 독립하고는 서로 모순되는 얘기가

흘러간 풍경

아닙니까."

"동지적 입장과 독립과는 모순되지 않지요."

"자연히 공산국가로서 독립한다고 하셨는데 그렇다면 미리 준비할 것도 없지 않습니까. 황차 이런 때 이런 곳에서 그런 모임을 가질 필요도 없는 일 아닙니까?"

"천만에. 되도록 장애물을 적게 하고 시간을 단축시키기 위해서 정신적 무장이 필요한 겁니다."

"유물주의를 위해서 정신적 주의가 필요하다는 얘기는 퍽 재미가 있습니다."

"당신은 유물사관을 이해하고 있지 않으니까 그런 소릴 하는 거요."

"그건 농담이구요. 그런데 지금 여기서 그런 모임을 갖는다고 해서 어느 정도로 장애물을 없애고 얼마만큼 시간을 단축시킬 수 있겠습니까."

참고 있던 울화가 여기에 이르러 터진 모양이었다. 안의 몸뚱어리가 바르르 떨리듯 하는 양이 어둠 속에서도 보이는 듯했다.

"여보시오, 유형! 당신에겐 애국심도 없소? 젊은 사람다운 정의감도 없소? 학생다운 진리에의 정열도 없소? 몇십 년 전부터 애국자는 스스로를 희생할 각오를 하고 조국과 인민을 위해서 싸우고 있소. 번히 안 되는 일인 줄 알면서도 명분과 대의를 위해서 무수한 지도자가 살을 에이고 뼈를 깎고 있소. 그런 정도까질 나는 유형에게 기대하지는 않소. 그렇지만 조국의 해방을 눈앞에 두고도 돌멩이 한 개 치우는 노력마저 안 하겠단 말요? 난 유형을 그런 사람으로 보지는 않았는데 정말 실망했소."

나지막하나마 분노에 격한 어조였다. 유태림도 흥분했다.

"안선생은 안선생의 신념을 말했습니다. 신념에 대해서 참견할 의사는 조금도 없습니다. 그러니까 나는 내 생각을 말해보겠습니다. 독립운동은 독립에만 목적을 두는 운동이라야 한다고 믿습니다. 특정한 사상과 주의를 개재시키면 독립운동의 과정에서 단결할 수 있는 접착력을 잃기 쉽습니다. 이것은 아일랜드의 예, 인도의 예를 보아서도 분명하지 않습니까. 어떠한 정체政體를 택할 것인가는 독립할 수 있는 환경을 쟁취한 연후에 다수의 의사에 따라 결정할 문제가 아니겠습니까. 공산주의자들은 공산주의자대로 그들의 단결을 굳게 하고 동지를 포섭하되 독립할 수 있는 환경을 만들 때까진 그 주의와 사상을 전면에 내놓아선 곤란하다는 말씀입니다. 민족주의라도 그렇고 미국식 민주주의를 신봉하는 사람도 그렇고 프랑스의 정체를 좋아하는 사람도 그래야 되리라고 믿습니다. 그런 뜻에서 우리나라가 나아갈 길이 공산주의의 길밖에 없다는 사상은 그것을 찾으러 오는 사람 이외엔 강요해선 안 된다는 말입니다. 강요해서 될 문제도 아니구요."

"그것이 되어먹지 않은 망상이란 거요. 주의와 사상이 없이 어떻게 힘을 결집한단 말이오. 그저 독립만 하라고 떠들어가지고 일이 될 줄 압니까? 꼭 그렇게 믿고 있다면 어리석기 짝이 없는 잠꼬대에 지나지 않고, 고의로 하는 소리라면 비겁하고 음흉한 술책에 불과한 수단적인 궤변이오."

"나라와 나라가 싸울 때, 주의와 사상을 가지고 싸우는 거요? 나라를 사랑하는 감정, 내 나라를 지켜야겠다는 의무감, 그것을 가지고 싸우는 것 아뇨? 종교가 다르고 의견이 다르고 직업이 다르고 계급이 다른 사람들이 그저 나라를 지키겠다는 일념으로 싸우는 것 아뇨? 독립운동이 가능하다면 그 싸움과 다를 것이 무엇이 있단 말요. 나라를 잃은 사람들이 나라를 찾겠다는 마음과 감정만으로 왜 싸우지 못한단 말요. 공산주의 사상이 아니면 독립할 수 있는 힘을 결집하지 못한다면 미합중국은 어떻게 독립할 수 있었지요? 필리핀의 아기날도는 어떻게 싸웠지요? 인도의 간디와 네루는 어쩌자는 거지요? 아일랜드의 독립운동은 공산주의가 없기 때문에 그처럼 약한 건가요?"

"공산주의로써 무장하지 않으면, 다시 말해서 계급투쟁의 의식이 투철하지 못하면 모처럼 얻은 독립의 기회를 사악한 제국주의의 세력에게 가로채일 위험이 있고 반동분자에게 횡령당할 염려가 있는 거요. 그리고 튼튼한 기초를 인민대중 속에 박고 다수의 백성이 고루 잘사는 나라가 되어야만 독립한 보람이 있고 반동분자에게 횡령당하지 않는다는 얘기요. 그렇게 하자면 공산주의 국가로서의 독립이라야 한다 이 말씀이오."

거칠어져 있는 안의 숨소리를 들으면서 태림은 자기의 숨소리도 거칠어져 있구나 하고 느꼈다. 그래 되도록이면 침착해지려고 애쓰면서 조용히 입을 열었다.

"공산주의 국가로서 독립하지 못할 바엔 독립을 할 필요가 없다는 뜻으로 들립니다, 안선생의 말은. 나는 그런 사고방식엔 승복할 수 없다는 겁니다. 내겐 공산주의를 비판할 역량도 없고 그럴 필요도 지금 느끼고 있지 않습니다. 다만 독립운동을 하려면 순수한 독립운동으로 일관해야 하고 정체의 채택은 국민 다수가 자유로운 의사로 결정할 수 있도록 여유를 남겨두어야 옳지 않을까 생각했을 뿐입니다. 물론 공산당이 내적으로 단결해서 정체 채택의 마당에선 국민 다수의 의사를 움직일 수 있도록 노력하는 것까질 막을 수는 없겠지요. 동시에 공산당에 반대하는 세력의 노력도 막을 순 없을 겁니다. 그건 그렇고 나를 비겁하다고 해도 좋고 뭐라고 해도 좋습니다만 이 창고를 모임에 이용하려는 것은 거절하겠습니다."

"결국 창고를 빌려주기 싫다는 뜻을 알리기 위한 장광설이었구먼
……."

안달영의 말엔 모멸하는 냉소가 섞였다.

"뭐라고 해도 좋소. 창고를 빌려주지 않을 뿐더러 그런 모임을 갖는 일에까지 나는 반대할 작정이오."

"뭣이?"

"어떻게 해서라도 그런 모임엔 반대한다고 했소."

"남의 신념엔 간섭하지 않겠다고 해놓고서?"

"이건 신념의 문제가 아니오. 나는 주의보다 사상보다 극언하면 독립운동보다 지금 나와 같이 이 부대에 있는 친구들의 생명이 중요하오. 안선생은 그런 모임을 가졌다가 만약 탄로날 때를 생각해보았소?"

"대단한 휴머니즘이로구먼. 그런 건 개도 먹지 않는 썩어빠진 센티멘털리즘이란 말요. 탄로나면 깨끗이 죽지. 이왕에 개죽음할지도 모르는 생명들이 아뇨? 차라리 조국과 인민을 위해서 노력하다가 수틀리면 죽는 것이 숭고한 일이지. 유선생! 비겁하게 굴지 마시오."

안의 말엔 독기가 서려 있었다.

"개도 먹지 않는 센티멘털리즘이니 다행입니다. 개가 먹을 수 있었다면 당신과 같은 사람이 먼저 먹으려고 대들 테니까. 그런데 우릴 깔보는 말은 삼가시오. 우리의 각오만은 개죽음을 하지 않을 작정이니까. 나는 공산주의를 욕할 의도는 조금도 없소. 그러나 공산주의의 교양회를 여기서 갖는다는 것이 조국과 인민을 위한 행동과 직결되는 것처럼 날조하지 말라는 충고를 할 수 있다고 생각하오. 그리고 뭔지 모르는 교양회를 하다가 붙들려 죽는 것보다 더욱 숭고한 죽음의 방식이 없다

고는 단정하지 않을 참이오. 어쨌든 나는 친구들의 생명을 구하기 위해서라도 당신의 계획엔 반대할 테니까 그렇게 알고 계십시오."

"너와 같은 비겁한 놈이 있으니까 만약의 경우라는 게 있는 게다. 토착 부르주아의 근성이란 어쨌든……."

"공산정권이 서는 날엔 죽여버린다는 뜻이겠지. 그러나 공산주의란 전략에 중점을 둔 주의가 아뇨? 그렇다면 공산주의 입장에서도 당신과 같은 그런 무모한 짓은 용납하지 않을 거요. 허지만 싸우진 맙시다. 매일처럼 왜놈에게 따귀를 얻어맞고도 견뎌온 사람들이 의견이 엇갈렸다고 해서 싸운대서야 말이 되겠소. 나를 비겁하다고 하지만 이곳에 있는 친구들을 비겁자로 만들지 마시오. 도쿄에 있을 때 보아온 일인데 사상운동을 하다가 경찰에 붙들려 가서 몇 대 얻어맞으니까 살려달라고 울부짖으면서 한 일 안 한 일, 있는 일 없는 일 죄다 불어버리는 꼴은 처참해서 볼 수가 없습디다. 안선생이 여기서 속성 교양을 해보았자 만약의 경우엔 그런 꼴이 될 염려가 없지 않을 겁니다. 때려도 태연할 수 있고 심한 고문에도 이겨낼 수 있자면 스스로가 내부에서 익어 있어야 되는 것 아니겠소? 스스로가 내부에서부터 익어서 자기 발로 안선생을 찾아올 때, 그때 그 사람을 단련해서 강철로 만드시오. 익지 않은 사람을 설불리 단련하려다간 평생의 망신을 장만하는 결과가 될지도 모르잖아요?"

"비겁한 놈에겐 비겁한 놈대로의 논리가 있는 게로구먼. 세상엔 너 같은 놈들만 사는 줄 알아?"

급격하게 치밀어오른 분노를 유태림은 겨우 참았다. 그러곤 입을 악물었지만 다음과 같이 쏘아붙이지 않을 수 없었다.

"이것 봐요. 이 말만은 하지 않으려고 했는데 도리가 없소. 똑바로 말할까요? 비겁한 자는 바로 당신이오. 하필이면 이럴 때 이곳에서 공산주의의 모임을 갖자는 것이 조국과 인민을 위하자는 거요? 누가 그런 속임수에 넘어갈 줄 아오? 그건 당신이 신봉하는 척하고 있는 공산주의에 대한 충성도 아니오. 일본이 패망할 날이 가까이 오니까, 이런 위험한 때, 이런 위험한 곳에서도 공산주의의 서클을 만들었다는 증거를 마련해두고 싶은 심보가 아니냐 말요. 그것을 미끼로 그 세상이 되면 다만 한 칸이라도 윗자리에 앉으려고, 그러곤 당신은 당신대로의 계산이 다돼 있을 거요. 패망하는 날과 만약 붙들렸을 때와의 타이밍조차 해놓고 있을 거요. 그때의 전술까지도 생각해놓고 있구. 일본 경찰에 붙들렸다가 풀려 나온 기술이 당신에게 있는 것 아뇨? 덕분에 당신에게 홀린 친구들만 경을 치구. 그따위 출세주의 소영웅주의와 간악한 계산으로 친구들을 함정에 몰아넣으려는 자가 비겁자인지 그런 비열한 짓을 막으려는 내가 비겁자인지는 어디 두고 봅시다……."

뭔가 유태림의 얼굴을 스쳤다. 눈에 불꽃이 번쩍 했다. 안이 팔을 휘두른 것이다. 숨찬 소리가 건너왔다.

"뭣이 어째 이놈, 듣자듣자 하고 있으니까."

그 찰나 태림은 일어서면서 안의 정강이를 걷어찼다. 그러면서 뱉었다.

"일이 나면 이 자식아, 네가 제일 먼저 동지를 팔아먹을 놈이다."

걷어차인 안달영이 뒹굴었던 몸을 일으켜 세워 태림에게 덤벼들려고 할 때 점호를 알리는 나팔 소리가 울렸다.

이런 일이 있고 난 며칠 후, 허봉도가 유태림을 그의 창고로 찾아왔다. 심각하게 찌푸린 허의 얼굴을 보고 유는,

"어디 아픈 데가 있나?"

하고 물었다.

　이 물음에는 대꾸도 하지 않고 담배를 피워 물곤 한참 동안 덤덤히 앉아 있더니,

　"자네가 그처럼 비겁한 놈인 줄 몰랐다."
하고 밑도 끝도 없는 말을 내뱉었다.

　"그게 무슨 소리냐."

　태림이 반문했다.

　"너 그것을 몰라서 묻나?"

　허의 말투는 여전히 퉁명스러웠다.

　"내가 뭘 안단 말야."

　태림은 며칠 전에 있었던 안과의 응수와 무슨 관련이 있는 게로구나 하고 생각하면서도 그렇게 말했다.

　"네겐 감수성도 없나?"

　허의 말투엔 어떻게 하든 유태림의 비위를 뒤집어놓고야 말겠다는 저의가 뚜렷했다.

　그러나 유태림은 허를 상대로 화를 낼 생각은 조금도 없었다. 성을 내지도 않을 참이었다. 허봉도는 병적으로 생긴 조그마한 체구의 사나이이며, 그래 일본군에서도 보호병 취급을 하고 있는 터였고 그 언동엔 애브노멀한 데가 있었다. 침대 위에 양발을 포개고 앉아 빨부리에 끼운 담배를 바끔바끔 피우면서 대수롭지 않은 것을 사뭇 대사인 양 얌전을 빼며 말하고 있는 꼴은 영락없이 상투만 없다뿐이지 시골 사랑에 앉은 시골 양반이었다. 허봉도에게 '허생원'이란 별명이 붙어 있는 것도 그 때문이었다. 게다가 사고방식엔 엉뚱한 비약이 있었다. 그런 까닭으로 유태림은 그를 병자로 생각하고 있었다. 그러나,

"쓸데없는 서두일랑 그만두고 할 말이 있거든 해보라."
고 태림은 언성을 굳히지 않을 수 없었다.

"유군은 안선생에게 대해서 한 짓을 잘한 거라고 생각하나."
허는 제법 준엄한 어조로 물었다.

"잘했다고 생각하지도 않고 잘못했다고도 생각하지 않는다."

"안선생은 애국자다. 투사다. 학생 때부터 일본에 항거한 사람이다. 우리들과는 다른 사람이여, 그런 분에게 대해선 그만한 예의가 있어야 할 게 아니었던가, 이 말이야."

"그분의 이력에 대해서 내가 뭐라고 한 일이 없어, 그 사람과 나와의 의견이 달랐을 뿐이었지. 그래 내 의견을 말했다는 것이 잘못이라는 건가?"

"의견을 말하는 것하고 협박과는 다르지 않나. 자넨 안선생을 협박했다며?"

"협박?"

"그래, 교양회를 만드는 일을 반대하겠다고 협박하지 않았어?"

"반대하겠다는 것이 협박인가? 나는 그런 모임은 위험하니 우리 친구들을 그런 위험 속에 들지 않도록 하겠다고 말했을 뿐이다."

"그게 곧 폭로하겠다는 협박이 아닌가."

"반대가 어떻게 폭로가 되지? 또 어떻게 해서 그것이 협박이 되지?"

"결과적으로 그렇게 된다는 말 아닌가."

"그렇게 비약하지 말어."

"비약? 어째서 비약이냐. 당연한 결론이지."

"보아하니 내가 반대한다니까 어디다 일러바칠까 봐 겁을 먹고 너를 내게 보낸 모양인데, 유태림이 구질구질한 사람은 아니라구 일러둬. 그리고 답답한 얘길랑 집어치우자."

"안 돼, 자네가 안선생에게 사과해야 하네."

"사과? 나는 사과를 해야 할 과오를 범한 일은 없다고 생각해. 약간 흥분했을 뿐이야. 그것도 상대방이 먼저 흥분해서 나를 모욕하는 언사를 썼기 때문이다."

"자네가 말 같잖은 말을 하니까 안선생이 흥분한 거야."

"이봐, 허군. 그러면 차근차근 얘기해줄게. 지금 이 상황 속에서 공산주의의 교양회를 하자고 하는데 그것을 섣불리 승낙할 수 있겠어? 그 사상이 옳고 그르고는 따지지 않기로 하더라도 문제를 현실적으로 생각해봐야 할 게 아닌가. 조선 사람들끼리만 한다고 하자. 솔직하게 말해서 같은 조선 사람이라고 무조건 믿을 수가 있나? 우리 사이에서 자진 배신자가 안 나온다고 해도 무슨 눈치를 채고 마음이 약한 놈을 낚아채면 단번에 탄로가 날 게 아냐?"

"그따위 이유를 다는 행위가 틀려먹었단 말야. 용기가 없으면 용기가 없다고 솔직하게 말할 일이지."

"용기?"

유태림은 어이가 없어서 웃었다.

"왜 웃는 거지?"

"그럼 울까? 안씨를 대단한 인물로 알고 무조건 복종하고 있는 것 같은 네 꼴이 우스웠다."

"뭣? 어느 모로 보나 자네보다는 훌륭한 인물이다, 안선생은……."

"그럴 테지. 얘기가 끝났으면 나가주게."

"나가지, 왜놈 군대 창고지기 하는 걸 무슨 벼슬이나 한 것처럼 으스대는구먼."

"넌 나를 계획적으로 모욕하려고 온 것 같은데 난 성을 내지 않을 테니까 돌아가주게."

"난 자네를 그렇게 보진 않았네. 정말 실망했어."

"안씨도 그와 같은 소리를 하더구먼. 나를 너무나 과대평가하고 있었던 모양이지. 그건 내 책임이 아냐."

"친구로서의 충고인데 자넨 안선생에게 섣불리 대들었어. 그분의 영향력이 얼마나 센가를 알고 있어야 했던 거네. 앞으로 우리나라가 독립하는 날엔 훌륭한 지도자가 될 어른에게 넌, 큰 실수를 했어."

"허튼소린 작작 하고 내 대신 안씨더러 자네가 이렇게 충고를 해두게. 사실대로 얘기하는 건 좋지만 허튼수작은 하지 말라고."

"너는 비겁한 놈이다."

이렇게 허는 자리에서 일어서면서 무슨 연극 장면에서 하는 연기처럼 정중한 선고를 했다.

"네가 비겁하지 않을 정도로는 나도 비겁하진 않을 게다."

하고 태림이도 허를 노려보면서 단호하게 말했다.

"꼭 그렇게 생각하나?"

"꼭 그렇게 생각한다."

"좋다. 언젠가 너의 용기를 시험할 때가 있을 게다."

유태림은 대꾸하기도 싫었다. 그러나 허는 못을 박아놓아야 하겠다는 듯이 따지고 들었다.

"시험해도 좋지?"

"시험을 하든, 실험을 하든 마음대로 해라. 네가 비겁하지 않을 정도로 나도 비겁하지 않을 테니까."

"잘 말했다."

면서 허는 오른편 어깨를 약간 치켜올린 것 같은 모습으로 태림의 창고에서 휭 나가버렸다.

그 뒤 몇몇 친구가 잇따라 찾아와서 안달영이 만나는 사람마다에 유태림이 비겁한 놈이라고 비난하고 있는데 어떻게 된 셈이냐고 물었다. 유태림은 그 끈덕진 모략에 지쳤다. 만사가 귀찮아졌다. 그렇다고 해서 가만있을 수도 없어 대강의 얘기를 하지 않을 수 없었는데 그럴 때마다,

'어디 기회만 있어 봐라, 그 자식을 방공호 안에 끌어 넣고 힘껏 두들겨 줘야겠다.'

는 앙심이 무럭무럭 가슴속에 치밀어올랐다.

그랬는데 난데없이 안달영에게 전속 명령이 내렸다. 장사長沙에 있는 신편 부대로 가게 된 것이다.

학도병들 사이에선 아연 물의가 일었다.

"어떻게 안에게만 전속 명령이 내렸을까!"

안달영 단 하나의 전속이라는 데 의혹은 더욱 가중되었다.

"유태림이 밀고한 탓이다."

안이 그렇게 말했다는 것인데 이 소문은 삽시간에 부대 내를 돌았다. 그것이 또 태림의 귀에 들어왔다.

태림은 당장에라도 안을 불러내서 주먹다짐을 해주고 싶었다. 그러나 그 충동을 간신히 참았다. 그리고 안의 송별회엔 나가지도 않았다. 송별회에 나가지 않으면 그만큼 오해를 살 뿐이라고 친구들의 권유도 있었지만 술자리에 나가기만 하면 무슨 변이 일고야 말 것 같아서 굳이 거절해버렸다.

하지만 유태림도 궁금했다. 안달영 혼자만의 전속이란 것이 아무래

도 이해가 가질 않았다. 장교도 하사관도 아니었고, 황차 특기를 가진 병정도 아니다. 유독 안달영만이 전속해야 할 조건도 이유도 있을 수 없는 것이다. 누군가가 부대의 상층부에 어떤 사정을 알린 것 같았다.

'밀고설'을 부인하는 사람도 있었다.

밀고를 하려면 내용 얘기도 있었을 것이고 그렇다면 전속 정도로서 낙찰될 문제가 아니니 안달영은 노병인데다가 신편 부대에서 병력 차출을 하라고 하는 바람에 그만 체면치레라도 하려고 그렇게 한 것일 거라는 추측에서였다.

그럴싸한 얘기 같기도 하지만 태림은 그렇게만 생각할 순 없었다. 누군가가 알렸을 것이라는 방향으로만 마음이 기울었다.

일본 군대엔 엄격한 구석이 많은 반면 무책임한 구석도 있었다. 부대의 체면과 부대의 무사를 위해서는 상부의 명령, 또는 군대의 법률을 무시하는 짓을 예사로 해치워버리는 경향도 있었다.

안달영을 부대에 두었다간 곤란한 문제가 발생할는지 모른다는 판단이 내려지자 모른 척하고 딴 부대로 보내버릴 수 있는 그런 행위가 있는 것이다. 부대 내에서 이것을 문제로 했다간 어느 정도 문제를 확대시키지 않을 수 없고 그렇게 되면 부대의 명예에 관계된다. 아직 대사에 이르지 않았을 때 다른 부대로 격리시켜버리는 것이 상책이다. 이렇게 판단한 나머지의 처리였을 것이라고 태림은 추측하지 않을 수 없었다.

'그렇다면 누가 그것을 고해 바쳤을까?'

이렇게 생각하면서 태림은 교양회에 장소를 빌려주지 않았던 자기의 처사가 현명한 일이었다고 다짐했다. 만약 한 번이라도 그런 모임이 열렸더라면 일은 무사히 끝날 수 없었을 것이었다.

그런데 몇몇 친구들이 이상한 눈초리로 그를 보는 것 같아서 태림은 우울했다. 다른 부대로 보낸다고 해놓고 헌병대로 끌고 갔을 것이란 추측도 있었지만 이건 곧 억측임이 드러났다. 전속을 간 그 부대에서 안달영이 편지를 보내온 때문이다.

시간이 흐르자 태림이 그럴 사람이 아니라는 주장을 하는 친구들도 있어 태림이 밀고했다는 설은 가셔졌지만 태림의 가슴속에는 그 후 오래도록 이 사건으로 인한 불쾌감이 찌꺼기처럼 남았다.

(주: 본문 중, 이름을 바꿔놓았지만 그 안安이란 인물은 6·25 전후를 통해 묘한 역할로서 역사에 등장한 실재 인물이다. 그는 귀국하자 조선공산당에 가입, 당 간부로 활약하다가 6·25 몇 달 전에 체포되어 전향하고 이주하李舟河, 김삼룡金三龍을 잡아 대한민국의 관헌에 넘겨주었다는 사실이 오제도吳制道라는 검사가 쓴 『붉은 군상』에 기록되어 있다. 그리고 1963년 8월 3일에서 동월 6일까지 4일 동안에 걸쳐 열린 '박헌영朴憲永＝이승엽李承燁 등에 대한 평양 재판의 기록'엔 다음과 같은 구절이 있다.

"……피고 이승엽은 1950년 7월 초순 그들의 매국적 범행의 비밀을 알고 있는 자들, 또는 그들에게 방해가 되는 자들을 학살할 목적으로 안××을 두목으로 하는 살인단체, 즉 토지조사위원회를 조직했다. 그 후 상부에서 이 단체의 해산을 명령했음에도 불구하고 이승엽 일당은 그들의 테러, 학살의 음모를 계속 유지하기 위해서 그들의 장악하에 있었던 의용군 본부 내에 소위 특수부를 설치하고 이 단체를 존속시켰다. 이 두 단체에 의해서 많은 사람들이 학살당했다.

1950년 7월 하순경 피고 이승엽은 안××이 이주하, 김삼룡을 잡아주었다는 사실이 드러나자 박헌영과 협의한 끝에 그들의 범행을 은폐

할 목적으로 전선에 동원되는 박종환朴鍾煥 부대에 안××을 배속시켜 이 부대에게 안××을 처단하는 임무를 맡겼다."

이 재판 기록이 어느 정도의 신빙성이 있는 것인지는 알 수가 없지만 안安에 관한 부분만은 오제도 검사의 기록과 일치하고 있다.

오제도 검사의 『붉은 군상』은 전기前記한 재판 기록보다 2년쯤 앞서 발표된 것이란 사실도 참고로 적어둔다.)

안달영이 전속하고 간 한 달 반쯤 후, 그러니까 1944년 11월 말경이라고 했다. 유태림에게 또 하나의 난문제가 닥쳤다. 허봉도가 태림을 창고로 찾아온 것이다.

'또 귀찮은 얘기를 갖고 왔구나.'

하는 생각으로 꺼림칙했다. 봉도와 태림은 같은 내무반이어서 웬만한 얘기는 방에서도 할 수 있었다. 창고에까지 찾아올 때는 자기 나름으론 대단한 용건임이 틀림없었다. 그런데 태림에겐 봉도의 그 대단한 용건이란 것이 귀찮았다. 하지만 그런 내색을 할 수도 없어 태림은 반가운 듯이 꾸미면서 하나밖에 없는 의자를 허에게 주고 자기는 가까운 데 있는 궤짝 위에 앉았다.

봉도는 언제나 하는 버릇으로 상아 빨부리에 꽂은 궐련에다 불을 피워 왼편 입 언저리에 비스듬히 물곤 엄청난 비밀을 가진 사람이 그 아까운 비밀을 털어놓기 전에 한번 재어보는 그런 태도로 창고를 한 바퀴 휘둘러보더니 정중하게 입을 열었다.

"자넬 믿고 하는 얘기네만……"

어린아이가 어른의 흉내를 내는 것처럼 어색스럽고 우스꽝스러웠지만 태림은 잠자코 듣고 있을 수밖에 없었다.

"꼭 비밀을 지켜줄 것을 믿고 하는 얘기네만……."

태림은 쏘아줄까 하다가 참고 넌지시 이렇게 말했다.

"그렇게 대단한 비밀 같으면 자네만 간직하고 있게. 엉뚱한 일이 또 터지면 난처하니까."

봉도는 이 말을 듣자 그 장중한 얼굴을 더욱 엄숙히 차리면서 심문하는 어조로 태림에게 향했다.

"너 언젠가 내가 비겁하지 않은 정도로 너도 비겁하지 않다고 말한 적이 있지."

"있지."

"그리고 또 그때 내가 시험해보아도 좋으냐고 물었을 때 시험이든 실험이든 해보라고 했지."

"그랬지."

"그럼 좋다. 내가 물을 테니까 예스와 노를 분명히 해주기 바란다."

태림은 귀찮으니 돌아가라고 해버릴까 하다가 이것을 참는 것이 병든 친구에 대한 우정이 아닐까 하고 마음을 고쳐 웃음을 띠면서 봉도를 바라보았다.

"유군, 우리 민족의 독립을 원하나?"

창피한 생각이 들었지만 응수를 하기로 마음먹은 태림은,

"원한다."

고 했다.

"그러면 독립을 위해서 노력할 각오는 있나?"

"있다."

"뭐든지 독립에 유익한 일이라면 할 수 있나?"

"가능한 일이면 하지."

"그럴 바에야 누구든 할 수 있는 일 아냐?"

"그렇다고 해서 불가능한 일은 할 수 없잖아."

"불가능을 우리의 노력으로써 가능하게 할 수 있다면?"

"그런 구름 잡는 얘기는 그만두고 구체적으로 말해 봐. 그래야만 판단이 설 게 아냐?"

"너의 각오를 확인하기 전엔 구체적으로 말할 수 없다."

"그럼 집어치워라. 구체적인 문제를 앞에 두고 각오고 뭐고 있는 거지 막연한 추상적 문제를 풍선처럼 띄워놓고 어떤 각오를 하란 말야."

"좋다, 그러면 말하지. 여기서 탈출하자."

"……?"

"탈출해서 광복군으로 가는 거다."

"일본 헌병대가 우릴 광복군 있는 데까지 데려다 주나?"

"아냐, 확실한 루트가 있어."

"이 소주가 어떤 곳이란 걸 넌 알지?"

태림은 어이가 없다는 뜻을 이렇게 풍겼다.

"반년 전부터 공작을 해뒀어, 안선생과 같이. 당초 계획은 안선생과 나와 둘이서 결행할 예정이었어. 그런데 안선생은 가버렸고 담배도 주고 비누도 주고 타월도 주고 약도 주고 돈도 주고 아주 든든한 사람을 사귀어 뒀어. 틀림없는 루트야."

이때까지의 장중하고 엄숙한 태도와 어조를 성급한 사나이의 두서없는 어조로 바꾸면서 허는 장황한 설명을 늘어놓았다. 그러나 확실하다는 형용사만 되풀이할 뿐 확실하다는 구체적인 조건은 제시하지 않았다. 그저 무조건 확실하고 틀림없다는 것이다. 그러한 설명을 들어도 감동하는 빛이 없는 유태림의 표정을 살피자 허봉도는 화를 냈다.

"뭣이? 내가 비겁하지 않은 정도로 너도 비겁하지 않다고?"

"세 발자국도 떼지 못해 붙들릴 것을 뻔히 알면서 탈출극을 꾸며야 비겁하지 않은 건가?"

"절대로 틀림이 없대두그래. 너 언제부터 사람이 그리 되어먹었나. 세상에 너 같은 놈만 있으면 어디 역사라는 것이 있어보기나 하겠나. 독립운동도 없을 게구."

유태림은 정말 난처했다. 가능, 불가능은 결행해보고 난 연후에 결정되는 것이니 앞질러 허봉도를 납득시킬 수 있는 재료가 없다. 그저 소주라는 곳의 지리적 상황이 탈출을 불가능하게 하고 있다는 얘기만을 되풀이하지 않을 수 없었다.

"오모리大森 부대에선 탈출에 성공하지 않았어? 나는 그 사람들보다 더욱 튼튼한 준비를 해뒀어."

허봉도는 완전히 흥분해 있었다. 그러고는 광복군에 가서 환영받을 얘기, 당당하게 일본군과 싸워 조국의 독립을 달성한다는 얘기, 그리고 난 연후의 영광스러운 귀국의 얘기를 다음다음으로 펼쳐갔다.

그런데 허가 말하는 오모리 부대의 탈출 사건이란 이런 것이다.

오모리 부대에서 집합교육을 마치고 돌아가는 한국 출신의 학도병 일곱 명이 감쪽같이 집단 탈출을 해버린 것은 3개월쯤 전의 일이다. 그들은 오모리 부대를 나오는 시간과 기차를 탈 시간과의 사이에 있는 다섯 시간을 이용해서, 그중의 하나가 분대장이 되고 나머지는 분대원이 되어 분견대 출동을 가장하고 일본군 점령 지구에서 중국군 지구로 넘어갔다. 뒤미처 사단작전을 벌여 그들을 추격했으나 전방에 있는 분견대 몇 개를 부수고 도망쳐버린 후였다.

허봉도는 이 사실을 들먹이고 그의 탈출계획의 성공을 믿고 있었지만 오모리 부대의 그것과 허의 경우는 전연 다른 것이다.

끝끝내 유태림이 반대하자, 허는 자기 혼자라도 결행하고야 말 거라고 우겼다. 그런 태도를 고쳐보려고 하니,

"너 혼자 비겁한 놈이 되었으면 그만이지 나까지 비겁한 놈으로 만들 작정이냐."

고 호통하는 바람에 태림의 기는 꺾이고 말았다.

"이 다음 자네가 심야 말간 당번을 할 때 나갈 것이니까 그때 망이나 봐주게. 그것까지도 못해준다면 너는 사람이 아니다."

태산이 무너져도 자기의 각오를 변경시킬 수 없다고 하고 탈출하다 잡혀 죽는 것이 일본 군대에서의 굴욕적 생활보다 낫다고 우기고, 게다가 독립투사로서의 용맹스러운 자기의 모습을 그려놓고는 소년처럼 흥분하고 있는 허봉도의 이러한 제안까지를 물리칠 용기가 태림에겐 없었다.

사흘이 지났다. 태림이 심야 말간 당번을 치러야 하는 날이 왔다. 심야 당번이란 0시에서부터 오전 3시까지의 당번이다. 그 밤 허봉도는 태림이 말간으로 갈 때 깨워달라고 일러놓고 자리에 들었는데 태림이 말간으로 가기 위해서 일어나보니 봉도는 먼저 일어나 있었다. 뒤에 욕을 먹을 각오를 하고 봉도를 깨우지 않고 말간으로 가버릴 속셈이었는데 그런 형편이니 도리가 없게 되었다. 태림도 각오하지 않을 수 없었다.

태림은 만약의 경우를 생각해서 고국을 떠날 때 준비해왔던 금붙이를 꺼내 호주머니에 넣고 봉도와 나란히 밤의 연병장을 걸어 말간으로 갔다. 연무장을 걸어가며 마지막 만류를 해보았으나 보람이 없었다. 말간에 가서 인수인계를 할 땐 어둠 속에 숨어 있다가 전임 당번이 떠나고 나자 봉도는 다시 나타났다. 그러고는 말똥 갖다 버리는 곳을 가리

키며 속삭였다.

"저편 철조망 밑을 뚫고 건초로써 카무플라주를 해놨지. 조금 있으면 동초動哨가 돌아갈 시간이니까 그게 지나가면 난 나간다."

태림은 금붙이를 꺼내 말없이 그것을 봉도의 손에 쥐여 주었다.

"뭐지? 이거."

봉도의 소리가 떨렸다.

"금이야. 혹시 쓸데가 있을지 모르니 가지고 가."

허봉도가 우선 갈 곳은 철조망 바로 너머에 있는 민가라고 했다. 그 집 주인을 꾀어놓았다는 것이다. 어쩐지 믿어지지 않았지만 비상수단을 쓰기 전엔 도리가 없으니 허봉도의 행동을 막을 수도 없었다.

동초가 지나가고 나자 허는 어둠 속으로 사라졌다. 태림이 조심스럽게 그 뒤를 밟아봤다. 철조망을 빠져나간 모양이었다. 태림에게 '저 집'이라고 봉도가 가리킨 그 집의 문이 열리는 것 같았다. 그곳에서 일순 불빛이 흐르듯하더니 곧 지워졌다.

열병을 앓는 사람처럼 정신없이 말간 안을 서성거리기만 하다가 다음 당번에게 인계하고 방으로 들어오자 태림은 실신한 채 잠이 들었다. 깊은 피로에겐 번뇌도 이기지 못하는 것이다.

기상나팔과 더불어 몸을 일으키며 태림은 황급히 허봉도의 침대를 봤다. 일어나지는 않았지만 분명 거기 사람이 누워 있는 모양으로 담요가 부풀어 있었다. 어찌 된 일일까 하다가 불침번의 눈을 속이기 위한 의장擬裝이란 생각이 들었다. 그러나 침구를 개고 점호장으로 나가려고 할 때 봉도의 침대로 가보지 않을 수 없었다.

봉도는 거기 누워 있었다. 가까이 온 사람이 태림임을 알자 신음하는 소리로,

"나 아프다고 그래 줘. 점호엔 나가지 못하겠어."

태림은 가슴을 꽉차게 얼어붙어 있던 얼음덩어리가 단숨에 녹아내리는 것같이 느꼈다. 쏟아지듯 눈물이 뺨 위를 흘러 내리는 것을 닦을 생각도 않고 날듯 가벼운 마음으로 점호장으로 달렸다.

그런데 태림이 실신상태로 자고 있는 동안 만만치 않은 사건이 발생하고 있었던 것이다.

아직 어두운 시간이 돼서 마구간 동작을 할 땐 몰랐는데 태양이 오르고 난 후에 태림인 이상스러운 광경을 봤다. 말똥 갖다 치우는 곳에 있는 철조망 저편에 사람들이 웅성거리고 있는 것이다. 아침밥을 먹고 창고에 나가는 태림이 발길을 돌려 그곳으로 갔다. 철조망 너머로 웅성거리는 사람 가운데의 한 사람을 불러 물어보니 지난 새벽 허봉도가 들어간 그 집의 젊은 부부가 총에 맞아 죽어 있다는 것이었다. 동민들은 밤중에 총성을 들었으나 겁나서 나와 보지 못했는데 아침이 되어 와보니 이 처참한 꼴이라는 것이다.

태림은 어안이 벙벙했다.

'어떻게 된 일일까. 허봉도가 죽였을 리는 만무하고.'

아무리 생각해도 풀 수가 없는 수수께끼였다.

'죽은 사람이 있으니 죽인 사람이 있을 게다. 분명 허봉도가 들어갈 땐 문을 열어주는 사람이 있었다. 봉도가 가고 난 뒤 두 시간이나 마구간에 있었지만 봉도는 그때까지 돌아오지 않았고 총소리도 나지 않았다. 그러면……'

태림은 봉도에게로 갔다. 이마에 물수건을 얹어놓은 것을 보니 누워 있도록 허가가 내린 모양이었다. 태림은 봉도의 침대 곁에 묵묵히 앉았다. 방 안엔 아무도 없었다.

이윽고 눈을 뜬 허봉도의 눈동자를 보고 태림은 당황했다. 얼이 빠진 눈. 허봉도의 정신이 나갔다고 느꼈다. 태림의 직관은 옳았다. 허봉도는 그 사건을 계기로 서서히 미친 사람이 되어갔다. 어떤 때는 정상상태로 돌아오기도 했고 다시 착란을 일으키기도 했는데 시간이 감에 따라 정상상태가 짧아지고 착란상태가 길어졌다. 그러나 원체 조용한 광인이라서 일본 사람들은 미처 이 사실을 알아차리지 못했다. 본래 엉뚱한 짓을 곧잘 하는 사람이었기 때문에 그 버릇이 심해졌다는 정도로밖엔 생각하지 않은 탓도 있었다.

그 뒤 제정신이 돌아왔을 때를 틈타 갖은 수단으로 허봉도에게서 알아낸 사실은 이랬었다고 한다.

봉도가 그 집의 문을 두드리자 문을 열어준 사람은 검은 중국옷을 입은 낯선 사나이였다. 그가 사귀었던 주인 부부는 안방의 탁자 앞에 앉아 있었다. 봉도가 방으로 들어가도 그 부부는 벙어리처럼 입을 떼지 않았다. 검은 옷의 사나이는 앞방에 있는 탁자 쪽을 턱으로 가리키면서 앉으라는 시늉을 했다. 그러곤 그 사나이도 앉았다. 사나이는 한참 동안 봉도를 무표정한 눈으로 바라보고 있었다. 그러고는 말을 시작했는데 그것이 일본말이었다. 봉도는 정신이 아찔했다. 그 사나이는 봉도의 이름을 묻고 고향을 묻고 학력을 묻고 나더니 다시 침묵하곤 봉도를 뚫어지게 보기 시작했다. 한참 후에야 그 사나이는 봉도를 향해 바보라고 했다. 소주에서 탈출할 생각을 하는 것 자체가 바보의 제1증거, 일본부대 주변에 사는 사람을 탈출에 이용하려고 생각했다는 게 바보의 제2증거. 대학을 다녔다는 인간의 지능 정도가 기껏 그 모양이라면 한심스러운 일이라고 하며 자기는 헌병이라고 신분을 밝혔다. 그런데 이렇게 어리석은 자를 헌병대에 끌고 가보았자 신바람도 나지 않으니 봉도에게 이자택일의 여유를 주겠다고 했다. 이자택일이란 봉도가 헌병대로 가길 원하면 이 중국인 부부는 살려 두고 봉도가 헌병대엘 가기 싫어한다면 부득이 이 부부를 죽여야겠다는 것이었다. 도망병을 잡아 주었는데도 놔주더라고 말을 퍼뜨리면 자기 입장이 곤란하고, 그렇지 않더라도 정보원의 정보를 소중히 하지 않으면 그 정보원은 성의를 잃게 마련이니 후환이 있다는 것이 이유였다. 이때 봉도는 헌병대에 가지 않도록 해달라고 애원을 했다. 헌병대에 가겠다고 하면 그야말로 반일적 反日的이라고 생각할까 봐 두려웠고, 말은 그렇게 해도 그 부부를 죽이기까지 하겠느냐고 생각했기 때문이었다고 한다. 헌병은 다신 바보스런 생각을 하지 말라면서 너를 살려주는 것은 네가 장남이라는 점과, 며칠 전 전사한 자기의 아우와 닮은 데가 있기 때문이라고 덧붙이고 동초가 돌아간 시간을 재곤 아까 나왔던 구멍으로 들어가라고 했다. 그때 벌써 허봉도는 기겁을 하고 있었다. 뒤에서 탄환이 날아오지 않을까 해서 허둥대는 바람에 아까 나온 구멍을 찾지 못하고 있으니까 헌병은 플래시를 비춰주기까지 했다. 봉도가 총소리를 들은 것은 연병장을 거의 다 지나고 변소 근처에 왔을 때였다. 총소리를 듣고 허봉도는 바지에 똥을 싸며 땅바닥에 꺾이듯 주저앉아버렸다. 그러곤 한참 후에야 겨우 정신을 차려 방바닥에 기어 돌아왔다는 것이었다.

(주: 허봉도는 나도 잘 아는 친구다. 귀국해서 한동안 소강상태에 있었으나 6·25동란 때 완전히 발광해버렸다. 그 후 자기 집 골방에 처박혀 있었다고 들었는데 지금 현재 그 생사는 모른다. 오모리 부대의 7명 탈주자 가운데 지금 필자가 소식을 알고 있는 사람은 성동준(成東準: 전 문교부차관)·박영(朴英: 홍콩 총영사)·최용덕(崔龍德: 전남 순천

모 병원 사무장) 이상 세 사람이다. 작고한 사람 가운데는 김영남金映男 씨가 있다. 레슬링 선수, 유도 6단의 실력자로서 왕년 일본의 학생 체육계에 한국 학생의 위력을 보여준 호한好漢이었다. 여기 특히 그 이름을 적어 우정의 뜻으로 한다.)

1945년에 접어들었다. 이해의 1월 1일 소주에선 눈이 내렸다.
하늘 가득히 펄펄 휘날리는 눈송이를 뒤집어쓰며 유태림은 이날의 새벽 소주의 성벽 위에 서 있었다.
눈 날리는 원단의 새벽, 춘추 이래 수천 년 고도의 성벽 위에 서 있었다고만 말하면 로맨틱한 운치가 없지는 않다. 그러나 유태림의 그때의 경우는 이러한 운치완 아득히 멀었다. 눈을 뒤집어쓰고 추위를 견디며 성벽 위에 서 있는 유태림은 일본 군대의 보초로서였다.
소주성은 주위 23킬로. 성문은 금문金門, 서문西門, 북문北門, 평문平門 네 군데였는데 평문 가까이 성벽 안쪽으로 60사단의 연료창고가 있었다. 유태림은 그때 이 연료창고와 평문을 지키기 위한 보초로서 성벽 위에 서 있었던 것이다.
새벽이라고는 하나 아직 짙은 어둠으로 꽉찬 하늘에서 소리 없이 휘날려 내리는 눈. 성 밖 호수壕水 건너편에 있는 정거장 쪽에서 간혹 기관차의 시동하는 소리가 깜박거리는 불빛과 더불어 들려올 뿐, 성 안은 적막한 고요에 싸인 채 있었다. 눈송이가 아로새긴 어둠의 바닥에 띄엄띄엄 전등불이 차갑게 명멸하고 있는 죽은 듯 고요한 거리…… 줄잡아 60만 인의 잠이 눈 날리는 새벽의 고요를 이루고 있다는 사실에 태림의 의식이 미치자 빙판을 이룬 듯한 태림의 뇌수 한구석에 불이 켜지듯 보들레르의 시 한 구절이 떠올랐다.

"너희들! 짐승의 잠을 잘지어다!"

60만의 잠. 60만 짐승의 잠. 그 가운데는 사자의 잠도 있을 것이었다. 돼지의 잠도 있을 것이었다. 개새끼의 잠도 있을 것이었다. 독사의 잠도 있을 것이었다.

사단장의 잠도 있고 졸병의 잠도 있고 포로의 잠도 있고 공작대원의 잠도 있을 것이었다.

청정한 소녀의 잠도, 음탕한 창부의 잠도, 고고한 철인의 잠도 있을 것이었다. 사단장의 잠은 사자의 잠일까.

졸병의 잠은 돼지의 잠일까. 사자의 잠이건 돼지의 잠이건 개새끼의 잠이건 독사의 잠이건 너희들 원대로 실컷 짐승의 잠을 자라고 외치고 싶은 충동이 유태림의 가슴속에 일었다. 그 외치고 싶은 충동의 그늘에 태림은 또한 잠자고 있는 자에 대한 깨어 있는 자의 오만을 느꼈다.

'짐승의 잠을 자라.'

고 외친 보들레르는 짐승의 잠은커녕 사람의 잠도 제대로 잘 수 없었던 이단자로서의 오만을 가졌었다.

유태림은 터무니없는 국면에서 보들레르의 이단을 모방한 스스로의 오만에 야릇한 감회를 느껴보면서 자기가 하잘것없는 일본군의 보초임을 새삼스럽게 깨닫고, 잠자지 못하는 하잘것없는 보초가 잠들어 있는 사람들에게 대해 깨어 있는 자의 오만을 모방해본다는 것은, 거리를 끌려가는 사형수가 그 뒤를 따르는 구경꾼에 대해 느껴보는 허망한 오만과 비슷하지 않을까 하는 생각도 가져보았다.

입맛이 썼다.

태림은 안간힘을 다해 뇌수 속의 불을 끄지 않으려고 했다.

'보들레르에게 이 일본 졸병의 모자를 씌워 총을 들고 이 성벽 위에

세운다면?'

'상상할 수가 없다.
'괴테에게 이 일본 졸병의 모자를 씌운다면?'
그것도 상상할 수가 없다.
'칸트에겐? 베토벤에겐? 톨스토이에겐? 니체에겐?'
역시 상상조차 할 수가 없다.
'그러나 도스토예프스키에겐?'

그에게만은 어울릴 것 같다. 시베리아의 감옥에서, 병영에서 감쪽같이 고통을 견뎌낸 그에게는 이 일본군 졸병의 모자가 어울릴 것만 같다. 그러고도 그는 기연했을 것 같다.

타세로서 움직이고는 있었지만 다리와 팔에선 이미 감각이 사라졌고 감각이 살아 있는 부분이란 눈과 콧구멍과 뇌수의 일부였다. 유태림의 사고는 무딘 얼음판을 썰며 나가는 쇄빙선처럼 보초의 사상을 엮고 있었다.

'보초! 군사적으론 가장 중요하고 인생으로선 가장 서글픈 직책. 모두들 보초의 눈을 아는가. 사납고 용감스러운 눈을 상상한다면 어처구니없는 망상이다. 사납고 용감스러운 눈을 가진 보초는 전쟁소설이나 전쟁영화에밖엔 등장하지 않는다. 너희들의 남편, 너희들의 애인, 너희들의 아들, 너희들의 형, 너희들의 아우, 너희들의 친구로서의 보초는, 그 눈은 슬픔에 가득한 눈이다. 죽음을 기다리는 사람의 눈처럼 갈피를 잡지 못하는 눈이다. 낙쳐오는 죽음일랑 모르고 그저 막연한 공포의 예감을 감당하지 못하는 황소의 눈처럼 당황한 눈이다. 핏발이 서도록 피로해 있으면서도 눈을 감을 수 없는 노예의 지쳐 있는 눈이다. 밖으로보다 스스로의 내면으로 쏠리는, 그러니까 시점을 잃은 허황한 눈이다.

바깥도 내면도 보지를 않고 그저 멍청히 뜨고만 있는, 낚시에 걸린 붕어의 눈, 그렇다, 보초의 눈은 십상팔구 바로 그 붕어의 눈이다……. 이러한 수만 개의 눈들이 지금 이 순간, 이 지구 위, 수십만 군데서 불면의 눈을 뜨고 있다. 전방, 후방, 1선 2선 전투가 있는 곳마다에, 병참이 있는 곳마다에, 군사시설이 있는 곳마다에, 군수공장이 있는 곳마다에 연락宴樂과 음일淫佚에 지쳐 창녀를 품에 안고 자고 있어도 사령관이 있는 곳마다엔 보초라고 하는 서글픈 눈들이 있다. 만일 이 순간 전 지구 위에 서 있는 보초의 총검 끝에 불을 켜 달곤 그 외의 불빛을 일절 꺼버리고 지구 밖, 어느 거리에서 지구를 바라보면 보초들의 총검 끝에 달린 불빛만으로써도 찬란한 한 덩어리의 광망을 이룰 것이다…….'

태림은 못 견디게 엄습해오는 추위를 이러한 상념의 유희로써 견뎌내려고 애쓰며 이렇게도 생각해보았다.

'이 소주를 중국 사람들은 천상엔 천당이 있고 지상엔 소항蘇杭이 있다고 하는 정도로 사랑하고 있다. 만일 내가 중국인이라고 하고 이 성민 60만을 적에게서 보호하는 자리에 있다고 하면 나는 이 보초의 임무를 당당하게 수행할 수 있을 것이 아닌가…….

내가 일본인이라고 하자. 이 소주는 그러니까 선배들이 점령해놓은 성이다. 그렇다면 이 성을 지키는 임무에 보람을 느낄 수 있을까. 그러나 일본인이라고 하더라도 의식의 차원에 따라 상황은 다를 것이 아닌가…….'

태림은 또한 이와사키岩崎라는 반장과 간혹 주고받았던 대화를 상기해보기도 했다.

(주: 이와사키 씨는 전직이 일본 제일고등학교 철학교수, 현재는 도

쿄대학의 교수다. 이분과 유태림과의 사이엔 특별한 교의가 있었던 모양이다.)

태림은 어느 때 이와사키에게,
"철학자로서 병정이 가능한가?"
하고 물어본 적이 있다. 이와사키의 대답은 이러했다.
"가능하다. 단 해방전쟁과 혁명전쟁에 자진해서 지원했을 때 불가능하다. 명분과 대의가 뚜렷하지 않은 전쟁에 강제 동원되었을 때."
태림은, 이와사키 선생은 이 전쟁을 명분과 대의에 있어서 뚜렷하다고 보는가 하고 다그쳐 물었다.
이에 대한 대답은,
"말할 수 없다."
태림은 다시 물었다. 말할 수 없다는 건 명분과 대의가 뚜렷하지 못하다는 의견을 침묵으로써 표현한 것이 아닌가, 그렇다면 이에 반발하지 않는 태도는 철학자답지 않은 태도가 아닌가 하고. 이와사키는 조용히 말했다.
"사람에겐 두 가지의 기질이 있다. 어떤 체제이건 그것을 긍정하고 사는 체제 내적 기질과 어떤 체제건 그것을 부정하려는 반체제적 기질과. 이 두 가지 기질이 하나의 사람 속에 공존하는 경우도 있고 다른 인격으로 분열하는 수도 있다. 나의 경우는 체제 내적 기질이다. 어떤 체제 속에서라도 나는 나의 성城을 만들 수가 있다. 그래 나는 아카데믹한 세계에 살려고 작정한 것이다."
태림은 반발해야 하는 체제를 그냥 긍정하는 것은 철학자로서의 자멸을 뜻하는 것이 아닌가 하고 되물었다.

"물을 보라. 물은 태산을 움직이려고 하지 않는다. 바위가 있으면 돌아간다. 낭떠러지가 있으면 폭포가 된다. 산이 있으면 땅 속으로 스며든다. 고독할 땐 방울방울이 되어 떨어진다. 얕은 곳에 잠겨선 증발한다. 그러곤 다시 물방울이 된다. 대하에 합쳐선 도도한 흐름이 되고 태평양에 끼어서는 수만 톤의 배를 삼키는 격랑이 된다. 어떤 경우에든 물의 질은 변하지 않는다. 물은 어디까지나 체제 내적 법칙에 충실하다. 그러나 결과적으론 산의 모양을 바꿀 수도 있고 반체제의 방향으로 작용하기도 한다. 나는 한 방울의 물 이상으로 나를 평가하지 않는다."

그렇다면 병정으로서의 자신을 긍정하고 있는가라는 태림의 물음에 대해선,

"내가 소집을 당했을 때는 상등병이었다. 그것이 지금 오장伍長이 되어 있다. 이 계급의 승진이 곧 내가 병정으로서의 스스로를 긍정하고 있는 증거가 아닌가. 철학자로서 가능한 병정이라고까진 말할 수 없다. 그러나 평범한 말로 되돌아가지만 철학자이기에 앞서 일본인으로서의 병정일 따름이다."

태림은 또 이렇게도 물어본 적이 있다. 일본 전체가 착각의 종합 위에 서 있는 것 같고, 억센 미신에 사로잡혀 흔들리고 있는 것 같은데 이러한 착각, 이러한 미신에 휘둘린 세력에 깔려 전사하는 경우, 거기도 안심이 있을까, 하고.

"착각이라면 전 세계가 착각 위에 서 있는 느낌이고 미신이라면 전 인류가 미신에 사로잡혀 있는 상황이니 일본만을 가지고 할 얘기는 못 된다. 생명의 영역은 아직도 우리의 이성이 도달하지 못하고 우리의 지성이 이르지 못한 부분에 더 많이 잠겨 있다. 죽음이란 우리와 같은 경우의 전사뿐만이 아니라 어떤 경우에도 '안심'이 있을 수 없는 절대적

인 결말이다. 다만 안심하는 척하는 것이고 체관하는 척할 뿐이다. 안심하고 죽을 수 있는 그런 경우란 나는 아직도 상상할 수가 없다. 마지못해 죽을 수밖엔 없다. 꿈을 남기고, 한을 남기고, 죽기가 싫어서 발버둥을 치며 죽는 것이 죽음다운 죽음이고 잘된 죽음이고 나의 죽음일 것이라고 나는 그렇게 생각하고 있다."

이와사키와의 대화를 생각하고 있으면 마음이 포근할 수가 있다. 이와사키는 학문이 그대로 지성이 되고 그것이 바로 인격으로 결정되어 버린 듯한 부드럽고 따뜻하고 지혜로운 인물이었다. 이와사키에 대해선 이런 얘기가 있다. 지난 여름 2백 킬로를 강행군한 적이 있었다. 염천에 급수차의 도착이 늦어 행군 도중의 장병들은 물 기근을 당했다. 어느 곳에서 휴식시간을 가졌는데 전방에서부터 부대장의 전령이 뛰어와 물이 없느냐고 물었다. 물이 없었다. 부대 전원의 수통이 말라버린 것이다. 바로 그때 태림의 중대에서 일사병 환자가 나왔다. 한 모금의 물이라도 있었으면 하고 위생병이 탄식을 하자 이와사키는 선뜻 자기의 수통을 내밀었다. 그 수통에는 물이 반쯤이나 남아 있었다. 서너 시간 전에 모두들의 수통은 비워져 있었는데 이와사키만은 급한 환자를 예상하고 물을 절약해두었던 것이다. 그것을 부대장에겐 주지 않고 일사병에 걸린 병정에게 내주었다는 데 태림은 이중으로 감동했다. 그러나 이와사키를 무조건 배울 수는 없었다. 이와사키는 철학자로서의 병정은 가능하지 못해도 일본인으로서의 병정은 가능하다고 생각하는 위치에 있는 사람이지만 유태림은 어느 모로 보나 병정으로서의 가능을 설정하지 못하는 처지에 있었기 때문이었다.

머지않아 일본의 패망이 있을 것을 믿고 있는 처지, 그 패망의 날이 하루라도 빨리 와야 한다고 기원하고 있는 처지에 놓인 인간이 바로 그 일본을 위해서 보초를 서야 하고 그 추위를 견뎌야 한다는, 태림이 보초를 설 때마다 느끼는 모순으로 해서 고통은 더욱 참기 어려운 것으로 되었다.

'지금 눈앞에 중국인 공작대가 나타났다고 하자. 누구냐고 세 번 물었는데도 대답이 없었다고 하자. 그러면 보초의 수칙대로 나는 총질을 할 수 있을까…….'

이와 같은 생각이 뇌리를 스쳤을 때, 태림은 몇 달인가 전의 외출 시 보병부대에 배치된 R이라고 하는 친구를 만나 그에게서 들은 얘기를 문득 생각해냈다.

R들의 초년병 훈련이 막바지에 이른 어느 날이었다고 했다. R의 부대에선 포로로 끌려온 7명의 중국인을 살아 있는 채 기둥에다 묶어놓고 총검술의 연습 재료로 했다는 것이다. R에게 지정된 중국인 포로는 아직 어린 티가 남아 있는 야윈 청년이었다. 벗긴 가슴팍에선 앙상하게 늑골이 드러나 있었고 때문은 살결엔 좁쌀 같은 소름이 돋아 있었다. 입에 재갈을 물린 채 기둥에 묶여 있으면서 그 청년은 그래도 부릅뜬 눈으로 R들의 편을 보고 있었다.

사람 하나씩을 묶어 세운 일곱 개의 기둥, 그 기둥과 대응해서 세워진 일곱 줄의 병정들. 명령이 떨어지면 각 줄에서 한 명씩, 일곱의 병정이 기둥을 향해 달려가선 총 끝에 단 총검으로 가슴팍을 찔러야 하는데 맨 처음 지정을 받은 병정들은 상대방을 향해 달려는 갔으나 총검을 앞으로 내밀지 못하고 기둥 앞에서 멈칫하고 서버렸다. 그러자 교관, 조교, 조수 들이 달려와서 병정들을 마구 휘갈겼다.

'적을 찌르지 못하는 병정은 군인정신이 되어먹지 않은 놈들.'

이라고 호통을 하면서…….

진퇴에 궁하게 된 R들은 자기들이 무슨 짓을 하고 있는지도 분간할 수 없는 착란상태에서 총검으로 포로들의 가슴을 찔렀다. R의 차례는 자기의 줄에서 네 번째였다. R이 뛰어나갔을 땐 그 중국 청년의 가슴팍에는 검붉은 피가 낭자하게 흐르고 있었다. 그런데도 재갈을 물려 고함을 지르지 못하는 대신 눈으로 무성의 고함을 지르며 달려오는 R을 쏘아보고 있었다. R은 달린 여세로 눈을 딱 감은 채 총검을 내밀었다. 퍼석 하는 소리가 들린 것 같은 이상한 반응이었다.

그날 밤, R들은 악몽에 지쳤다. 이곳저곳에서,

"내가 나쁜 것이 아니다."

라는 잠꼬대가 들렸다고 한다. 생각하기만 해도 등골이 오싹해지는 얘기였다.

태림은 그런 연습을 훈련계획 속에 넣지 않은 자기들의 교관에게 감사를 느꼈다.

'만일 내가 그런 경우를 당했더라면?'

하고 생각하다가 태림은 다시 아까의 상념으로 돌아갔다.

'지금 내 앞에 중국인 공작대원이 나타났다고 하자. 나는 그들을 쏠 수 있을까. 그들은 조국을 위한 충직한 애국자이고 나는 보잘것없는 용병이 아닌가. 용병이 애국자를 쏠 수 있을까. 내 생명이 위태로워진다면? 아마 쏠 거다. 아니 나는 쏘지 않을 거다. 나를 죽이지 않는다면 나도 쏘지 않겠다고 말할 게다. 일본 군대는 이 소주 성벽 위에 자기들을 위해선 총 한 방 쏘지 않을 보초를 세워둔 셈이 된다. 그러나 ……?'

먼동이 텄다. 지겹도록 긴 밤, 다신 새지 않을 것 같은 밤이 겨우 새는 모양이었다. 내리는 눈의 밀도도 약간 얕아진 것 같았다. 가셔지는 어둠과 더불어 눈앞에 펼쳐지는 하얀 단일색. 태림은 애써 1945년의 원단임을 의식하려 했다. 이해, 이 백무지白無地 위에 어떠한 운명, 어떠한 일들이 전개될 것인가? 무조건 전쟁은 끝냈으면 좋겠다. 고향으로, 집으로 갈 수 있었으면 좋겠다.

교대병이 왔다. 이시하라石原 일등병이었다. 이시하라는 태림보다 열다섯 살이나 위인 노병으로 유태림 등보다는 반년쯤 뒤에 들어온 보충병이다. 도쿄 상과대학의 영어교수였다고 한다.

이시하라와 형식대로의 인수인계를 마치고 태림은 그의 어깨를 두드리며,

"새해에 좋은 일이 있도록!"

하고 새해의 인사를 했다.

대학교수로서의 위신과 체면은 이미 온데간데도 없고 신병으로서의 비굴함만 남아 있는 이시하라는 듬성듬성 수염이 얽힌 누우런 얼굴 위에 울상과 같은 웃음을 띠며,

"고병古兵님께도 새해 좋은 일이 있으시도록."

하며 말끝을 떨었다.

'좋은 일!'

몇 번이고 이렇게 되뇌면서 태림은 새하얀 눈 위에 발자국을 내며 위병사령소로 발을 옮겼다.

하여간 1945년은 밝았다. 견디며 기다려볼 만한 해였다. 기다려보지 않을 수 없는 해였다.

분망한 병업兵業을 싣고 시간은 흘렀다. 호남작전湖南作戰에 참가하기 위해 태림의 부대에서 편성되어 출동한 1개 중대가 기뢰機雷를 맞고 양자강에서 몰사했다는 소식이 날아들었다. 그 중대엔 태림에게 짓궂

게 굴던 아오키青木란 병장과 태림을 위해선 뭐든 만들어주고 싶어하던 모토키元木라는 상등병이 끼여 있었다. 보다도 태림 등과 동기인 일본인 병정들이 3분의 1이나 끼여 있었다.

이상한 일이지만 한국 출신의 병정은 한 사람도 끼여 있지 않았다.

경남 울산 출신의 정鄭군이 속립성 결핵粟粒性結核으로 소주 육군병원에서 숨졌다. 태림의 부대에서 처음 있는 한국인 희생자였다.

개봉開封에서 황인수란 유태림과는 같은 고향 친구가 전사했다는 소식이 고향에서 전해왔다.

3월 신병들이 들어왔다. 도쿄를 중심으로 지바千葉 사이타마埼玉 출신의 신병들이었다. 그런데 그들의 행색은 초라했다. 유태림 등이 신병으로서 들어올 땐 정식 복장, 가죽으로 된 구두, 알루미늄으로 만든 수통, 새로운 총, 기타 격식에 맞는 장비를 갖추고 왔는데 이 신병들은 가죽구두 대신 지카다비를 신고 알루미늄제 수통 대신 대竹로 만든 통을 들고 나타났다. 일본 국내의 물자 사정이 얼마나 딱해 있는가를 역력하게 증명한 것이었다.

4월에 들어 사단 연습이 있었다. 대전차 훈련과 대공 훈련에 중점을 둔 연습이었다. 그러나 이 연습은 정보전에 대한 배려가 조금이라도 있었더라면 하지 않는 것만 못한 연습이었다. 사단 전체를 통해 대포라는 것이 보병포 3문밖에 없다는 사실, 전차라는 것이 3톤짜리 전차, 소위 마메豆 탱크가 두 대밖엔 없다는 사실을 폭로한 셈이 되고 말았기 때문이었다.

이 전차라는 것이 1미터 높이도 채 못 되는 개울에 빠져 대전차 연습은 고사하고 그 전차를 끌어올리는 데 연습시간의 태반을 먹힌 유머러스한 광경조차 있었다. 그 뒤의 대전차 연습은 병정 하나가 TNT를 한

박스씩 등에 메고 손수레 밑으로 기어들고 기어나가는 동작이 되어버렸다.

'이거 장난인가.'

하는 익살이 터져나올 수밖에 없는 노릇이었다.

날이 감에 따라 무기 공출이 심해져서 1년 전까지만 해도 신병 하나가 두세 자루의 총을 손질해야 했는데 총가銃架가 텅텅 비게 되어, 열 사람에 총 한 자루꼴도 될까 말까 한 형편이어서 총손질이 고병들의 소일감으로 되는 상황에 이르렀다.

이러는 동안 미군이 오키나와에 상륙했다는 보도가 있었다. 소련군이 베를린을 공격하기 시작했다는 보도도 있었다.

미군의 공습이 치열해져서 일본 본토는 매일처럼 불바다가 된다는 소문도 돌았다.

그러나 소주는 거짓말처럼 조용했다.『대륙신보』라고 하는 중부 중국에 주둔하고 있는 일본군의 기관지인 신문을 통해서도 격동하는 세계 정세가 피부로써 느껴지는 판인데 소주의 하늘과 땅은 그저 평화롭기만 했다. 그래 소주의 병정들은,

"이렇게 되면 우린 이곳에 피난하러 온 거나 다를 바 없지 않아?"

하고 야릇한 웃음을 웃어보기조차 했었다. 야릇한 웃음이 되지 않을 수 없는 것은 그러나 언제 어느 곳으로 출동명령이 내릴 것인지 모른다는 불안과 위구가 마음 한구석에 도사리고 있었기 때문이다.

여전히 자질구레한 병업 때문에 영일은 없었으나 훈련기간에 잃은 마음과 육체의 여유를 되찾은 유태림은 일본 군대 내에 있어서의 자기의 위치, 이미 시간의 문제로밖엔 남지 않은 일본의 패망이 결정적인

현실이 되었을 때의 처신 등에 관해서 골똘히 생각해보지 않을 수 없었다. 이런 것을 생각하고 있으면 공산당의 세포를 만들려던 안女의 의도와, 꼭 탈출해야만 된다고 서둘다가 미쳐버린 허의 마음먹이에 이해가 가는 것이었다. 수종할 순 없었지만 그렇게 몸부림치지 않고는 견뎌낼 수 없는 일종의 초조감이 발작처럼 태림을 괴롭힐 때도 있었다. 이런 현상은 유태림의 경우뿐만이 아니다. 한국 출신 학도병의 대부분은 누구나 아물지 않는, 아니 아물 수가 없는 상처를 가지고 있었다. 그것은 강제를 당했거나 어쨌거나 원하지도 않은 일본의 병정 노릇을 지원의 절차를 밟아서 하게 되었다는 바로 그 사실이다.

'우리를 희생하고 동족을 살린다.'

또는,

'우리가 일본의 병정 노릇을 함으로써 일본의 조선인에 대한 차별대우를 없앤다.'

이렇게 말하기도 하고 생각하기도 했지만 스스로의 비굴함을 당치도 않은 궤변으로 합리화시키려는 두 꺼풀의 비굴한 행동이었음은 두말할 나위가 없었다. 이러한 비굴함이 일본의 패색이 짙어 감에 따라 선명하게 부각되어가는 것이니 어떤 야무진 행동을 통해 비굴에서 스스로를 구하려는 발작이 나타남직도 했었다.

유태림은 자기가 일본 병정을 지원하지 않을 수 없었던 동기를 세 가지로 분석하고 있었다.

하나는 서경애의 사건. 유태림이 서경애가 붙들려 간 사실을 안 것은 그 일이 있고 열흘쯤 후였다. 무슨 영문인지를 알아보려고 어떤 친구에게 부탁을 했더니, 그 사람의 보고는 내용은 일절 알 수가 없고 서경애와 다소의 관련이라도 있는 사람이면 무조건 몰아칠 것 같은 경찰의 눈치이니 태림은 서경애를 안다는 냄새조차 피워선 안 된다는 것이었다. 태림은 자기 힘으로썬 어떻게 할 수 없는 이 사건에서 받은 충격으로 자포자기 상태에 있었다. 어떤 수단으로든 무슨 탈출구를 찾지 않으면 견디지 못할 그런 상태에 있었다.

하나는 태림이 S고등학교에 있었을 때 동료 학우들과 같이 투옥되지 않은 것은 본적지 경찰서로 보내온 학교 소재지 경찰서의 통첩을 보고 본적지 경찰서장 오야大矢가 자기의 직위를 걸고 태림을 비호했을 뿐더러 구라파 여행까지를 주선한 사실이 있었는데, 학도병에 관한 총독부의 명령이 발표되자 그땐 딴 곳으로 가 있었던 오야가 자기의 체면을 세워달라고 애원하듯 권유하러 나타난 것이다.

또 하나는 유태림의 집안이 그 지방에서는 사람들의 눈에 띄는 위치에 있었기 때문에 끝끝내 거부할 경우 그 특수한 위치를 이용해서 자기만 화를 모면한 것 같은 인상을 같은 처지에 있는 사람들에게 줄 염려가 없지 않았다.

이렇게 헤아려보면 태림의 지원은 불가피한 일이었다고 할 수가 있다. 그러나 태림의 마음은 석연하지가 못했다. 한국 학생들에게 학도지원명령이 내린 바로 직전에 일본인 학우 한 사람이 '카이로 선언'의 원문을 그대로 베껴 태림에게 갖다 주었다. 태림은 그 선언에서 한국이 독립할 수 있는 유일한 기회를 봤다. 실감에까진 이르지 못했지만 그러나 자기의 조국을 독립시켜주려고 하는 세력에 항거하는 진영에서 총을 들어 독립시켜주려는 진영의 사람들을 죽여야 하는 입장에 서야 한다는 데 기묘한 당착감을 느끼지 않을 수 없었다.

뿐만 아니라 동족간에는 암묵의 양해 같은 것이 성립된다고 하더라도 일본인들의 눈이 부시었다. 태림에겐 다음과 같은 경험이 있었던 것이다.

　도쿄에서의 태림의 하숙은 영업 하숙이 아니고 상류에 속하는 가정이었다. 어느 날 저녁식사를 그 가족과 함께 하고 있었을 때 태림은 무심결에 당시 한반도를 휩쓸고 있던 창씨개명 소동에 언급했다. 이 얘기를 듣자 여자대학에 다니고 있던 그 집의 큰딸이,

　"노예근성은 할 수가 없군. 조선인의 성명엔 그런대로 역사가 있고 전통이 있을 것이고 '유'라는 성만 해도 의젓하고 훌륭한데 손톱 끝만 한 자부심도 없는가 부지. 누가 시킨다고 해서 호락호락 성을 고쳐? 그 따위 민족이니까 일본 같은 섬나라에 깔려 사는 거지."

하고 쏘아붙였다. 태림은 흥분한 나머지 밥그릇을 던지고 소란을 피웠지만 냉정하게 생각하면 입이 백 개가 있어도 당하지 못할 노릇이었다.

　이 경험을 통해서 태림은 기골 있는 일본 사람의 한국인을 보는 눈초리를 알았다.

　그런데다가 유태림은 어떤 장교가 전속하면서 당번더러 태워버리라고 시킨 종이 뭉치 속에서 '반도 출신 학도병을 취급하는 요령'이란 제목이 붙은 프린트를 입수했다. 그것은 한국 출신의 학도병을 맞이하기 위해 사단본부에서 장교들에게 배부한 교육자료였다. 거기엔 다음과 같은 내용의 문면이 있었다.

　　조선 사람은 비굴한 반면 교활하다. 그러니 비굴함을 이용하면 그들의 교활이 저지를 피해를 미연에 방지할 수 있다. 거짓말을 잘하니 조선인이 하는 말은 일단 의심을 하고 반드시 확인토록 할 것이며 어디까지나 그 말을 믿는 척해야 한다.

　　일대일로 조종하되 누구에게 대해서도 '조선인 가운데서는 너를

제일 신임하고 있다.'는 식으로 추어주어라, 그러면 그들 사이의 비밀을 쉽게 알아낼 수 있을 것이다…….

이것을 읽은 태림은 얼굴이 화끈해짐을 느꼈다. 교활이란 누구를 두고 하는 말이냐 하는 울분이 치밀었다. 그러기에 더욱 일본 군대 내에서의 자신의 처신에 신경이 쓰이는 것이었다.

5월 8일 독일이 무조건 항복했다는 소식이 날아들었다. 병영 내엔 어수선한 공기가 감돌았지만 한국 학도병들은 기쁨을 얼굴에 나타내지 않으려고 애쓰지 않으면 안 되었다. 성급한 친구들이 태림에게 몰려와 축하연을 베풀자고 서둘렀다. 그러나 축하연을 할 겨를도 없이 군사령부에서 병호丙號 작전명령이 내려 태림의 중대는 상숙常熟으로 이동해야만 했다.

군사령부에선 미리 갑호, 을호, 병호의 작전명령을 준비하고 있었다. 미군이 중국 본토에 상륙하는 사태에 대비한 것인데 병호는 미군이 중국 본토에 상륙할 공산이 크다고 판단되었을 때 1선, 2선, 3선을 설정, 진지 구축에 착수하라는 명령이고, 을호는 미국이 중국 본토를 향해 출동했을 때 1선, 2선, 3선에 걸쳐 전투태세를 취하라는 명령이고, 갑호는 1선으로 설정해놓은 곳에 미국이 상륙작전을 개시했을 때 내려지는 명령이다.

소주와 상숙은 군의 작전계획에 의하면 제3선에 해당하는 부분이었다. 병호명령이 내리기가 바쁘게 태림의 중대는 상숙으로 이동하고 거기서 진지 구축에 착수했다. 진지란 대별해서 대포를 설치할 포대 만들기, 기관총을 비치할 총좌 만들기, 병정 한 사람씩 들어앉아 총격을 할 수 있도록 하는 낙지굴蛸堀 만들기였다.

땀과 뻘에 문대어 귀신 같은 형상으로 포대와 총좌를 만들며, 갖다 놓을 대포, 갖다놓을 기관총도 없으면서 포대와 총좌를 만들어 뭣 하느냐고 병정들은 투덜댔지만 그러나 이왕 만들 바엔 최선을 다해야 한다고 서둘고 있는 일본군의 모습은 어느 모로 보면 커다란 교훈이 되기도 했다.

50개의 포대, 2백 개의 총좌, 1천 개의 낙지굴을 1백40명 남짓한 병력이 3개월 동안에 만들어야 하니 너무나 과중한 작업량이었다. 게다가 우기가 끼어 주야 겸행을 해서 만들어놓은 포대가 밤 사이에 무너지기도 해서 8월 말의 검열을 어떻게 치를 것인지가 육체의 부담에 겹치는 정신적 부담이 되었다. 그러나 검열을 겁낼 필요는 없었던 것이다. 8월 15일, 상숙 일대의 들을 두더지처럼 파놓기만 하고 태림의 중대는 일제히 일손을 멈췄다. 일본인은 패전을 맞이했고 유태림 등은 해방을 맞이했다.

상숙에서 소주로 돌아온 유태림은 한국 출신 학도병들과 의논해서 현지 제대를 단행할 계획을 세웠다. 그러나,

"곧 결행하자."

"좀더 시기를 두고 보자."

"일본인과 같이 행동하자."

는 등 세 가지의 의견이 엇갈려 좀처럼 합의에 도달하지 못했다.

유태림은 일본이 항복하기 전에 온갖 위험을 무릅쓰고 탈출한 사람들이 있지 않았느냐, 이렇게 된 판국에 포로의 신세까질 일본인과 같이 나눈다는 것은 더욱 비굴하지 않으냐 하는 이유를 들어 즉시 현지 제대를 단행하자고 주장했다.

이렇게 해서 동료들끼리의 의견은 합쳤지만 부대장이 난색을 보였다. 현지 제대를 시켜놓고 무슨 사고라도 발생하면 그 책임을 어떻게 할 것인가라는, 그럴싸한 이유를 핑계 삼았다.

"현지 제대를 허락하지 않으면 우리는 집단 탈출하겠습니다. 그때 부대장께서는 어떻게 막을 것입니까? 우릴 영창에다 감금하겠습니까, 헌병대에 넘길 것입니까, 총으로 쏘아 죽일 것입니까."

이런 강경한 태도로 나오자 부대장도 승낙하지 않을 수 없었다. 동시에 부대장은 간부회의를 열어 제대하는 한국 병정에게 1인당 쌀 한 가마, 보리쌀 한 가마, 콩 한 가마, 담요 다섯 장, 피복과 내의 약간, 의료품 기타를 지급할 것을 지시했다.

때를 같이해서 일본 병정들에게도 중국 안에 가까운 친척이나 친구가 있는 사람은 현지 제대를 해도 좋다는 지시가 내렸다.

일본의 항복은 한국 출신의 병정들뿐만이 아니라 일본인 병정들에게도 기쁜 일인 것 같았다. 모두들 침울한 척 외면을 꾸미고는 있어도 내면에서 끓어오르는 희색은 감추질 못했다. 그런데 항복 후 두드러지게 나타난 변화는 그들이 말 시중을 드는 성의를 전혀 상실해버린 점이었다. 말을 때리길 예사로 하고 물이나 먹이고 사료나 주는 것이 고작이고 말간의 소제라든가 말 손질 같은 것은 거들떠보지도 않았다.

의논한 끝에 말 시중은 한국인이 도맡아 하기로 했다. 말간을 말쑥히 치우고 말의 털을 빗질하고 발톱을 씻어 기름을 바르는 등, 같이 고생한 말에 대해서 마지막 봉사를 한다는 마음으로 정성을 다했다. 한국 출신의 이런 자발적인 행동엔 일본인들도 적잖이 놀란 모양으로 그들의 말에 대한 태도가 종전의 그것으로 바뀌어갔다.

태림 등이 일본 육군 제60사단 치중대의 영문을 하직한 것은 1945년

흘러간 풍경

9월 1일이었다. 제대 인원의 수는 55명. 그 가운데 20명은 북쪽으로 돌아 한시라도 바삐 고국으로 가겠다고 했다. 서둘 것 없이 소주에서 며칠 놀다 가라고 해도 듣지 않았다. 그들은 그날 오후의 열차를 타야겠다면서 소주역으로 갔다.

유태림 등 35명은 상해로 갈 예정을 세우고 일단 소주성 내의 민가를 빌려 들었다.

제대를 하루 앞둔 날의 밤 부대에선 송별회가 있었다. 적의며 원한이며 그와 비슷한 감정은 사라지고, 같이 고생한 사람들 사이에 솟아나는 정회만이 느껴지는 눈물겨운 송별회였다. 송별회가 끝나자 부대장이 태림을 불러 만일의 경우를 생각해서라면서 그가 애장하고 있는 권총을 태림에게 주었다. 모젤 3호라는 권총이었다. 그것을 받아가지고 이와사키 반장의 방엘 들렀다. 이와사키는 그 권총을 보더니 그것을 두고 가라면서 다음과 같이 말했다.

"부대장의 뜻은 고맙지만 권총을 몸에 지니지 말게. 권총뿐만이 아니라 앞으론 일체의 무기를 갖지 않도록 해야 하네. 나도 그렇게 할 작정이다. 전쟁을 죄악이라고 나 자신 생각한다고 일체의 전쟁을 부정할 자신까진 내게 없다. 앞으로 또 전쟁이 필요하다고 생각하고 전쟁을 일으킬 사람들이 반드시 있겠지만 거기에 반대하고 나설 용기가 내겐 없다. 그러나 나는 어떤 경우라도 나 자신만은 전쟁에 휩쓸리지 않도록 처신할 작정이다. 나만은 무기를 들지 않을 작정이다. 그 때문에 내가 죽을 경우를 당하더라도 이 신념만은 관철할 작정이다. 외람된 말이지만 자네도 무기를 들 사람은 아니다. 언젠가는 다시 만날 날이 있겠지만 다시 만나지 못한다고 해도 자네와 나는 앞으론 어떤 경우라도 무기를 들지 않겠다는 약속만은 해두자. 이 약속이 자네의 경우엔 대단히 어려울 줄을 나는 짐작한다. 자네의 나라는 앞으로 독립하게 될 것이고 독립하기 위한 과정에는 적잖은 소란이 있을 것이니 절실하게 무기를 들 필요가 나타날는지 모를 일이고, 독립한 뒤엔 또 그런대로 무기를 들지 않으면 안 될 일이 생겨날지 모르니 말이다. 그러니까 여기서 나와 약속을 하자는 거다. 자기의 주의, 자기의 신념을 살리되 무기를 손에 들지 않고 하는 방향을 택하라는 뜻이다. 이건 가능한 일이다. 불가능한 얘기를 하고 있는 것이 아니다. 마하트마 간디를 보면 안다. 진실한 승리는 간디 또는 간디적인 실천을 통한 승리라야만 한다. 자네와 나의 세계에선 그럴 수밖엔 없지 않은가. 그 방법으로써 승리를 얻지 못한다면 어떤 다른 방법으로써도 불가능하다. 승리는 인생으로서의 승리라야만 한다. 평화적 수단 이외의 수단으론 평화에 이르지 못한다. 평화를 위한 전쟁이란 기만이다. 전쟁을 통한 평화는 자네가 좋아하는 폴 발레리의 말마따나 다른 형태를 취한 전쟁상태일 뿐이고 전쟁과 전쟁 사이의 간주곡일 뿐이다. 그러나 이런 나의 뜻을 모든 사람에게 강요할 생각도 없고, 널리 주장할 의사도 없다. 우선 자네와 나만의 약속으로 하자는 거다. 자네도 학문을 해야 할 사람, 나도 학문을 해야 할 사람이다. 학문을 하는 과정, 그 결과를 가지고 겸손하게 우리의 살 보람을 찾고 그 보람으로써 사회에 근소하나마 기여할 수 있으면 되는 것이 아닌가. 호신용이라고 하지만 권총을 가지지 마라. 호신용이 필요한 곳엔 가지 않으면 된다. 꼭 호신을 해야 하는 상황을 만들지 않으면 된다. 불의의 화라는 것도 있겠지만 그런 땐 권총은 있으나마나. 호신용의 권총을 가진다는 것은 막연하나마 적을 가상하는 행위다. 자기 자신을 누군가의 적으로 가상하는 행위이기도 하다. 누구의 적도 아니고 아무 곳에도 적을 가지지 않은 사람이 무기를 가진다는 것은 어리석은 일이고 위험한 일이다."

태림은 이와사키의 말을 순수하게 받아들였다. 권총은 태림이 제대하고 떠난 뒤, 간곡한 뜻과 함께 이와사키의 손으로 부대장에게 돌려주기로 했다.

기상나팔 없이 잠을 깨고 취침나팔 없이 잠에 드는 생활. 태림들은 참새들처럼 쾌활하고 자유로웠다. 매일처럼 짝을 지어 오왕 부차吳王夫差가 서시西施와 더불어 놀았다는 호구虎丘, 풍교야박楓橋夜泊의 시비詩碑가 있는 한산사寒山寺, 사자림獅子林 등 명소와 고적을 찾으며 놀았다. 그러고는 새삼스럽게 소주의 풍수가 아름다운 데 놀랐다. 태림이 북행하는 자들과 행동을 같이하지 않고 소주에 남은 것은 노수虜囚의 몸으로서가 아닌 자연인의 입장에서 소주의 풍광을 살피려는 뜻도 있었는데 썩 잘한 일이었다고 생각하지 않을 수 없었다.

그러는 동안 상해의 사정을 알아볼 작정으로 파견한 세 사람의 친구가 묘한 모자를 쓰고 돌아왔다. 중국 군인의 모자에다 이상스런 휘장을 단 것이었다. 그게 뭐냐고 물은 태림에게 그들은 자랑스럽게 대답했다. 광복군의 모자라고, 그러고는 상해에서는 이소민李素民 장군이 입성해서 공전의 환영을 받았다는 것과 수만의 광복군이 집결하고 있으니 곧 상해로 가서 그들과 합류해야 한다고 역설했다.

좀더 소주에 머물러 있으면서 상황을 판단하고 난 연후에 상해로 가자는 유태림의 신중론은, 지금 가지 않으면 광복군에도 들지 못한다는 것과, 그렇게 되면 고국으로 돌아갈 수 있는 합법적 루트가 없어질 것이란, 상해엘 다녀온 친구들의 의견엔 대항할 수가 없었다. 이미 주사위는 던져진 것이다.

상해로 가려면 하루라도 빠른 것이 좋다. 태림 등은 팔 수 있는 물건은 팔고 챙길 것은 챙겨 일본 군대에서 나온 지 열흘 만에 상해로 향했다.

소위 광복군 사령부는 북사천로北四川路, 공동조계로 건너가는 다리를 5백 미터쯤 앞둔 오른편에 있었다. 초라한 건물엔 어울리지 않게 간판의 글씨는 웅혼하고 굵다랬다. 간판은 '광복군 제1지대 상해선견사령부'光復軍第一支隊上海先遣司令部라고 씌어 있었다. 어지간히 긴 간판이었다.

유태림은 그 간판 앞에 서자 벌써 불투명한 인상을 느꼈다.

'지대라고 하면 연대에 해당하는 것일까. 그렇다면 사령부라는 호칭은 맞지 않는다. 일본 군대나 중국 군대나 형식에 있어선 대동소이하다. 대대 또는 연대일 경우는 본부가 되었으면 되었지 사령부가 될 수는 없다. 사령관이 있어야 사령부가 있는 법이다. 상해선견사령관이 있고 또 제1지대의 사령관이 있는 것일까…….'

그러나 그 이상 따질 수도 필요도 없었다. 사령부라고 했으니 보초라도 있을 것이 아닌가 하고 두리번거려 보았으나 아무 데도 그런 곳이 없었다. 그냥 들어갈까 말까 하고 있는데 중국병의 복장을 한 사나이가 어디선지 나타나더니 주저하지 않고 안으로 쑥 들어가는 것이 아닌가.

유태림 일행은 그 뒤를 따라 안으로 들어갔다. 무슨 동굴에 들어선 것 같은 느낌이었다. 어둠침침한 창고 속에서 웅성거리는 소리가 들리고 동시에 기름 냄새 같은 것이 풍겼다. 자동차의 흔적은 없었으나 전에 자동차 수리공장을 한 것임이 틀림없을 성싶었다. 자세히 보니 기름 자국이 아직 말라붙지도 않은 바닥에 가마니와 암페라를 깔고 거기에 병정들이 둘러앉아 한참 식사를 하고 있는 중이었다. 일본군의 반합에 얹어 먹는 사람도 있고 손바닥에 그냥 올려놓고 먹는 사람들도 있었다.

모두들 환장한 사람들처럼 초라한 밥덩어리를 씹고 있는데 아무리

보아도 사령부 같지는 않고 난민수용소였다.

태림은 조금 체모가 똑똑해 뵈는 사람을 찾아 말을 건네보았다.

전연 요령부득이었다. 이소민 장군을 만나보고 싶어한다고 말했더니, 그 사람 말에 의하면 자기도 이소민 장군 코끝도 보지 못했다는 것이며 도대체 이곳의 책임자가 누구인지도 모르고, 밥은 교민회僑民會에서 날라다 주는 것을 먹는데 그것도 부정기적이라고 했다.

태림은 어이가 없었다.

어느 한구석을 골라 일행들을 그곳에서 잠시 쉬어 있으라고 하고 태림은 혼자 밖으로 나왔다. 늦여름 오후의 햇빛이 눈에 부시도록 거리에 가득 차 있었다. 전차가 지나가고 자동차가 오가고 인력거가 지나가고 삼륜차의 왕래도 빈번했다. 유태림은 부서진 꿈의 잔해를 보듯 멍청히 거리를 보고 서 있을 수밖엔 도리가 없었다. 무계획하게 소주를 떠난 것이 후회가 되었지만 때는 이미 늦었다. 인플레가 천장을 모르고 뛰어오르는 형편에 쌀과 보리쌀을 죄다 팔아버리고 떠난 소주엘 다시 돌아간다는 것도 가망 없는 일이었다. 당장 오늘 밤부터 35명의 숙소를 걱정해야 하는 판이다. 어떤 일이 있어도 그 땅바닥에 일행을 재울 수는 없었다. 상해에 미리 파견한 친구들에게 책임을 추궁해봤자 별수없는 노릇일 뿐이다. 그들은 광복군이란 명칭에 취하고 이소민 장군을 환영하는 상해 역두의 분위기에 취하고 한적사병韓籍士兵은 내게로 오라는 그의 연설에 취하고 북사천로에 당당하게 걸린 광복군의 간판에 취해 내용을 알아볼 필요조차 느끼지 않고 소주로 되돌아와선 태림의 신중론을 뒤엎어버린 것이니 이제 와서 왈가왈부해보았자 친구들 사이의 의만 상하게 되는 것이다.

그런데 기적이 나타났다. 운명이라는 말은 그런 때를 위해서 준비된 말인 성싶은 일이 나타났다.

태림이 멍청히 거리를 바라보고 서 있는 길 저편에 이편으로 건너려고 하고 있는 신사가 태림의 눈에 띄었다. 태림은 저분은 틀림없이 한국 사람이겠거니 했다. 그리고 자기에게 말을 걸어올 사람이겠거니 했다. 아니나다를까 자동차의 흐름이 멎은 틈을 타서 그 사람은 태림을 향해 뛰어왔다.

"이곳에 계시는 분입니까?"

그 사람이 태림에게 건네온 첫 말이었다. 분명히 한국말이고 한국 사람이었다.

태림은 대답 대신 이렇게 물었다.

"무슨 용무로 오셨습니까?"

"이소민 장군을 만났으면 해서 왔습니다."

"나도 이소민 장군을 만나러 소주에서 왔습니다만 아마 이곳에는 없는가 봅니다. 헌데 선생님이 이소민 장군을 만나고자 하는 용무는 뭡니까?"

"별다른 일은 아니구요. 이장군이 한국 출신의 병정을 모아놓고 고생을 한다기에 도와드릴 수 없을까 해서 왔을 뿐입니다."

"그럼 꼭 이소민 장군을 만나고 나서야 한국 출신의 병정들을 도울 수 있는 겁니까?"

"아뇨. 어떻게든 돕고 싶은데 그 방도를 의논하러 왔을 뿐이오."

"그렇다면 우릴 도와주시오. 내가 소주에서 35명가량의 한국 출신 학도병을 데리고 왔습니다. 모두들 전문학교, 대학을 다닌 사람들이라서 염치없이 굴지는 않을 것입니다."

"좋소, 그럼 갑시다. 데리고 오시오. 내 집은 여기에서 가까운 쟈포로라는 데 있죠. 창고 2층에 사무실이 있으니 그걸 치우고 다다미를 깔면 35명쯤은 기거할 수 있을 겁니다."

태림은 그 사람을 거기에다 세워 두고 급히 안으로 들어가 장마당에 끌려온 촌닭처럼 어리둥절하고 있는 일행을 데리고 나왔다.

기적의 주인공은 채씨蔡氏라고 하며 대구 출신이라고 했다.

37, 8세쯤 되어 보이는 믿음직한 인물이었다.

채씨는 꽤 큰 집과 창고를 가지고 있었다. 창고 2층의 사무실은 순식간에 치워지고 언제 준비해놓았던 것인지 다다미도 깔렸다.

쟈포로의 거리를 내려다볼 수 있는 넓은 창이 달린 밝은 방이었다. 이 방에서 유태림 등의 상해생활은 시작되었다.

당시의 상해생활을 적으려면 너무나 장황하게 될 염려가 있으므로 생략하기로 하고 유태림의 중요한 행동만을 요약하기로 한다.

유태림은 어느 군대에도 들어가지 않겠다는 태도를 취했다.

다신 무기를 들지 않겠다는 이와사키와의 약속을 지키기 위해서가 아니라 광복군은 일본의 항복 전엔 공적과 의미를 가지고 있었지만 해방된 마당에선 각 지대가 각각 어느 특정한 정당의 사병화私兵化할 경향을 보이고 있었기 때문이었다.

태림은 또한 어떠한 정당에도 가담하지 않겠다는 태도를 취했다.

정치에 관심이 없을 순 없었으나 정치를 하겠다는 생각은 없었고, 아무런 정치적 계루係累에 얽매이지 않은 백지의 상태로서 고국으로 돌아가고 싶었기 때문이었다.

다만 태림은 중국에서 알게 된 그 많은 친구들을 순수한 우의의 유대로써 묶어보고 싶은 관심만은 가졌었다. 그래 태림은 상해의 책사를 돌아다니며 프리메이슨 조직에 관한 책을 구해서 읽고 연구도 해보았다. 그러나 그런 행동이 뜻 아닌 오해를 살 위험이 있었기 때문에 포기했다.

하루바삐 군복의 냄새를 지워버려야겠다는 생각으로 채씨의 도움을 얻어 태림은 자기와 행동을 같이하는 친구들에게 겨울에 대비하는 생각도 있고 해서 일률적으로 검은 잠바를 사 입혔더니 정치적으로 과민 상태가 되어 있는 사람끼리엔 '흑잠바대'라는 물의가 일기조차 한 일도 있었다.

이러한 유태림의 태도에 동조하는 사람의 수는 날이 감에 따라 늘어만 가서 귀국할 당시에는 수백 명에 이르렀다. 그러나 어떤 군대에도 어떤 정당에도 어떤 조직에도 가담하지 않겠다는 태도로서 수백 명을 이끌고 일관한다는 것은 당시 상해의 사정으로선 결코 쉬운 일이 아니었다.

권총을 정면에서 겨누인 협박도 있었고 폭행 직전에 위험을 모면한 국면도 있었다.

하여튼 당시 상해의 거리는 한국 사람으로 해서 더욱 소란했다. 일본도에 권총까지 찬 과잉 무장으로 설치는 일당이 있는가 하면, 숙소 옥상에 기관총을 걸어놓고 법석대는 부류도 있었다.

이런 소동이 계속하는 동안에 한때 영웅처럼 상해의 교포사회에 군림하던 이소민이 중국 관헌에게 체포되는 촌극도 있었다.

해방된 조국에의 귀환을 앞두고 이처럼 창피스러운 포섭 공작이 벌어진 것은 중국 군벌의 사고방식이 작용한 탓이기도 했다.

병정 1백 명을 모아가지고 가면 영관이 되고 1천 명 이상을 모으면 장관將官이 되는 군벌의 관행이 있었던 것이다. 말하자면 해방된 조국에 대한 인식의 착오가 이만저만이 아니었고 시대착오 역시 상식을 넘을 정도였다.

　이러한 틈바구니 속에서 다소의 고통은 없지 않았으나 유태림의 상해생활은 화려했다고 한다. 중국 각지에서 각양각색의 경험을 치른 사람들과 사귀어 그 경험을 배우기도 했고 전 일본군의 간첩이 애국자로 표변한 사례 등을 통해서 인생을 배우기도 했다.

　채씨를 비롯한 몇몇 후원자가 있었기 때문에 물질에 궁하지 않았고 비가담의 태도를 내세워 당 아닌 당, 조직 아닌 조직의 보스로서 사랑과 존경도 받았던 모양이다. 그러나 이 모두는 달리 씌어질 이야기의 줄거리가 된다.

　상해생활도 반년이 넘게 되자 수천 명에 달하는 한적사병을 감당할 도리가 없어졌다. 국공의 내전은 본격화하는 양상을 띠어 상해의 거리는 살벌해가기만 했다. 이와 더불어 전후 세계의 격동하는 물결을 제3의 지대에서 방관만 하고 있기엔 젊은 피가 잠잠하지 않았다. 망향의 심정도 거들었다. 터무니없는 주장의 대립으로 적과 동지로 나뉘어 혼란한 싸움을 일삼던 사람들도 닥쳐오는 현실을 어떻게든 처리하지 않을 수 없었다.

　귀국 공작을 서둘러야만 했다. 귀국의 목적을 위해선 모두들의 행동이 일치하지 않을 수 없었다. 『상해 헤럴드』란 신문까지 캠페인에 참여시켰다. 드디어 1946년 2월 하순, 한국의 미군정청은 두 척의 LST를 상해로 보냈다.

　책임자로서 테일러라는 대위가 왔다.

　그 배를 타고 유태림 등이 부산에 입항한 것이 1946년 3월 3일이다.

　만 2년 2개월 만에 유태림은 고국의 땅을 밟았다. 해방과 귀국의 기쁨으로 채색하려고 해도 조국의 산하는 너무나 황량했다. 그러나 유태림의 가슴엔 희망이 있었다.

(주: 본문 가운데 나타나는 채씨란 채기엽蔡基葉 씨, 상해 당시엔 채종기蔡琮基 씨라는 분이다. 이분은 현재 서울에 건재하시며 탄광업, 조선업 등을 경영하고 계신다. 상해에서 이분에게 신세를 진 한국인은 아마 백수십 인이 넘지 않을까 한다. 그러나 아직도 그들이 당시의 은혜를 갚는 것 같지 않다. 뿐만 아니라 계속 누를 끼치고 있기까지 하다. "은혜가 다 뭐냐. 다들 건강하게 일 잘하고 있으면 그로써 만족하다."고 말씀하시지만 부끄럽기 한이 없다. 희귀한 인물임을 특기해두고 싶다.)

유태림에 관해서 쓴 데까지를 우선 도쿄의 E에게 보냈다. E는 곧 유태림의 수기 일부분을 사진으로 찍어서 보내왔다. 동봉한 편지의 사연은 다음과 같았다.

군의 유태림 군에 관한 기록 반갑게 받았다. 계속 써보내주길 바란다. 유태림 군의 수기 일부를 사진으로 찍어 보내니 양해하길 바란다. 한장 한장씩을 사진으로 찍으려고 하니 자연 시간이 걸리게 되었지. 전번에도 얘기했지만 유군의 수기는 그것이 씌었던 당시엔 일본 측에서 위험시될 내용의 것이었는데 지금 와서 읽어보니, 귀국의 사정을 잘 알 수는 없으나, 그대로 발표했다간 뜻하지 않은 오해를 자아낼 염려가 없지도 않구나. 그것이 씌어진 시대상황, 그 상황이 심리에 미친 작용을 이해하지 않고는 진의를 포착할 수 없는 그런 것이니 이 점에 유의하길 부탁한다. 이 점에만 유의하면 당시의 답답한 정세 속에서도 가능한 한 양심적이며 학구적인 태도를 지니고 살아

가려고 한 진지한 한국 청년의 모습을 볼 수 있을 것이다. 그리고 지금엔 얻기 쉬운 재료들이지만 그것이 씌어진 당시엔 그만한 재료를 얻기 위해서도 대단한 정력과 시간과 돈이 소요되었다는 점도 아울러 고려에 넣어야 할 것이다. 유군의 수기를 귀국 내에서 어떻게 할 것인가에 대해선 군에게 일임하는 바이니 알아서 하게. 계속 그에 관한 기록을 보내줄 것을 거듭 부탁하고 군의 자중과 자애를 바란다.

태림의 수기를 읽어보니 E의 염려에 이해가 갔다. 일본에 대한 비판에 약간의 주저가 보였기 때문이다. 게다가 일본어로 씌어졌다는 사실이 지금에 와서 보면 어색스러운 느낌이다.

그러나 일본인 독자를 예상하고, 자료를 모으는 데 일본인의 힘을 빌렸다고 하니 일본어로 쓰지 않을 수 없었을 것이란 짐작을 해볼 만도 했다.

나는 일본 식민지 시대를 살았을 때의 한국 지식인의 하나의 '패턴'을 제시하는 의미로서 유태림의 수기를 직역한 그대로 옮겨볼 작정이다. 수기의 제목은 '관부연락선'이라고 되어 있지만 이는 이미 대제목으로 붙였기 때문에 '유태림의 수기'란 표제를 달기로 했다.

유태림의 수기 1

이것을 쓰게 된 동기

관부연락선은 하나의 상징적 통로다. 이것이 상징하는 뜻을 통해서 한반도와 일본과의 관계를 내 나름으로 파악하고 정리해보아야겠다고 마음먹은 것은 도버에서 칼레로 건너오는 배 위에서였다.

1938년 10월. 영경英京 런던은 뮌헨 회담을 둘러싸고 찬반양론으로 들끓고 있었다. 광장이란 광장은 연설회로 붐볐고 거리마다엔 데모가 있었다. 나는 런던에 있는 동안은 구경 같은 건 집어치우고 매일처럼 하이드 파크에 나가 갖가지 연설을 듣는 것을 일과로 삼았다.

"어떻게 해서든 평화를 지키려는 체임벌린의 태도는 옳다. 훌륭하다."

는 결론에 이끌어가기 위해서 별의별 증거를 내세우는 변사도 있었고,

"히틀러의 술책에 말려들어간 체임벌린은 장차 이 나라에 커다란 화를 끼칠 위험인물이니 즉시 하야시켜야 한다."

고 흥분하는 변사도 있었다.

그런가 하면,

"우리는 어떠한 목적, 어떠한 주의를 위해서도 무기를 들지 않겠다. 대영제국을 송두리째 삼켜버리는 무리가 나타나도 우리는 결코 총을

들지 않겠다."
고 외치는 옥스퍼드 대학생도 있었다.

나는 어떤 주장이 옳고, 옳지 않은가를 판단하기엔 나이가 어렸다. 당시 열아홉 살밖엔 되지 않은 나에게 그런 판단을 내릴 만한 견식이 있을 턱이 없었다. 그러나 국가의 대문제를 두고 모두들 활달하게 스스로의 의견을 거리낌없이 발표할 수 있는 환경에 대해서는 놀라지 않을 수 없었다.

"대영제국을 송두리째 삼켜버리는 무리가 나타나도 우리는 결코 총을 들지 않겠다."
는 말도 뭣한데 심지어는,
"국왕을 위해서는 무기는커녕 돌멩이 하나 들지 않겠다."
고 외쳐도 누구 한 사람 나무라는 사람이 없었던 것이다. 나는 일본의 도쿄를 생각하고 나의 조국인 한반도를 생각해보지 않을 수 없었다. 선진된 나라와 후진국가와의 격차는 도시의 미관이나 건물의 웅장함에 있는 것이 아니라는 사실을 뼈저리게 느꼈다.

하루는 또 하이드 파크엘 갔더니 어떤 인도인 학생이 청중을 많이 모으고 있었다.

"영국이 히틀러의 침략정책을 규탄할 수 있으려면 먼저 인도를 독립시켜라. 에티오피아에 대한 무솔리니의 침략을 반대하려면 먼저 인도를 독립시켜라. 인도와 여러 식민지를 약탈하고 침략하고 있는 주제에 어떻게 히틀러의 태도를 비난할 수 있을 것인가. 무솔리니를 규탄할 수 있을 것인가. 영국은 인도를 비롯한 모든 식민지를 독립시켜 독일과 이탈리아에게 모범을 보이고 난 연후에 그들을 힐난하든 공격하든 해야 할 것이다. 영국이 지난 세월 동안 저지른 죄과는 이를 기정사실로 접어두고 독일과 이탈리아의 침략행위만을 시정하려고 해보았자 될 일이 아니고 될 말이 아니다. 영국이 모범을 보이면 히틀러나 무솔리니도 개과하고 반성해서 그들의 침략행위를 멈출 것이다. 그러니 세계의 평화, 구라파의 평화는 인도를 독립시킴으로써 그 기초를 닦을 수가 있을 것이다. 즉시 인도를 독립시켜라. 모든 식민지를 그 주민들의 의사에 따라 해방시켜라. 그러지 못할 때, 전쟁이 발생하면 그 책임은 영국이 져야만 한다."

나는 숨을 죽이고 그 인도인의 연설에 귀를 기울이며 금시라도 무슨 변이 나지 않을까 가슴을 죄고 있었는데, 연설이 끝나자 청중들은 그에게 박수를 보내는 것이 아닌가. 청중의 대부분은 백인이었고 영국인임이 분명했는데 그들은 그들의 나라를 욕하는 인도인 변사에게 박수를 보내고 있었다.

10월 9일의 오후, 도버 칼레 간의 연락선 시걸호의 중간 갑판 위 벤치에 앉아 나는 짧은 동안이었지만 영국에 머물고 있던 동안에 받은 강렬한 감동을 되씹고 있었다. 파리에 있는 동안 프랑스인들의 자유로운 언동에도 적잖이 놀랐지만 프랑스인들은 어떤 과격한 주장을 해도 결론만은 자기 나름으로의 애국을 내세웠다. 영국에서처럼 자기의 주장을 위해서는 조국까지를 송두리째 부인하는 것 같은 언동엔 접하지 못했던 것이다.

그리고 배 안의 분위기에도 느낀 바가 있었다. 영국으로 갈 때 탄, 르아브르와 사우샘프턴 간의 기선에서도 같은 것을 느꼈는데 배 전체의 기분이 일종 유람선에서 느끼는 그런 것이었다. 자유롭고 활달하고 쾌활한 분위기, 고독해 뵈는 자세에도 구김살이 없었고 슬퍼 보이는 사람에게도 억눌린 것 같은 음산함이 없었다.

자연 나는 관부연락선과 비교해보지 않을 수 없었던 것이다. 관부연락선에선 3등 손님들은 자유로이 갑판 위를 걸어다니지 못한다. 배가 출항하기 직전 선창의 문을 굳게 닫아버린다. 손님들은 그 창고 같은 선저船底에 짐짝처럼 실려선 목적지에 이르러서야 해방이 된다. 탈 때도 내릴 때도 형사들 앞을 조심스럽게 지나야 하고 배 안에서는 대수롭지 않은 얘기도 주위를 살펴가며 해야 했다.

그러한 관부연락선을 도버 칼레 간의 배, 르아브르와 사우샘프턴 간의 배에 비할 때 영락없는 수인선이라고 해도 과언은 아니다. 연락선이 한국 사람을 수인 취급을 한다는 건 지배자인 일본인이 피지배자인 한국인을 수인 취급을 하고 있다는 집약적 표현일 따름이다.

시걸호의 갑판에 앉아 관부연락선을 생각하지 않을 수 없었던 또 하나의 이유는 S고등학교에 재학하고 있었던 나의 한국인 동기 13명이 일본 경찰의 주목과 추궁을 받아 드디어는 대부분이 형무소살이를 하게 되고 나 혼자 구라파를 방황하게 된 사건의 동기가 바로 관부연락선에서 비롯된 때문이었다.

함경도 경성고보鏡城高普를 나온 최종률崔鍾律은 북극의 남아답게 씩씩하고 괄괄한 성격의 소유자였다. 3년 동안의 낭인생활 끝에 고등학교에 들어온 최군은 나이로선 우리와 그만큼 차이가 있었으나 여태까지 간직한 동정을 버리기 싫다는 평계로 유곽 같은 델 가보자는 친구의 유혹을 뿌리친 정도로 천진난만한 청년이었다.

그러한 최군이 신학기를 앞두고 연락선을 탔다. 언제나 하는 버릇으로 형사들이 그를 불러냈다. 그러고는 트렁크를 뒤지기 시작했다. 팽개치듯 셔츠를 뒤지고 책은 한 권 한 권 책장까지 넘겨 보는 야료를 부렸다. 그러나 아무것도 나오지 않았다. 형사는 발로써 트렁크를 툭 차며

도로 물건들을 챙겨 넣으라고 했다. 화가 났지만 최군은 분통을 참고 셔츠며 책들을 차근차근 도로 챙겨 넣기 시작했다. 그때 형사가,

"빨리 하지 않고 뭣을 그처럼 꾸물거리느냐."

고 핀잔을 주었다. 최군은 그 형사를 힐끗 쳐다봤다. 그 눈에 괸 증오의 빛깔을 보았음인지 형사는,

"너, 내게 반항할 셈이냐."

고 호통을 질렀다. 어떻게 하든 최의 비위를 거슬러 사건을 만들어보자는 속셈이 빤했다. 최종률은 트렁크를 챙겨 들고 일어서면서 나지막하게 말했다.

"같은 조선 사람끼리 너무하지 않소."

형사는 이 말에 트집을 잡기 시작했다.

"같은 조선 사람끼리? 그래 조선 사람끼리 어쩌자는 거야. 독립운동이나 하자는 건가?"

이런 시비를 되풀이하면서 그 형사는 좀처럼 최종률을 놓아주지 않으려고 했다. 다시 부산의 수상서水上署로 데리고 가야겠다고 위협했다. 이렇게 옥신각신하고 있는 것을 일본인 형사가 사이에 들어 최군이 부산으로 되돌아가야 할 화는 면했지만 이때의 감정으로 그 형사는 S고등학교 소재지 경찰에 주의통보를 했다. 그것이 계기가 되어 순수한 독서클럽이 무슨 대단한 비밀결사인 양 프레임업된 것이다.

나는 영국의 자유를 생각하고 프랑스의 자유를 생각하며 시결호 갑판 위를 희희낙락 뛰어노는 어린이들을 바라보았다. 그날은 마침 일요일이어서 칼레에 살고 있는 어린이들이 대안對岸인 도버에 놀러 왔다가 돌아가는 참이라고 했다. 도버는 영국의 항구, 칼레는 프랑스다. 외국인인데도 불구하고 그처럼 자유스럽게 왕래할 수 있다는 사실이 다

시 관부연락선의 그 부자유한 상태를 상기시켰다. 같은 나라임에도 불구하고 한반도의 사람은 일반인일 경우 도항증명渡航證明이라고 하는 번거로운 수속을 밟아야만 일본으로 건너갈 수 있는 것이다. 그러니 어린이들이 유람의 목적으로 왔다갔다한다는 건 어림도 없는 일이다.

나는 돌아가기만 하면 관부연락선의 그 상징적 의미를 연구해서 우리 반도와 일본과의 사이를 납득이 가도록 밝혀 볼 작정을 했다.

파리로 돌아오자 일본 대사관에서 구라파의 정세가 심상치 않으니 곧 귀국하라는 지시가 있었다. 이런 지시가 있자, 우연히 나와 동행이 되었던 김형수金亨洙 군은 스위스로 피하자고 내게 권했다. 그러나 내겐 그만한 용기가 없었다. 김군은 여러 형제가 있었기 때문에 영영 귀국하지 않아도 좋았지만 독자獨子인 나의 사정은 그렇지를 못했다. 게다가 거의 반년을 살았어도 생소하기만 한 구라파 생활의 고독에 견딜 수가 없었다. 옥중에 있는 친구들이 마음에 걸리기도 했다. 스위스로 떠나는 김군을 전송한 그 길로 나는 마르세유를 거쳐 하코네마루箱根丸의 3등 선객이 되었다. 돌아오자 우선 신분을 보장할 필요가 있었기 때문에 모 대학 전문부에 적을 두고 관부연락선과 한일관계에 관한 자료 수집에 착수했다.

영광과 굴욕의 통로

관부연락선은 영광의 상징일 수가 있으며 굴욕의 상징일 수도 있다. 영광이니 굴욕이니 하는 퍼세틱한 표현을 배제하고 필요한 수단이라고 말할 수도 있지만 필요한 수단으로서의 관부연락선은 지금 나의 관심 대상은 아니다.

영광이라고 하고 굴욕이라고 해도 일본인에겐 영광이고 한반도인에겐 굴욕이라고 구분할 생각은 없다. 그저 어떤 사람들에겐 영광이었고 어떤 사람에겐 굴욕의 통로였다는 뜻이다. 예를 들면 한일합방에 공로가 있었다고 해서 영작榮爵과 재물을 얻으러 가는 한반도인에겐 영광의 통로일 수가 있었고 가난에 시달려 대륙지방으로 팔려 가는 창녀들에겐 비록 그들이 일본인이라고 하더라도 굴욕의 통로가 아닐 수 없는 것이다.

관부연락선이 바로 이런 명칭으로 처음에 취항하게 된 것은 1905년 9월 25일이다. 최초의 연락선의 이름은 이키마루壹岐丸, 1천6백92톤의 신조선이다. 이어 11월 5일 1천6백91톤짜리 쓰시마마루對馬丸가 취항하고 매일 1회 부산, 시모노세키 양지에서 출항하게 되었다.

관부연락선이 처음으로 취항하게 된 1905년 전후의 시대상황을 살펴보면 이 연락선의 영광적 의미와 굴욕적 의미를 알 수가 있다.

이해, 일본은 러시아와의 전쟁에서 승리를 거두어 9월 포츠머스에서 강화조약을 맺고 세계 열강으로부터 한국에 대한 우월권을 인정받았다. 한반도를 두고 러·청·일 삼국이 각기 자국의 세력권 속에 넣으려고 각축전을 벌였는데 청일전쟁의 결과로 한국에서 청국의 세력을 몰아내고, 러일전쟁의 결과로 러시아를 밀어냈으니 한국에 대한 일본의 발언권이 그만큼 강하게 된 것은 당연한 일이었다. 이 당연한 결과를 세계적으로 공인시키기 위해 포츠머스 조약의 조문 안에 일본의 우월권을 규정해놓기조차 했다.

그러니 관부연락선은 이 전승의 영광과 더불어 취항해선 일본의 대륙 경영에의 영광스러운 통로로서 등장하게 된 것이다. 이 통로를 통해서 많은 일본인이 한반도로 쏟아져 들어왔다.

당시의 『이바라키 신문』茨城新聞에 다케우 치렌노스케竹內鍊之助라는

자가 쓴 다음과 같은 기사가 있다. 제목은 '우리 동포는 어떻게 하면 한국에서 성공할 수 있을까?'

우리 동포가 어떻게 하면 한국에서 성공할 수 있을까. 이것이 지금 연구해야 할 대문제다. 한국에 있어서의 동포의 성공자는 한국 거주 수십 년의 역사를 가지고 있고 짧은 사람이라도 10년은 넘는다. 그러니 일러전쟁 후에 도항한 사람 가운데는 성공했다고 볼 만한 사람이 드물다. 그렇다고 해서 한국이 우리 동포의 활무대活舞臺가 될 수 없다고 생각한다면 이는 대단한 잘못이다. 빈약한 한인韓人의 지능은 아직도 우리의 하층에 있고 일으킬 사업 개발할 천연자원은 우리 동포의 손을 기다리고 있다.

내지內地에선 근근 5단보段步의 지주도 이곳에 오기만 하면 5정보, 10정보의 대지주가 될 수 있다. 내지에서 1천, 2천의 자본으로 장사를 하려면 여간 힘드는 일이 아니지만 1천 원의 돈을 한국에서 활용하기만 하면 거부가 될 수도 있다. ……(중략)…… 최근 오사카大阪『아사히 신문』朝日新聞의 논설 가운데, 한국인에게 우리에게와 같은 교육을 베푸는 것은 들에 범을 키워 제국의 기초를 위태롭게 하는 것이 아닌가, 하는 것이 있었지만 통감정치가 신교육을 장려하는 바람에 경성을 중심으로 13도에 8백여의 공사립 학교가 설립되어 한국인의 지식은 날로 상승하고 있다. 그러나 어느 정도의 식견과 상당한 자금을 가지고 오기만 하면 한국인의 땅 어느 곳에든 성공의 꽃이 피지 않을 곳이 없다. ……(중략)……

한국은 무진장한 보고다. 그러나 미대륙과는 달라 노동으로써는 밥을 먹을 수 없는 곳이다. 빈약 무능한 한국인은 일본인을 사용할 수가 없다. 되레 일본인이 한국인을 사용해야 한다. 한국인은 노동자로선 비교적 결점이 적은 백성이다. 그들은 어떠한 고역에도 순종하고 임금도 많이를 탐하지 않는다. 금번 부산에 사는 일본인 모씨가 내지의 철도공사에 종사시키려고 한국 인부 수천 명을 계약한 것을 봐도 그 이용가치를 알 수 있지 않은가. ……(중략)……

한국의 인구는 1천5백만을 헤아릴 수 있음에도 불구하고 정부의 세입은 겨우 7백만 원밖엔 되지 않는다. 최근 정부가 발표한 3세안稅案이란 것은 ①가옥세 ②연초세 ③주조세를 말하는데 이와 같은 증세책으로 붇는 돈은 20만 원 남짓하다. 그런데도 인민들은 이 20만 원의 증세에 반대해서 어느 지방에선 세리를 살해하는 등 폭동이 일어나 우리 관헌의 힘을 빌려 진압한 정도다. 그들은 돈이 있으면서 반대하는 것이 아니라 없어서 반대하는 것이니 불쌍하기 짝이 없다. 근 20만 원의 증세 부담을 할 수 없는 빈약한 그들에겐 금력으로써 대하지 않으면 안 된다. 몽매한 그들은 돈을 보기만 하면 조선 전래의 논밭을 예사로 팔아버린다. 지폐로써 뺨을 쳐도 좋아하는 것이 한국인의 특성이다. 그러니 한국으로 도항하려는 자의 자격은 ①돈 ②건강 ③각오다. 이 세 가지만 갖추어져 있으면 수단과 방법을 가릴 필요가 없다. 상업을 할 작정이면 잡화상도 좋고 술집도 좋다. 경험이 있는 자면 토건업도 좋다. 이자가 비싸니 고리대금업도 무방하다. 농업에 종사하려는 자는 이미 말한 바와 같이 '일본 내지의 5단보'의 땅값으로 5정보, 10정보의 대지주가 될 수도 있다. 한국은 이와 같이 우리 동포에게 있어선 유망한 곳이다. 10원, 1백 원의 소자본으로써 이식利殖의 계를 세울 수 있는 곳은 한국이며 1천 원, 1만 원, 10만 원의 자금을 활용할 수 있는 곳도 한국이다. ……(하략)……

이와 같이 선동을 곁들여 관부연락선의 개통 이래 야심만만한 일본인들은 한국으로 건너왔다. 돈을 벌 목적을 가진 사람들만이 아니었다. 한국을 일본에게 합방시킬 목적으로 건너오는 자들도 있었다. 우치다 료헤이內田良平, 기쿠치 슈사부로菊池忠三郞, 다케다 노리유키武田範之 등은 대표적인 인물이다.

한편 한국에서 일본으로 건너가는 사람들도 부쩍 늘었다. 소수의 유학생이 있었고 대다수는 노동자들이었다. 노동자들은 갖은 굴욕이 기다리고 있는 일본으로 건너가서 위험한 일을 도맡아 했다. 관부연락선을 타고 한국으로 건너가는 일본 사람들은 지배하기 위해서, 군림하기 위해서였고 관부연락선을 타고 일본으로 건너오는 사람들은 그 잘난 생명을 이을 호구지책으로 노예가 되기 위해서였다.

나는 작년 여름 도부덴샤東部電車를 타고 우라닛코裏日光엘 갔었다. 기누카와鬼怒川, 가와지川治를 거쳐 가와마타川俣 온천에까지 갔는데 도중에 발전소 댐을 확장하는 공사의 구경을 했다. 내려다보아도 천인의 절벽, 치어다보아도 천인의 절벽인데 이 산꼭대기와 저 산꼭대기에 거미줄처럼 걸린 것이 있어 그것이 뭣인가고 바라보았더니 그것은 도록고鑛車의 레일이었다. 그 레일 위로 노동자가 도록고를 밀고 지나갔다. 아슬아슬한 곡예와도 같았다. 그처럼 위험한 일에 종사하는 사람은 거의 한국인이라고 했다. 사고가 없느냐고 물었더니 매일 몇 사람씩은 개처럼 죽어간다고 했다. 어제 죽은 인부의 뒤를 이어 오늘 또 다른 한국 사람이 도록고를 밀어야 한다는 것이다.

그와 같이 위험한 노동에 종사하기 위해서 내기 어려운 도항증을 내어 개돼지 취급을 받으면서도 관부연락선을 타야 한다는 것은 비참함을 넘는 상황이 아닐 수 없다.

관부연락선 취항 당시의 상황에 관한 자료를 모으고 있는 가운데 나는 그 무렵 송병준宋秉畯이 시모노세키에서 머물고 있었다는 사실을 알았다.

기록에 의하면 송병준은 야마구치현山口縣 하기萩라는 곳에서 노다 헤이지로野田平治郎란 이름으로 잠업蠶業 등에 종사하다가 러일전쟁이 터지자 일본군 통역으로 종군하기 위해서 1904년 한국으로 돌아온 것으로 되어 있다. 그런데 뜻밖에도 관부연락선이 취항할 무렵 그곳에 있은 흔적이 나타난 것이다.

조사를 해본 결과 송병준은 시모노세키에 소가를 두고 있음을 알았다. 거기다 소가를 두곤 신변의 일이 자기에 불리하게 돌아가는 듯싶으면 그곳에 가서 드러누워 있다가 형세가 호전된 듯하면 국내로 돌아오곤 했던 모양이다.

송병준의 소가는 청일전쟁의 강화조약을 맺은 춘범루春帆樓 가까운 고대高臺 위에 있었다. 건너편 모지門司와 세토나이카이瀨戶內海가 환히 바라뵈는 경치 좋은 곳에 쓰다야津田屋라는 간판을 걸고 여관업을 하고 있는 집이 바로 그 집이었다.

송의 소가는 아직도 가족들이 살아 있었다. 송병준 선생의 일화를 듣고 싶어서 왔다는 뜻을 전하니 아들인 듯한 중년의 사나이가 우리들을 2층 방으로 안내했다. 조금 기다리고 있으니 70 가까운 노파가 나이에 비해선 정정한 모습으로 나타나 우리들을 반겨주었다. 자기의 남편을 존경하기 때문에 찾아온 양으로 착각하고 있었던 모양이다.

우리는 그 착각을 되레 다행으로 생각하고 송병준에 대한 여러 가지를 묻기 시작했다. 가장 오랫동안 같이 살아본 것이 약 3개월, 그밖엔 길어서 1주일, 대개 2, 3일 머물렀을 정도인데 그것도 1년에 한두 번 있었을까 말까 한 기회였다고 했다. 그러나 송병준에게 대한 존경심과 애정은 대단한 모양이었다. 많은 명사들과 접촉할 기회가 있었지만 일본인 가운데서도 그만한 위장부가 없다는 것이었다.

"얼굴이 잘생기고, 담력이 강하고 언변 좋고 활달하고 머리가 좋고……."

노다 스에코野田季子라는 이름에 자랑을 가진 듯한 그 노파는 내버려두면 남자를 추어올리는 형용사란 형용사는 죄다 주워섬길 참인 것 같았다.

"그 어른의 덕택으로 일선 양국민이 형제같이 되었으니 얼마나 좋은 일예요. 신사神社라도 하나 지어 줄 만하지만 세상의 인심이 야박해서……."

이런 말을 하는가 하면,

"시모노세키 시장은 역대로 나를 소중히 한답니다. 경찰서장도 그렇구요. 비록 정실은 아니지만 나는 어엿한 화족華族, 그것도 자작 부인이거든요."

하고 자랑도 펴놓았다.

묻고 싶은 말에 대한 대답에는 전혀 구체성이 없고 그저 자랑과 칭찬이었는데 그 말 가운데 이키마루인가 쓰시마마루인가는 분간할 수 없지만 연락선 회사의 사장 초대로 일등 빈객의 대우를 받고 송병준과 같이 부산까지 갔다왔다는 얘기가 있었다.

노파는 또 송병준이 쓴 글이라고 하면서 몇 개의 족자를 내어 보이기도 했다. 이 노파가 후일 송병준이 서울에서 요릿집을 경영시킨 일녀日女가 아닌가 했었는데 송병준과 같이 단 한 번 부산까지 가본 일밖엔 한국에 간 적이 없다고 하니 그 여자는 아닌 것 같았다.

시모노세키에 머무는 동안은 자기 여관에서 묵으라는 얘기였지만 더 이상 알아낼 일도 없을 것 같아서 밖으로 나왔다.

송병준 같은 인물이 처음으로 취항했을 무렵 관부연락선의 일등 빈객으로서, 그것도 부산에서 시모노세키에로가 아니라 시모노세키에서 부산으로 건너왔다는 사실에 관부연락선의 상징적 의미가 있기도 한 것이다.

그 무렵이면 소위 을사보호조약의 체결이 있어 국론이 비등하고 있었다. 시일야방성대곡是日也放聲大哭하고 있었던 나라의 형편이었고 민영환閔泳煥의 자결에 이어 많은 지사들이 분사하고 있었다. 민영환은 송병준의 은인이다. 송병준은 그의 집에서 식객 노릇을 했고 그의 주선으로 벼슬도 했고 그의 덕분으로 사형을 면하고 되레 출셋길에 들어섰다. 그런 은인이 국운을 비관해서 자결하고 아직 그 장례도 치르지 않은 상중에 있었는데 송병준은 뻔뻔스럽게도 관부연락선의 일등 빈객으로 초대되어 의기양양 부산항으로 들어온 것이다.

한일합방은 불가피한 일이었다. 그렇다손 치더라도 송병준 같은 인간의 활약으로 이루어졌다는 것은 한국으로서 치욕이며 일본을 위해서도 불행한 일이라고 생각한다. 이용구, 송병준, 이완용이 없었더라면 한일합방이 이루어지지 않았으리라곤 생각할 수 없다. 그러나 이런 분자가 없었더라면 이왕 합방이 되더라도 민족의 위신이 서는 방향으로 되지 않았을까 한다.

이들 가운데도 송병준이 가장 비열하고 간사한 인물이었다는 것은 기록을 종합해보면 안다.

이용구는 한때 동학당의 중심인물이었다. 동학의 거사가 일본의 개입으로 실패하자 나라의 명운을 자기 나름으로 판단하고 일본과의 합체를 통해서 민족의 활로를 구상했다. 그 구상의 정부正否는 고사하고 자기 나름의 신념을 통해서 행동한 것이다. 합방 직후 일본 정부에서는 송병준, 이용구에게 대해서 작위를 수여하겠다는 내의를 전했다. 이용구는 굳이 이를 거절하고 말만이라도 다음과 같이 했다.

"지금 합방이 이루어졌다고는 하나 장래에 있어서의 한국 황실의 안태, 이와 더불어 2천만 동포의 행복이 어떻게 될 것인가를 지켜보는 것이 금후의 나의 책임이다. 신정新政이 베풀어졌을 때 불행히도 나의 기대에 어긋나는 경우가 생기면 국가와 국민에게 대해서 얼굴을 들 수 없을 것이다. 그런데 이와 같은 불안을 가진 채 영작을 받는다면 나는 이 영작을 얻기 위해 나라를 판 자라는 악평을 들어도 변명할 여지가 없게 된다. 하물며 오늘의 목적을 이루기 위해서는 수많은 회원의 참담한 희생과 분골의 노력이 있었다. 나는 그 회원들에게 대한 정의로서도 나 혼자 영작을 받을 수 없다."

그런데 송병준은 거리낌없이 작위를 받은 자다. 송병준에겐 도의며 체면이며 신념 같은 건 전연 없었다고 단정할 수 있는 증거가 있다.

송병준이 한일합방을 서둘게 된 동기를 자신의 입으로 다음과 같이 말했다.

"한국 황태자를 모시고 도쿄로 갔을 때 폐하에게 알현하고 친히 천황폐하의 풍모에 접하자 불굴의 마음을 가진 나도 그 신엄神嚴에 눌려 전신이 마비할 정도로 감동하고, 이래 숭경의 염이 날이 갈수록 더해짐을 느꼈다."

그러고는 명치천황이 병환에 걸렸다는 소식을 듣자 그는 매일 새벽 남산동의 자택에서 왜성대에 있는 신궁까지 맨발로 걸어가 참배하고, 돌아오는 길에 아카시明石 장군의 관사에 들러 천황의 용태에 관한 공보公報가 어떠냐고 묻길 하루도 결하지 않았다고 한다.

송병준은 이처럼 일본의 천황에 대해서는 극진하면서 한국의 황제에 대해서는 불측하기 짝이 없었다.

해아(海牙: 헤이그) 밀사 사건을 트집잡아 통감 이토伊藤는 고종황제를 물러 앉힐 계략을 꾸미고 송병준으로 하여금 그 계략의 앞장을 서게 했다.

송병준이 황제의 거실에 들어가자 거기엔 호위하는 역사力士가 있었다. 송은,

"중대한 사기事機에 제하여 그들이 임금 곁에 있으면 누설될 염려가 있으니 밖으로 내어보내라."

고 군부대신에게 일렀다. 그러나 역사들은 '폐하의 어명'이라고 하면서 그 자리에 버티어 서 있었다. 그러자 송병준이,

"폐하의 어명이란 무슨 소리냐, 빨리 나가라."

고 호통을 쳤다. 역사들이 나가자 송 등은 황제에게 양위할 것을 권했다. 고종황제는,

"경들은 왜 이렇게 짐을 괴롭히느냐, 짐은 죽어야겠다."

는 비통한 말을 토했다. 이때 송병준은,

"원컨대 죽으십시오. 폐하가 지금 죽으면 나라와 종묘는 살릴 수가 있습니다. 폐하가 만약 죽지 않으면 신들이 죽습니다. 그런데 신들의 죽음은 나라에도 이익이 없고 종묘와 더불어 죽는 겁니다. 폐하는 죽음으로써 사직을 안태케 하소서. 원컨대 빨리 죽으십시오."

세계의 역사상 어느 나라의 군주도 자기의 궁전 안에서 이와 같이 무엄한 말을 들어본 적은 없을 것이다. 송병준은 또 고종황제의 완전한 퇴위를 강요하기 위해서 다음과 같은 협박도 했다.

"폐하는 관官을 팔고 백성을 학대했기 때문에 이 나라 안에서는 한

사람도 폐하를 좋게 생각하는 자가 없소. 천의인심天意人心은 이미 폐하 곁을 떠났소. 명실공히 양위를 결정하시오. 그처럼 간언을 했는데도 왜 다시 박영효朴泳孝를 궁내대신의 자리에 앉혔소. 일이 이렇게 되어가면 일본의 요구가 어디까지 나갈 줄 모르오. 지금 일본 군함이 인천에 정박해 있는데 폐하를 일본으로 납치해 가지 않을 줄 아오? 협잡배들의 말을 들어 한을 천추에 남기는 일이 없도록 하시오."

이처럼 무엄하게 서둘지 않아도 임금과 더불어 국사를 걱정하고 객관적 정리를 소상하게 보고해서 군주의 자의로써 이룰 수도 있는 일을 일본의 세를 믿고 이토 히로부미伊藤博文의 위威를 빌려 못하는 것이 없었다는 것은 인간으로서도 용납하지 못할 일이다. 송병준은 나라의 명운에 대해서 고민한 흔적이란 전연 없다. 일신의 영달을 위해선 그 밖의 모든 일은 일체 안중에도 없었다.

같은 유에 속하는 인물이기는 하나 이완용李完用의 경우엔 다소 납득이 가지 않는 바는 아니다. 이완용은 합방 문제에 있어서 일진회一進會의 운동에 정면으로 반대했다. 합방조약의 조인을 할 때도 송병준의 협박에 못 이겨 내키지 않은 행동을 한 것 같은 기록이 있다. 자발적이건 피동적이건 한일합방에 관한 한, 그 자신 책임을 지지 않을 수 없지만 인간의 됨됨이에 있어선 송병준과 구별해두어야 하지 않을까 한다. 피동적이긴 했어도 그가 한일합방에 동의하게 된 동기엔 다음과 같은 일들이 작용하고 있었던 것 같다.

구한국시대 이완용이 전권공사全權公使로서 미국으로 건너갔다. 하루는 배 위에서 식사를 하려는 참인데 일본인 보이가 생선 프라이를 날라 왔다. 그 프라이의 냄새가 불쾌해서 일본말을 모르는 이완용은 손을 저어 그것을 가져가라는 시늉을 했다. 그랬더니 지각 없는 보이는 그것을 건너편 자리에 앉아 있는 미국인 앞에 갖다놓았다. 그랬더니 그 미국인은 쟁반을 집어던지며 고함을 질렀다.

"한인 따위가 거절한 물건을 왜 내게 가져오느냐. 무례한 놈이다."

이 때문에 득의양양해 있던 이공사의 면목은 산산조각이 났다.

이밖에 이완용은 미국에서 더욱 심한 모욕을 받았다. 어느 날 이완용은 극장엘 갔었다. 관람석에 앉은 이의 스타일이 순한국식이었기 때문에 주위 관중들의 주목을 끌어 온갖 비평이 나타나게 되었다. 그 가운데는 다음과 같이 극단한 말까지 있었지만 행인지 불행인지 미국어에 능통하지 못한 이완용은 자기에 대한 비평이 어떤 것인 줄을 알 까닭이 없었다. 다만,

"돼지, 돼지!"

하는 말만이 귀에 남았다. 공사관으로 돌아온 이완용은 아까의 일들이 마음에 걸려 동행했던 통역 서재필徐載弼에게 물어보았다. 서재필의 대답은 이러했다.

미국인 A 저건 어느 나라 사람인가? 뭣 한국인이라고? 그것 기묘하다. 한국이란 나라가 있는가? 한국은 중국의 일부분 아냐? 속국이지. 헌데 그 돼지 같은 열등민족이 우리 미국에 전권공사를 파견한다는 건 외람된 일이 아냐?

미국인 B 돼지는 좀 지나친데…….

미국인 A 지나치긴 왜? 돼지는 불결한 동물이긴 해도 그 고기는 인간의 식용이 되고 동시에 그 뼈며 털은 장식품으로 쓰여진다. 그리고 분뇨는 비료로 쓸 수도 있다. 그러나 한국인은 인간이기 때문에 그 고기를 먹을 수도 없고 그 뼈며 털을 이용할 수도 없다. 그 무지몽매한 점을 볼 땐 인간으로서 하등이고 그 불결함은 돼지에 뒤지지 않는다. 그

이웃에 있는 중국인들은 불결한 점은 한국인과 비슷하지만 그러나 그들에겐 근면심이 있고 축재의 능력도 있다. 한국인에겐 그런 것조차도 없다. 이래도 돼지만도 못한 민족이 아냐?

이완용은 이상과 같은 모욕을 받으며 미국에 4년 동안을 머물렀다. 그 후 이완용은 당시를 회고할 때마다 눈물을 흘렸다고 한다.

이와 같은 체험이 이완용으로 하여금 세계의 열등민족을 시찰 연구하게 했다. 그 시작으로서 이는 미국에 개국 이전부터 살고 있었던 인디언들의 특수부락을 시찰했다. 그런데 거기엘 가보고 놀랐다. 그들은 한국인보다 월등하게 우수한 민족이었다. 그러나 그는 열등민족에 관한 연구를 게을리하지 않았다. 멕시코에도 가고 인도에도 가고 폴란드에도 가고 유대인종에 대해서도 깊은 관심을 쏟았다. 그런데 그 결과 한국인보다 열등한 인종은 발견하지 못했던 것이다.

러일전쟁의 결과 일본의 세력이 한민족에게 미치게 되어 통감정치가 이루어지고 드디어는 한일합방론이 대두되어 한국의 조야가 그 가부를 둘러싸고 소연해지자 스스로 마음먹은 바가 있었다고 했는데 이완용의 합방에 관한 견해는 다음과 같았다.

민족적 자존심을 가지고 아무리 서둘러보았자 현재는 말할 것도 없고 가까운 장래에 지금과 같은 한민족의 역량으로선 독립국가의 체면을 유지하고 인류로서의 행복을 누린다는 것은 가망 없는 일이다. 그렇다면 합방이냐 망국이냐 하는 이자택일은 한민족이 당한 필연적 운명이라고 아니할 수 없다. 만일 합방을 택한다면 그 상대국은 일본을 두곤 달리 상상할 수가 없다.

왜 그런가 하면 구미인은 혹시 한민족을 불쌍하게 여겨줄는지도 모르고 사랑하기조차 할는지도 모른다. 그러나 구미인의 눈에 비친 한국인은 돼지, 돼지보다 못한 족속으로서다. 그러니 불쌍하게 생각한다고 해도 사랑한다고 해도 돼지나 개를 불쌍하게 생각하고 사랑하는 정도를 넘지 못할 것은 뻔한 일이다.

그러나 일본인은 이와는 근본적으로 다르다. 한국인이 돼지라면 일본인도 역시 돼지일 것이고 우리보다 낫다고 해도 조금 먼저 진보한 정도다. 물론 그들에게 대한 불만이 없다는 것은 아니다. 씨알머리없는 잔소리를 하고 그들 특유의 도덕을 휘두르기도 한다. 얄밉기도 하고 귀찮기도 하다. 그러나 이 모두가 그들이 한국인을 동류로서 취급하고 있는 데서 나타난 태도인 것이다. 그들은 진취적이고 총명하다. 우리 한민족을 이끌어 세계 선진의 문명에 참가시켜 줄 유일한 적격자들이다. 이 길 이외는 우리 민족으로 하여금 돼지와 같은 처지에서 벗어나게 할 방법이 없다. 한일합방의 가부 운운은 당치도 않은 말이다.

핑계 없는 무덤이 없다는 속담의, 그 핑계의 냄새가 강하게 풍기는 느낌이 없지 않지만 이완용의 말엔 한 가닥의 진실이 있다고 인정하지 않을 수 없다.

그런데 송병준에겐 한 조각의 진실, 한 가닥의 고민의 흔적, 그 흔적조차 없다.

융희 3년이면 서기 1909년, 한일합방을 1년 앞둔 해다. 이해의 1월부터 융희황제는 전국 각지로 순유하게 되었다. 항시 궁중에만 있던 국왕이 갑자기 전국을 순방한다는 일은 심상치 않은 일이었고, 국민들 모두가 어떤 영문인가를 몰라 궁금해했다. 알고 보면 통감 이토의 정략의 하나로서 슬픈 여행이라고 할 수 있었다. 이 순유에 수행한 송병준에 관한 기사가 당시의 『대한매일신보』에 게재되어 있다. 직역을 하면,

내부대신 송병준, 시종무관 어담魚潭 양씨가 금번 서도순행시西道巡行時 평양지방에서 호상쟁투한 사는 중소공지衆小共知어니와 해 사실을 상문한즉 어씨가 여관소승女官所乘한 열차 내에 동좌했더니 송씨가 피주니취被酒泥醉해 어씨더러 언言하되 니가 여관석상에 내처했으니 심위 무례하다 하거늘, 어씨의 소답이 차는 아의 직소職所이거니와 각하는 여피취주如彼醉酒하고 하고로 내 차호와, 한즉 송씨가 부지불각에 일변으로는 어씨의 의衣를 집執하고 일변으로는 자기의 패도佩刀를 발拔해 어씨의 두頭를 참코자 하매 배종제원陪從諸員이 무한만류無限挽留했다더라.

국왕에게 협박까지를 사양하지 않은 자가 국왕의 여행 도중에 행패가 있었다고 해서 새삼스러울 것도 없지만 다른 사람은 몰라도 자기만은 그 여행이 슬픈 여행임을 알고 있었을 송병준이 수행 도중에 술을 마시고 여관을 희롱하려다가 시종무관과 싸움까지 벌였다고 하면 말은 다된 것이다.

"무뢰한이라도 최소한도의 에티켓은 있는 법인데 이자에겐 그것마저도 없군."

송병준에 관해서 모은 자료들을 읽고 있던 일본인 학우 E는 이렇게 중얼거렸다.

"그런 걸 두고 인종지말자라고 하는 것 아냐?"

나는 이와같이 대꾸하면서도 부끄럼을 느꼈다.

"그자에 대한 세평은 상당히 신랄했을 텐데 그런 자료들은 없나?"

"있달 뿐인가?"

나는 『대한매일신보』에 실린 송병준에 대한 풍자시를 번역해서 읽어 주었다. 풍자시의 제목은 바로 '송병준아'로 되어 있다.

남산죽南山竹을 베어 내고 동해수東海水를 기울여서 여연대필如椽大筆 빼어 들고 내부대신 송병준의 전후죄악 나열해 세계만국 공분가에 일차공람해 볼까.

송병준아 말 들어라 무뢰배를 소취嘯聚해 일진회를 조직할 때 광언망설 주출做出해 허다우민 몰아다가 마굴중에 함락하니 너의 죄가 한 가지요.

송병준아 말 들어라 네가 비록 천종이나 한국신민 분명하고 편피국은偏被國恩했거든 타인노예 감작해 선언서를 발포하니 너의 죄가 두 가지요.

……(중략)……

송병준아 말 들어라 민충정댁閔忠正宅 가장전토家庄田土 불유여지不有餘地 겁탈해 고아과댁孤兒寡宅 저 정경은 초목금수 슬퍼하고 인신제울 비분하니 너의 죄가 다섯이요.

송병준 말 들어라 비기탐욕 장중해 외국인을 부동하고 완도군의 저 삼림을 매도코자 인허해 좌우주선했으니 너의 죄가 여섯이요.

……(중략)……

송병준아 말 들어라 목중무군目中無君 너의 심장, 존엄지尊嚴地에 발검拔劍해 무소기탄 충돌하고 내외국에 왕래하며 막중국법 무시하니 너의 죄가 여덟이라.

대역무도 송병준아 일대요괴 송병준아 죄악관영貫盈 송병준아 사가필봉史家筆鋒 삼엄하고 열사설부烈士舌斧 비등이라 너 아무리 철신鐵身인들 삼척왕장 면할쏘냐?

이밖에도 이런 것이 있다.

대역무도 송병준은 내외국을 출몰해 제반흉계 다 부려서 민국구망民國俱亡해 놓고 무삼 화기禍機 또 내려고 구미각국 유람코저 불원 발정한단 말가.
내부대신 송병준은 황제폐하 남순사南巡事로 조중응과 이완용을 역적이니 대적이니 구타질욕毆打叱辱했다니 책인칙명責人則明이 아닌가?

이에 대한 E의 감상은 이랬다.
"아주 노골적이고 직선적인데 통감정치 시절이고 송병준이 권세를 쥐고 있던 시절에 그만한 비판을 발표할 수 있었다면 당시의 한국엔 언론의 자유가 있었던 것 아니냐?"
언론에의 탄압은 심했다. 그랬는데도 당시의 언론인은 생명을 걸고 직설했다. 뿐만 아니라 『대한매일신보』는 영국인 베델이 경영하는 신문이었기 때문에 통감정부는 이를 관대하게 보아 넘기지 않을 수 없었던 것이다.

"한국엔 테러도 없었나? 이토는 죽이면서 왜 송병준은 죽이지 않았을까."

E의 말이다. 나 역시 그런 의문을 가졌다. 흔하게 난무한 테러가 어떻게 송병준을 칠십 가까운 나이까지 살다가 고이 천수를 다하도록 내버려두었을까 하는 데 대한 의문이 없지 않을 수 없었다.

"워낙 간사한 인물이고 기량이 많은 사람이어서 테러 같은 것에 대해선 미리미리 경계를 하고 있었던 때문이겠지. 그러나 송병준을 없애려는 의도를 품고 있던 사람은 많았던 모양이다."

나는 E에게 다음과 같은 옛 신문의 기사를 보였다.

융희 3년 12월 19일 일본국 시모노세키에서 출범해 20일 부산에 입항하는 이키마루에 시노모세키에서 한국인 청년 1명이 탑승했는데 그 선객 명부에는 일본 유학생 원주신元周臣이라고 기록했고 나이는 20세인데 20일 오전 6시경에 그 배가 쓰시마섬 오키노우미沖海에 이르렀을 때 홀연 그 청년은 선미 갑판에서 의복을 벗고 만경창파 노도 중에 몸을 투했는데 그 유류물은 가방 1개 중에서 서적 수십 권이요, 서적 중에 그 도장을 찍은 곳은 파기했으며 그 사인은 재일본 송병준을 주살하고자 해 일본에 도항했다가 목적을 미수하고 공연 귀국함이 무면대인無面對人해 울분을 불승不勝해 자살을 수遂한 것이라 운云했더라.

E는 이것을 보자 눈에 생기를 돋우면서 내 손을 잡았다.

"우리 그 원주신이란 사람의 근본을 알아보자. 삼십 몇 년 전의 일이긴 하지만 찾아볼 만하잖아? 몇만 년 전의 일을 알아보겠다고 서두는 고고학자도 있는데 안 될 게 뭐 있겠어."

이 E의 말에 나는 고맙다고 답했다. 그러나 '원주신'이란, '나는 원래 주실周室의 신하臣下'라는 변명變名을 사용함으로써, 나는 어디까지나 한국의 신민이란 뜻을 나타낸 것이고 서적에 찍힌 도장의 흔적까지를 찢어 없애버린 정도이니 그 근본을 알기란 힘들 것이라고 말했다. 그러나 나도 원주신이란 인물과 그 사건의 내용을 소상하게 알고 싶었다. 그로부터 우리들의 노력은 30년 전에 현해탄에서 투신 자살한 원주신을 찾아내는 데 집중되었다.

E가 보내온 유태림의 수기 일부는 여기에서 끝나 있었다.

유태림의 수기 가운데 나타나는 E가 바로 내게 그 수기의 사진판을 보내준 E라는 것을 짐작했을 때 E가 유태림의 수기를 송두리째 보내줄 수 없는 심정을 가질 만했다는 것을 알았다.

E의 말마따나 그만한 것을 쓰기 위해서 들인 노력이 이만저만한 것이 아니었을 것이란 사실에도 짐작이 갔다.

동시에 현해탄에 투신한 원주신에 대한 탐색이 어떻게 되었을까 하는 흥미조차 일기 시작했다. 그것을 알려면 유태림에 관한 나의 기록도 서둘러 써야 하는 것이다.

탁류 속에서

유태림이 C고등학교의 교사로 부임할 것을 승낙한 며칠 후, 거리에서 나는 민청民靑이란 좌익계 청년단체의 간부 박창학朴昌學과 공산당 C시 당부 문화책文化責이란 풍문이 있는 강달호姜達鎬를 만났다.

어릴 때부터 유태림과는 친교가 있는 이 두 사람은 물론 나와도 면식이 있었다. 둘이는 지금 유태림을 찾아가는 길이라면서 박창학이,

"유군이 C고등학교의 선생으로 간다는 얘기를 들었는데 반가운 일 아뇨? 이선생도 앞으로 유군과 의논해서 그 지도를 받아 진보적인 방향으로 노력하시오."

하는 따위의 듣기에 거북하고 소화하기에 메스꺼운 말을 내게 던졌다.

의논을 하라느니 지도를 받으라느니 진보적 방향으로 노력하라느니 하는 말 자체가 비위에 거슬렸고 메스꺼운 것이어서 한바탕 싸워볼까 싶을 정도로 흥분했는데 멀어져 가는 그들의 뒷모습을 보고 있노라니까 메스꺼운 정도를 넘어 이상한 감정에 말려들었다.

이상하다는 것은 그들이 유태림을 무조건 자기네 편이라고 치고 의심하지 않는 그 태도로서였다.

'유태림이 박창학과 강달호의 편일까. 그렇다면 유태림을 C고등학

교에 모셔야겠다고 서둔 교장과 우리들의 의도는 전연 빗나가는 노릇이 아닌가. 보다 더 묘한 입장에 서게 되는 것이 아닌가.'

나는 길 한복판에 서버린 채 이런 생각을 해보지 않을 수 없었다. 유태림이 만일 그들의 편이라면 앞으로의 C고등학교의 사태는 더욱 어지러워지며 나 자신의 신상도 곤란해지는 것이다.

나는 그날 어떤 다른 용무가 있어 거리로 나온 것이었지만 목적한 그 용무는 제쳐놓고 우선 이광열李光烈을 만나보아야 하겠다는 마음이 들었다.

이광열은 박과 강과 더불어 유태림과는 가장 가까운 친구의 한 사람이며 정당이나 단체에 가담하고 있지는 않았지만 눈에 띌 정도로 우익의 편에 서서 활동하고 있는 청년이었다.

나는 이광열을 전화로써 T다방으로 나오게 했다.

나타난 이광열은 이마 위에 흘러내리는 장발을 바른손으로 거둬 올리면서,

"급한 얘기란 게 도대체 뭐야."

하고 자리에 앉았다.

"박창학 씬 민청 간부이고 강달호 씬 공산당 문화책이란 건 사실이지?"

나는 우선 이렇게 물었다.

"워낙 비밀을 지키는 놈들이니까 언제 자리를 바꿨는가는 몰라도 내가 알고 있기엔 그렇지. 그런데 새삼스럽게 그건 왜 묻지?"

이와 같이 되물으면서 이광열은 악의라곤 티끌만큼도 없어 보이는 커다란 눈으로 나를 바라보았다.

나는 박창학과 강달호가 유태림을 자기들의 편으로 치고 조금도 의

심하는 빛이 없었던 아까의 그들의 언동을 대충 설명하고 만일 사실이 그와 같다면 만만치 않은 사태가 벌어질 것이란 나의 불안한 감정을 덧붙였다.

이광열은 나의 말을 듣더니 호탕한 웃음을 터뜨렸다.

"자네두 유태림을 그렇게 호락호락한 인물로 보나?"

"그러나……."

하고 다시 내가 말을 이으려고 하자 이광열은 손을 내저으며 단호하게 말했다.

"세상이 전부 빨갱이가 돼두 유태림만은 빨갱이가 되지 않을 거야. 그런 염려는 하지 않는 게 좋아."

"그렇지만 유태림 씨와 박과 강과는 대단히 친한 사이가 아냐? 그들이 맹렬한 작용을 하면 유선생이 소극적인 태도를 취할 수밖엔 없는 결과쯤으론 이끌려갈 위험은 있잖아?"

나의 이 의견만은 이광열도 무시할 수 없는 모양이었다. 그의 양미간에 보일 듯 말 듯 새로 주름이 잡혔다.

"원래 적극적인 성격을 가진 사람은 아니니까, 그렇게 될 염려가 없다고는 할 수 없겠지. 그러나 상황에 따라서는 나 같은 건 엄두도 내지 못하는 적극성을 띠는 사람이기도 하니까 걱정할 건 없을 거야. 어떻든 빨갱이가 될 사람은 아니니까."

"그렇다면 어째서 박이나 강이 유선생을 자기들 편인 양 그렇게 만만히 얘기할 수 있었을까 말야. 그들도 유선생의 성격쯤은 잘 알고 있을 게 아냐?"

"뻔하지 않아? 그들의 사고방식은. 그들은 교양이 있고 학식이 있는 사람이면 무조건 자기들 편이 되지 않으면 안 된다고 생각하고 있는 거야. 교양이 있고 학식이 있는 사람이면서 그들의 편이 되지 않으면 의식적 반동분자라고 하거든. 그들의 눈으로 보면 유태림은 대단한 이용가치가 있는 인물 아냐? 그러니 꼭 그들의 편으로 만들어야 하는 거지. 그러자면 그들의 편이라고 치고 의심하지 않는 척해야 하거든. 나더러도 그들은 이런 말을 해. 광열인 총명하니까 언젠간 우리 진영으로 돌아올 거라고. 이런 점은 예수교도와 공산주의자가 비슷하단 말야. 예수교 신자들은 예외 없이 지각이 있는 사람이면 예수를 믿어야 한다고 생각하고 있거든. 믿지 않는 것은 뭔가 잘못된 탓이라고. 자기들만이 진리를 알고 있다는 일종의 독선의식이 터무니없는 착각을 정확한 판단인 양 믿게 하는 모양이야. 하여간 유군에 대해선 걱정하지 마. 오늘 아침에도 만났는데 염려스러운 흔적이란 없었으니까."

이광열의 말을 들으면서도 나는 그럴까? 하는 반신반의의 표정을 짓고 있었던 모양이다. 광열은 다시 말을 이었다.

"소극적이니 적극적이니 하는 문제는 사태의 진전 여하에 따를 것이니 그런 것까지 미리 걱정할 필요는 없어. 중요한 건 원칙이니까. 그런데 난 유태림이 C고등학교에서 좌우의 싸움에 휩쓸려 들어가는 데는 반대다. 그를 아끼는 의미에서 소극적이라도 좋으니 일체의 싸움에 끼이지 않았으면 좋겠어."

날라 온 커피를 숭늉 마시듯 훌훌 들이마시곤 이광열은 일어섰다.

그리고,

"박창학과 강달호가 지금쯤 유군의 집에 있겠구먼. 그럼 나도 가봐야지."

하며 총총히 밖으로 나가버렸다.

그 뒷모습을 보며, 이광열이 그처럼 내겐 단호하게 말을 했어도 속으론 약간의 불안이 있는 게로구나 하는 느낌을 지워버릴 수가 없었다.

유태림이 C고등학교에 오게 되었다는 풍문이 돌았을 무렵의 교내 공기는 이상했다. P, M, S 등 쟁쟁한 교사들을 선두로 한 좌익교사들 사이에 오가는 말꼬리를 살펴보면 예외 없이 유태림을 자기네들 편으로 알고 있는 모양이었다. 그들이 꺼림칙하게 느끼고 있는 부분이 있다면, 그것은 유태림이 C고등학교에 오게 된 과정에 나와 B선생이 개재되어 있다는 그 사실뿐인 것 같았다.

나는 나의 염려하는 바를 B선생에게 알리지 않을 수 없었다. B선생은 조용한 어조로 그러나 힘있게,

"그럴 리가 없겠지."

하는 것이었지만 내겐 그것이 객관적 판단의 표명이 아니라 그렇게 믿고 싶다는 스스로의 마음을 다짐하는 말로 느껴졌다.

9월 하순의 어느 날 유태림의 취임식이 있었다. 벌써 가을의 서늘함이 바람결에 느껴지는 아침, 이슬을 머금어 먼지 하나 일지 않는 교정에 1천수백 명의 학생이 정렬했다. 우연히 그렇게 된 것인지는 모르나 여느 때의 조회는 열도 제대로 짓지 않는 무질서하고 난잡한 모임이었는데 이날 아침엔 이상하게도 정연하게 열을 지어 제법 엄숙한 느낌조차 풍기는 조회가 되었다.

유태림과 같이 세 사람의 새로운 선생이 취임했는데 교장은 유태림의 소개에 보다 악센트를 두는 것 같았다. 통례대로의 소개말을 하고 나선,

"여러분, 3만 평 남짓한 운동장과 교사를 둘러싼 저 견고하고도 높은 담은 방금 소개한 유선생이 이 학교에 입학한 것을 기념하기 위해 유선

생의 엄친께서 기부하신 겁니다. 이 학교에 봉직하는 교사, 이 학교에서 배우고 있는 여러분은 그 은혜를 잊어선 안 될 것입니다. 유선생이 우리 학교에 오시게 된 날, 이런 사실을 여러분께 전달할 수 있는 것을 뜻깊게 생각합니다."
하고 교장이 말을 이었을 때 교정엔 이상한 공기가 돌았다. 그 이상한 공기는 학교에다 높고 긴 담을 선사했다고 하는 사실을 고맙게 생각한다는 감정을 표시한 것이라기보다, 기부할 만했으니까 했겠지, 그런데 그걸 가지고 이제 와서 무슨 생색을 내려고 해, 하는 푸념 섞인 감정의 작용이었다고 보는 것이 옳았다. 이 점에서 교장은 유태림을 높이려다가 되레 나쁜 결과를 자초한 셈이다.

그러나 유태림은 이와 같은 교장의 실수를 기지로써 커버했다. 유태림은 간단하게 인사말을 하고 난 뒤 다음과 같이 덧붙인 것이다.

"아까 교장선생님이 학교를 둘러싼 담장 얘기를 하셨습니다. 그 얘기는 하지 않으셨더면 좋았을 얘기였습니다. 저 담장은 제가 이 학교에 들어온 기념으로 아버지가 기부한 것이 아니라 입학시험에 떨어질까 봐 겁이 나서 뇌물조로 기부한 것입니다. 그러니 저 담장은 내게 있어서나 여러분에 있어서 수치스러운 것이지 결코 명예로운 것이 되지 못합니다. 하물며 은혜 운운은 당치도 않은 말씀이며 되레 내가 사과를 올려야 할 형편입니다. 그러나 아득히 지나간 일이니 용서해주시기 바랍니다."

유태림의 말이 끝나자 교정엔 웃음이 파도처럼 일었다. 뜻하지 않은 일로 해서 유태림의 교사로서의 출발은 유머러스한 사건으로 되었다.

유태림이 취임했을 당시 C학교의 편제는 초급부 3년, 각 학년 5학급으로 도합 15학급, 고급부는 1년과 2년밖에 없었고 1학년은 5학급, 2학년은 1학급 도합 6학급, 전교를 합치면 21학급이 되는 셈이었다. 고급부 2학년이 한 학급밖에 되지 않은 것은 본래 4년제 학교였던 관계로 대부분의 학생은 4년제로 졸업하고 학제 개편과 더불어 남아 있기를 원한 학생이 한 학급이 될까 말까 한 수였던 때문이다. 고급 2학년의 총수는 33명, 이것이 문제의 총본산을 이룬 제 나름의 지사志士들이었다.

유태림은 고급 1학년 다섯 학급 가운데 세 학급의 영어와, 고급 2학년에 윤리라는 과목을 신설해서 그것을 맡기로 했다. 고급 1학년의 나머지 학급과 고급 2학년의 영어는 B선생이 맡기로 했다.

그랬는데 유태림은 난생처음의 수업시간에 적잖은 충격을 받았다.

유태림이 출석부와 교과서를 챙겨 들고 고급 1학년 C클래스의 교실에 들어섰을 때 교실 한복판쯤에 다리를 통로에다 뻗은 채 버티고 앉아 있는 학생 하나가 눈에 거슬렸다. 유태림이 교단에 서자 급장의 호령으로 전원 일어서서 형식대로의 인사를 했는데 앉을 때 아까의 학생은 여전히 다리를 통로에 뻗은 불손한 태도로 되돌아갔다. 태림이 그편으로 쏘아보니 그 학생은 목의 훅과 훅 다음의 단추도 끌러놓은 옷차림을 하고 있었다.

태림은 본척만척해야 하나, 태도를 고치도록 주의를 해야 하나 하고 망설였다. 아무래도 그냥 지나쳐버릴 수는 없다고 생각한 태림은 되도록이면 부드러운 음성이 되도록 애쓰면서 그 학생을 향해 입을 열었다.

"학생 이름은 뭐지?"

그 학생은 힐끔 유태림을 쳐다보더니,

"정삼호요."

하고 입을 삐쭉했다. 고급 1학년, 그러니까 옛날로 쳐서 중학 4학년에 해당하는데 그로서도 꽤 큰 덩치로구나 하고 생각할 정도로 큰 체구의 사나이였다.

"정군, 발을 그처럼 통로에다 뻗어놓지 말고 책상 안으로 불러들일 수 없나?"

"책상이 좁아서 안 돼요."

"좁다니?"

"이거 책상과 걸상을 함께 붙여놓은 묘한 것이거든요."

자세히 보니 책상과 걸상을 함께 붙여놓은 묘한 구조의 것이었다.

운반할 때나 소제할 때나 저렇게 만들어놓으면 불편할 텐데 왜 저런 식으로 만들었을까 하고 한편 생각하면서,

"그래도 모두들 다 책상 안쪽으로 발을 넣고 있으니 정군도 그렇게 해봐!"

"안 된다니까 그러네."

정삼호는 퉁명스럽게 이렇게 내뱉곤 창밖 엉뚱한 곳으로 시선을 돌렸다.

유태림은 끓어오르려는 흥분을 가라앉히며,

"되는가 안 되는가 발을 안쪽으로 넣기나 해봐."

하고 조용하게 타일렀다.

"쳇!"

하며 정삼호는 후닥닥 일어서서 책상 안쪽으로 발을 모아 서더니 철썩 하고 궁둥방아를 찧듯 앉아 보였는데 어떠한 계교를 꾸몄는지 책상과 함께 왼편으로 넘어져버렸다.

교실 안에는 와 하고 환성이 터졌다. 정삼호는 간신히 몸을 빼내는 시늉을 하고 일어서서, 책상을 본래대로 세우곤,

"이제야 속이 후련합니꺼?"

하고 발을 통로에 아까보다도 더 길게 뻗어놓고 앉았다. 유태림은 치미는 화를 간신히 참고 말했다.

"그것이 안 되면 훅이나 잠가라. 그리고 단추도 잠그고……."

"히 참, 내게 무슨 감정이 있는 모양이네. 안 되는 것만 시키니."

유태림은 굳은 표정에다 억지로 웃음을 담았다.

"감정이 있을 턱이 있나. 복장을 단정히 하라는 얘기지. 그러니 훅과 단추를 잠가!"

"목이 커서 훅하고 단추는 안 잠가져요. 보시오, 이것."

하면서 정삼호는 일부러 목줄기를 부풀게 만들어 보였다. 이에 이르니 유태림도 언성을 높이지 않을 수 없었다.

"이봐! 그렇다면 왜 훅이나 단추를 잠그지 못하는 옷을 입고 다니지?"

"몸이 자꾸 크고 그러니까 옷이 작아지는 것을 어떻게 합니꺼?"

"몸에 맞는 옷을 입고 학생답게 복장을 단정하게 해야 할 게 아냐?"

"누구처럼 부잣집 아들이나 되었더라면 몸이 크는 대로 옷을 만들어 입을 수도 있겠지만 가난뱅이 아들이 어디 그럴 수가 있소."

유태림은 아까까진 한편 화가 나면서도 태도와 복장에 관심을 두는 스스로의 행위가 일본 병정생활에서 자기도 모르는 사이에 받은 영향의 탓일까 해서 되도록 감정을 죽이려고 애썼던 것인데, 학생의 입을 통해서 나온 말에 악의 비슷한 것을 느끼자 격하지 않을 수 없었다.

이런 학생을 그냥 두고 교육이니 뭐니 있을 수 없다는 생각도 들었다. 이대로 사건을 얼버무려놓고 그냥 지나간다면 교사로서의 권위는 영영 찾지 못할 것이 아닌가도 싶었다. 교사에게 무슨 권위가 소용이 있을까만 교사가 교사로서의 직분을 다하려면 최소한도의 권위는 있어야 하는 법인데 유태림은 교육생활 제1보에서 중대한 시련에 부딪힌 셈이 되었다. 유태림은 이 자리에서 교육생활을 시작하든지, 포기하든지 해야 하는 결판을 내야겠다고 마음을 다졌다. 그래 날카로운 어조로 정삼호를 불렀다.

"이리로 나왓."

정삼호는 어이가 없다는 듯이 주위를 두리번거려 보더니 다시 엉뚱한 곳으로 시선을 보냈다.

"정삼호, 이리로 나와."

유태림은 자기가 자기 소리에 놀랄 정도의 고함을 질렀다.

그 서슬에 정삼호는 자리에서 일어나 교단 앞으로 가 섰다.

"너는 학생이냐 불량꾼이냐?"

"……"

"말해봐, 학생인가, 불량꾼인가?"

"학생이오."

"학생? 학생이 그따위 태도로 하고 그따위 짓을 해?"

"내가 어쨌는데요. 책상이 좁아서 양다리를 끼울 수가 없어 한 다리를 밖으로 내놓았고, 돈이 없어 맞는 옷을 사 입지 못해 단추를 못 잠갔다는 것이 잘못입니꺼?"

"말버릇과 태도가 틀렸단 말야."

"내가 굽신굽신 안 했다고? 지금은 민주주의 시대요, 제국주의 시대는 아니오."

"민주주의 시대면 학교의 교칙을 어겨도 좋고 교실 안에서 불손한 태도를 취해도 좋단 말인가?"

"가만히 있는데 내가 불손한 말을 했소?"

"그래 교사가 되어먹지 않은 학생에게 주의도 시킬 수 없단 말인가?"

"되어먹지 않았다는 말은 약간 과한데요."

"그럼 너는 되어먹었다고 생각하나?"

"되어먹지 않았으면 어쨌단 말요."

"너는 학생이 아냐, 부랑배다. 배울 생각이 없는 놈이 학교엔 뭣 하러 다니는 거지?"

"내 마음 내키는 대로 다니는 건데 무슨 참견이죠?"

유태림은 갈수록 산이란 느낌이 들었다. 이 사건이 어떻게 되나 하고 구경 삼아 보고 있는 다른 학생들의 시선이 느껴지자 태림은 당황하기조차 했다.

"참견? 너 같은 놈은 학교에 다닐 필요가 없단 말야."

"그럼 내쫓겠단 말인가?"

"내쫓아야지, 너 같은 놈은 내쫓아야 돼."

태림은 자기의 말이 이미 두서를 잃고 있는 것을 깨달았다. 그래 내쫓겠다는 말만을 되풀이했다. 되레 정삼호가 태연한 듯했다.

"흥, 내쫓아보라지. 일제 때에도 내쫓지 못한 나를 지금 내쫓아?"

이 말에 유태림은 완전히 자제심을 잃었다. 손에 잡힌 두꺼운 출석부를 들어 정삼호의 면상을 내려쳤다. 정삼호는 불의의 습격을 받고 움찔하는 것 같더니 대항할 듯한 자세를 취했다.

유태림은 교단에서 내려섰다.

"덤빌려면 덤벼라. 나는 너에게 아직 낱말 하나 가르친 적이 없으니 선생이 아니다. 동등한 입장에서 싸울 수가 있다. 자."

하며 유태림은 출석부로 정삼호의 가슴팍을 찔렀다. 어찌 된 영문인지 정삼호는 대항할 기색도 없이 입을 다물고 맞기만 했다.

탁류 속에서 171

"이봐, 덤벼들라니까. 나는 젊은 놈으로서 도저히 너 같은 놈을 견딜 수가 없다. 너도 힘깨나 쓰는 놈 같은데 한번 덤벼보란 말야."

태림이 남에게 폭행을 한 것은 이것이 처음이었다. 남에게 맞기는 해도 때려본 적은 없었다. 일본 병정생활 속에서도 자기의 하급자에게 손질 한번 해본 적이 없었다. 그러한 유태림이 교사로서의 첫 시간에 학생을 때렸으니 어처구니없는 이야기가 아닐 수 없다.

저항이 없는 자를 계속 때리고만 있을 수 없었다. 유태림은 정삼호더러 자기 자리에 가 앉으라고 했다. 이상한 일도 있는 것이지 정삼호는 순순히 자기 자리로 돌아가더니 비좁다는 책상 안쪽으로 두 다리를 넣고 얌전하게 앉았다. 그러곤 흐르는 눈물을 닦곤 훅과 단추를 단정하게 잠갔다.

유태림에겐 정삼호의 그러한 태도가 울분을 참지 못하는 무언의 저항을 의미하는 것인지 잘못을 뉘우친 태도인지, 황차 어떤 음흉한 보복을 꾀하는 속마음을 다지는 행동인지 분간할 수가 없었다.

태림은 만사를 팽개쳐버리고 교실 밖으로 나가버렸으면 하는 마음이 간절했지만 그렇게 할 수 있는 계기를 붙들지 못했다. 태림은 묵묵히 교단 밑에 서버린 채 흥분을 가라앉히곤 두서없는 말을 시작했다.

"교사가 되어보겠다고 나는 이 학교에 왔었다. 이 교실에 나는 나의 생애 처음으로 교사로서 들어왔다. 교사로서의 첫 시간이 이 꼴이 되었다. 나는 이것을 내겐 교사로서의 자격이 없다는 자각으로서 받아들여야 할지 모르겠다. 교사 노릇을 하지 말라는 경고인지도 모르겠다. 하여간 나는 여러분과의 첫 대면이 이 꼴이 되었다는 것을 불행하게 생각한다. 나는 다신 교사로서 여러분 앞에 서지 않을는지 모른다. 나로서도 충분히 생각하고 결정할 일이지만 다시 만나지 않을 것이란 전제 위에 한마디만 해두고 싶다. 교사로서가 아니라 여러분의 선배로서. 사람과 사람이 만날 때는 그것이 비록 교사와 학생과의 관계로서가 아니더라도 예의는 있어야 되지 않을까 한다. 원수와 원수끼리 만나는 것이 아닌 담에야 이럴 수가 없는 것이다. 초대면 땐 초대면답게 정중하게 만나고 차차 사귀게 되었을 때 응석도 부릴 수 있고 싸움도 할 수 있다. 그때의 싸움은 화해할 수 있는 바탕이 되어 있으니까 싸움을 통해 더욱 서로를 이해할 수도 있지만 초대면에서의 결렬, 또는 싸움은 영원한 결렬이 되고 마는 것이다. 불행한 일이다. 나도 조심하겠지만 여러분들도 앞으로 각별한 조심이 있어야 할 것이다."

그래놓고 유태림은 교무실로 돌아왔다.

그의 우울한 표정을 보고 B선생이 무슨 일이 있었느냐고 물었을 때 대강 이상과 같은 얘기를 한 것인데, 정삼호라는 이름을 듣자 B선생도 어두운 표정을 짓곤 중얼거렸다.

"고약한 놈에게 걸려들었군. 골칫덩어리의 하나지, 정삼호는."

"좌익계 학생인가?"

유태림이 물었다.

"좌익이랄 수는 없지만 그 애들허구 어울려 다니기도 하지. 그런데 그자가 덤비지 않은 것은 불행 중 다행이야. 이 학교뿐만이 아니라 C시의 학생 가운데서는 주먹이 제일 센 놈이지."

유태림은 그날 수업할 기력을 잃었다. B선생과 내가 번갈아 유태림이 맡은 시간에 드나들며 그의 건강이 갑자기 나빠졌다는 이유를 꾸며 결강의 변명을 했다.

유태림은 이 첫 시간의 충격으로 인해 교사라는 직업에 흥미를 잃어버린 것 같았다. 교사생활 하루를 감당하지 못해 그만둔다는 것이 창피할 뿐이란 마음의 움직임이 나나 B선생에겐 느껴졌다.

B선생은,

"자네는 언제나 자네를 중심으로 움직여주는 사람들 사이에서만 살아왔기 때문에 오늘과 같은 저항을 견디지 못하는 거다. 그런 뜻에서 자네에겐 좋은 공부가 되리라고 생각한다. 좀더 참아 봐."

하고 타일렀지만, 유태림은,

"오늘 밤 술이나 한잔하자."

고 할 뿐 그 이상 아무 말도 하지 않았다.

그러나 걱정하지 않아도 좋았다. 그날 밤 고급 1학년 C학급의 급장과 정삼호가 유태림을 찾아가서 백배사죄하고 정삼호는 다신 그러한 짓을 하지 않겠노라고 맹세까지 함으로써 유태림의 번의飜意를 간원했던 것이다.

이 사건은 유태림에게 두 가지의 의미를 지니고 있다. 뒤에 기록하겠지만 정삼호와 유태림은 이 사건을 계기로 특수한 관계에 놓이게 되어 그 때문에 교내의 분쟁에 유태림이 급격하게 휘말리게 되는 원인이 되었고, 누구도 감당하지 못하는 정삼호를 취임 첫날 호되게 때렸다는 사실이 교내에 퍼짐으로 해서 유태림이 만만치 않은 교사라는 정평을 확립시켰다.

내일에라도 혁명이 일어날 것 같은 풍조가 조작되어 있었다. 혁명이 일어나기만 하면 지금 학교에서 배우고 있는 학과쯤은 아무짝에도 쓰지 못하는 것이란 기분이 이 풍조에 따라 돌고 있었다. 이러한 풍조, 이러한 기분을 조작하는 데는 공산주의를 바탕으로 한 인민공화국의 수립이 급선무라는 좌익계열의 주장이 강하게 작용하고 있었다. 그러니 우선 공부하는 기풍을 만들어야겠다는, 학교로 봐선 상식 이전의 문제가 출발에서부터 만만치 않은 벽에 부딪히는 것이다.

그래 정면으로 좌익계열의 주장에 맞서는 주장을 내걸고 이론으로써나 행동으로 투쟁하자는 의견이 나오기도 했다. 그러나 유태림은 이 의견에 찬성하지 않았다. 좌익계열의 주장에 맞서고 나서는 것은 좌익계열이 원하고 있는 투쟁의 베이스를 학교 내에 마련해주는 것이 될 뿐 아니라, 이론의 정부正否는 고사하고 원래 투쟁적으로 다듬어진 공산주의의 이론에 대항하자면 깊이에 있어서나 넓이에 있어서나 그 위에 설득력에 있어서 그들을 압도하는 이론을 장만해야 하는데 그것이 그렇게 쉬운 일이 아니라는 것이 유태림의 의견이었다.

"그러면 그들이 하는 짓을 보고만 있어야 하나?"

하고 내가 중얼거려보았더니, 유태림은,

"보고 있어야 할 때는 보고 있어야지 별수 있나."

하면서 다음과 같은 제안을 했다.

"지금의 학교 형편을 보니까 학급주임이 와서 이 시간은 학생 저희들끼리 무슨 의논할 일이 있다고 하니 수업에 들어가지 않아도 좋다고 통고해오면 학과담당이 그건 안 된다고 할 수 없더군. 그러니 정상수업 시간을 통해서 공부하는 기풍을 만든다는 것은 지금의 실정으로 봐선 불가능하다고 볼 수 있어. 그래 나는 이렇게 해보면 싶어. 영어도 좋고 국어도 좋고 수학도 좋은데, 그것을 배우고 싶은 학생은 오라고 과외시간을 설정했으면 어떨까 하는 거야. 우선 공부하고 싶어하는 학생이 얼마나 되는가를 확인해볼 수도 있고, 자긴 공부를 하고 싶은데 다른 급우들이 공부하지 말고 회의나 하자고 떠들어대니 울며 겨자 먹기로 따라가는 학생도 많을 줄 알아. 우리들이 좀 수고할 작정 하고 학생이 단

하나 둘 모여도 좋으니 과외시간을 설정해보도록 합시다."

B선생이 먼저 찬동의 뜻을 말했다. 나도 찬성했다. 그밖에 두세 교사도 호응했다.

유태림은 과외학급을 확대시킴으로써 공부하는 기풍을 만들어나가고 그것을 교두보로 해서 수업의 정상화를 기도해보자는 뜻도 덧붙였다.

우선 영어, 수학, 국어, 과학 네 과목에 대한 과외학급 신설의 게시를 냈더니 첫날에 5학급 상당의 학생이 모여들었다. 대성공이라고 하지 않을 수 없었다. 유태림과 뜻을 같이한 선생들은 이 5학급 상당의 수의 학생을 어떻게 안배할 것인가에 대해서 안을 만드는 한편 어떻게 하면 학생들이 흥미를 학문의 방향으로 불러일으킬 수 있을까에 대해서 연구하고 서로의 경험을 교환하기로 했다.

"세 사람이 모이면 문수보살의 지혜가 나온다지 않아? 학생들이 재미를 느끼도록 교수법 같은 것도 연구해보잔 말이오. 정치운동 하는 선생과 학생에게 대해선 일절 참견을 말기로 하고 과외수업에 모인 학생들을 상대로 우리의 정열을 쏟으면 돼."

이러한 유태림의 의도와 병행해서 좌익계열에선 동맹휴학의 계획을 착착 진행시키고 있었다. 이런 정보를 듣자 유태림은,

"동맹휴학은 정상수업에 대한 휴학일 테니 과외수업하는 학생과는 관계가 없겠지."

하며 동맹휴학의 사태에 대해선 전연 무관심한 태도를 취했다. 교장과 교감, B선생과 내가 그더러 동맹휴학 방지에 관한 노력이 필요하지 않을까 하고 의논을 걸어보았지만, 유태림은 담담한 표정으로 다음과 같이 말할 뿐 이렇다 할 반응이 없었다.

"하고 싶으면 하도록 내버려두어야지, 그것을 꼭 막으려고 하니까 무

리가 생기는 겁니다. 아무런 저항이 없으면 싱거워서도 그냥 두겠지요."

나는 이런 말을 하는 유태림을 이해할 수가 없었다. 부임 이래의 동정을 보아선 우리들의 편에 서 있다고 말할 수 있었지만 정치에 대한 소극성, 학내 학외의 좌익계열 운동에 대한 무반응 등을 보면, 좌익들과 내통해 있는 것이 아닐까 하는 의혹을 그 당시로선 지울 수가 없었다.

10월 들어 첫 일요일이라고 기억한다. 나와 유태림이 B선생 집에서 놀고 있었다. 유태림과 B선생은 바둑을 두고 나는 그 곁에서 구경을 하고 있었는데 열려 있는 대문으로 정삼호가 임홍구를 데리고 뜰 안으로 들어서는 것이 눈에 띄었다.

뜰을 통하면 현관을 거치지 않고도 우리가 놀고 있는 큰 마루로 올 수 있게 되어 있었다. 마루 가까이로 온 정삼호는,

"유선생님을 뵈러 왔습니더."

하곤 동행인 임홍구를 유태림에게 소개했다.

"저하곤 제일 친한 친굽니더. 고급 2년에 있습니더. 본시 저하곤 같은 학년이었는데 제가 한 해 꿇었기 때문에 학년이 틀려버렸습니더."

"고급 2학년 교실엔 한 번도 가보지 못해서 임군과는 만날 기회가 없었던 게로군. 나도 그 학년의 학과를 하나 맡고 있는데 고급 2학년은 매일 회의하느라고 공부할 시간이 없는 모양이지."

이렇게 유태림이 말하자 임홍구는 피식 하고 웃었다.

원래 말이 적은 학생이었다.

"헌데 내가 여기 있는 줄은 어떻게 알았지?"

"막 안 찾았습니꺼."

"뭣 하러."

"우린 회의하고 오는 길입니다."

"무슨 회의?"

"내일 학생대회를 열고 동맹휴학을 하기로 했는데 그 사전 회의였습니다."

"자네들도 그러면 주모자들인가."

"주모자랄 것도 아닙니다만……."

"그런데 어떻게 그런 회의에?"

"그래 의논하러 온 것입니다. 동맹휴학을 하는 것이 옳은 일입니꺼, 옳지 않은 일입니꺼."

이 단도직입적인 정삼호의 질문에 나의 마음 탓인지 유태림의 얼굴에 당황하는 빛이 돌았다. 그러더니 한참 후에 겨우 이렇게 말했다.

"옳은 일인지 옳지 않은 일인지 나도 모르겠다."

"선생님이 모르신다고요?"

정삼호는 뜻밖이란 표정을 지으며 임홍구 쪽으로 흘끗 시선을 던졌다.

"요구조건이란 게 있을 것 아닌가. 그게 뭐야."

B선생이 물었다.

"제1은 국대안을 반대한다는 거고, 제2는 학원의 민주화, 제3은 무능교사 배척이고……."

"무능교사란 누굴 두고 하는 말이던가."

B선생이 가로질러 또 물었다.

"그건 내일 학생대회의 총의로 결정한다고 하던데요."

"그래도 대강 내정되어 있을 것 아냐?"

"그건 모르겠어요."

"그럼 그다음의 요구조건은?"

"저에게 대한 학교의 처벌을 취소하라는 것이 마지막이었습니다."
"자네에게 대한 학교의 처벌이란 엊그저께 결정한 정학 처분 말이지?"
이번엔 유태림이 이렇게 따졌다.
"네, 그렇습니다."
"그럼 묻겠는데 사람을 이빨이 부러지도록 때린 너의 행위를 잘했다고 생각하나?"
유태림이 정삼호를 쏘아보며 이렇게 묻자 정삼호는 고개를 숙였다.
"학교의 처분은 너의 폭행에 대한 처분이지? 잘못을 저질렀으면 당당하게 벌을 받을 줄도 알아야 할 게 아냐? 그걸 동맹휴학을 미끼로 모면하겠다는 태도는 비겁해. 난 동맹휴학이 옳은지 옳지 않은지는 말할 수 없지만 그 요구조건 속에 자네에게 대한 처벌을 취소하라는 것을 끼운 것은 불쾌해. 그건 자네의 뜻대로 할 수 있는 일이니까 지금 당장에라도 주모자들을 만나 그 조항만은 빼도록 하는 것이 좋겠어. 너의 명예에 관한 문제가 아닌가."
정삼호는 그렇게 하겠다고 말하면서,
"선생님이 동맹휴학에 대해서 가타부타 말씀하시길 꺼려하시는데 그럼 한 가지만 묻겠습니다. 선생님은 동맹휴학이 감행되었을 경우 그 동맹휴학을 지지하실 겁니꺼? 그 요구조건을 들어주라는 편에 설 것입니꺼? 어떻게 하실 겁니꺼?"
나는 유태림의 입을 지켜보았다. 유태림은 짤막하게 말했다.
"반대도 않거니와 지지도 않겠어."
이 말이 떨어지자 정삼호는 임홍구를 데리고 총총히 나가버렸다.
유태림 외에 명색이라도 선생이 둘이나 그 자리에 있었는데 한마디 의견을 물어보지도 않고 유태림의 말만 듣고 떠나버린 정삼호의 태도가 내겐 불쾌했다. B선생님도 동감이었을 것이다.

정삼호가 떠나가고 난 뒤 유태림은 임홍구에 관해서 물었다. 나는 임홍구가 정삼호와 겨룰 수 있는 주먹의 소유자이며 브라스 밴드의 악장을 할 정도로 음악의 소질이 있는 학생이란 것을 설명했다.

그러자 B선생이 유태림을 보고 말했다.

"동맹휴학에 대해서 왜 유선생은 확실한 대답을 해주지 않았지?"

"그 이상 어떻게?"

"좌익계열의 선동이라는 게 뻔하지 않아? 그 점을 명확하게 해주어야 하는 건데."

"좌익계열의 선동이란 것이 확실하다고 해도 우리의 눈으로 직접 보지 않은 담에야 추측이 아냐? 추측을 가지고 말할 수는 없어."

"신중한 태도는 좋지만 학생들에게 대할 땐 뭐든 선명히 해두는 것이 좋을 걸세."

"그럴까?"

하고 뭔가를 골똘히 생각하는 눈치더니 유태림은 이런 말을 했다.

"학생들이 지금 서둘고 있는 동맹휴학이 나쁘다고 하자. 나쁘다고 해서 학생들에게 맞서는 것은 교육자의 태도가 아니라고 생각해. 선동을 받은 행위라고 하자. 그러나 추측만으로 그렇게 취급해선 안 된다고 생각해. 지금 그들을 설득해가지고 문제가 낙착될 수 있다면 화를 미연에 방지하는 것도 좋지. 허지만 추측대로라면 어떤 강력한 조직을 통한 계획이며 그 실천 아닌가. 거기에 대항할 만한 조직과 힘이 없지 않은가. 이럴 땐 학생들과 맞서지 말고 지켜봐줘야 해. 동맹휴학의 체험을 통해서 그들 스스로가 배우도록, 동맹휴학의 결과를 통해서 그런 짓이 허황한 노릇이었다는 것을 느끼도록 지켜보는 거야. 선동을 받았다고 이편에서 떠들 필요가 없어. 선동을 받을 만한 소지가 되어 있으니까 선동을 받은 거니 선동 운운해서 미리 서둘러놓으면 지금의 형편으론 뒤이은 결과에 대해서 선동자와 책임을 나눠 가지게 되는 수가 있어. 그래놓으면 뒷일이 곤란해. 설혹 선동을 받고 날뛰더라도 그런 사실을 모르는 척 대하고 있으면, 그들 편에서 우린 선동을 받아서 과오를 범했다고 변명할 수 있는 기회를 남겨주는 결과가 된단 말야. 상대방은 원수가 아니고 학생이다. 언젠가는 화해해야 할 학생들이란 점을 잊어선 안 돼. 화해를 하자면 그들에게 변명의 여지를 남겨놓아야 하는 거지. 아까 동맹휴학을 옳지 못한 것이라고 단정적으로 말하지 않은 것은 그 학생들이 동맹휴학에 가담할 경우를 생각해서 한 거야. 딱 잘라 말해놓으면 그들은 나를 선생이라기보다 우선적으로 생각할 게 아냐? 적으로 생각하게 되면 화해의 길은 트이지 못할 것 아닌가. 말하자면 난 나대로의 생각으론 교육적으로 대한 거지. 단정적 태도를 취하지 않은 것은 학생과의 극한적 대립을 피해야 한다는 의미도 있었지만 또 이런 것도 있었지. 학생 시절에 동맹휴학을 해볼 만도 한 것이라고. 그런 짓을 통해서도 배울 것이 있는 거거든. 일제 시대에 동맹휴학한 생각이 안 나? 지금과 그땐 성질이 다르다고 할지 모르나 청춘이라야만 할 수 있는 장난이란 점은 꼭 같애. 학교 당국은 학생들의 동맹휴학을 겁낼 것이 아니라 그런 사건이 발생하지 않을 수 없는 상황의 분석과 판단에 중점을 둬야 할 거라고 생각해. 나는 동맹휴학을 반대도 안 하거니와 지지도 않을 것이라고 말했는데 이건 교육적인 뜻만도 아냐. 우선 요구 조건의 제1로 나와 있다는 국대안에 대해서 나 자신 판단이 서 있지 않으니까. 만일 국대안이 우리나라의 대학 발전에 지장을 주는 것이라면 그 안案의 내용을 모르는 학생까질 동원해서 반대해보는 것도 무방한

일 아냐? 그런데 내겐 국대안 자체에 관한 판단이 서 있지 않아. 학원 민주화는 지당한 요구라고 생각했고, 무능교사의 배척도 있음직한 일이고. 선동 운운의 문제는 이제 막 얘기한 그대로구. 게다가 과오를 통해서도 배울 수 있는 청소년이란 점을 합쳐 생각하면 동맹휴학을 두고 지나치게 신경을 쓸 필요는 없다고 생각해."

이해가 가는 대문도 있었고 뭐가 뭔지 모르는 대문도 있었지만 유태림의 이 말을 들으며 새삼스럽게 유태림이란 사람의 됨됨을 알 것만 같았다. 동시에 그에게 대해서 일시적이나마 품었던 의혹을 부끄럽게 생각했다.

B선생의 뜰에 석양이 깃들 때 유태림은 한잔하러 가자면서 중얼거렸다.

"매일처럼 술을 마시질 않곤 견딜 수가 없으니 접장 노릇도 대단한 일이다."

나도 동감이었다. 교직을 통해서 떳떳한 생활인도 못 되고 그러면서 교육자로서의 스스로를 높일 수도 없다면 이건 뭣 하는 것일까 하는 뉘우침이 이미 매너리즘처럼 된 나날, 술은 도피하기 위한, 편승하기 위한 수단이 되고 만 것이다.

그 이튿날 아침, 조회가 끝나자 미리 마련해두었던 신호에 의했음인지 학생들은 강당으로 몰려 들어갔다. 학생대회를 한다는 것이다. 어제 유태림에게서 들은 얘기도 있고 해서 나는 강당 쪽으로 몰려가는 학생들의 무리를 비교적 평온한 마음으로 바라보고 있었으나 직원실에 들어온 뒤에도 신경은 강당 쪽으로 가 있었다.

교감은 불안한 얼굴로 교장실에 드나들고 있었고, 좌익계열의 교사들은 기대에 어린 눈으로 서성거리고 있었다. 유태림은 태연하게 책을 펴들고 있었다.

 곧 회의를 해야겠으니 선생들은 자리를 뜨지 말라고 교감이 교장의 명령을 전달한 바로 그 시간, 학생대회가 시작한 지 30분쯤이나 지났을까, 강당 쪽에서 아우성 소리가 들려왔다. 교사들은 무슨 일인가 하고 강당이 뵈는 유리창 쪽으로 내다봤다. 강당에서 학생들이 몰려나오고 있었고, 격한 고함 소리가 여기저기서 일고 있었다.

 교사 하나가 흥분한 얼굴로 교원실에 뛰어들어오더니,

 "신성한 학원에 테러가 있을 수 있느냐?"

고 가쁜 숨을 몰아쉬었다. 알고 보니 정삼호와 임홍구가 학생대회의 의장학생을 단상에서 끌어내려 주먹질을 하고 학생대회를 못하게 강당에서 학생들을 내쫓았다.

 의장단에 앉아 있던 수십 명의 학생이 정삼호와 임홍구의 주먹질에 상처를 입었다. 사자처럼 덤비는 두 사람의 주먹 앞에 학생 3분의 2를 장악하고 있다는 학생동맹이 맥을 추지 못했던 것이다.

 나는 유태림을 돌아보았다. 핏기 하나 없는 창백한 얼굴을 하고 유태림은 장승처럼 앉아 있었다. 이 불의의 사태를 자기의 책임으로서 파악하고 있는 것이 분명했다. 어제 유태림을 찾아온 정삼호의 언동이 뇌리에 떠올랐다.

 나의 추측은 옳았다. 뒤에 안 일이지만 정삼호는 모든 행동을 유태림의 지시대로 할 요량을 하고 유태림을 찾아온 것이었다. 유태림이 동맹휴학을 지지하지 않는다고 말하자 정삼호는 자기 나름의 판단을 내려 친구인 임홍구와 짜고 학생대회를 유회시키기 위해 비상수단을 쓴 것이다.

 학생대회는 유회되었지만 사태는 엉뚱한 방향으로 전개되었다. 분격한 좌익교사들은 긴급 직원회의를 열고 교장에게 정삼호와 임홍구의 퇴학 처분을 요구했다.

"신성한 학원에 테러가 있을 수 없다."

"즉각 테러분자를 처벌하지 않으면 교사들이 동맹파업을 감행한다."

"테러분자를 처단하지 않으면 교장의 선동으로 보고 교장 배척운동을 전개할 것이다."

이상과 같은 요지로 좌익교사들이 교장에게 덤벼드는 판이니 마음이 약한 교장이 정삼호와 임홍구의 처분을 선언할 의향을 비쳤다.

이에 이르자 유태림은 잠자코 있을 수 없었다.

"정삼호와 임홍구의 행동은 마땅히 처벌을 받아야 한다. 그러나 그런 행동이 있게 된 원인은 불법적인 학생대회의 개최에 있다. 그러니 정군과 임군의 행동은 학생대회를 모의한 일련의 사건을 처리할 때 같이 문제되어야 하는 성질의 것이다. 학생대회의 문제는 제쳐놓고 정군과 임군의 행동만을 문제시한다는 건 공정한 처사가 못 된다."

유태림이 이렇게 말하자 P선생이 반박했다.

"문제를 모호하게 해선 안 된다. 어떤 경우이건 학원에서 테러를 용인할 수 없다. 전후좌우를 생각하지 않더라도 폭행을 했다는 명백한 사실만 가지고도 충분히 문제로 할 수 있다. 학생대회의 문제는 그 흑백을 가리기 위해선 시간이 필요하지만 테러의 문제는 즉각 처리해야 하고 그렇게 할 수 있는 독립된 문제다."

M선생이 나섰다.

"정삼호와 임홍구는 본래 부랑배이고 학생으로선 용납할 수 없는 존재다. 이런 것을 유선생은 직접 경험했다고 들었다. 학원을 폭력에서 수호하고 활달한 교육환경을 만들기 위해선 그런 분자를 즉각 제거해야 한다."

S선생이 나섰다.

"학생대회와 정, 임의 문제를 같이 취급해야 한다고 유선생은 말했는데 이는 언어도단이다. 정의와 진리에 불탄 학생들의 행동과 이를 방해한 폭도를 어찌 동일하게 취급한단 말인가."

유태림은 다시 일어서서 학생대회의 성격을 규명하기 전에는 단연코 정삼호와 임홍구를 처벌할 수 없다고 우겼다. 좌익교사들은 표결에 부치라고 했다.

"교육을 표결로써 할 수가 없다."

유태림의 반박이었다.

"민주주의는 표결의 주의다. 의견이 대립되었을 때는 표결의 수단밖엔 없지 않으냐."

좌익교사들은 이렇게 외치고 나왔지만 유태림은 굽히지 않았다.

"표결은 표결할 수 있는 바탕이 되어 있어야 효과를 볼 수 있는 방법이다. 여하간 정과 임의 처분은 지금 상태로선 할 수가 없다."

이렇게 장장 다섯 시간에 걸쳐 설전이 계속되었다. 드디어 유태림이 교장에게 대들었다.

"이따위 직원회의는 폐회하시오. 학생의 처분권은 교장에게 있는 줄 아니 교장의 교육적 양심에 맡기겠소."

교장은 유태림의 기백에 눌려 좌익교사들의 즉각 처분을 선언하라는 아우성이 있었음에도 불구하고 직원회의를 폐회했다. 정삼호와 임홍구의 처분도 보류된 채 남았다.

신중하게 처신하려던 유태림은 정삼호의 행동으로 인해서 본의 아니게 좌익교사와 정면으로 대립하기에 이르렀다. 새삼스럽게 운명의 작용을 들먹일 수밖에 없는 것은 유태림이 정삼호와 충돌한 일이 없었더라면 정삼호와의 특수한 관계에 놓이지 않았을 것이고 그랬더라면 정삼호가 학생대회를 유회시키려고 마음먹은 동기가 발생하지 않았을 것이고 교사 유태림이 투사로서의 면목을 발휘할 기회가 영영 없었을는지도 모르기 때문이다.

정삼호와 임홍구의 행동은 학생동맹으로서도, 학교 전체로서도 정말 뜻밖의 일이었다. C시의 좁은 바닥에 이 사건의 풍문은 삽시간에 돌았다. 월초에 발생한 좌익계열의 폭동, 소위 시월사건十月事件의 여파 속에서 C고등학교의 동태에 그만큼 일반 시민의 관심이 모여 있었던 탓도 있었다.

풍문이란 게 으레 그러하듯이 유태림의 행동도 과장되어 전해졌다.

그날 밤 유태림과 나와 A선생과 B선생은 어떤 요정에서 크게 술자리를 벌였다. 낮에 일어난 일에 대한 흥분 때문도 있었거니와 내일의 대책을 의논도 해야 할 참이었다.

그런데 유태림이 사건에 관한 이야기는 일절 봉쇄해버리고 기생들의 노래나 듣고 실컷 술이나 마셔보자고 했다. 풍문을 들은 이광열이 우리의 술자리를 찾아와 한바탕 웅변을 토할 작정인 것 같았는데 그것도 유태림이 막아버렸다.

"이광열이가 왔으면 박창학이도 왔어야 할 게 아닌가. 박창학이 없는 곳에 이광열의 연설이 있을 수 없고 이광열이 없는 곳에 박창학의 연설도 있을 수 없으니 오늘은 순전한 음주대회가 되는 거다."

이광열이 나타났을 땐 이미 술이 얼근해진 유태림은 이렇게 잘라 말하면서 단가로부터 진양조에서 중모리, 중중모리, 흥타령의 순서로 놀이의 격식을 차리도록 기생들에게 일렀다.

"오늘은 우리의 할아버지들 아버지들이 논 것처럼 C시의 기생 격식대로 놀아보자."

유태림은 부자연하게 느껴질 만큼 쾌활한 척 꾸몄다.

"폭동에다 학교의 소란에다 온 시가가 시끄러운 판인데 지나치게 떠들어대는 건 좀 곤란하지 않을까."

B선생이 점잖은 의견을 냈다.

"제기랄, 싸우는 놈은 싸우고 죽는 놈은 죽고 술 마시는 놈은 마시고 하는 게지, 우리가 C시 전체의 걱정을 하게 됐나?"

B선생의 신중론에 대한 A선생의 반박이었다.

"옳소."

하고 유태림이 소리를 높였을 때 북이며 거문고가 들어왔다. 놀이의 차비는 차려졌다.

소주小舟라는 기생의 단가부터 시작되었다.

"천하가 태평하면 언무수문 하려니와 시절이 분요하면 포연탄우 만날 줄을 사람마다 아는 바다……."

이것은 '홍문연'鴻門宴이란 유태림이 가장 좋아하는 단가였다. 초한楚漢의 고사, 특히 항우項羽와 패공沛公의 홍문회를 읊은 노래인데 기생 소주가 그 뜻을 알 리는 없었다. 그러나 아직 어린 티가 가시지 않은 조그마한 체구에서 어쩌면 저렇게 박력 있는 소리가 나올까 싶을 정도로 소주의 창엔 알이 차 있었다.

"……역발산 기개세라. 당시 호걸 초패왕은 제일 좌상에 앉으시고 흑포 윤건에다 옥결을 차시고 창안학발에 표연히 앉으시니 가빈 칠십 호기계의 신기묘산 자부하신 범증이가 분명쿠나."

이렇게 이어나가다가,

"……대장부가 평생소원 할 일을 하면서 놀아보세."
로 끝냈다.

"이 할 일을 하면서 놀아보세가 좋단 말이야."
하며 이광열이 신바람이 나서 무릎을 쳤다.

"할 일을 안 해도 놀아나보세로 했으면 더 좋을걸."
유태림이 이광열에게 대해서 이렇게 응수했다.

한바탕 순배가 있고 나서 '춘향전'이 서창 중모리에서부터 시작됐다.
"절대가인 생겨날 제 강산정기 타고난다."
명창의 관록을 보이며 중월中月이란 기생의 창이 흘러나왔다.
"송악산이 수려해 황진이 생겨나고 양천초당 절승해 허난설헌 살았었고 금악산맥 도화동은 심낭자 종출이라……."
이 중모리 서창을 받아 일홍―紅이란 기생의 진양조가 따랐다.
"그때의 이몽룡은 남원부사 자제로서 방년은 십육인데……."
"자아식, 열여섯에 외입을 하다니 조달도 했지."
는 A선생의 익살.

"중국의 대표적 연극은 '삼국지연의', 일본은 '주신구라'忠臣藏, 그런데 우리나라의 대표적인 연극은 이 '춘향전'이거든. '삼국지'나 '주신구라'는 칼이 날뛰는 살벌한 것이고 '춘향전'은 정치情痴의 드라마 아닌가. 동양 삼국에선 우리가 가장 평화애호 국민이란 뜻이 되는 건가."
는 유태림의 이야기.

손님이 익살을 하건 얘기를 하건 노래는 계속되어야만 하는 것이 한국적 스타일의 연회다. 노래는 중중모리의 방자 노래로 접어들어 일화춘―花春이란 기생이 쟁끼를 부리고 있었다.
"동문 밖 나가오면 금수청풍에 백구는 유랑이오…… 도련님 반겨 들고 광한루가 좋겠으니 나귀 안장 끼여라."

여기서부터가 소위 자진모리다. 유태림은 기생으로부터 북을 가로채선 신나게 박자를 맞추어갔다. 언제 배울 틈이 있었는지 유태림의 북 솜씨는 일류에 속한다고 했다. 기생들이 유태림을 좋아한 덴 다른 어떤 점보다도 북 치는 솜씨가 좋은 그만큼 그들의 쟁끼를 이해해주는 데 있는 성싶었다.

노래는 진행되고 있는데 이광열과 B선생 사이엔 격한 토론이 전개되고 있었다. 골자는 정삼호와 임홍구 문제를 유태림에게만 맡겨놓고 B나 A, 그리고 나는 왜 방관만 하고 있었느냐는 것이었다.

"유태림이 태도를 분명히 한 것은 좋다. 그러나 앞장세우기는 너무나 빠르지 않나."

이광열이 술에 취한 눈을 이글거리면서 이렇게 흥분했다. 이광열의 말소리를 들었던지 유태림은 북을 아까의 기생에게 돌려주곤 강한 어조로 말했다.

"광열이, 넌 학교 문제를 두고 무슨 참견이야. 아까 말하지 않았어. 박창학이나 강달호가 없는 곳엔 자네의 연설은 있을 수 없다고. 우익의 연설은 좌익이 있어야 성립이 되고 좌익의 연설은 우익이 있어야 성립되는 것 아냐? 자, 다음은 내가 부를게. '광한루 풍경', 진양조다. 2년에 한 번꼴로 들을 수 있는 창이다. 너희들이 들을 수 있는 마지막 기회일지도 모른다."

"무슨 말씀을 그렇게 하셔요."

유태림을 좋아하고 태림도 좋아하는 난주蘭珠라는 기생이 태림의 무릎을 꼬집으면서 핀잔을 주었다.

"세상사 수상하니, 그렇게도 말하고 싶어지지 않아? 자, 그러면……."

하고 유태림은 헛기침으로 목을 다듬고는 노래 부르기 시작했다.

"적성의 아침 날은 늦은 안개 띄워 있고, 녹수에 저문 봄은 화류동풍 둘렀는데 요헌기구하최외는 임고대를 일러 있고……."

잘하는 것인지 못하는 것인지는 알 바가 없지만 처량히 들리는 가락이었다. 한참 불러나가다가 유태림은 가사를 잊었다면서 절구絶句했다. 난주가 얼른 뒤를 이었다.

"세계 어느 민족이 이처럼 절박한 창법을 가졌을까. 흑인 영가도 우리의 노래에 비하면 그 애절하고 처절한 호소력에 있어선 어림도 없지."

무아의 경에서 노래 부르고 있는 난주의 입 언저리와 세로 굵게 심줄이 돋아났다 사라졌다 하는 가느다란 목을 바라보면서 유태림이 중얼거렸다.

"이렇게 되면 이건 예술이 아니지. 거칠고 사나운 목소리를 배에다 힘을 주어 그냥 부르짖는 가락, 이건 예술 이상이 아닌가."

쉴 새 없이 돌아오는 술잔을 거역할 순 없다. 지체시킬 수도 없다. 잔을 놓으면 두 잔의 벌주를 마셔야 하고, 양을 속이려고 야료를 부리면 석 잔의 벌주를 마셔야 하고, 잔소리를 하거나 푸념을 하면 넉 잔의 벌주를 마셔야 했으니 도리가 없었다.

좋은 대문만을 가려서 이어나가던 '춘향전'이 끝나곤 '흥타령'이다. '흥타령'은 남자와 여자가 주고받으며 부르는 상문相聞의 노래다.

"웃고 살아도 못다 살 세상, 울기까지 어이하리……."

그런데 유태림이 끼이는 술자리에선 시조가 빠졌다. 시조의 아름다움과 그 운치를 모르는 바는 아니지만 유태림의 말을 빌리면 시조를 즐기고 놀기 위해선,

"평균 연령이 1백20세가 되어야 하고 하루가 48시간으로 되어야

한다."
는 것이다.

시조가 빠지는 대신 유태림의 술자리엔 '새놀이'라는 것이 끼었다. 새놀이란 일제 말기 요정에서의 가무음곡歌舞音曲을 금했을 때, 소리를 방 밖으로 내보내지 않고 노래 부르고 춤추고 놀 수 있도록 기생들이 꾸며낸 놀이다.

요리상을 가운데로 하고 손님과 기생이 줄지어 서서 두 박자의, 손뼉을 때리는 것이 아니라, 손뼉을 스치고, 그 박자에 맞추어 깡충깡충 뛰며 요리상의 주변을 돈다. 그러면서 소리의 모음 부분이 들리지 않도록 자음 부분만을 살려 새노래를 부른다.

"새야 새야 파랑새야, 녹두 남게 앉지 마라. 녹두꽃이 떨어지면 청포장수 울고 간다."

두 박자의 손뼉을 스치며 파랑새 노래를 거기 맞춰 몇 번이나 부르면서 요리상 주변을 깡충깡충 뛰어 돌아가는 남자와 여자의 모양을 상상하면 모두가 정신병자로 상상이 되지만 취기가 머리 끝까지 올랐을 때 이 놀이를 시작하면 어린아이들처럼 천진해지고 눈물이 날 정도로 슬프고 흥겨운 것이다.

큰 쟁반을 비워 거기에 가득 술을 부어 한 순배 돌리고는 유태림이 새놀이를 시작하자고 했다. 가무와 음곡을 금하고 있는 처지는 아니니 불필요한 짓 같기도 하지만 그 놀이를 하면 일제 때의 슬픈 추억이 되살아난다.

그리고 그날 밤은 저마다 힘겨운 감회들을 가지고 있는 터였다. 우리들은 통행금지의 예비 사이렌이 울릴 때까지 파랑새 노래를 부르며 새놀이를 했다.

"새야 새야 파랑새야, 녹두 남게 앉지 마라. 녹두꽃이 떨어지면 청포장수 울고 간다."

연석이 파할 땐 어수선했다. 와락 적막감이 들었다. 유태림도 같은 감정인 것 같았다.

"우리 난주 씨 집에 가서 술 좀 더 할까."

유태림은 이렇게 말하면서 일어설 차비를 하고 있는 우리들을 둘러보았다. 언제나 침착한 B선생이 반대였다.

"내일 일도 있고 하니 집으로 돌아가지."

유태림도 굳이 2차를 하자고는 안 했다.

행길로 나와 다른 친구와는 헤어지고 유태림과 나란히 걷고 있었는데 유태림이 중얼거렸다.

"환락극회 애정다歡樂極會哀情多. 한무제의 「추풍사」에 있지. 그런데 우리들의 이것도 환락인가? 점차적인 자살이 아닌가?"

네거리에서 동과 서로 헤어져야만 했다. 그때 유태림은 나를 붙들어 세웠다.

"이군, 내 아버지가 며칠 전 향교鄕校의 시회詩會에 나갔는데 장원을 했대. 아버지는 은근히 자랑삼아 하는 말이었지만, 난 술깨나 얌전히 낼 성싶으니까 정략적으로 장원을 시킨 거겠지쯤으로 생각했었지. 그랬는데 장원했다는 시를 뒤에서 보고 놀랐어. 칠언절구인데 전 삼구는 고사하고 결구가 가파시성월재산歌罷詩成月在山이란 것이었어. 어때. 가파시성월재산! 좋지 않아? 밤이 깊도록 술을 마시고 노래를 부르다가 술에도 지치고 노래에도 지쳐 돌연 주위가 고요해지자 시심이 솟아난 거지. 그래 문득 바라보니 달이 서산에 걸려 있었거든. 뜻이야 아무렇게라도 되는 거지만 하여간 좋지 않아? 가파시성월재산. 난 그걸 보고 아버지를 사랑할 수 있을 것 같았어. 정이 들 것만 같았어."

이렇게 말해놓곤 잘 가라면서 유태림은 내게 뒷모습을 보이고 걷기 시작했다. 술이 취한 흔적이란 조금도 느낄 수 없는 뒷모습이었다. 여느 때는 그 정도로 마셨으면 다소의 취기는 나타냈었다. 나는 가등 빛에 나타났다가 다시 어둠 속에 사라졌다가 하면서 멀어져가는 그의 뒷모습을 한참 바라보고 서 있었다.

마셔도 취하지 않는 그 무엇을 지닌 것 같은 느낌이 유태림의 뒷모습에 완연했다. 그리고 날을 거듭할수록 술자리의 엑스퍼트가 되어가는 유태림의 일면을 타락이라고 봐야 할지 정상이라고 봐야 할지 망설이는 기분 속에서 나도 발길을 옮겨놓았다.

그 이튿날, 출근을 하니 예상한 대로 학교 내의 공기는 심상치 않았다. 교정 이곳저곳에 학생들이 모여 소곤대고 있었고 선생이 곁을 지나가도 본척만척하는 학생들도 있었다.

교원실의 공기도 마찬가지였다. 책상 위에 걸터앉아 담배를 피우고 있는 교사들도 있었고, 심각한 표정들을 모아 뭔가 의논하고 있는 그룹도 있었다. 학교의 직원실이라고 하기보다는 공개입찰을 기다리는 상인들의 대합실 같은 느낌조차 있었다.

유태림은 자기 자리에 팔짱을 끼고 앉은 채 나를 보곤 눈으로만 인사를 했다. 유태림 책상 앞엔 백묵을 든 J선생이 매일 아침의 버릇대로 서 있었다.

J선생의 버릇이란 아침 출근하기만 하면 유태림에게 가서 백묵으로 영어 단어 몇 개를 유태림의 책상 위에 써놓고는 그 단어의 뜻을 묻는 것이었다. 해괴망측한 단어를 어디서 주워오는지는 몰랐다. 하여간 우리들 가운데서 가장 실력이 낮다는 유태림으로서도 매일 아침 다섯 개

쯤 써놓은 단어 가운데 알아맞히는 수가 한 개 아니면 기껏 두 개였다. 단어 하나를 써놓고,

"이 단어 뭐지요?"

하고 묻는데,

"모르겠어요."

하고 유태림이 답하면,

"헷헷!"

하는 이상스러운 소리를 내고 얼굴을 묘하게 찌푸리는 표정을 하며 J는 웃었다. 그러니 유태림은 아침마다 이 야릇한 웃음을 두세 번은 당해야 하는 것이다.

언젠가는 보다 못해 그녀석을 야무지게 윽박질러줄 일이지 매일처럼 그 꼴을 당하고 있어? 뭣하면 내가 대신 경을 쳐줄 테니 그리 알라고 했더니 유태림은 단호하게 그 제안을 거절했다.

"덕택으로 나는 매일 영어 단어의 공부를 착실히 하고 있는 셈인데 무슨 참견이냐."

라는 것이 그의 대답이었다.

그렇다손 치더라도 오늘과 같은 날의 아침에 그것이 무슨 짓인가 하고 나는 J교사 쪽을 흘겨봤다. 그러나 J는 그런 태도쯤으로 물러설 위인은 아니다.

"좌익의 세계가 되면 영어교사로서의 밥줄이 떨어질 판이니 나는 좌익엔 반대."

라고 거리낌없이 말하는 J에겐 누가 자기의 실력을 얕잡아보지나 않을까 하는 걱정 외엔 걱정이라곤 없는 사람인 것이다.

이제 막 써놓은 단어를 유태림이 모르겠다니까 J선생이 기성을 섞은

웃음을 웃고 있는 판인데 M선생이 유태림에게로 다가왔다. 의론할 일이 있으니 어디 한적한 곳으로 갈 수 없느냐고 M선생이 유태림에게 하는 말이 들렸다. 유태림은 구김살없는 표정으로 좋다고 했다. M과 유는 어제 정삼호와 임홍구의 문제를 둘러싸고 신랄한 입씨름을 벌이기는 했지만 그런 정도의 일로 비위를 상할 위인들은 아니었다.

유태림이 내 쪽으로 바라보고 있는 것을 본 M선생은,

"이선생도 같이 갔으면 좋겠는데 어떻습니까."

하고 나의 표정을 살폈다. M이 나를 필요로 한 것은 아니란 것을 알았지만 태림의 희망이 그런 것 같아서 따라가기로 했다.

우리들은 구강당 뒤켠 구석진 곳을 찾아 플라타너스 곁에 놓여 있는 벤치에 앉았다. 시월 초순인데도 플라타너스의 낙엽이 이곳저곳에 흐트러져 있었다.

"벌써 만추의 기분이 나는데요."

하면서 M선생은 플라타너스 나무의 끝머리를 쳐다봤다. 나는 그의 시선을 따랐다. 나무는 강당의 높이보다 훨씬 높게 솟아 있었고 둘레는 한아름을 넘을 것 같았다. 잎사귀 사이로 가을 하늘이 청명했다.

"내가 이 학교에 입학했을 때엔 이 나무는 내 키보다 조금 큰 그런 정도였어요. 플라타너스란 참으로 잘 자라는 나무야. 10년 남짓한 세월에 이처럼 커버렸으니……."

M의 이 말엔 조금도 꾸밈새가 없어 보였다. M도 또한 이 학교의 출신이며 나와 유태림보다는 3년쯤 선배였다. M은 우편배달부의 아들로서 고생고생 중학교를 나왔고 그 재능을 아낀 어떤 독지가의 호의로 당시의 한반도에선 일류에 속한다는 전문학교를 졸업한 독실하고 성실한 인격의 소유자로서 일반에게 알려진 사람이다.

"나무도 잘 크려니와 세월도 빠른 거지요."

유태림도 한마디 거들었다.

이것이 실마리가 되어 잠깐 동안 회고담이 오갔다. 입학한 지 몇 달 안 되어 M선생의 존재를 알았다는 유태림의 말이 있었고, M 역시 그때 유태림의 존재를 알았다는 얘기를 했다. 구체적인 일을 들먹여가며 하는 얘기들이고 보니 공연한 인사치레는 아닌 것 같았다.

"어느 의미에선 당시의 이 학교는 대단히 민주적이라고 할 수 있었지요. 제가 이 학교에 입학한 것은 열세 살 때였습니다. 장가도 가고 아이도 가진 듯한 5학년의 어른들이 깍듯이 경어로써 대해주었는데 그것이 퍽 인상 깊었어요. 경어도 하시오, 오시오 하는 따위가 아니고 하십시오, 오십시오, 그렇습니까 하는 식으로 최상급의 경어였으니 말입니다."

유태림이 이렇게 말하자, M선생도,

"그러면서도 상급생과 하급생 사이가 퍽으나 은근하고 다정했었지요."

했다.

사실 그랬다. 나도 당시의 학교생활을 선히 회상할 수가 있었다. 상급생이 하급생을 때리고 못살게 굴고 하게 된 것은 군사교련이 도입되고도 훨씬 후, 일제 말기의 현상이었던 것이다.

"난 3학년 때 일본의 어떤 중학교로 전학했는데 놀랐습니다. 상급생이 하급생을 마구 부하 취급을 하는 데는 질렸어요. 그래 새삼스럽게 이 학교가 훌륭하다는 것을 느꼈지요. 그리고 우리 학생의 우수함도 알았지요."

M선생은 유태림의 이런 말엔 공감을 느낀다면서 화제를 돌렸다.

"그러한 좋은 소질을 가지고 있는 민족이니 희망도 있지 않겠어요?"

이런 말 저런 말을 하고 있는 가운데 동창생끼리가 아니면 이루어질 수 없는 흐뭇한 느낌에 나는 말려들어갔다. 그러면서도 나는 이러한 분위기를 M교사가 의식적으로 만들어낸 것이라면 M이라는 사람은 대단한 인물이란 생각을 해보지 않을 수가 없었다. 나는 좌익이니 우익이니 하는 것을 이런 경우 공연한 장난같이도 느끼면서 그러나 선배로서의 M, 동료교사로서의 M이라는 인상에 앞서 좌익교사의 두목으로서의 M에게 보다 강한 중점을 두고 대해야 한다고 마음을 다졌다.

'아무리 성실한 인격이기로서니 자기의 정치적 목적을 위해서 학생들을 선동까지 한다면 그것이 무슨 성실인가?'

나는 이런 생각을 고집하면서 M과 유태림 사이에 오고 가는 말들에 귀를 기울였다.

M "정삼호와 임홍구를 유선생이 선동했다고들 말하는 사람이 있는데 번히 오해인 줄은 알지만 오해는 딱하지 않습니까."

유 "어제 내가 정군과 임군의 처분을 보류하라고 했대서 하는 말이겠지요?"

M "물론 그렇겠지요."

유 "나는 그들을 옹호한 것이 아니고 사태를 순리대로 다루어야 한다고 생각하고 한 행동이었을 뿐입니다."

M "테러행위를 한 놈들의 처분을 보류하는 것이 어찌 순리대로 사태를 다루는 것이 되죠?"

유 "학생대회를 강행하려는 움직임이 있고 난 뒤에 방해행위가 있었으니까 하는 말입니다."

M "학생대회는 학생 대다수의 의견에 따른 것이고 그 결정도 다수의 의견에 따른 것인데 그것을 두 불량배가 테러행위로써 방해한 것 아

니오? 그런데 어떻게 꼭 같이 다루어야 한단 말인지 이해가 가지 않는 단 말씀입니다."

　유 "……"

　M "유선생, 나쁘건 좋건 다수의 의견에 따라가는 것이 민주주의 아뇨? 학생들의 움직임이 그것이 다수 학생의 움직임일 땐 방해해선 안 됩니다."

　이런 발언을 듣고는 가만있을 수가 없어서 나의 의견을 말했다.

　"M선생, 그건 곤란한 말씀이라고 생각합니다. 나쁘건 좋건이란 게 말이 됩니까. 나쁘다고 생각하면 그것을 말려야 하지 않아요? 그게 교사로서의 태도가 아니겠습니까."

　M "지금 학생들의 움직임을 두고 나쁘다, 좋다 할 판단기준을 어디다 두죠? 우리가 나쁘다고 생각한 짓이 옳을는지 모르고, 좋다고 생각한 짓이 되레 나쁠는지도 모르는 그런 상황이 아닙니까?"

　유 "M선생, 여러 가지를 의논도 하고 지도도 받고 싶었습니다. 어떻게 된 셈인지 모시고 차분히 이야기할 기회가 없었습니다. 그런데 어제의 나의 언동을 잘한 짓이라고는 생각하지 않습니다. 어제는 내 말이 지나쳐 학생대회를 비난하는 것 같은 이야기도 했지만 난 학생대회가 좋건 나쁘건 그런 판단에 앞서, 아니 올바른 판단을 하기 위해서 교사들끼리 의논을 가져야 하지 않겠는가 하고 생각했었지요. 만일 M선생의 말따라, 그 학생대회가 불순한 것으로 또는 나쁜 것으로 판단될 경우를 생각해봅시다. 그럴 땐 정군과 임군의 테러행위 자체는 나쁘다고 치더라도, 방법은 나빴으나 동기와 목적은 옳았다고 해야 되지 않겠어요? 다시 말해보면 그들의 행위를 벌을 주어야 할 부분과 상을 주어야 할 부분으로 나눠서 생각해야 할 경우도 없다고는 단정할 수 없을 거라는 얘깁니다. 그러나 벌을 주어야 할 부분만을 가지고 극단한 처분을 하는 것은 삼가야 된다는 게 나의 본의였습니다. 일단 처분을 해놓고 수정하느니보다 처음부터 신중하게 하라는 얘기였지요. 건방진 말입니다만 교육적으로 볼 때 필요 이상으로 학생의 처분을 서둘 것까진 없지 않겠습니까.”

　M “유선생, 유선생은 진심으로 이번의 학생대회를 불순하고 나쁜 것이라고 평가할 경우가 있을 것이라고 생각하고 있습니까?”

　유 “있겠지요. 다수의 학생들이 서둘러 하는 일이라고 해서 무조건 옳다고 할 수는 없을 테니까요.”

　M교사는 깊게 숨을 몰아쉬고 길게 내쉬었다. 우울한 빛깔이 그의 표정 위에 서렸다. 스스로의 마음을 정돈하고 있는 눈치더니 입을 열었다.

　M “유선생, 탁 털어놓고 얘기해봅시다. 지금 우리가 살고 있는 이 현상을 그대로 긍정할 수 있겠습니까? 미군정이 지배하고 있는 이 현실에 유유낙낙 추종만 해야 합니까? 아니지요? 안 되지요? 학생들의 움직임은 그것을 부분적으로 쪼개놓고 국부적으로 관찰해보면 도의적으로나 교육적 입장으로 용납할 수 없는 점이 한두 가지가 아닐 겁니다. 나도 그걸 잘 압니다. 때문에 고민도 했지요. 그러나 그것이 이 현실에 대한 민족의 부정적 자세로서 종합될 땐 커다란 의미를 가지게 되는 것입니다. 유선생도 그런 것쯤은 알고 계실 줄 믿습니다. 하나의 거대한 흐름에 힘을 합하기 위해서 부자父子의 윤리를 넘어서야 할 경우란 것도 있고 민족의 대목적을 위해서 인습적인 학원의 도의를 무시해야 할 경우도 있잖겠습니까. 그럼에도 불구하고 유선생은 조그마한 도의, 인간적인 유대, 그런 것에 치중해선 정삼호와 임홍구를 무조건 두둔하

려고만 하니 딱하단 말씀입니다. 두 명의 학생을 위해서 천 명이 넘는 학생의 의사를 좌절시켜서야 될 말입니까."

유 "……."

나는 잠자코 있는 유태림에게 불만을 느꼈다. 그래 내가 거들고 나섰다.

"M선생, 그건 정치적 견해에 따라 다르지 않겠소? 전면적으로 무조건 미군정에 항거하는 것이 옳은가, 해방의 은인이며 민주주의 종주국이라고 할 수 있는 미국의 정책에 협조하면서 우리 민족에게 유리한 방법을 모색하는 것이 옳은가는 생각해볼 만한 문제가 아닙니까. 그럴 때 덮어놓고 지금의 현상을 부정한다는 태도는 옳지 못한 것이 아닐까요? 더구나 학생들을 선동해서까지 일방적인 정치적 견해에 추종케 하려는 노릇은 나쁘지 않습니까?"

M교사는 굳은 표정으로 나를 쏘아봤다. 그러나 어조만은 부드럽게 말했다.

"이선생의 생각은 잘 알고 있습니다. 그러나 나는 유선생의 생각을 묻고 있는 것이지, 이선생께 묻고 있는 것이 아닙니다."

나는 M의 이 말에 적잖이 모욕을 느꼈다. 그래 나는 이 이상 같이 얘기할 필요가 있겠느냐고 말하려던 참인데 유태림이 입을 열었다.

유 "그럼 나도 솔직하게 말하지요. 부끄러운 얘기지만 나의 정치적 견식은 확실하지 못합니다. 이건 사상의 문제이기 전에 신념의 문제지요. 미군정에 항거하는 태도가 옳은 건지 추종하며 이용하는 태도가 옳은 건지 또는 미군정에 대한 전면적인 항거가 그만한 보람을 가지고 올 수 있을 것인지, 추종하며 이용한다는 태도가 과연 소기의 성과를 거둘 수 있을 것인지 판단이 서질 않는단 말입니다. 그러니까 나는 내가 감당할 수 없는 범위에 대한 판단은 일절 보류하고 내가 감당할 수 있는 범위, 예를 들면 내 고장, 이 학원에 일어난 일이면 그때 그 테두리 안에서 최선을 다해 대응할 수밖엔 없다고 생각하고 있는 거지요. 그렇다고 해서 이러한 나의 태도를 절대로 옳다고는 생각하지 않습니다. 되도록이면 보다 높고 넓은 시야의 정치적, 또는 인간적인 견식을 갖도록 노력해야겠다고도 생각하고 있습니다."

M "유선생의 말씀은 이해할 수가 있습니다. 그럼 그런 문제는 앞으로 기회 있을 때마다 토론하기로 하고 지금 당면한 문제, 학교의 사태를 어떻게 하시렵니까."

유 "내가 어떻게 한다고 해서 해결될 성질의 것입니까?"

M "유선생의 태도에 따라 해결되는 부분이 있습니다."

유 "정군과 임군의 퇴학 처분에 동의하란 말씀인가요?"

M "그것도 있지만 그건 다음의 문제이고, 유선생, 이 점만은 납득을 해주셔야겠습니다. 유선생도 솔직하게 말했으니까 나도 솔직하게 얘기하지요. 유선생은 전체적인 문제에 대한 판단은 보류하시겠다고 말씀하셨는데 그렇다면 이번만은 저의 의견을 참작해주십시오. 유선생은 미군정에 전면적으로 항거하는 데 회의를 가지고 있는 그만큼 미군정에 무조건 추종하는 데도 회의를 가지고 계시겠지요. 아까의 말씀을 이렇게 정돈해볼 수도 있지 않겠습니까. 그렇다면 내가 하는 말을 반쯤은 이해하실 줄 믿습니다. 시월 초하루부터 이 C시에서 벌어지고 있는 인민항쟁은 선생님도 알고 계시겠지요. 이 항쟁은 이 C시에서만이 아니라 전국적인 규모를 가진 일대 항쟁입니다. 미군정에 대해 우리의 민주 역량을 보여주는 하나의 획기적인 기회입니다. 그러니 이 항쟁의 규모가 크고 동원되는 사람과 기관이 많을수록 그들은 우리의 역

량을 알게 되고 그만큼 우리의 의사가 반영되는 것입니다. 학교의 이번 사태도 이 인민항쟁의 규모와 관련이 있는 거지요. 이 고등학교는 광주학생 사건 이래 항쟁하는 기골에 있어서 전통이 있는 학교가 아닙니까. 그런 학교가 이와 같은 중대한 시기에 호응하지 못한다면 이처럼 창피스러운 일이 또 있겠습니까. 아까 유선생은 미군정에 추종하며 이용한다는 경우를 예상한 말을 하셨지요. 그럴 경우도 이번의 이 인민항쟁은 의미가 있는 겁니다. 우리가 이 항쟁을 우리의 의도대로 끝까지 밀고 나가지 못할 경우, 미군정에 추종하며 이용하는 길을 모색하는 사람들이 이 항쟁의 결과를 이용할 수도 있다는 얘깁니다. 그렇지 않겠어요? 미국의 가장 충실한 노예가 되기를 원하는 것이 아니고 미국의 지배 밑에서 조그마한 자주권이라도 확립하려면 이 인민항쟁을 그들 나름으로 이용해야 된다는 겁니다. 역이용할 수도 있구요. 이와 같이 어느 면으로 보나 중대한 항쟁에 이 전통 있는 학교가 참례하지 못하게 가로막고 있는 분이 바로 유선생이란 것을 아셔야 합니다."

유태림의 얼굴엔 암연한 그늘이 흘렀다. 나는 약간 독기가 서린 말을 뱉지 않을 수 없었다.

"M선생의 말대로 하자면 우익들도 나서서 이 폭동에 가담해야겠구면요. 그래 적극적으로 폭도들에게 맞아 죽어야 하겠구면요. 소위 인민항쟁의 성과를 역이용하기 위해서……."

M "긴 안목으로 보면 그렇게도 할 수 있다는 얘깁니다. 이선생은 내 말을 감정적으로만 해석하려고 하니 딱합니다."

유 "정삼호와 임홍구가 방해를 해서 학생대회를 못한다. 그 정과임을 내가 두둔한다. 그러니 내가 학생대회를 반대하는 것으로 된다. 그런 말인가요?"

M "그렇지요. 그리고 유선생이 반대하고 정과 임이 방해한다고 해도 학생대회는 열리게 되고 동맹휴학은 하고야 맙니다."

유 "그렇다면 내게 그런 말씀을 하실 필요가 없지 않습니까."

M "유선생의 이핼 구하고 싶었던 거지요. 그리고……."

유 "그리고?"

M "학생들은 정과 임의 방해를 막기 위해서 결사대를 조직했다고 들었습니다. 정과 임이 또 방해하려고 들면 오늘은 어떤 불상사가 발생할지 모릅니다."

유 "그래서 나더러 어떻게 하라는 거지요?"

M "사태가 그렇다는 것을 알려드렸으니 유선생께서도 알아서 하시란 말씀입니다."

나는 M교사의 말꼬리를 잡고 육박하지 않는 유태림의 우유부단한 태도에 일종의 분격을 느꼈다. M은 완전히 스스로의 정체를 폭로한 것이 아닌가. 학원을 정치의 도구로 할 수 없다고 왜 결연하게 말하지 못한단 말인가. 나의 이런 분격엔 아랑곳없이 유태림과 M 사이엔 한가한 얘기가 시작됐다.

M "유선생은 스페인 내란 때 앙드레 지드가 발표한 메시지를 읽은 적이 있습니까?"

유 "있지요."

M "거기에 이런 것이 있지요. 인민 대중을 적으로 돌리고 살 수 없다고. 난 그것이 2차 소비에트 기행문 이후에 나타난 것이기 때문에 더욱 중요하다고 생각하고 있습니다."

유 "M선생은 지드의 2차 소비에트 기행문을 어떻게 생각하고 계시죠?"

M "사상의 한계라는 것을 보여주는 기록이라고밖엔 생각하지 않았지요."

유 "출생성분에 따른 사상의 한계라는 것이겠지요?"

M "그렇습니다. 내가 지드를 들먹인 것은 출생성분이야 어떻든 지식인의 양심, 또는 도의감이 있으면 광범한 인민전선적인 대오에선 벗어날 수 없을 것이 아닌가, 이런 얘기를 하고 싶었던 거지요."

유 "인민전선이라고 하지만 그것을 연합하고 조종하는 마스터마인드가 공산주의일 경우, 그 마스터마인드의 궁극 목표가 공산혁명에 있다고 볼 때 공산주의에 대한 어느 정도의 신앙이 없고선 참가할 수 없는 것이 아니겠습니까. 단순한 양심, 순수한 도의심만 갖고는 불가능한 일 아니겠어요?"

M "정직하게 말하면 그렇죠. 그러나 이용당해줄 줄을 아는 아량으로서도 가능할 순 있지요. 그런데 유선생, 공산주의에 관한 공부를 좀 해보시면 어때요."

유 "틈이 있는 대로 하고는 있습니다. 그러나 누가 말했듯이 일제 때 워낙 나쁜 공부만 해놓으니 공부를 한다고 해도 성과가 오르지 않는구먼요. 처음부터 비판적으로 읽으려고 드니 공산주의 아니 마르크스에 설득당하기엔 아직도 거리가 있는 것 같습니다."

M "우선은 허심탄회하게 읽어보시지. 비판은 뒤에 얼마라도 할 수 있으니까."

유 "어떤 마르크스 철학자가 이런 말을 하고 있더군요. 부르주아 철학, 즉 관념철학자들은 마음을 백지와 같은 상태로 돌리고 철학을 배워야 한다고 하지만 그건 너희들을 기만하기 위한 수단으로서 하는 말이다. 책을 읽을 땐 네가 가지고 있는 경험이나 의견을 모조리 잠깨워놓고 그 경험, 그 의견으로써 비판해가며 읽으라고. 그런데 관념철학을 읽을 때는 모든 경험을 동원시켜 비판적으로 읽으라면서 마르크스 철학만은 비판 없이 겸손하게 읽으란 건 말이 되지 않지 않습니까."

M "그렇게도 말할 수 있지요."

유 "공산주의에 대해선 그것을 알기도 전에 인상부터 싫었습니다. 어떤 신문의 한구석에 난 도스토예프스키의 가족에 대해서 혹심한 방해를 하고 있다는 기사를 읽고 소비에트에 대한 악감을 가졌지요. 그 뒤에 소비에트 정권이 필냐크를 죽였다는 소식을 알곤 완전히 그 정권을 혐오하게 되었습니다. 아시다시피 필냐크는 톨스토이의 전기를 쓴 사람 아닙니까. 그분이 강도나 살인을 한 사람은 아닐 텐데 어떻게 사형이란 극형을 받아야 되겠습니까. 트로츠키파라는 이유밖엔 그의 죽음을 설명할 재료는 아마 없는가 봅니다. 그밖에 키릴로프의 살해를 비롯한 숙청 사건의 내용을 알곤 나는 소비에트 정권에 대해서 겁을 먹었습니다. 그런 정권을 만들어놓은 사상이 뭔가를 생각할 때 마르크시즘에 대한 혐오감도 같이 돋아나게 된 것입니다."

M "그런 사실을 부인하진 않습니다. 또 그런 사실을 잘한 짓이라고 우길 생각도 없습니다. 어떤 정권도 그러한 부정을 저지르고 있습니다. 그러나 공산정권이 다른 정권보다도 심하게 그런 종류의 부정을 저질렀다고는 생각하지 않습니다. 시행착오라는 것은 어떤 사회나 어떤 역사에도 있을 수 있는 것이 아니겠어요. 그러니 시행착오된 부분만을 클로즈업시켜 전체를 평할 수는 없지 않겠습니까.

그런데 유선생과 나와는 퍽 재미있는 대조가 되는구면요. 나는 공산주의가 뭔지 알기도 전에 그 사상에 동경을 느꼈으니까요. 우리가 살고 있는 사회의 일체의 가치체계를 뒤바꾸어놓자면 공산주의에 의한 실천밖에 없다고 생각했습니다. 좋고 나쁘고 옳고 그르고를 따질 필요, 아니 그럴 마음의 여유도 없었습니다. 설혹 악화되는 한이 있더라도 현재의 상황은 바꿔놓고 봐야 한다. 그러자면 사상으로서의 무기는 공산주의밖에 없다. 이렇게 생각한 거지요. 물론 악화될 리는 만무하다는 신앙이 바탕에 있기도 했고요. 그러니 공산주의에 관한 한 나와 유선생은 정반대의 위치에 서 있는 셈입니다. 허지만 피차가 성실하기만 하면 어느 때 어떤 지점에서 반드시 합유되리라고 난 믿습니다."

유 "나의 목적의식은 윤리에 있고 M선생의 목적의식은 혁명에 있으니 합류되기는 어려울 것 같은데요. 다시 말하면 나도 변해야 하려니와 M선생도 변해야 하니까요. M선생이 변했다고 해도 M선생이 모범으로 하고 있는 소비에트 정권이 변하지 않고서는 나의 윤리의식과 공산주의의 혁명이념이 일치될 수는 없을 것 같습니다."

M "비관하실 필요는 없습니다. 소비에트가 변하지 않더라도 중공의 성장이 유선생의 윤리감과 공산주의의 혁명이념을 결부시킬 계기가 될는지도 모르죠."

유 "어려운 문제입니다."

M "어렵게 생각하니까 어려운 게지요. 문제는 간단하게 세워야 하지 않을까요? 오늘은 문학청년처럼 얘기했는데 유선생에게니까 이렇게 솔직한 얘기도 할 수 있었던 겁니다. 하여간 당면한 학교의 문제는 잘 생각해서 처리하도록 하시죠."

세 사람은 친한 벗들이 소요를 즐기면서 걷고 있는 걸음으로 구강당 모퉁이를 돌았다. 돌연 M이 발을 멈췄다.

"유선생, 단풍이 가장 빨리 드는 나무가 뭔지 아십니까."

"글쎄요."

하는 표정으로 따라 서버린 유태림을 돌아보며 M은 우리의 앞을 가로막고 서 있는 은행나무를 가리켰다.

"단풍이 가장 빨리 드는 나무는 은행이죠. 저걸 보시오."

상록의 숲 사이에 섞여 있는 두 그루의 은행나무 잎사귀는 M의 말대로 완전히 단풍이 들어 있었다. 농담濃淡 가지가지인 녹색의 바탕에 황금빛 무늬처럼 수놓인 은행나무의 입사귀, 땅 위엔 벌써 밟힐 정도로 낙엽이 떨어져 있었다.

그러나 그건 내게 아무런 감흥도 일으키지 않았다. M의 고등수단에 아무래도 유태림이 넘어간 것만 같아 불쾌했던 것이다. 그래 M과 헤어지자 나는 곧 유태림에게 따지고 들었다. 왜 결연하게 대하지 않고 너절한 얘기를 듣고만 있었느냐고. 그런데 유태림의 대답은 뜻밖이었다.

"아냐. 오늘 나는 좋은 얘기를 들었어. 나도 솔직했지만 M선생도 솔직했어. 많은 것을 배운 것 같애. M선생의 사람 됨됨도 안 것만 같고. 무슨 일에 관해서든 이제 나와 M선생처럼 그런 식으로 대화할 수만 있다면 얼마나 좋겠는가."

이렇게 말하고는 있었으나 유태림의 표정은 결코 밝지 않았다.

유태림은 교원실 자기 자리로 돌아오자 무슨 책을 펴드는 것이었으나 정신이 책에 있는 것 같지는 않고 뭔가를 생각하는 눈치더니 급사를 불렀다.

"전화해서 빨리 하이어 한 대 오라고 해라."

이렇게 급사에게 시킨 유를 보고 물었다.

"자동차는 뭣 할 거야."

"이선생, 우리 천렵하러 안 갈래?"

"천렵이라니?"

"시골 시내에 가서 붕어나 피래미나 잡자는 거지."

"하필 오늘 왜?"

하고 상세한 사정을 들으려는 참인데, P교사가 유태림 곁에 와서 어제 실례했다는 뜻을 말하고 갔고 이어 S교사가 와서 뭔지 소곤거렸다.

'M녀석이 시킨 것일 게다. 헌데 유태림을 어쩌자는 건가? 어제는 싸웠지만 앞으론 그러질 말자는 얘긴가?'

급사가 와서 자동차를 불러놓았다고 말하자 유태림은 다시 급사에게 일렀다.

"정삼호와 임홍구가 어디 있는지 빨리 찾아라. 찾거든 내가 그런다고 현관 앞에 와서 기다리라고 해라."

교감이 유태림 곁에 오고 A선생, B선생도 그의 곁으로 와서 소곤거렸다. 그러나 유태림은 입을 꼭 다물고 상대방의 말만을 듣고 있었다.

자동차가 왔다는 급사의 소리를 듣고 유태림은 자리를 뜨면서 나도 같이 일어서라는 눈짓을 했다. 나는 그의 뒤를 따랐다.

자동차 문을 열어놓고 유태림은 현관 앞에 서 있는 정삼호와 임홍구를 타라고 했다. 무슨 영문인지도 모르고 그들은 차 안으로 들어갔다. 유태림도 따라 타면서 내게도 타라고 했다.

자동차가 교문 밖으로 나가서야 유태림은 입을 열었다.

"우리 오늘 시골 개울에 가서 고기잡이나 하자."

정과 임은 그 말을 듣자 내 얼굴을 돌아봤다. 그 영문을 내게서 알아보자는 표정이었다.

"하필 오늘 물고기잡이를 가자는 거지?"

그들을 대변할 겸 내가 물었다.

"수업도 있을 것 같지 않고 좋은 날씨고 고기잡이 갈 만하잖아!"

유태림은 무표정한 얼굴로 말했다.

"안 됩니더. 학교로 돌아갑시더."

그때야 정신을 차린 것 같은 표정으로 정삼호가 외쳤다.

"안 됩니더. 학교로 가야 합니더."

임홍구도 외쳤다.

운전수가 주저하는 빛을 보이자 유태림은 단호하게 일렀다.

"운전수, 지체 말고 H촌으로 갑시다."

"안 됩니더."

"안 됩니더."

정삼호와 임홍구가 거의 동시에 외쳤다.

"안 되긴 뭣이 안 된다는 거야."

유태림의 음성엔 노기가 있었다.

"우리가 학교에 없으면 학생대회가 열리고 동맹휴학이 결정됩니더."

정삼호가 황급히 답했다.

"학생대회를 하면 어떻구, 동맹휴학을 하면 또 어때."

정과 임은 어처구니가 없다는 듯한 표정을 지었다. 유태림이 조용하게 물었다.

"자네들은 왜 학생대회를 못하도록 방해하는 거지?"

"학생은 공부를 해야 하는 것 아닙니꺼."

이 정삼호의 말에 나는 웃음을 터뜨렸다. 임홍구도 따라 웃었다. 어떻게 하면 공부를 하지 않고 넘길 수 있을까, 그것만 연구하고 있는 것 같은 행동을 해온 정삼호의 입에서 학생은 공부를 해야 한다는 말이 튀어나왔으니 웃음을 터뜨리지 않을 수 없었던 것이다.

웃고 있는 나를 보고 정삼호는 볼멘소리를 했다.

"왜 웃습니꺼, 내 말이 틀렸습니꺼."

유태림은 웃지 않았다. 그러곤 굳은 표정으로 질문을 계속했다.

"만일 학생동맹 가운데 자네들보다도 완력이 강한 학생이 많이 있었다고 하면 그래도 자네들은 주먹을 휘두르고 나섰을까?"

정과 임은 선뜻 대답을 못했다.

"말해 봐, 정직하게."

일순 긴장된 공기가 돌았다.

"그게 말이 됩니꺼."

하고 한참 만에야 임홍구가 조심성스럽게 입을 열었다.

"우린 학생대회니 동맹휴학을 해선 안 되는 거다, 이렇게 생각하고 행동한 것뿐이지 우리보다 강한 놈이 있는가 없는가는 생각하지도 안 했습니더."

"강한 자가 없다는 것을 잘 알고 있으니까 생각하지도 않았던 거지. 만일 있었더라면 어떻게 했을 것이냐고 난 묻고 있는 거다."

"죽을 요량 하고 덤비는 경우도 안 있겠습니꺼."

불쑥 정삼호가 말했다.

"일대일로선 우리보다 강한 놈이 없다고 해도 줄잡아 수백 명을 상대로 하고 나선 것이니 그만한 각오는 있지 안 했겠습니꺼."

임홍구의 말이었다.

"그렇다면 내 질문은 어리석었다. 그럼 한 가지만 더 물어보자. 자네들의 방해행동과 지난 일요일 내가 자네들 보고 한 얘기와 무슨 관련이 있었나?"

정과 임은 쉽사리 대답하려 하지 않았다.

"간단한 질문 아닌가. 관련이 있었나? 어쨌나?"

"없다고 할 수 있습니꺼."

정삼호의 대답이었다.

"임군, 자네는 어때,"

"저는 학생동맹 아이들이 하는 짓엔 무관심하려고 했습니다. 그 애들의 잘난 척 설치는 꼴들이 아니꼽기는 했지만 해방이 되었으니 이렇게도 저렇게도 떠들 만하지 않은가, 그렇게 생각해왔었는데……."

"그렇게 생각해왔었는데, 그런데?"

유태림의 물음엔 초조한 빛깔이 있었다.

"그랬는데 정군이 와서 선생님 얘기를 하더면요. 큰일이니까 선생님의 의견을 들어보자고."

"알았어, 됐어."

하고 유태림이 임홍구의 얘길 가로막았다.

"신념을 갖고 했으면 됐어. 자네들에겐 무책임한 말이지만 내 생각을 똑바로 말하면 학생대회를 하는 것도, 그것을 방해하는 것도 있을 수 있는 일이다. 다만 학원에서 토론과 설득을 통해서 하지 않고 주먹을 썼다는 것은 안 될 말이다."

"그놈들은 온갖 짓을 다 하는데 정의를 위해 비상수단을 썼기로서니 그것이 뭐 나쁩니꺼. 정의의 전쟁이 있듯이 정의의 주먹이란 것도 있을 수 있는 것 아닙니꺼."

"정의?"

유태림은 나지막하게 중얼거렸다.

자동차는 어느덧 시가를 빠져 나가 강줄기를 타고 H촌으로 달리고 있었다.

"선생님, 학교 일은 어떡헙니꺼."

정삼호가 초조하게 물었다.

"학교 일?"

창 밖 풍경으로 고개를 돌린 채 유태림은 무관심한 척 말했다.

"우리들이 없으면 동맹휴학으로 들어갑니더."

"그렇게 하고 싶으면 해보라고 내버려두는 것도 무방하잖아?"

"그럼 동맹휴학을 해도 괜찮다는 말씀입니꺼."

정삼호가 따졌다.

"괜찮다는 것과 될 대로 되라는 것과는 다르지 않아? 모든 일을 억지로 할 수는 없는 거다. 오늘은 유쾌하게 고기잡이나 하자."

나는 유태림의 속셈을 그때야 알아차렸다. 유태림은 M선생의 말을 듣고 정삼호, 임홍구와 학생동맹측 학생들과의 사이에 무슨 충돌 사건이 일어날까 봐 그럴 경우를 회피한 것이었다. 유태림의 이런 행위가 현명한 일인지, 그릇된 일인지 조급한 판단을 할 수는 없었으나 나는 일말의 불안을 가눌 수가 없었다. 유태림은 M과 P, 그리고 S들의 비정하리만큼 냉정한 계산을 이해 못하고 있음이 분명했다.

"선생님, 자동차를 돌려야 합니더."

정삼호가 비장한 결의를 얼굴 위에 나타내고 유태림에게 대들었다.

"고기잡이가 하시고 싶거든 선생님들만 가시고 우리는 돌려보내 줘야겠습니더."

임홍구의 말도 단호했다.

"운전수, 돌아갑시더."

정삼호가 고함을 질렀다.

"바로 달리기나 해요."

멈칫하는 운전수에게 유태림이 노기 찬 말을 보냈다.

"화랑동지회 아이들이 우리들을 기다리고 있습니다. 우린 학교로 돌아가야 합니더."

정삼호가 울상이 되었다.

"화랑동지회란 뭐지?"

유태림이 긴장한 표정으로 물었다.

"화랑동지회란……."

하고 임홍구는 정삼호의 표정을 살피며 설명했다.

"학생동맹에 반대하는 단체인데 수도 적고 힘센 아이들도 없고 해서 아직껏 맥을 추지 못했습니다. 몇 번이고 저와 정군을 찾아와서 단체를 지도해달라고 했었지만 우스꽝스러워서 들은 척 만 척했었는데 어제 일이 있고 나니 그들이 또 몰려왔었습니다. 그래 이젠 학생동맹과는 선명하게 선을 그었으니까 그 애들과 협력하기로 한 겁니더. 오늘 일에 대한 대비도 했습니더. 우리들이 빠져버리면 그 애들은 어떻게 합니꺼. 되돌아가야 합니더."

"장수가 없으면 병사들은 그저 대기하고 있겠지."

유태림의 이 실속 없는 말에 정삼호는 발끈 화를 냈다.

"그런 무책임한 얘기가 어딨어요."

"뭐라고 한마디라도 해놓고 와야지 이대로 갈 순 없습니더."

임홍구도 열기 띤 얼굴로 부르짖었다. 나도 한마디 거들어야 할 처지에 있었으나 고기잡이를 가는 편이 옳을지 되돌아가야 할지 나 자신 판단이 서질 않았다.

"자네들은 어제 비상수단을 썼지? 나도 오늘 비상수단을 쓴 거야. 사람은 혼자서 전 세계의 걱정을 다 짊어질 순 없어. 화랑동지횐가 그 애들도 자네들을 찾다가 없으면 행동을 하지 않을 것 아냐?"

"그럼 우리는 비겁한 놈이 되고 마는 것 아닙니꺼."

정삼호는 치밀어오르는 화를 어떻게 할 수가 없는 모양이었다.

"불가피한 경우란 것도 있잖아? 내게 납치당했다는 사실은 명백하잖아?"

유태림의 음성도 거칠어졌다.

자동차는 산비탈의 길을 기어 오르내리고 들 한가운데를 지르고 하면서 달렸다.

청명한 하늘, 청명한 가을의 태양 아래 누렇게 익은 벼가 황금의 파도를 이루어 이 산기슭에서 저 산기슭까지 들판 가득히 유착이고 있었는데 이상스럽게도 사람들의 흔적이 보이지 않았다. 동리를 지날 때도 그랬다. 초가 지붕 위에 엉클어진 덩굴 사이에 도사리고 있는 당돌한 박덩어리이며 유별나게 윤택이 강한 감 잎사귀 사이로 졸망졸망 달려 있는 붉은 감들만 눈에 뜨일 뿐 사람의 그림자는 보이지 않았다.

H촌의 서포동에 이르러서야 그 수수께끼가 풀렸다.

시월 초하루를 기해 발생한 폭동이 이틀쯤 들끓었는데 사흘째 접어드는 날 경찰대와 미군부대가 나타나 닥치는 대로 폭도들을 검거하기 시작했다. 폭도를 검거하는 것이었지만 뚜렷한 표적이 없으니 뵈는 대로 닥치는 대로 붙들어가는 바람에 폭도는 물론이고 폭동과는 아무런 관련이 없는 사람도 일단은 피신하지 않을 수 없어 장정들은 어디론지 사라져버리고 노인과 여자들은 사람들의 눈에 띄지 않게 집 속 깊이 들어앉아버린 것이다.

그러니 고기잡이를 할 엄두도 내지 못한 우리들 일행은 서포동에 있는 유태림의 하인 집 마루에 앉아 폭동 이야기를 들을 수밖에 없었다.

　말끝마다 유태림을 서방님이라고 떠받드는 노인의 말에 의하면 시월 초하루 새벽 폭동은 난리처럼 들이닥쳤다고 한다. 아침 해가 떴을 때는 괭이와 삽, 죽창과 몽둥이를 든 폭도들이 온 들판에 꽉차 있었다.

　이러한 사이 면장은 돌에 맞아 죽고 순경 하나는 죽창에 찔려 죽었다. 그들에게 가담하지 않은 소위 유지들은 폐광에 끌려가서 각기 자기가 묻힐 구덩이를 파놓고 그 구덩이 앞에 쪼그리고 앉았었다. 만일 미군부대의 도착이 한 시간만 늦었더라도 H촌만으로도 10여 명의 희생자가 날 뻔했다고 한다.

　죽은 면장은 나와는 인척의 관계에 있던 사람이다. 나는 어떻게 해서 1주일이 지나도록 이 H촌의 이야기를 듣지 못했을까 하고 의아하게 생각했다. 유태림도 동감인 모양이었다.

　"H촌에도 폭동이 있었다는 말은 들었지만 군중들이 모여 인민공화국 만세나 부르고 그친 정도로 알고 있었는데 이게 무슨 일인가."

　나는 이렇게 중얼거리기도 했는데 주동자들의 이름을 듣곤 더욱 놀랐다. 우두머리 최모는 나완 보통학교 동기동창이었고 일제 때는 군청 서기를 하던 사람이었다. 부두목은 일제 때 이곳 면장을 하면서 유기 공출을 하지 않는다고 상주의 뺨을 치고 설친 권모란 사람이었다. 행동대장은 지원병으로 나가 필리핀에서 구사일생으로 살아 돌아온 이모였다.

　이런 사람들에게 이끌려 면내의 장정 남자 인구 3분의 2가량이 동원되었다니 실로 대단한 일이 아닐 수 없었다.

　나는 사람 하나 볼 수 없는 들, 그 들을 가득 채우고 있는 벼를 유심히 바라보았다. 벌써 벼베기가 시작되어도 좋은 계절이었다. 반년을 애써 가꾸어놓은 벼를 그냥 들에 세워둔 채 어디론지 자취를 감추어버린 사람들의 심사를 상상해봤다.

유순하기만 한 농민들이 괭이와 삽을 들고 설쳤다고 하니 가공할 일 아닌가. 몇백 년을 두고 부조父祖에게서 이어받은 울분을 묘하게 이용한 것에 불과한 것이니 그들에겐 사상도, 특정인에게 대한 미움도 없었던 것이 아닌가.

폭동의 실질적 구호는 공출 반대였다고 하는 데서 나는 C시의 경우를 생각해봤다. C시에선 배급을 달라면서 군중들이 시청으로 몰려갔던 것이다.

농촌에선 공출을 반대하고 도시에선 배급을 요구하고, 그렇게 해서 군중을 동원시킨 장본인은 동일하다고 말하면 그것이 그들의 모순을 지적한 것으로 될까.

미군정에 대한 항거의 자세와 규모와 수단이 문제가 되는 것이니 이런 모순의 지적은 잠꼬대에 불과한 것일까.

그러나저러나 그러한 때 그러한 곳에 고기잡이를 나간 꼬락서니가 말이 아니었다.

그래도 닭을 잡고 술을 구해오고 한 노인의 대접을 받고 대기시켜놓은 자동차를 탔을 때는 땅거미가 내리고 있었다.

"과연 이렇게 해가지고 좌익이 승리할 수 있을까."

이렇게 내가 묻자, 유태림의 답은,

"어림도 없을 것 같다."

는 짤막한 것이었다.

돌아오는 차 안에서 정삼호는 이백도쯤으로 흥분하고 임홍구는 백도쯤으로 흥분했다. 철저하게 좌익을 쳐부수겠다고 했다. 좌익의 정체를 알았다고도 했다.

"무엇을 알았단 말인가?"

유태림은 쓸쓸하게 웃었다.

C시로 돌아온 우리들은 학교에서 일어난 사태 이야기를 듣고 크게 놀랐다. 학생대회를 열고 동맹휴학을 결의했다는 것까지는 예상한 그대로였지만 우리가 놀란 것은 동맹휴학의 결의가 있자 직원회의에서 전격적으로 정삼호와 임홍구의 퇴학 처분을 결의하고 그것을 교장이 승인 선포했다는 사실이었다.

또 하나 놀란 것은 화랑동지회의 학생들이 학생대회를 방해하려다가 학생동맹원들에게 집단폭행을 당해 수 명의 중상자가 생겼다는 사실이었다.

유태림이 정삼호와 임홍구에 대한 책임을 모면하려다가 이젠 꼼짝달싹 못하게 그들의 책임을 다시 져야 하고 화랑동지회의 부상 학생들 책임까지를 걸머져야 하게 되었다.

"도리가 없어, 정면으로 싸워야겠다."

이렇게 말하곤 유태림은 정삼호와 임홍구더러 지금부터 연락할 수 있는 대로 연락해서 내일 학생들을 학교에 나오도록 하고 특히 과외 공부를 지망한 학생들에게 설혹 동맹휴학 때문에 정식수업은 안 하더라도 과외수업은 할 테니 등교하라는 벽보를 써붙이도록 지시했다.

이튿날 학교에 나가 보니 5백 명의 학생이 등교하고 있었다. 대다수가 과외수업 지망의 학생이고 그중 1백 명가량이 화랑동지회 계통의 학생인 것 같았다.

"정식수업은 할 수 없으니 과외수업을 해야겠다."

하고 유태림은 교장, 교감과 여러 직원들에게 통고했다.

두 시간의 수업을 하고 학생들을 돌려보내고는 유태림은 교장을 찾았다. 교장은 정삼호와 임홍구의 처분 문제를 두고 버티지 못한 탓으로 유태림의 힐난이 있을 것으로 알았으나 유는 거기에 관해서는 일언반구도 언급하지 않고 학부형과 동창생, 그리고 교직원의 연석회의를 열자고 제의했다. 연석회의 개최의 진의를 짐작한 교장은,

"학부형 가운데도 상당수의 좌익이 있고 동창생 역시 마찬가지니 연석회의를 열어봤자 소기의 목적을 이룰 수 없을 것인데……"
하고 난색을 보였다.

"소기의 목적이고 뭐고 학교가 위급한 상태에 있으니 무슨 방도를 강구해야 할 게 아뇨?"
하고 유태림이 대들었다.

그런데 동맹휴학은 의미가 없는 것으로 되어 있었다. 학교에 대한 요구조건이란 ①국대안 반대를 지지할 것 ②학생활동의 자유를 보장할 것 ③정삼호와 임홍구를 퇴학 처분할 것, 이상 세 가진데 ①과 ②는 뚜렷한 표명이 있을 수 없는 항목이고 가장 구체적인 것이 ③항, 즉 정과 임의 퇴학이다. 그리고 그 ③항의 요구를 이미 들어준 것으로 되어 있으니 동맹휴학의 실질적 의미가 없어진 것이다. 게다가 3분의 1에 해당하는 학생이 등교하고 있으니 동맹휴학은 실패였다고 보는 것이 옳았다.

교장은 이런 점으로 낙관하고 있어 학부형 동창생 연석회의 같은 것을 해서 새로 사건을 만드는 계기를 피하고 싶었던 것이다.

아니나다를까, 동맹휴학은 사흘을 계속하지 못하고 전교 학생이 등교하게 되었다. 이렇게 된 것은 좌익교사들의 종용이 있었던 까닭이다. 정과 임의 퇴학만으로 1단계의 효과를 거둔 것으로 치고, 시일을 끌고

있으면 이탈자가 늘어만 갈 것이니 교장에게 협력하는 듯한 생색을 내자는 책략이었다.

그러나 유태림은 기어이 연석회의를 성립시키고야 말았다. 그 석상에서 유태림이 정삼호와 임홍구의 처분 취소를 제의한 것이다.

이 제의가 있자 회의장은 수라장이 되었다.

"학생의 처분 문제는 교직원회의에서 다룰 문제이고 교장의 권한에 속하는 것이다."

라는 토의 반대의 발언이 좌익교사 측에서 나오자 유태림은,

"이 학교는 교직원의 학교만이 아니다. 동창생의 학교이기도 하고 학부형의 학교이기도 하다. 교직원이 학교를 과오 없이 운영하고 있을 때면 모르되 지금과 같은 난맥상태를 처리하는 데는 동창생과 학부형의 협력이 있어야 한다."

고 응수하고,

"일사부재리라는 원칙이 있다. 한 번 결정한 건 다시 번복하지 못한다."

는 의견엔, 유태림은,

"혁명을 지지하는 사람들이 일사부재리를 운운하는 것은 가소롭다. 국가도 혁명할 수가 있고 헌법도 수정할 수가 있지 않으냐. 나쁜 결정은 백 번을 번복해도 좋고 옳은 교육은 한 번 결정했다는 그런 형식에 사로잡힐 수가 없다."

고 응수했다. 또,

"일단 결정한 것을 번복하면 학교의 권위가 어떻게 되느냐. 교육을 효과적으로 하자면 교권을 확립시켜야 한다."

는 의견이 있었는데, 이에 대한 유태림의 응수는,

"동맹휴학을 가능케 하고 심지어는 선동하는 것이 교권을 확립하는 것인가. 수업의 정상화를 방해하는 태도가 교권을 확립하는 것인가. 잘못한 결정을 고집하는 것이 교권의 확립에 가까운가. 잘못을 시정해나가는 것이 교권 확립의 길이 아닌가."

"잘못이 있으면 수정할 수도 있다. 그러나 정과 임 같은 테러분자의 처분은 백 번 잘한 일이다. 어떻게 그것을 수정한단 말인가."

"테러가 잘못이라면 왜 학생동맹이 집단폭행을 해서 중상자를 낸 사건은 흐지부지해 두느냐. 수백 명을 상대로 한 행위는 테러가 되고 어린 학생을 집단으로 폭행한 행위는 테러가 아니냐."

"다수의 결정을 혼자서 유린하려는 행동은 용서할 수 없다. 이 회의는 폐회하라."

는 고함이 터졌다. 이곳저곳에서 "폐회!" "폐회!"라는 아우성이 잇달았다.

"나는 정과 임을 처분하지 말자는 얘기는 아니다. 퇴학 처분을 철회하란 말이다. 어떤 처분을 해야 하는가는 동맹휴학을 서둔 주모자 문제와 같이 결정하는 것이다."

장내는 소란을 극했다.

유태림은 교장에게 덤벼들었다.

"당신이 교육자 같으면 정과 임의 처분을 일단 취소하시오. 그렇게 못한다면 교직을 물러서시오. 이것도 저것도 못하겠다면 나 자신이 동맹휴학을 계획하겠소."

"폐회다."

"폐회 선언하라."

그러나 유태림은 끝내 물고늘어졌다.

"처분을 취소하시오."

"대다수의 의견을 무시하고 혼자의 의견에 따르기만 해봐라."

욕설 비슷한 위협의 말도 나왔다.

이때 늙은 동창회 회장(이분은 또 학부형회 회장을 겸하고 있었다) 이 좌익교사들의 회의 진행할 때의 난맥한 언동을 맹렬히 꾸짖고,

"오늘 내가 이 자리에서 보고 들은 바에 의하면 올바른 교육자의 정신을 가지고 시종 절도와 이성을 잃지 않고 발언한 선생은 유선생 한 분뿐이오. 민주주의는 모르지만 학원이 어떠해야 된다는 것, 교사가 어때야 된다는 것은 나도 알고 있소. 들으니 정군과 임군은 수백 명을 상대로 항거했다는데 이유여하를 불구하고 영웅적 학생이오. 폭행을 했다면 벌을 받아야지만 퇴학은 심하오. 또 들으니 정군과 임군의 폭행을 규탄한 학생들이 집단으로 어린아이를 때려 중상을 입혔다고 하니 이것이야말로 비열한 짓이오. 이 학교는 아까 유선생이 말한 대로 선생 당신들만의 학교가 아니오. 수많은 동창생들의 추억 속에 살아 있는 학교이며 이 학교의 명예는 우리들의 명예와 직결되어 있소. 교장선생, 이 난장판의 의견을 모아 어디다 쓰겠소. 당신의 양심에 일임하니 오늘 밤 생각해서서 내일 아침 가부간 선포를 하시오."

이상과 같은 노동창생의 발언으로 수라장은 물을 뿌린 듯 조용해졌다. 회의를 더 이상 계속할 필요가 없었다.

그 익일 교장은 정과 임의 처분을 무기정학으로 고쳤다. 학생동맹이 다시 동요했으나 그걸 가지고 또 동맹휴학을 시작할 수는 없었던 모양으로 학원은 일시 소강상태로 들어갔다. 그러나 학생동맹이 그 끈덕진 공작을 중지한 것은 아니었다. 한 달이 되기도 전에 다시 폭발사태가 나타난 것이다.

정삼호와 임홍구의 퇴학은 취소되었으나 임홍구는 32명의 학우 전원이 학생동맹인 그 학급에 머물기가 싫다고 해서 C시에 있는 다른 고등학교로 전학을 해버렸다.

유태림은 이 사건으로 인해 완전히 반동이란 낙인이 찍혔다. 한국 민주당의 당원이란 소문까지 나돌기 시작했다.

이 무렵 대구에서 손님이 왔다.

내게 걸려온 전화라고 해서 받았는데 서경애의 목소리였다. 유태림과 만날 수 있는 시간과 장소를 알선해달라는 부탁이었다.

이 뜻을 전하자 유태림의 얼굴에서 핏기가 사라졌다. 창백한 화석처럼 넋을 잃은 채 나를 바라보면서 신음하듯 중얼거렸다.

"서경애가 나를?"

유태림의 수기 2

원주신 (상)

E로부터의 자극의 탓도 컸었다. 30수 년 전의 낡은 신문지 속에 기록되어 있는 원주신이란 이름이 내 마음의 일각에 엄연한 자리를 잡았다. 나는 몇 번이고 그 기사를 읽었다.

융희 3년 12월 19일 일본 시모노세키에서 출범해 20일 부산에 입항하는 이키마루에 시모노세키에서 한국인 청년 1명이 탑승했는데 그 선객 명부에는 일본 유학생 원주신이라고 기록했고 나이는 20세인데 20일 오전 6시경에 그 배가 쓰시마섬 오키노우미에 이르렀을 때 홀연 그 청년은 선미 갑판에서 의복을 벗고 만경창파 노도 중에 몸을 투했는데 그 유류물은 가방 1개 중에서 서적 수십 권이요, 서적 중에 그 도장을 찍은 곳은 파기했으며 그 사인은 재일본 송병준을 주살하고자 해 일본에 도항했다가 목적을 미수하고 공연 귀국함이 무면대인無面對人해 울분을 불승不勝해 자살을 수遂한 것이라 운云했더라.

주어가 몇 번을 바뀌면서도 중도에서 중지됨이 없이 하나의 사건을 하나의 문장으로써 서술해버린 이 고색창연한 문체에 한편 유머러스한 느낌을 가지면서도 그 문체가 한말의 어둡고 초급焦急한 분위기를 나타내는 데 잘 어울린다는 감도 없지 않았다. 보다도 이 문장의 저편에 원주신이란 청년의 이미지가, 사라져가는 안개 속에 나타나는 섬 그림자 모양 선명한 윤곽으로 상상 속에 나타나는 것이다.

12월이라면 추운 겨울이다. 오전 6시라면 그 계절엔 아직도 어두운 시간이다. 12월의 찬바람을 안고 발밑에 현해탄의 조소嘲騷를 들으며 서 있는 투신 직전의 원주신. 나이 20세라고 했으니 지금의 나의 나이와 비슷한 때다. 내겐 그 뒷모습이 보이는 듯했다.

그런데 의혹이 수수께끼처럼 남는다. 유류품인 책들을 보니 도장이 찍힌 부분을 찢어낸 흔적이 있었다고 한다. 그러니 원주신이란 일종의 가명이라고 볼 수가 있다. 송병준을 죽이려다가 뜻을 이루지 못하고 자살한 행위는 그런 뜻을 품은 사람의 생각으로선 역사에 길이 남을 행위라고도 자부할 수 있을 것인데 왜 가명을 써야만 했을까.

이에 대한 상식적인 답으로선 본명을 밝혀놓으면 가족이나 동지들에게 누를 미치지나 않을까 하는 마음먹이를 들 수가 있다. 한편 또 다음과 같은 추측도 성립될 수가 있다. 도장 찍힌 부분을 찢어버린 것은 그 책들이 자기의 소유물이 아니라 친구나 동지의 것이었기 때문에 한 짓이고 원주신이란 이름이 본명이 아닐까 하는 사실이다.

하여간 가명이었건 본명이었건 원주신이라고 하면 가족이나 동지, 기타 아는 사람은 알아차릴 수 있었던 이름이 아니었을까. 그렇다면 원주신이 투신자살한 해가 1909년, 당시 20세라고 했으니 1941년인 지금 살아 있다고 하면 52세가 되는 셈이다. 그러니 이 나이 또래의 사람들

가운데 원주신을 알고 있을 사람이 있을는지도 모를 일이다.

그러나 그 사람들을 어떻게 찾아야 한단 말인가. 원주신의 정체를 알아보자고 발끈 서둘고 있는 E에게 나는 그 일의 어려움을 풀밭에 쏟은 수은을 찾아내려는 노릇과 비슷하다고 말했더니 E는 되레 한술을 더 뜨고 나섰다.

"풀밭에서 수은 찾기가 어려웠던 건 옛날얘기다. 유군은 화학을 한 페이지도 배워보지 못한 사람처럼 얘기하고 있구먼. 수은이 떨어진 장소만 대강 알면 그곳을 중심으로 한 자 사방이든 열 자 사방이든 한 구역을 흙덩이리와 함께 몽땅 풀을 도려내는 거야. 그래 가지곤 그걸 일정한 그릇에 담아 분리작업을 하면 간단하게 수은은 나타나게 마련이야. 수은값과 작업비와의 차액이 문제가 되었으면 되었지 수은 찾기란 문제도 안 돼. 과학의 발달이 격언 하나를 얌전하게 매장한 셈이지. 원주신을 찾아내는 문제는 그런 정도가 아닐 거다."

"그러면 불가능하다는 얘기가 아닌가."

하고 나는 중얼거렸다. 이에 대한 E의 대답은 이러했다.

"그러니까 해볼 만한 일이 아닌가. 추상적인 사색, 꾸며진 얘기 같은 것엔 질렸어. 뭐든 실체가 있는 것을 찾아야겠어. 인물이건 골동품이건. 원주신은 그런 의미에서 적당한 대상이다."

다음에 떠오르는 의혹의 하나는 원주신이 왜 송병준의 주살을 포기하고 자살해버렸을까 하는 문제다. 자살한 것을 보면 원주신이 죽음을 두려워한 인물은 아니었다. 일단 뜻을 세웠으면 사불리事不利해서 상대편에게 맞아죽든지 체포당하든지 할망정, 끝까지 버티어 덤벼볼 일이지 왜 호락호락 투신자살을 하고 말았단 말인가.

이에 대해 E는 이러한 해석을 했다.

"원주신이 송병준을 죽일 명분을 스스로의 내부에서 분실한 탓이 아닐는지. 이렇게도 생각할 수 있거든. 송병준을 없애버리는 것이 나라와 민족을 위하는 길이라고 당초 원주신은 그렇게 생각하고 행동을 일으켰는데 세상 돌아가는 모양과 사태가 발전되어가는 상황을 지켜보고 있는 동안에 원주신의 생각에 변화가 일어난 거야. 송병준이 하는 짓이 비열하고 추잡하기는 하지만 결과적으론 송병준이 행동하는 방향으로 낙착되고 말 것이 아닌가, 송병준이 하는 짓을 옳다고는 못하지만 불가피한 대세를 반영한 짓이라고 할 수 있지 않을까, 이런저런 생각을 하다가 원주신이 딜레마에 빠져버린 것일 게라고 상상해볼 수도 있잖겠어? 송병준을 죽여봤자 대세를 어떻게 할 수도 없고 그렇다고 해서 본래 먹었던 뜻을 굽힐 수도 없고 그런 결과, 풀 수 없는 딜레마를 자살로써 포기해버리자는 염세행동이었다고 볼 수 있잖아? 송은 죽어도 세상은 송의 뜻대로 돌아가리라는 예상은 원주신 같은 순진한 청년에겐 견딜 수 없는 강박관념이 아니었겠어? 송을 죽임으로써 송을 영웅화하는 결과가 될지도 모르니 말야. 하여튼 원주신은 벅찬 짐을 진 게지. 백이숙제의 절개를 본뜬 행위라고도 할 수 있을는지 몰라. 그러면 나는 원래 주실周室의 신하란 뜻을 따서 원주신이라고 했을 거라는 자네의 추측에도 들어맞는 것으로 되잖아?"

나는 E와는 다르게 생각하고 있었다. 넉넉한 자금도 없고 효과적인 무기도 없는 단지 우국의 열정만을 가진 청년이 송병준 같은 거물을 추적하다가 맨손밖에 없는 자기의 힘으론 불가능한 일이라는 것을 깨닫게 되어 스스로의 격정에 겨워 분김에 투신자살한 것이 아닐까, 하고.

그랬는데 E의 얘기를 듣고 보니 이런 나의 소견이 너무나 단순하다는 생각이 들었다. 그만큼 E의 해석에는 날카로운 점이 있었다. 그러나 날카로운 반면 지나친 구석도 없지 않다고 생각했다. 20세밖에 안 된 청년 원주신에게 E가 말한 대로의 대국을 파악할 견식이 있었을까, 하는 점도 의심스러웠거니와 송병준의 행동방향을 불가피한 방향처럼 단정해버리는 E의 의견에 간단하게 동조하기 싫은 반발도 없지 않았다. 이런 반발을 눈치챈 E는 이렇게도 말했다.

"정열 없이 역사를 읽어서도 안 되지만 역사를 읽을 땐 어느 정도 주관을 객관화시키려는 마음먹이가 필요하지 않을까. 군의 덕택으로 일본과 한반도가 합방할 무렵의 자료를 꽤 많이 읽었는데 그 결과 내가 얻은 결론은 이랬어, 송병준이란 자의 인품이 비열하고 그자가 쓴 책략은 추잡하기 짝이 없지만 그자의 행동방향, 그자가 내세운 목적은 옳았다고까진 말할 수 없어도 불가피했던 것이 아니었을까 하고. 결과적으로 그렇게 되어 있지 않나, 이 말이다. 다른 방향은 상상할 수도 없거든."

증거로서의 현실이 그렇게 되어 있는 데야 내게 할 말이 있을 수가 없다. 그러나 뭔지 그 의견에 동조하기 싫은 기분이 솟았다. 나는 송병준 같은 놈들만 없었더라면 역사가 다르게 씌어질 수도 있었을 게라고 짤막하게 말했다.

"클레오파트라의 코가 조금만 낮았더라면! 하는 얘긴가?"

E의 이렇게 말하는 입 언저리에 웃음이 있었지만 그것은 결코 비웃는 웃음은 아니었다. E는 내 말의 내용에 착목하기보다 내가 극도로 말을 절약하는 데 주목한 것 같았다. 그러니까 다음과 같은 말이 나온 것이다.

"유군은 내게까지 경계하고 드는 눈치 같은데 제발 그러질 말게. 나를 일본인을 대표하는 사람으로 보지 말고 친구로서 대해주면 고맙겠다. 나는 군과의 우정을 키우고 싶어. 군이 반도인이라고 해서 하는 말이 아냐. 같은 나이의 학생으로서 하는 말이야. 우리끼리만이라도 진실을 겁내지 말고 사귀자는 거다."

내가 이 문제에 관한 한 말을 절약한 것은 사실이었다. 그러나 그것은 E를 경계한 때문이 아니다.

'송병준 같은 놈들만 없었더라면.'

하고 곧 덧붙여

'일본의 야망이 없었더라면.'

하는 말을 할 작정이었는데 그런 말 자체가 쑥스럽게 느껴져 빼버린 것이다.

약육강식하는 생존경쟁의 마당에서 약한 자가 강한 자의 야망을 책하는 꼴보다 치사스러운 꼴이란 없다. 대국과 강국의 자의대로 세계의 지도가 시시각각으로 변하고 있는 상황 속에서 유독 일본에게만 도의와 인도주의를 요구한다는 건 도무지 우스운 얘기다. 한반도의 비극과 불행은 한국인의 책임으로 다루고 설명해야 할 문제이지 남을 탓할 성질의 것이 아니다. 그래 일본을 탓하는 것 같은 냄새가 있는 말을 절약해버린 것이었다.

이런 뜻을 말했더니 E도 수긍이 가는 모양으로,

"유군이야말로 한국인으로서의 진실한 프라이드를 가진 사람."

이라는 말을 했다.

이 말도 내겐 또한 뜻밖인 것이었다. 나는 이때까지 한 번도 한국인으로서의 프라이드를 의식해본 적이 없었기 때문이다. 부끄러운 얘기지만 사실은 어떻게 할 수가 없다. E는 나의 의아한 표정을 눈치챘음인지 자기가 Y고등학교에 다녔던 때의 얘기를 했다. Y고등학교에서의 E

의 학급에 한국인 학생이 두 사람 있었다. 하나는 굽이 높은 게다를 신고 꽁무니에 수건을 차는 등 일본인 학생이 하는 짓을 그대로 하는 학생인데 일본말을 일본인 이상으로 썩 잘했다. Y고등학교가 있는 야마가타山形는 동북지방의 소도시여서 동북 사투리를 쓰는 학생이 많을 수밖에 없었는데 그런 무리들 사이에서의 그의 일본말은 표준말일 뿐 아니라 퍽이나 세련되어 있어 성명을 밝히지 않으면 아무도 그를 한국인으로 보지 않았다. 그런데 이 학생은 뭐든 일본인 학생에게 앞서지 않으면 배겨내지 못하는 성미를 가졌었다. 사실 수재이기도 했다. 그러나 사람이란 골고루 다 잘할 순 없는 것이어서 뭣에든 우월하려는 그 학생의 언동은 동료 학우들에게 호감을 사지 못했다. 드디어는 그의 장점이라고 쳐주어야 할 일본말 잘하는 재간까지 얄밉게 보이게끔 되었다. 그러니까 자연 학우들과 소원하게 될 수밖에 없었는데 그것을 또 그는 자기의 우월성에 대한 일본인들의 질시라고 생각한 모양으로 이상한 포즈를 취하고 학우들에게 대했다. 다른 하나는 이완 전연 대조적인 학생이었다. 교우회지 같은 데 발표한 문장을 보면 일본문을 제법 구사할 줄도 아는 친구인데 말을 시켜보면 엉망이었다. 얘기를 걸고 싶어도 그 고통스러운 발음을 듣기가 거북해서 외면해버릴 정도로 일본말이 서툴렀다. 게다를 신는 법도 없고 수건을 차는 법도 없었다. 전 세계의 고민을 혼자 짊어진 것 같은 심각한 표정을 하고 언제나 홀로 돌아다녔다.

E가 보기엔 한국 출신의 학생이면서 두 사람 사이에 전연 교제가 없을 뿐 아니라 서로가 서로를 경멸함으로써 자기 나름의 프라이드를 삼고 있는 것 같은 인상마저 풍겼다고 한다.

"그러나 나는 그들을 업신여기진 않았다. 한국인이라는 사실이 그처럼 힘겹게 작용하는 것일까 하는 생각은 해보았다. 그래 나는 한국 학생의 타입을 그 두 종류밖에 없는 것이라고 생각했다. 내가 만일 한국인 학생이더라도 그 둘 중의 어느 하나일 게다, 이렇게 생각하고 있었지. 그랬는데 여기서 군을 만났거든. 전연 다르단 말이야……."

나는 얼굴이 붉어지는 얘기는 그만두라고 하고 원주신을 찾아내는 구체적인 계획이나 세워보자고 했다.

E와 나는 제1단계로서 다음과 같이 하기로 합의를 보았다.

① 도쿄와 오사카의 대신문과 한국 내에 있는 대신문에 간단한 사정을 알리는 광고를 내자.

② 한반도에 있는 중등학교 상급학년 급장에게 『대한매일신보』 기사를 등사한 것과 함께 전교 학생을 동원해서 원주신을 아는 사람이 있는가를 찾아달라는 호소문을 내자.

③ 조선총독부 직원록을 참고로 해서 각 면의 국민학교 한국인 교원 가운데 가장 서열이 낮은 교원에게 ②항과 같은 식으로 호소문을 내자.

① ② ③에 관해서 현상금을 걸까 하는 아이디어도 나왔으나 액수 문제가 있고 해서 목적 인물을 찾은 분에게 적당한 비용을 지불하겠다고만 하기로 하고,

④ 방학을 이용해서 시모노세키와 부산에 머물러 관부연락선 당시 종업원을 찾아보자.

⑤ 기타 때때로 생각이 나는 대로 수단을 써보자.

이와 같은 계획을 한 것만으로도 우리는 큰일을 한 것같이 유쾌했다. 그날 E는 우에노上野에 있는 잇사一茶라는 고급 요정에서 저녁식사를 한턱내겠다고 우쭐댔다(잇사라는 요정은 정식 전문의 집인데 보통 식당에서 한 사람꼴 30전이면 먹을 수 있는 것을 한 사람꼴 5원씩이나 받

는 요정이다).

잇사로 가는 도중 E는 이왕 거길 갈 바엔 H를 데리고 가자고 했다. 나는 좋다고 했다. 그랬더니 한국인 친구 가운데 초청할 만한 사람이 없는가고 E가 물었다. 나는 두세 사람을 마음속에 꼽아보았으나 아무래도 자리에 어울릴 것 같지 않아서 사양하기로 했다.

H는 유행작가로서 차츰 그 성가를 올리고 있는 후나바시 세이이치 舟橋聖一의 아우다. H의 전력을 알게 된 교련교관이 그의 퇴학을 요구하자 문과교수 전원이 총사직을 내걸고 이에 대항하는 바람에 교련교관이 퇴학요구를 철회한 사건—극비리에 있었던 일이어서 일반 학생은 모르고 있었지만 나는 알고 있었다—그런 사건이 있은 직후여서 얘깃거리가 많을 것이라고 청한 것이었는데 그날 밤 H에 관한 이야기를 자신의 입을 통해 소상하게 들을 수 있었다는 것은 유익한 일이었다.

H는 처음엔 자기의 과거에 대해서 좀처럼 입을 열려고 하지 않더니 나와 E가 하도 조르는 바람에 마지못해 이야기를 시작하게 된 것이다. 시골에 사는 노인의 눌변을 닮은 어조였지만 차근차근 쌓아올리는 것 같은 화술이 그의 매력이었다.

"지금으로부터 5년 전, 그러니까 소화 12년, 지나사변이 발발한 해다. 당시 나는 M고등학교의 2학년이었다. 마르크스주의에 홀딱 빠져서 몇몇 친구들과 독서회를 가졌었지. 물론 학교 당국엔 비밀로. 그런데 그런 정도면 대단할 것도 없었지. 폭로되었댔자 정학 처분을 받았을 정도일까? 그러나 일본의 정치가 급속하게 반동화하는 방향으로 굳어지는 바람에 나의 의식도 급속도로 날카로워져서 아카데믹한 독서연구의 범위 안에 머물고 있을 수 없는 심정이 되어버린 거야. 어떻게 해서라도 이 진흙과도 같은 전쟁에서 일본 인민을 구출해야겠다고 서둘게 된 거지. 지금 생각하면 요절할 일이지만 그땐 대단히 엄숙했던 거야…… 어떻게 해야 하나 하고 골똘하게 생각한 끝에 본격적인 실천운동을 하기 위해선 프티 부르주아적인 학생생활을 포기하고 노동자가 되어야 한다고 생각했지. 그리고 동지 8명 가운데서 그 반수인 4명이 제1차 실행파로서 선발되었다. 나는 지원해서 그 속에 끼었다. 순수하지?

이듬해 정월, 우리들 실행파는 오쿠닛코娛日光에 스키하러 간다면서 나왔다. 잔류파 한 사람으로 하여금 오쿠닛코에서 카무플라주하는 엽서를 띄우게 하고 우리들은 만주로 날아버렸다. 아버지와 어머니는 아무리 기다려도 돌아오지 않으니 틀림없이 산에서 조난한 줄 알고 경찰에 수색원을 냈던 모양이지만 만주에 가버린 놈들을 찾아낼 턱이 있나…… 굉장히 걱정을 한 모양이야. 부모님을 슬프게 하는 것은 나의 본의가 아니었지만 부모님께 의논해봤자 허락할 리 만무이고 비상수단을 쓸 수밖에 없었던 거지.

우리들은 봉천시奉天市의 남시장南市場이란 만인가滿人街에 아파트를 빌려 들었다. 그 근처는 매춘굴이며 마약굴이 웅성거리고 있는 누추한 곳이고 우리들이 일본인인 줄을 알면 무슨 변을 당할지 알 수 없는 곳이었다.

나는 거기서 미야다宮田 제작소란 공장에 견습공으로 들어갔다. 당시 그 공장은 군수공장이어서 주로 전투기를 만들고 있었다. 내가 맡은 일은 비행기의 날개와 부분품에 도료를 바르는 일이어서 별반 힘들지는 않았다.

이렇게 해서 나는 노동자가 되기는 했지만 노동운동을 하자면 어떻게 해야 할지 알 수가 없었다. 노동조합이란 것도 없고 게다가 노동자의 대부분을 차지하는 만인滿人 노동자는 거의 절대적으로 일본인을 신용하지 않는다. 이편에서 친밀한 정을 표시할수록 더욱 경계하게 되니 도리가 없었다.

우리들이 실천운동의 장소로서 만주를 택한 것은 만주가 일본 제국주의의 침략을 받은 땅이니 그곳에서 노동운동을 하는 것이 뜻깊은 일이라고 생각했기 때문이다. 그러나 우리들의 기도는 그런 사정으로 해서 완전히 좌절되고 말았다. 정세 판단이 워낙 안이했던 거지. 우리들은 반년쯤 만주에 있다가 일본으로 돌아와버렸다.

우리들의 목표는 중공업 노동자가 되어 그 속에서 혁명적 조직을 만드는 일이었다. 그런 목적으로 우리들은 나고야의 미쓰비시 중공업에 들어가려고 했다. 그 준비로서 나는 어떤 하청공장의 선반공 견습이 되었다.

소화 14년 6월의 어느 더운 날이었다. 늦잠을 자고 있던 나는 돌연 내 이름을 부르는 소리를 듣고 잠을 깨었다. 난데없이 4, 5명의 사나이가 덤벼들더니 나를 억누르곤 수갑을 채웠다. 그들은 특고계特高係 형사들이었다. 형사들은 내가 피스톨이라도 가지고 있을 것이라고 상상한 모양이었다. 그래서 옷도 제대로 입지 못한 채 묶여서 나고야의 가도마마에門前 경찰서의 유치장 신세가 되었다.

1주일 후, 나는 도쿄로 호송되어 쓰키지築地의 수상서水上署에 익년 2월까지 7개월 간 유치되었다. 그 뒤 스가모巢鴨의 미결 구치소에 옮겨져 6개월 후, 그러니 재작년 8월에 보석이 되었다. 미결에서 나는 목마른 사람이 물을 마시듯 책을 읽었다. 물론 구치소에 차입된 책엔 제한이 있다. 종교서적, 교육서적뿐이다. 빅토르 위고의 『레 미제라블』같은 건 장발장의 탈옥하는 장면이 있다고 해서 허가가 되지 않으니 알 만하지. 그러나 그때까지 마르크스주의의 책만 읽고 있던 내겐 불교철학과 자연과학의 책이 참으로 신선한 감동이었다.

그해의 12월 도쿄지방 재판소에서 공판이 열려 나는 징역 2년 집행유예 3년의 판결을 받았다. 죄명은 치안유지법 위반. 자네들, 이 치안유지법이란 것을 아나? 그 제1조라는 것은 이렇다.

국체를 변혁할 것을 목적으로 결사를 조직한 자, 또는 결사의 역원 기타 지도자로서의 임무에 종사한 자는 사형 또는 무기, 또는 7년 이상의 징역에 처하고 그 점을 알고 결사에 가입한 자, 또는 결사의 목적 수행을 위한 행위를 한 자는 2년 이상의 유기징역에 처한다.

내가 걸려든 부분은 제1조의 마지막 부분, 즉 공산당의 목적 수행을 위한 행위를 한 자라는 것이다. 그런데 정직하게 말해서 내가 한 행위란 뭐이었을까, 학생의 신분을 포기하고 노동자가 된 것뿐이다. 실천운동을 하려다가 그것을 실천에 옮기기 전에 검거된 것이다. 검사국은 공소유지를 위해서 죄상의 체제를 갖추어야 했던 모양이다. 이건 나의 경우뿐만이 아니고 나와 같은 시기에 검거된 오우치 효에大內兵衛 등 교수 클럽과 유물론 연구회의 멤버들에 대한 경우도 검사들이 상당히 골치를 앓았던 것 같다.

우리들은 결국 중국공산당과 결탁해서 반전운동을 일으킬 목적으로 만주로 간 것인 양 사건이 날조되고 말았다. 이렇게 되면 대단한 죄다. 자칫하면 일종의 분적행위奔敵行爲로 몰려 군형법에 걸릴 염려조차 있었다.

그런 까닭에 나는 나에게 집행유예의 은전을 베풀어준 재판관에게 감사하고 있다. 공판이 끝나자 나는 보호감찰을 받는 몸이 되었다. 특고는 언제나 나를 마크하고 있다. 그러니 자네들은 나와 교제하다가 터무니없는 오해를 받을 염려가 있으니 각별히 조심해야 되네……

그 후 매일 책이나 읽고 영화나 보고 하면서 빌빌 놀고 있으니까 형이 불쌍해서인지 나를 이 학교에 넣어준 거야. 덕분에 유군을 알게 되고 E군도 알게 되었으니 고마운 얘기가 아닌가."

H가 긴 얘기를 끝냈을 때 나는 존경의 마음을 담뿍 술잔에 부었다. 나보다 두세 살 위밖엔 안 되지만 사상의 호오好惡는 불구하고 그 경험의 심각함에 머리를 숙이지 않을 수 없었다. E도 같은 느낌인 것 같았다. 물끄러미 탁자 위를 바라보고만 있더니,

"배속장교 문제는 어떻게 된 거야."

하고 물었다.

"신상조서나 이력서에 집행유예 중에 있다는 것을 기록하지 않았거든. 뒤늦게야 배속장교가 안 거야. 그래 한 소동 있었던 것 같은데 무난하게 해결이 됐어 배속장교가 나를 부르더니 훌륭한 형님의 명예를 더럽히지 않도록 하고 충량한 시민이 되라고 훈시를 하더구먼. 최선을 다하겠다고 말했지."

E는 머뭇거리는 눈치이더니 용기를 낸 듯한 어조로 다시 H에게 물었다.

"지금도 마르크시즘에 대한 신앙은 변함이 없나?"

"아냐, 전향한 지 오래야."

H의 대답은 결연했다. 너무나 결연한 대답 때문인지 E는 어리둥절한 표정이 되었다. H가 말을 이었다.

"검사 앞에서 한 전향은 정직하게 말하면 일종의 위장 전향이었어. 일종이란 단서를 붙이는 것은 전향을 해도 좋다는 감정은 있었는데 이론적으로 스스로를 납득시킬 만한 전향의 근거가 되어 있지 않았거든. 그런데 이 학교에 와서 고바야시 히데오小林秀雄 선생의 강의를 받으면서부터는 완전 전향을 했어."

"고바야시 선생의 강의에 공산주의, 아니 마르크시즘을 완전 극복할 수 있는 게 있었나?"

안경 너머로 E의 눈이 번쩍했다.

"누가 공산주의의 완전 극복이라고 말했어. 내가 완전 전향을 했다고 말했지. 공산주의는 극복할 수도 극복될 수도 없는 성질의 것이다. 그것에 빠져버리든지 벗어 나오든지 가까워지든지 멀어지든지 신봉하든지 전향하든지 할 수 있을 뿐이지 그것은 좋건 나쁘건 일반론으로써 극복될 수는 없는 사상이다. 다시 말하면 반대할 수도 찬성할 수도 있지만 극복이나 부정될 수는 없단 얘기지. 그러니 나의 경우 공산주의를 극복한 것이 아니라 전향했다고 하는 것이 옳다."

"극복 없는 전향은 자기기만이 아닐까."

E는 조심스럽게 말했다.

"후지노미야富士宮로 가는데 후지산을 넘지 않고 미노베선身延線을 타고 가겠다는 것이 자기기만인가. 교토京都로 가는데 도카이도선東海道線을 타지 않고 호쿠리쿠선北陸線으로 가려는 것이 자기기만인가? 공산주의야 어떻게 되건 그것관 상관없이 인생을 살겠다고 마음먹은 것이 자기기만인가?"

언제나 침착한 H도 다소 흥분한 것 같았다.

나는 H와 E의 응수를 들으면서 엉뚱한 것을 생각하고 있었다. H 자신은 자신이 한 짓을 대단하지 않은 것처럼 말하고 있지만 2년 징역에 3년 집행유예란 S고등학교에서의 독서회 사건에 비하면 너무나 관대한 처분이다. 고향을 그리는 시 한 편을 썼다고 2년의 실형을 받은 조선인 친구가 있었던 것이다. 그만한 차별대우는 감수해야 하는 것일지도 모른다. 나는 돌연 E와 H가 먼 거리에 있는 사람처럼 느껴져서 술맛을 잃었다.

E와 H의 토론은 끝가는 데를 몰랐다.

H "그런 뜻에서 내겐 고바야시 선생이 중요한 거야. 선생의 강의로 공산주의를 극복하게 된 게 아니라 공산주의와 무관한 사상으로 되레 인생을 발랄하게 파악하고 날마다 새롭게 살 수 있다는 계시를 받은 게지."

E "모래알 속에 빛나는 진주 같은 것, 그런 것이 고바야시 선생에겐 있지. 그러나 그러한 편편片片의 진실은 있을망정 고바야시 선생을 통해서 진리에 이를 수 있을 것 같진 않은데……."

H "그 편편의 진실이 소중한 게 아냐? 내가 커다란 충격을 받은 것도 그런 진실에서였다. 고바야시 선생은 사관을 지도에 비유하고 있거든. 유물사관도 일종의 지도와 같은 것이라고 했다. 지도는 그것이 아무리 정교하게 꾸며진 것이라도 실제로 있는 토지와는 다르다는 거다. 미국의 지도를 보고 미국을 알았다고 할 수 있을까? 마찬가지로 유물사관이란 지도를 가졌다고 해서 역사를 파악한 것으론 되지 않는다는 얘긴데 공산주의자들은 일종의 지도에 불과한 것을 절대 최고의 지도인 양 알고, 그걸 지도라고 생각하고 있는 정도면 또 괜찮은데 그것이 바로 역사 자체인 양 알고 있고 남에게도 그렇게 덮어씌우려고 하니 탈이란 뜻의 말을 했거든. 나는 그 말을 듣자 그때까지 그렇게 매력이 있었던 유

물사관이 낡아빠진 의상을 두른 허수아비처럼 보이기 시작했다."

얘기는 어느덧 고바야시 히데오와 미키 기요시三木清의 비교론이 되었다.

E는 미키를 높이 평가하고 H는 고바야시를 높이 평가했다.

E는,

"고바야시는 작가의 작품을 일류의 요리사가 재료를 다루듯 탁월한 센스를 가지고 먹음직하게 쟁반에 담아 보이는 솜씨꾼에 불과하고, 미키는 세계의 문제 속에서 가장 본질적인 것을 골라 그것을 테마로 독창적인 진리를 발굴하려는 철학자."

라고 하면 H는,

"미키야말로 선배가 지시한 노선에 따라 충직하게 길을 걸으며 탁월한 센스로 뜻밖의 열매를 줍기도 하는 솜씨꾼이며 고바야시는 예리한 감정으로 문제의 핵심을 파악해선 희귀한 지성으로써 그것을 분석하고 재구성함으로써 시대를 지도하는 일류의 평론가."

라고 맞섰다.

E는 또한,

"고바야시의 경우 레토릭을 추구하는 과정에 메리트가 나타나고 미키의 경우는 메리트가 레토릭을 동반한다."

고 하고 H는,

"고바야시의 레토릭은 메리트 본연의 광채로써 나타나고 미키의 레토릭은 때론 성공한 경우도 있지만 대개의 경우 대竹에다 감枾을 접한 것처럼 부자연하다."

고 응수했다.

언제 토론이 그칠 줄 모르자 조추女中가 어려운 얘기들은 그만하고 재미나는 얘기를 하라고 겸손하게 말을 걸었다.

H는,

"지금 우리는 현대 일본의 최대 문제를 토론 중이다."

하고 피식 웃었다.

"결론적으로 말하자."

E가 강한 어세로 나섰다.

"적어도 미키에겐 인생을 어떻게 살아야 하느냐 하는 문제의식이 강하게 작용하고 있지만 고바야시에겐 인생에 어떻게 처해야 하는가 하는 처세의식밖에 없는 것 같아."

"그런 분류는 무의미하다. 어느 정도로 철저한지가 문제지. 인생을 어떻게 살아야 하느냐의 문제의식도 철저하지 못하면 아무것도 아니고 처세의식도 철저하면 올바른 생에 통하는 것 아냐?"

H는 여기까지 말하곤 나를 돌아보며,

"심판은 유군에게 맡기자."

고 했다.

사실 고바야시와 미키의 문제는 현대 일본의 최대의 문제가 아닐 수 없다. 학생이면 일본에선 고바야시의 제자가 되거나 미키의 제자가 되거나 해야 되기 때문이다. 그러나 내게 이자택일을 하라고 하면 난처하다.

같은 주제를 취급한 것을 예를 들어본다면 미키에겐「파스칼에 있어서 인간의 연구」라는 것이 있고, 고바야시에겐「생각하는 갈대에 관한 생각」, 기타 파스칼에 관한 단편이 있다. 미키는 하이데거류의 분석적 방법과 해석적 방법을 구사해서 파스칼이 생각하고 있는 인간 존재를 훌륭하게 부각시켰다. 그런데 이것은 어디까지나 계몽적이기 때문에 의미가 있고 교양적이기 때문에 가치가 있는 연구인 것이다. 그만큼 계몽적·교양적인 범위를 넘어서지 못하고 있다.

한편 고바야시는 파스칼이 말한 '사람은 생각하는 갈대'라는 것을 '사람은 약하다, 그러나 생각하는 능력이 있다.'는 식으로 해석해서는 안 되며 '사람은 갈대처럼 생각해야 한다.'는 뜻으로 해석해야 한다고 함으로써 파스칼적 사고의 핵심을 찌르고 있다.

미키는 계몽적으로 파스칼에 있어서의 인간 존재를 추출해냈는데, 고바야시는 미키의 책 10분의 1 분량도 안 되는 분량으로써 파스칼적 사고의 중심을 해명해냈다. 이 점이 두 사람을 비교하는 데 특히 중요하다.

미키는 노선을 정하고 착실하게 광맥을 찾아나가고 고바야시는 진실이 있다고 생각한 곳이면 아무 곳이든 파헤친다. 그렇다고 해서 전자에는 체계가 있는 데 장점이 있고 후자에겐 체계가 없으니 단점이라고 말할 수 없다. 이 두 사람이 죽고 난 뒤에 평가해야 할 문제로서 남는다. 체계, 반드시 장점이 될 수 없는 것이지만 지금은 이곳저곳을 파헤쳐놓은 것같이 산만한 느낌이지만 평생을 끝낼 때는 그것이 훌륭한 광장으로 닦아져 굉장한 건물이 세워질는지도 모르는 까닭이다.

조잡하게 말하면 미키는 아직까지는 명치 이래의 계몽적 교양적 선상에서 일하고 있고, 고바야시는 일약 문화적인 국면 속에서 화려하게 활약하고 있다고 할 수 있다. 그러나 고바야시의 활약은 미키와 같은 계몽적 교양적 노력을 꾸준히 하고 있는 존재를 전제로 해야만 결실이 있다고 생각한다. 그러니 그들의 우열을 말할 단계도 아니고 황차 이자택일을 할 성질도 아니며 꼭 같이 선생으로서 모셔야 할 사람이다.

대략 이상과 같은 내 말이 끝나자 H는 나를 새롭게 알게 된 사람을 대하는 눈초리로 바라봤다. E는 나의 말에 약간의 불만이 있는 모양이었다.

"고바야시는 세월이 가면 낡아버릴 페인트로써 그리고 있는 화가, 미키는 몇천 년을 지탱할 수 있는 건축가다."

하면서 시비를 다시 시작하려는 것을 H는,

"심판의 판정이 있었으니 토론은 이 정도로 끝내자. 내가 졌다."

고 받아넘겼다.

원주신을 찾는 문제로 화제가 넘어갔다. H의 견해는 이러했다.

"좋은 역사공부가 되는지 모르지. 그러나 밖으로 재료를 찾는 동시에 내부에서 원주신을 찾아야 하네. 유군의 내부에 있는 원주신을 찾아야만 역사가 성립되는 거다. 그렇다고 해서 내부에서만 찾고 외부의 재료를 찾지 않으면 소설이 되고말고. 나도 응분의 협력은 하겠어. 그런데 재료수집의 표면엔 E가 나서는 것이 좋을 거다. 유군의 입장도 미묘하고 나의 입장도 그렇고 하니……."

다음엔 사랑의 얘기가 나왔다. 모두들 사랑에 굶주린 청년들이기에 사랑의 얘기는 간절했다. 그러나 이것은 다음에 기록하기로 한다.

적당하게 취해 상기된 뺨에 초여름 밤, 우에노 공원의 바람은 시원하고 부드러웠다. 사이고西鄕 동상 밑에서 오줌을 깔기면서 아까의 기염은 간 곳도 없이,

"빨갱이는 전향을 했건 안 했건 군대엘 보내 소만 국경에 끌고 가선 등뒤로부터 팡 하고 쏘아 죽인대."

하는 H의 말이 흐느끼는 소리같이 들렸다.

'진실하게 살려는 것이 이처럼 어려운 일일까?'

나도 모르게 눈물이 뺨 위로 흘러내렸다. 닛보리日暮里 쪽을 바라보

고 선 E의 뒷모습도 울고 있는 사람의 뒷모습이었다.

지금 다니고 있는 학교의 조선인 학우들에게 의논해볼까 하는 생각이 없진 않았지만 이러한 마음을 먹게 된 동기의 설명이 구차할 것 같아서 그만두기로 했다. 보들레르니 지드에게 한창 미쳐 있는 그들에겐 원주신이란 케케묵은 인물의 얘기를 꺼내봤자 십상팔구 통하지 않을 것만 같았다.

그러나 최군과 황군에겐 의논하지 않을 수 없었다. 최군과 황군은 내가 S고등학교에 있었을 때의 동학급 친구다. 독서회 사건으로 징역살이를 하다가 풀려 나온 사람 가운데 최와 황만이 도쿄에 남아 있다. 황은 '아테네 프랑세'에 적을 두고 놀고 있었고, 집의 사정이 넉넉하지 못한 최는 아사가야阿佐谷라는 데서 우유배달을 하고 있었다. 굶어 죽지 않을 정도로 돈을 벌면 된다는 그는 아침과 저녁때에 두세 시간 노동을 하면 공부할 시간을 만들 수 있는 우유배달을 택한 것이었다.

나는 최군과 황군을 한자리에 모아놓고 원주신을 찾는 얘기를 꺼냈다. 승낙만 한다면 우유배달을 해서 버는 돈의 갑절을 내겠다고 했다. 강직한 최는 명분 없는 돈을 받을 수 없다고 우리들이 도와주려고 몇 번인가 제의한 것을 거절하고 있었던 것이다. 내게서 소상한 얘기를 들은 최는 깔깔대고 웃었다.

"너 나를 한 번 더 형무소로 보내고 싶은 모양이구나."

나는 순수한 학문적 호기심으로 하는 일인데 어떻게 그런 일이 있을 수 있겠느냐고 말했다.

"우리가 교토에서 한 독서회에는 순수한 학문적 호기심 이외의 것이 있었나?"

최의 얼굴은 갑자기 침울해졌다.

"유군! 들어 봐! 오늘도 형사가 다녀갔어. 정말 귀찮아서 죽을 지경이야. 다행히도 우유점 주인이 에돗코(도쿄 토박이)가 돼서 협기를 부려 형사들을 쫓아주는 바람에 겨우 숨을 쉬고 있는 거야. 이런 형편인데 그 원주신인가 뭔가를 찾는 사업을 시작해 봐. 별의별 추측을 다 하고 덤빌 것이 뻔하잖아."

들어보니 그럴 것도 같았다. 이때 나의 얼굴에 일종의 망설임이 나타났는지 모른다. 최는 또 이런 말을 했다.

"E라 했나? 그 일본인 친구. 그 사람을 앞장세워! 너는 그 사람을 돕는 것처럼 하고. 그러니 주저할 건 없어. 내 형편은 그렇게 안 되지만 E란 자가 그렇게 나서준다면 우선 경찰의 방해는 피할 수 있을 거야. 그리고 나는 자연스럽게 알아볼 수 있는 데까진 알아보지."

황은 묵묵히 앉아만 있다가 불쑥 이렇게 물었다.

"원주신을 찾는 목적은 뭐지?"

나는 뚜렷이 할 일이라곤 없으니까 당시의 상황도 알 겸, 이어 우리의 처지를 역사적으로도 밝혀 볼 겸 하는 짓이지 별다른 목적이 있겠느냐고 했다.

황은 손을 내저으며,

"그만두게. 우리의 역사는 모르는 것이 약이다."

라고 하면서 이어,

"그런 것을 모르면 억지로라도 우리는 프라이드를 지탱할 수가 있다. 우리의 불행, 우리의 비운을 남에게 돌리고 슬픈 민족으로 태어난 청년의 제스처를 모방할 순 있어. 그러나 우리의 역사를 알고 나면 비굴하게 될 것 같애. 비굴해지면, 마음이 약해지면 그땐 노예근성이 싹트게 될지 몰라. 제발이지 우리의 역사를 알려고 하지 말게."
하며 사뭇 울먹이는 것이다.

지나칠 정도로 온순하고 마음이 약한 황군의 성격을 알고는 있었지만 이런 말은 그저 흘려들을 얘기가 아니어서 어떻게 그런 단정을 할 수 있느냐고 따졌다. 우리의 역사를 알아서 내가 민족주의자가 되어보겠다는 것은 아니라고 전제를 하고.

황은 조용하게 다음과 같은 얘기를 했다.

"두 달 전쯤인가, 나는 이상백李相佰 선생을 자택으로 찾아갔어. 반갑게 맞아주셨어. 나는 선생님께 물었다. 우리가 자랑으로 하고 그분을 배우고 그분을 외국에 소개함으로써 우리의 프라이드로 삼을 수 있는 인물이 우리 역사 속에 있느냐고. 빙그레 웃으시면서 선생님은 파이프만 피우고 계시더구먼. 너희들도 알잖아? 이선생의 그런 버릇. 나는 다시 물었다. 있는가 없는가만 대답해달라고, 선생님은 여전히 웃고만 있는 거야. 다시 물으니까 그때야 왜 배울 만한 사람이 없겠느냐는 것이었어. 우리가 배울 만한 정도에 그치지 않고 그분을 통해서 세계에 자랑할 수 있는 인물을 말하는 것이라고 했더니, 딱도 하다는 표정을 순간 지었다가 곧 웃는 얼굴로 돌아가며, 자네의 고향 동리에 정자나무가 있지, 하고 묻잖아? 있다고 했지. 그랬더니 그 정자나무에게서도 배울 것이 많으며 그 정자나무의 가르침을 옳게 파악하고 그 뜻을 알아내기에 철저하면 정자나무를 통해서도 세계에 자랑할 것을 파악할 수 있다는 얘기였어. 그럴듯한 말 같기도 했지만 난 섭섭했어. 약아빠졌다고 생각한 때문이지. 옳은 방향으로 지도는 하고 싶고 구체적인 얘기를 했다가 뒷감당이 어려운 처지엔 빠지기도 싫고 그렇다고 해서 비뚤어지게 지도하지도 못하고…… 내가 볼멘 얼굴을 하고 앉아 있었더니 요즘엔 구하기 힘든 양주라고 하시면서 술을 한잔 따라주시더먼. 난 주는 대로 차를 마시듯 대여섯 잔 마셨을 거야. 그 꼴을 지켜보고 있더니 하신다는 말씀이 프라이드를 역사 속에 구하려고 하지 말고 내 자신 속에 구하라고 하면서 취미를 묻더니 곤충학자도 괜찮지, 하쟎아? 난 이선생이 등지고 있는 거대한 서가를 둘러보고, 이따위 말밖에 후배에게 주지 못하는 사람에게 저 책들은 뭣 하는 것일까 하고 우울했다. 그래 일어서서 귀중한 시간을 헛되게 해서 미안하다고 인사를 했더니 조금 기다리라면서 뒤켠 방으로 들어가서 한서漢書를 한 꾸러미 싸가지고 나와선 그걸 가지고 가서 읽어보라고 하쟎겠어. 집에 와서 펴보니 정다산의 『목민심서』였어. 할 일은 없고 읽으라는 거니까 읽어보았지. 기가 막히더군. 어차피 망해야 할 나라였어. 문둥병에다 간질병에다 폐병에다 암에다, 전염병이란 전염병을 죄다 앓고 있는 것 같은 몸뚱어리를 어떤 명의인들 고칠 수가 있겠나. 난 우리나라가 잘도 망했다고 생각하자 울분이 터질 지경이었어…… 그런데 뭣 때문에 이선생이 그것을 주었는지 알 수가 없단 말이다. 정다산 같은 박력 있고 예리하고 박식한 학자를 소개하는 데 의도가 있는지, 어차피 망할 나라였으니까 민족이니 조국이니 하는 관념을 말쑥히 씻어버리라는 데 의도가 있었는지 물어보러 가기도 싫어. 가봤자 바람에 수양버들 모양일 것이 빤하니 말이다."

"내용이 어떤데 그래."

최군이 물었다.

"얘기하기도 싫어. 하여간 슬픈 책이야. 구약성서에도 꽤 비참한 대목이 나오지만 유가 달라."

"얘기해보래두."

최군이 핀잔 어린 재촉을 했다.

"꼭 알고 싶거든 내 하숙으로 가자구. 띄엄띄엄이라도 같이 읽어보면 될 게 아냐?"

우리 셋은 아사가야에서 성선省線을 타고 다바타田端에 있는 황의 하숙으로 갔다.

『목민심서』란 다산 정약용이 행정의 개혁을 꾀하고 행정관의 태도를 고칠 목적으로 쓴 책이다. 행정의 개혁을 꾀하자니 당시의 행정을 비판하지 않을 수 없고 비판을 하자니 행정의 실태를 소상하게 기록하지 않을 수 없다. 그 기록을 통해서 우리는 이조 말 병들어 있는 나라의 형편을 알게 되는 것이다.

황군은 우선 이조 말엽의 병역제도가 어떻게 되어 있는가를 보라면서 『목민심서』의 한 곳을 가리켰다.

거기엔 다음과 같은 기록이 있었다.

① 양반의 자제에겐 병역의무를 면제하게 되어 있다. 그러니 돈푼이나 있는 평민들은 돈을 주어 양반의 족보를 사거나 거기에 끼이거나 해서 병역에서 빠졌다.

② 국법으로선 다섯 살이 안 되는 어린애나 열네 살 이하의 유년들을 군적에 등록시키면 관계 공무원은 문책 처벌을 받게 되어 있다. 그러나 이런 법을 무시하고 낳은 지 3일밖에 안 되는 아이까지 군적에 등록하곤 세포稅布 세미稅米를 받아들였다.

③ 국법에는 3부자三父子가 함께 입대할 때면 아버지를 면제해주고 4부자 이상이 병역에 해당될 때에는 한 사람을 빼어주기로 되어 있었지만 7부자 8부자라도 모조리 징발했다.

④ 국법에는 한 사람을 두 가지 이상의 병역으로 징발할 수 없게 해

놓았는데도 이미 정군正軍에 등록되어 있는 자를 별대別隊나 관역官役에 편입시키는 등 중부담을 강요했다.

뿐만 아니라 소집과 선발을 담당한 관리가 함부로 협잡을 하는가 하면 입대하면 상관上官들이 모여들어 신입례新入禮 지면례知面禮를 강요해선 신병뿐만이 아니라 그 가족까지 못살게 굴었다. 이밖에 60이 넘으면 제대를 시켜야 하는데 필역자의 나이를 내려놓고 강년채降年債라는 것을 징수하고 사망자에 대해서는 물고채物故債라고 해서 자손에게 백골징세白骨徵稅까지를 했다.

황군은 다른 권을 뒤지더니 곡부穀簿라는 곳을 가리켰다.

곡부는 환상還上의 폐단을 폭로한 대목이었다. 환상이란 춘궁기에 농민에게 곡식을 대여해주고 가을 추수기에 받아들이는 제도인데 이것이 또한 백성을 수탈하는 수단으로 된 것이다.

다산이 지적하는 바에 의하면 팔란八亂이 있다.

① 곡명란穀名亂—출납양곡의 명목부터 문란하다는 뜻이다.

② 아문란衙門亂—관청의 사무처리가 문란하다는 뜻이다.

③ 석수란石數亂—양곡 석수의 계산이 문란하다는 뜻이다.

④ 모법란耗法亂—이식의 비율이 복잡해서 문란하다는 뜻이다.

⑤ 순법란巡法亂—배곡配穀 횟수가 번거로워 문란하다는 뜻이다.

⑥ 분류란分留亂—저장곡의 배급과 재고량이 틀려 문란하다는 뜻이다.

⑦ 이하란移賀亂—옮기고 바꾸는 데 모리성謀利性이 끼어 문란하다는 뜻이다.

⑧ 정퇴란停退亂—흉년이나 국경시國慶時의 탕감률이 문란하다는 뜻이다.

이상과 같은 팔란의 상황이 나타나기까지 했으니 백성의 정황은 능히 짐작할 수가 있다. 인간의 두뇌로써 고안할 수 있는 최대한의 방법으로 백성을 수탈했던 것이다.

정약용은 반작反作이니 가분加分이니 허류虛留니 하는 이름을 달아 당시의 부패한 이도吏道와 백성의 처참상을 샅샅이 폭로하고 있다.

대강을 읽어도 눈앞이 캄캄해지는 느낌이었다. 황군 말따라 『목민심서』라고 하는 책은 참으로 슬픈 책이었다.

동서고금을 통해서 이처럼 이부진리不盡하고 무자비한 정치가 행해진 곳이 딴 곳에 또 있었을까.

"그러니까 나는 우리 민족이 위대하다고 생각해."

골치 아프다는 표정으로 벌렁 드러누우며 최군이 외쳤다.

"위대하다니?"

황군이 책을 챙겨 밀치면서 응수했다.

"그러한 가혹한 정황 속에서도 예의를 지키고 효도를 하고 친구를 반길 줄 알고 이웃과 화합할 줄 알고 여기에 모여 있는 우리 같은 쟁쟁한 청년들을 생산할 수 있었는데 그래도 위대하지 않단 말인가?"

"최군의 말에도 일리가 있네만 그처럼 비참하게 살자니 효도나 해야겠다, 친구나 사귀어야겠다, 이웃과도 잘 지내야겠다고 생각하게 된 게 아닐까. 생존하기 위한 막다른 수단으로 말야."

"이렇건 저렇건 나는 우리 민족이 위대하다고 생각해."

최군의 말에는 너무나 심한 자학과 자조의 빛이 있었다.

나는 정다산이란 사람이 철저한 허무주의자가 아닌가 하는 생각이 든다고 말해보았다. 철저한 허무주의자가 아니고서는 고칠 수 없는 병명을 그처럼 극명하게 도려내고 열거하지 못할 것이 아닌가 하고 생각했기 때문이다.

"정다산은 그 모든 병폐를 고칠 수 있다고 생각했어."

황군의 대답이었다.

그렇다면 대단히 근기 있는 위인일 것이라고 나는 생각했다. 이상백 선생이 황군에게 그 책을 읽으라고 권한 심정을 알 것만 같은 생각도 들었다. 그러나 정다산 같은 현실주의에 처한 사람이 허무주의자로서 낙착되지 않을 수 없을 것이란 확신도 들었다. 만일 스스로의 허무주의를 가슴속에 숨겨두고 개혁의 가능을 믿는 척 『목민심서』를 썼다면 더욱 위대하다고 아니할 수 없다.

황도 최도 나의 의견에 동의하는 성싶었다.

"『목민심서』를 읽고 있으니 동학란이 일어난 사정을 잘 알 수가 있어."

이 말에 최가 벌떡 일어났다.

"그러면 정다산은 한국의 마르크스다. 그 『목민심서』라는 것은 『자본론』에 해당하는 거고⋯⋯ 그렇다면 정다산은 결단코 허무주의자가 아니다."

"당치도 않은 유비類比는 하지 않는 게 좋을 거야."

황이 반박했다.

"생각해보라우. 마르크스는 과학적으로 자본주의 사회를 분석했지? 그것이 공산혁명의 불씨가 되잖았어? 정약용도 과학적으로 이조사회의 민생을 분석했지. 그게 동학란의 불씨가 되잖았겠어⋯⋯."

최가 이렇게 흥분하자,

"마르크스의 『자본론』을 읽어나 보고 말할 일이지."

하고 황이 웃으면서 말했다.

"읽지 않아도 알고 있으니까, 그러니까 천재라고 하는 게 아닌가, 뭐? 대학에 있잖아. 학이지지學而知之는 어떻고 생이지지生而知之는 어떻고 하는 거, 난 생이지지거든."

"대단한 천재지."

하고 황이 말했다.

"역시 유군의 말이 옳을지 몰라. 다산은 귀양살이도 하고 천주교에 입교도 하고 했다거든…… 하여간 그가 죽을 때는 허무주의자로서 죽었을 거야."

한바탕 되는 대로 지껄이고 나니 허전한 기분이 들었다.

황군이 돌연,

"가자!"

고 했다.

황군이 말하는 가자는 뜻은 거기를, 밤의 여자가 있는 곳으로 가자는 것이다.

"이상하단 말야, 나는. 부산하게 지껄이고 나면 반드시 엉뚱한 놈이 동하거든."

말은 거칠게 해도 황군의 얼굴엔 수줍은 그림자가 서렸다.

나도 가자고 했다. 다마노이玉之井에 황의 단골이 있다지만 거긴 두 사람밖엔 한집에 들어갈 수가 없다. 세 사람이 같이 한집에 들기 위해선 요시와라吉原로 가야만 했다.

머리를 부풀게 빗어 올리고 두 치나 되도록 두껍게 분칠을 하고 눈썹엔 먹칠, 입술엔 붉은 페인트를 바른 인형을 박산기계에 넣어 튀겨놓은 것 같은 여자들. 구토증을 느낄 정도로 역겨운 그 여자들이 있는 곳으로 가게 하는 힘이란 도대체 뭣일까.

세 사람이 여자 하나씩을 데리고 각기 방으로 갔다. 정서라곤 털끝만큼도 없는 말초신경의 곤충의 그것과 같은 경련! 일이 끝나기가 바쁘게 나왔더니 최는 입은 옷차림 그대로 앉아 여자와 화투 노름을 하고 있었다. 나를 보더니 최는 어색한 웃음을 띠었다. 역시 최는 변하지 않았구나 싶었다.

최는 우락부락한 데가 있고 황은 조용하고 순하다. 그런데 이런 방면엔 황이 대담하고 최는 맥을 못 쓴다. 왜 그런 꼴을 하고 앉았느냐고 물으면,

"모처럼의 동정童貞 아닌가."

하고 최는 머리를 긁을 것이었다.

그 집을 나서 한길로 나와 셋이는 구멍가게에 들렀다. 사발치기로 일본술을 마시자 취기가 한꺼번에 돌아버렸다. 비틀거리며 돌아오는 길에 '봉선화' 노래를 불렀다. 나와 황은 그런대로 곡조에 맞추어 부르는데 최는 몇백 번을 부른 노래였을 것인데 곡조를 맞추질 못한다.

"최군 노래는 변타조다."

하고 핀잔을 하면 최에게는 할 말이 있단다.

"자네들은 울 밑에 선 봉선화라도 뜰 안쪽으로 있는 봉선화를 노래 부르지만 내 봉선화는 울 밑에 있어도 뜰 바깥쪽에 있는 봉선화란 말이다. 그러니 나의 노래가 자네들의 노래완 다르단 말야."

"말 못해서 죽은 귀신이 있었나?"

이렇게 응수도 하는 것이지만 그러나 곡조에 맞추어 부르는 황과 나의 노래보다도 곡조에 어긋난 최의 노래가 언제나 가슴을 치는 것이다. 그것은 분명, 최의 노래였다. 오선지에 채보採譜할 방법이 없는, 최의 설움과 우울한 마음이 엮어내는 아무도 모방할 수 없는 최의 독특한 노래였다. 6척 가까운 위장부偉丈夫, 동정이란 이름으로 억눌린 25세의 청춘이 추방되고 소외된 신세 속에서 부르는 노래인 것이다.

알아들을 수 없는 가사, 기발한 음성을 길 가는 사람들은 기이한 표정으로 바라보고 뒤돌아보는 것이었지만 도쿄의 밤거리에서 최에겐 거칠 것이 없었다.

"우울미이테에 서어언 보옹서언화아야, 네에에 모오야앙이이 처량앙하아다……."

하기방학이 시작하기 전에 서둘러야만 했다. 조선총독부의 직원록이 입수된 김에 신문광고는 훗날로 미루기로 하고 우선 편지부터 내기로 했다.

『대한매일신보』의 그 기사를 등사한 것을 동봉하고 이 기사 가운데 나오는 원주신을 알고 있는 사람을 찾아주면 후사하겠다는 뜻을 쓰고, 발송인은 E씨 방 김모金某라고 했다.

최와 H의 충고에 따라 만일의 경우에 대비한 것인데 경찰이 연유를 물으면 E가 일본과 조선과의 관계를 연구하기 위해서 하는 것이라고 하고 김모라고 한 것은 한국인의 협조를 얻기 위한 수단이라고 말할 것까지 합의를 보았다.

무슨 대단한 일을 시작한 것 같은 가벼운 흥분마저 느끼며 보스턴백 가득한 편지 뭉치를 우편국에 털어놓곤 나와 E는 시모노세키로 향했다. E는 그 길로 한국 여행도 할 참이었다.

열차에 올라 자리를 잡자 E는,

"무슨 탐정 여행이나 하는 것 같은 기분이 나잖아?"

하며 코넌 도일의 『셜록 홈스의 모험』이란 책을 펴들었다.

"그것 읽는다고 탐정이 되나?"

내가 핀잔을 주자,

"기분 아닌가."

하며 E는 유쾌하게 웃었다.

초여름의 도카이도선東海道線 그 연변은 눈이 부시도록 아름답다. 그러나 나는 E의 유쾌한 기분에 따라갈 수가 없었다.

현해탄을 건너기만 하면 여름의 백일 아래 펼쳐질 쓸쓸하고 가난한 한국의 풍경과 살림살이가 가슴 아프게 상상되기 때문이다.

일본에 있어서의 여름의 백일은 그 자연의 아름다움과 다소곳한 인간생활의 아름다움을 조명한다. 한반도에 있어서의 여름의 백일은 벗겨진 산, 말라붙은 시내를 위시해서 쓰러질 듯한 초가집에 이르기까지, 어떻게 사람과 자연과 스스로의 생활을 그처럼 누추하게 만들 수 있을까를 조명해주는 역할로 바뀐다.

'그런 것을 몽땅 일본의 식민지정책 탓이라고 따지고 넘겨버릴 수 있을까.'

나는 무성한 숲, 정연하게 구획정리된 푸른 논, 높은 지붕을 가진 하얀 벽의 농가, 그 풍경에 더불어 망막에 서리는 한반도의 농촌을 바라보며 마음속에 한숨을 지었다.

누마즈沼津를 조금 지나 열차가 돌연 어떤 농촌에 서버렸을 때 열차의 창 밖으로 보인 농가의 화단엔 진홍색 칸나와 연지색 달리아가 붉은 불꽃처럼 피어 있었고 화단 저편으로 비질이 잘 된 뜰에 두 마리의 거위가 한적하게 산보하고 있는 것이 눈에 스며드는 느낌이었다.

교토에서 일박.

교토에서 나는 E를, 몇 해 전 내가 하숙하고 있던 하나조노초花園町로 데리고 갔다. 하나조노초는 교토역에서 전차를 타고 니시노쿄엔마치西京圓町에서 내려 선도장禪道場으로서 일본 전국에 알려져 있는 묘심사妙心寺 쪽으로 가면 있다.

　부립이상府立二商의 뿔 옆으로 트인 지름길로 하나조노초로 들어섰을 때, 나는 고향으로 돌아간 것 같은 감상에 젖었다. 한 해 남짓한 세월을 살았을 뿐인 곳인데 꽤 깊은 애착이 내 마음속에 심어진 곳이기도 했다.

　1층이 아니면 2층의, 세월의 이끼가 곱게 낀 목조의 집들이, 앞을 향하고 산다기보다 옛날의 추억 속에서 숨쉬며 살고 있는 것 같은 고요한 거리, 이 거리 깊숙이 들어가면 전차의 소리는 물론 시가의 소음이 일절 들리지 않는다. 때론 하이어 등속의 자동차가 비좁은 거리를 지나기도 하지만 고도의 기품이 가장 짙은 이곳에서는 길을 잘못 든 괴물 같은 위화감을 풍긴다.

　내가 하숙하고 있었던 집이 가까워진 골목에서 방공연습을 하고 있는 한 무리의 사람들을 만났다. 모두 다 알듯 본 듯한 얼굴들이었지만 인사를 하기엔 겸연쩍었다.

　줄을 지어 바께쓰의 물을 이어 받고 있는 사람 가운데서 나는 마유미란 여자를 발견했다. 마유미는 내가 곧잘 드나들었던 과자집의 외동딸이다. 한쪽 다리를 약간 저는 탓으로 새벽에 집을 나가 학교엘 가고 저녁 어두워서야 집으로 돌아오곤 한다는 것을 뒤에야 알았지만 그다지 밝지 않은 전등불 밑에서 책을 보며 가게도 지키고 하던 음화식물陰花植物을 방불케 하는 그 고등여학교의 학생에게 나는 엷은 연정 같은 것을 느낀 적이 있었다. 그러한 내 마음이 통했을 리는 없었지만 우연히 마주친 시선에 황홀한 아지랑이가 일었다.

　나는 그 방공 연습을 하고 있는 일단을 지나고는 핏기 하나 없이 달걀빛으로 고요했던 마유미의 얼굴이 토마토 빛깔로 홍조하고 듬직하게 살이 찐 품으로 보아서 결혼했을 것이란 판단을 내리고 허전한 마음을 가졌다.

하숙집엘 들렀더니 하숙집 아주머니는 깜짝 놀라며 반겼다. 아들 둘을 싸움터로 내보내고 노인 부부만이 살면서 그 부부는 나를 자기들의 아들처럼 보살펴주었던 것이다. 내가 학교를 퇴학한다는 소리를 듣고 가장 슬퍼한 것도 그들이다.

바깥주인은 출타하고 없고 혼자 무료히 앉아 부채질을 하고 있는 터였는데 우리들이 나타나자 어쩔 줄을 몰랐던 것이다. 나는 E를 소개하고 고향으로 가는 도중 들렀노라고 하니까 아주머니는 교토에 있을 동안은 자기 집에 묵고 가라고 했다. 언제 아들들이 돌아와도 불편이 없도록 방을 깨끗하게 치워놓고 침구도 준비되어 있다는 얘기를 하면서의 간청이었다.

사실은 나도 그럴 요량으로 교토역에 내리자 곧바로 이곳으로 와봤다고 말했다. 그 말이 더욱 아주머니를 기쁘게 했던 모양이다.

"그래야죠, 그래야죠."

교토 특유한 변과 언사로 아주머니는 되풀이하며 뜨거운 번차番茶를 넣었다. 더울수록 뜨거운 물을 먹이는 버릇이 여전합니다 하고 나는 오래간만에 응석을 부렸다.

목욕물이 끓기까질 기다릴 수가 없어 냉수욕을 하고 나는 E를 묘심사로 끌고 갔다. 수백 년 묵은 괴목나무며 느티나무 향나무 삼나무가 울창한 가운데 절간은 옛날과 다름없이 문을 꼭꼭 닫아 붙인 채 위엄 있는 고요를 지니고 있었다.

뜰과 잔디밭엔 인근의 아이들이 달음질도 하고 숨바꼭질도 하면서 놀고 있었다.

아이들이 와서 아무리 난장판을 벌여도 나무라선 안 된다고 분부했다던 주지가 아직도 살아 있는지 몰랐다. 아이들이 종이와 막대기 같은 것을 함부로 버려도 이곳 중들은 일절 개의치 않는다. 묵묵하게 자기들의 손으로 줍고 치우고 했다.

나는 E에게 몇 해 전, 학교의 시험이 끝난 중추명절의 밤, 이 묘심사 뜰에서 몇몇 학우들과 술을 마시다가 못池에 술을 한 통 쏟아놨더니 못 속에 사는 거북이들이 취해가지고 비틀거리며 나왔다는 얘기를 했다.

어두워질 때까지 묘심사에서 놀다가 들어오니 바깥주인도 돌아와 우리들을 기다리고 있었다. 식사를 하며 옛날 얘기로 꽃을 피웠다. 아주머니는 근처에 살던 교코京子라는 여자가 사정이 있으니 아주머니 집에서 자기의 편지를 받아달라고 부탁하곤 매일처럼 오는 편지를 매일처럼 찾아가는데 뒤에 알고 보니 그것은 교코가 내게 쓴 편지였다는 얘기를 했다. 설마 그럴 리가 하고 말했으나 아주머니는,

"내가 꾸며서 얘기할 정도로 주변이 좋다고 생각하시니 다행한 일이라고 하지 않을 수는 없는 일이라고 아니하지 못하겠다고 말씀드릴 수밖엔 할 도리가 없기는 하지만……"

하고 굴곡이 복잡한 교토변을 이어나가는 데는 얼굴을 붉히면서도 승인하지 않을 수 없었다.

얘기를 듣고 보니 교코란 둥글납작한 용모의 여학생이 매일 아침이면 편지를 가지러 오는 걸 이상하다고 생각한 적이 있었다는 기억이 났다. 내가 그 편지를 주워 챙겨준 적도 아마 한두 번이 아니었을 것이다. 나는 교코보다도 그 여학생의 오빠인 도시샤대학同志社大學엘 다니는 학생의 인상이 깊었다. 키가 큰 미남자인데다 맵시 있게 교복을 차려 입고 나가면 인근의 여자들이 숙덕거리며 그 뒷모습을 바라보곤 할 정도로 이 근처에서 인기가 있었다.

그 학생의 소식을 물었더니 아주머니가 머뭇거리고 있는 동안 바깥주인은 짤막하게 말했다.

"전사했다."

나는 가슴이 설렁하는 충격을 받았다. 그 날씬한 청년이, 이 거리의 인기를 독점하다시피 한 그 청년이 그처럼 허무하게 전사했다는 것은 믿을 수가 없었다. 아주머니의 표정도 굳어 있었다. 바깥주인을 보는 눈에 비난의 빛깔이 있었다. 내겐 짐작이 갔다.

'아아, 이 집에선 전사란 말은 터부가 되어 있는 것이로구나. 아들 둘을 전지에 내보낸 어머니의 마음이란 그런 것일 게다.'

나는 화제를 바꿀 요량으로 교코의 소식을 물었다.

"어디론가 이사를 갔어요. 아버지가 직장을 바꾸신 모양이었어요."

하고 아주머니는 대답했다.

또 하나 묻고 싶은 소식이 있었다. 그것은 오기 아쓰코大木篤子라는 고토琴를 잘하는 여인의 동정이었다. 아쓰코는 이 하숙집 건너편, 서너 채쯤에 있는 집의 딸이다. 나보다 나이는 두세 살 위인 여자인데 여학교를 졸업하자 상급학교엔 가지 않고 집에서 고토만 켜고 있었다. 간혹 하숙집에 놀러오기 때문에 나와도 친숙하게 지내게 되었다.

나는 그 여자를 통해서 고토의 아름다움을 알았고 로쿠단六段이니 지도리노교쿠千鳥之曲이니 하는 것과 '봄바다' 등 명곡을 알게 되었고 미야기 미치오宮城道雄의 이름을 알게 되었고 '검은 머리'라는 멋진 가사를 외게 되었다.

무엇보다도 중요한 것은 오기 아쓰코에게 우리 민족의 음악을 소개하고 싶은 마음으로 우리나라 고유의 가야금을 비롯해서 창과 북 치는 법을 내가 배우게 되었다는 사실이다.

어느 해의 방학을 꼬박 그것들을 배우느라고 소비한 적도 있었다.

그것이 병이 되어 도쿄에 가서는 이화중선李花中仙이란 명창이 혼조本所에 살고 있다는 소식을 듣고 찾아가기도 했다.

여담이지만 내가 찾았을 때의 화중선은 낙백할 대로 낙백한 신세를 혼조의 빈민굴에서 아편 중독자의 처참한 몰골을 하고 드러누워 있었다. 고국을 그리는 동포의 감상感傷에 왕년의 명성으로써 편승하고 간혹 조선 사람이 많은 곳을 찾아 노래 부르기도 하며 연명하고 있는 화중선에게선 배울 것이 없었다. 배울 수도 없었다.

오기 아쓰코의 안부도 물어보지 못한 채 E와 나는 2층으로 올라와서 미리 깔아놓은 이불 위에 누웠다.

E는 교토에서 보고 들은 얘기를 하던 차 돌연 이런 말을 꺼냈다.

"어때 유군, 자넨 일본 여자와 결혼할 생각은 없나?"

나는 너무나 돌연한 얘기가 되어서 뭐라고 대답할 수가 없었다.

"나는 조선 여성과 결혼했으면 하는데 어떨까."

E가 이렇게 말을 바꿨다.

나는 역시 어떻게 대답해야 할지 망설이고 있는데 E가 말을 이었다.

"조선인과 일본인 갖고는 인종적으론 혼혈아가 되지 않겠지만 정신적으론 혼혈아가 될 게 아냐? 제1대 혼혈아는 우수하다고 하잖아. 어때, 내 제안은."

나는 웃음을 섞으며 자넨 언제부터 앞으로 낳을 아이 걱정까질 하게 되었느냐고 빈정댔다.

"아냐, 문득 생각을 했지. 자넨 표면은 그렇지 않지만 조선과 일본과의 관계를 두고 석연치 않은 기분을 지니고 있는 모양인데, 자네 아들에게 그런 걸 물려주지 않게끔 한번 과단성을 발휘해보는 것이 어떨까,

그런 생각을 한 거지."

교코라는 여학생이 나를 상대로 편지를 썼다는 얘기와 언젠가 내가 창을 배우고 북 치기를 배운 동기를 말한 적이 있는데, 그 얘기를 합쳐 이 친구 오버센스를 하고 있구나, 생각했지만 그런 말까진 할 필요도 없이 글쎄 언제부터 아이 걱정을 하게 되었느냐고 계속 빈정대기만 했다.

"내 말을 좀 엄숙하게 들어. 케케묵은 민족의식 같은 건 극복해야지 않아? 정신적으로도 그따위 의식은 청산해버려야 유익할 것 같애. 만일 자네가 원한다면 우선 내 종매從妹를 소개하지. 한번 교제 해보고 싫으면 언제든지 팽개쳐도 좋으니까. 다음 겨울엔 우리집에 가자. 스키도 할 겸 내 종매도 볼 겸……."

말이 이렇게 나오니 섣불리 대답할 수도 없다.

나는 이미 결혼한 사람이다. 그것도 아득한 옛날에. 그 결혼에서 되도록이면 벗어나고 싶지만 가능한 일이 아니다. 의식은 결혼하지 않은 사람으로 있고 사회적으론 이미 결혼한 사람이란 상태처럼 곤란한 일이 또 있을까. 그러니까 나는 연애도 못한다. 연정을 품으면서 마음놓고 연애를 못하는 상황, 나는 그러니까 되도록이면 그런 걸 생각하지 않으려고 하는 것이다. 그러나 이 얘기를 꺼내면 긴 얘기가 되지 않을 수 없다. 그래 나는 이런 얘기를 걷어치우고 아직은 결혼 같은 건 생각해본 일이 없노라고 잘라 말했다.

잘라 말하고 나니 E의 성의를 무시한 것 같은 미안함이 들어 앞으로 결혼 문제를 생각하게 될 땐 의논을 하겠다고 덧붙였다. E도 그 이상 이 문제에 관해선 언급하지 않았다.

시모노세키.

E와 나는 산양호텔에 들었다. 산양호텔은 역 바로 옆에 자리잡고 있

어 여러 모로 편리한 까닭에 그곳을 택했다. 목욕을 하고 차를 마시고 나더니 설겆이 위해 온 보이에게 E는 상당한 액수의 돈을 쥐어주면서 30년 이상 관부연락선에서 일한 사람이면 뭣을 한 사람이건, 현역이건 은퇴했건 찾아서 만나게 해달라고 성급하게 부탁했다.

"수는 많을수록 좋은데 그게 안 되면 한 사람이라도 좋아. 최소 한 사람은 찾아와야 해."

상당한 액수의 돈을 집힌 보이는 흐뭇했던 탓인지,

"아마 찾을 수 있을 겝니다."

하고 쾌히 승낙했다. 그 등뒤를 향해 E는 외쳤다.

"그 사람에게도 충분한 사례를 할 테니까 그리 알아서 해요."

이 광경을 보고 나는 기껏 코넌 도일의 셜록 홈스에서 배운 지혜가 돈으로 사람을 사로잡으려는 수단이었더냐고 놀려주었다.

"두고 봐, 이게 시작이니까."

우선은 E의 술책이 성공을 거둔 것처럼 보였다. 식당에서 저녁식사를 하고 돌아오니 아까의 보이가 로비에서 두 사람이 기다리고 있다는 것이었다.

나타난 두 사람은 거의 70이 넘었을까 말았을까 한 연배의 노인들이었다. 차림으로 보아 그다지 무식해 뵈지도 않았고 추잡하지도 않았다. 하나는 급사에서 급사장, 뒤엔 선장실 담당의 선원으로 일하다가 몇 해 전 그만두고 지금은 담뱃가게를 겸한 잡화상을 하는 사사키笹本라는 사람이었고 다른 하나는 잡역부로 들어가 30여 년을 근속하다가 작년에 그만두었는데 지금은 마누라가 하고 있는 선원 상대의 식당 일을 돕고 있다는 가와타河田라는 사람이었다.

E는 대뜸 물었다.

"이키마루라는 배를 압니까."

"알고말고요. 나의 관부선 선원생활은 그 배부터 시작했으니까."

사사키의 답이다.

E "그럼 송병준이란 조선의 명사를 압니까."

사사키 "모르겠는데요."

가와타 "저도 모르겠습니다."

E "지금으로부터 32년 전 원주신이란 사람이 자살했는데 그 얘기를 압니까."

사사키 "자살 사건은 하두 많았으니까 일일이 기억할 수가 있습니까."

E "자살 사건의 건수는 얼마나 됩니까."

사사키 "헤아려보지 않았으니 정확하게 말할 수는 없으나 내가 겪은 것만 해도 수십 건은 될 겁니다."

E "수십 건?"

가와타 "그렇게 되고말고요. 신문에 발표된 것만 해도 꽤 많은데 대부분은 발표도 않거든요."

……(중략)……

E "조선과 일본이 합방하기 바로 1년 전에 있었던 사건인데 합방 추진자 송병준을 죽이려다가 뜻을 이루지 못하고 투신자살한 사람인데 원주신이라고 하는 사람, 한번 기억해내도록 해보십시오."

가와타 "투신자살을 했는지 누가 죽이곤 시체를 던진 건지 또는 뒤에서 차넣은 건지, 어디 알 수가 있나요?"

E "죽이다니, 누가……."

자꾸 권한 위스키 때문인지 말이 헐하게 나오기 시작했다.

가와타 "경찰이지요. 고문을 하다가 죽든지 뒤가 곤란해질 것 같고 하면 자살을 가장해서 바다에다 던지는 경우도 있거든요."

　E　"당신 눈으로 본 적이 있소?"

　가와타는 주춤하는 것 같았다.

　E　"우린 학생이고 순전히 원주신에 관한 것을 알고자 할 뿐 딴 것은 입 밖에 내지 않을 거니까 안심하고 얘기해보십시오."

　가와타　"두 번 봤지요."

　E　"사사키 씨 당신은?"

　사사키　"글쎄요. 난 얘기만 들은 정도인데."

　가와타　"여보시오. 잡역 일 하는 내가 본 것이 두 건인데 급사장을 한 당신이 모른대서야 말이 돼? 혼자만 꽁무니를 빼지 말고 이 학생들에게 시원시원 얘기나 해주슈."

　사사키　"내 눈으로 직접 보지 못한 것을 어떻게 하나."

　사사키의 태도는 분명 경계하는 눈치였다. 가와타를 붙들고 물을 수밖에 없었다.

　나　"당신이 본 것만 얘기해주시오."

　가와타　"하나는 삼등 선실 옆에 있는 특고 형사실에서 조선 사람 하나가 죽어나왔고, 한번은 갑판 위에서 어떤 사람이 어떤 사람을 찔렀지요. 찌른 사람은 경찰에 끌려갔는데 뒤에 어떻게 되었는지 모르겠고 다만 찔린 사람은 내 생각으론 중상은 입어도 살아 있는 것 같았는데 부랴부랴 거적때기에 싸서 바다에 던져버리더만요."

　E　"그게 원주신이었단 말요?"

　가와타　"누군지 모르지. 원주신이란 사람 얘기는 전연 기억에 없는데요. 다만 자살이라고 발표한 것이 타살일 수 있다는 얘기를 한 것뿐이오."

사사키 "내가 뚜렷이 기억하고 있는 자살 사건은 조선의 유명한 여자가수와 부잣집 아들이 정사한 사건이었소. 이름은 잊었지만 지금부터 15, 6년 됐나? 하여간 큰 사건이죠."

E가 나를 돌아보았다. 그 사건은 나도 알고 있다는 표정을 지어주었더니 E는 고등계 형사들의 행위에 관한 것을 묻기 시작했다.

이 문제에 관해선 그들은 입을 열려고 하지 않았다. 조선인인 내가 있으니까 그러지 않을까 생각하고 나는 그 두 사람을 E에게 맡겨두고 밖으로 나왔다.

나는 조선 사람을 만나 여러 가지를 물어볼 작정이었다.

산양호텔에서 시가를 향해 5, 60미터 걸으면 동서로 트인 번화가로 나온다. 그 번화가를 건너 그 거리를 따라 동쪽으로 1백 미터쯤 걸어 바른편 골목으로 접어들면 거기에 조선 사람들이 경영하는 조선인 상대의 식당들이 즐비해 있는 것이다.

나는 그곳을 찾아 아무 데나 들어가서 술을 한잔 청해놓고 주인을 불렀다.

50이 넘어 보이는 안주인이 나왔다.

나는 이곳에서 가장 오랫동안 장사를 하고 있는 집이 어디냐고 물었다. 안주인의 대답에서 요령을 얻을 수가 없었다. 그러나 종합한 결과 자기 집이 20년 남짓 해온 가장 오래된 집이며 대개는 2, 3년꼴로 주인이 바뀌들어 대중잡을 수가 없다는 것이었다.

연락선이 발착할 무렵엔 꽤 붐빈다는 것이었지만 그땐 한적했다. 마구 물걸레질을 하는 탓으로 다다미는 시꺼멓게 더러워져 있었고 헐어져가는 벽을 카무플라주할 요량으로 바른 벽지 어느 부분이 찢겨져 미친 여자의 치맛자락처럼 축 처져 있는데 그 속으로 곰팡이가 슨 우중충한 벽면이 드러나 보였다. 안방에선 노름을 하고 있는 것 같은 기미가 있었다.

이런 곳에서 뭣을 알아내려는 의도가 어리석은 짓이라고 생각하고 자리를 뜨려는 참인데 안주인이 입을 내 귀에 갖다댔다.

"남편을 찾아왔다가 못 찾고 돌아가는 새댁이가 있는디 하룻밤 재미나 보지 않으려우."

나는 얼굴이 화끈함을 느꼈다. 밤늦게 그런 곳을 찾는 사람은 으레 그러한 목적을 가졌다고 추측함 직하다는 사실을 알아차리지 못한 나는 무슨 모욕이나 느낀 듯이 불쾌했다.

"이쁜 새댁인디 노자도 떨어지고 정황이 말이 아니라우. 하룻밤 재미보고 연락선 삯이나 주문 되는디 어때요, 아저씨. 이리로 데리고 와 볼까?"

능글맞은 안주인을 면박이라도 해주고 싶은 충동이 일었지만 참고 아무 소리도 하지 않고 자리를 떴다. 지나치게 비싸다고 생각했지만 부르는 대로 돈을 주고 밖으로 나오려니까 안주인은 다시 한 번 권했다.

"일등품이여, 일등품. 오랫동안 서방 맛을 못 보았으닝께 숫처녀나 마찬가지라우."

잠자코 나와버린 내 등뒤에서 중얼거리는 안주인의 소리가 들렸다.

"요즘 손님은 너무 약단게. 옛날은 그렇지 않았는디."

옛날엔 사람들이 어리석어서 그들에게 호락호락 걸려들었는데 지금 손님들은 그렇지 않단 말인가. 이국에 와서까지 동포의 등을 쳐 먹어야 살 수 있다는 그 삶이란 뭣일까.

호텔로 돌아오니 E도 적이 실망했다는 표정을 하고 있었다. 아무리 수단을 써도 알맹이 있는 사실을 건져내지 못했다는 것이다.

그러니 시모노세키에서의 소득이란 다음과 같은 공식적인 사실뿐이다.

    1905년 취항 이키마루(1천6백92톤) 쓰시마마루(1천6백91톤)
    1908년 사쓰마마루(1천9백39톤)
    1911년 우메카마루(1천9백40톤)
    이로써 주야선편晝夜船便이 되었다.
    1912년 우메카마루 모지門司 항에서 침몰, 일본 우선회사에서 고사이마루弘濟丸 대체.
    1912년 고라이마루高麗丸(3천28톤), 시라기마루新羅丸(3천32톤) 취항을 시작.
    1922년 게이후쿠마루景福丸(3천6백19톤), 도쿠주마루德壽丸(3천 톤급) 취항을 시작.
    1923년 쇼케이마루昌慶丸(4천 톤급) 취항에 따라 고라이마루, 시라기마루는 화물선으로 용도 변경.
    1940년 각각 7천5백 톤급의 공고마루金剛丸, 고안마루興安丸 취항, 시속 19노트로서 종래 11시간이나 걸렸던 부산 시모노세키 간의 항정을 7시간으로 단축, 금년(1941년)초 텐산마루天山丸, 곤론마루崑崙丸 각각 7천5백 톤급이 취항.

관부연락선의 척수와 톤수가 불어가는 것은 일본의 국력이 그만큼 증대되어간다는 증거가 된다.
    이상과 같은 사실을 도표로 만들어놓고 일본의 국력이 그만큼 증대되는 것은 좋은 일이 아니냐고 했더니 E의 답은 이러했다.

"쇠퇴하는 것보다 강해지는 것이 좋지. 그러나 방향이라는 것이 있 잖아? 방향이라는 것이."

이어 E는 혀를 차며 중얼거렸다.

"시라기마루니 쇼케이마루니 이키마루니 쓰시마마루, 모두 좋은 이름 아닌가. 공고마루까지도 좋다. 그런데 고안마루란 것은 뭐지? 텐산마루는 또 뭐지? 곤론마루는 또. 3만 톤, 4만 톤의 배에다 아사네마루 淺根丸라고 이름 붙일 줄 아는 사람들이 7천 톤급의 연락선에다 고안이 뭐고 텐산이 뭐고 곤론이 뭔가. 텐산은 히말라야가 아닌가, 히말라야와 곤륜산이 어쨌단 말인가. 정복이라도 했단 말인가! 앞으로 정복할 거란 말인가. 과대망상에 정신착란에 정신분열을 겹친 꼴 아닌가. 상식 이전이면 또 몰라, 치사하지 않아? 문제는 방향감각이야. 에잇, 치사스러!"

그 이튿날 아침의 일이다.

요란스럽게 호텔 방문을 두드리는 소리에 잠을 깼다. 재빨리 침대에서 뛰어내려 E가 방문을 열었다.

"아침 일찍 실례합니다."

앞장을 선 사람이 이렇게 말했다. 일행은 셋이었다. 와락 밀고 들어오듯한 그들의 태도와 '실례한다.'는 말과는 어울리지 않았다. 나는 그들이 어떤 사람들인가를 단번에 알아차렸다. 아니나다를까,

"경찰에서 왔습니다."

하고 그 가운데의 한 사람이 수첩을 꺼내 E에게 보였다. 나는 섬뜩한 가슴을 겨우 가라앉히다시피 하면서 옷을 집어 입었는데, E는 태연스럽게,

"어떤 일이죠?"

하면서 팬츠 바람으로 침대 언저리에 걸치고 앉았다.

"어젯밤 당신들이 여기에 사람을 부른 적이 있죠?"

형사 하나가 물었다.

"있지요."

E의 대답이었다.

"당신들은 누구죠?"

아까의 형사가 되물었다.

"난 E란 사람이오."

"뭣 하는 사람이죠?"

묻는 사람은 한 사람으로 되어 있는 모양이어서 같은 형사의 계속되는 질문이었다.

"학생이오."

"신분증 좀 봅시다."

E는 탁자 옆 소파에 던져놓은 웃옷에서 신분증을 꺼내 그들에게 보였다. 신분증을 받아 쥔 채 형사가 물었다.

"어떤 목적으로 그 사람들을 불렀지요?"

"학문적으로 알아볼 일이 있어서 그랬소."

"자살자의 수를 묻는 것이 학문적 의미가 있는 거요?"

형사의 얼굴엔 야유하는 듯한 빛깔이 떠올랐다.

"자살자의 수를 물은 것이 아니라 어떤 역사적 인물을 알아보려고 단서를 잡을까 해서 여러 가지 물어본 거요."

"역사적 인물이란 누구요."

"원주신이란 사람이오."

"원주신? 조선인 아뇨?"

"그렇소. 조선인이오."

"당신은 내지인이지?"

"그렇소."

"내지인이 조선인에 관해서 뭐 알아보아야 할 게 있소?"

"난 역사를 공부하는 사람이오. 특히 일한합방사를 연구하고 있소. 그게 나쁘오."

"누가 나쁘다고 했소?"

"그렇지 않다면 왜 아침 일찍 나타나서 이 법석이오?"

"그러니 아까 실례한다고 하지 않았소."

"말하고 태도하곤 따로따로 아뇨?"

"경찰관의 직무라는 것이 있습니다."

"경찰관의 직무가 학문을 하기 위해 자료수집하러 다니는 사람을 죄인취급 하는 거요?"

"학생, 너무 흥분하지 마시오."

셋 가운데 제일 나이가 많아 보이는 형사가 나서서 말을 맡았다.

"이것이 모두가 국가의 안녕과 질서를 위해서 하는 일이오. 정체를 알 수 없는 학생풍의 사람이 나타나 관부연락선 선원의 전력을 가진 사람을 찾곤, 보이에게 과분한 팁까지 주었다는 정보가 들어왔으니 경찰로선 응당 알아봐야 할 일이라고 쳐야 옳지 않겠소."

들어보니 무리도 아닌 이야기 같았다. E도 동감이었던지,

"당초부터 그렇게 말씀할 일이지 대뜸 심문조로 나오니 누군들 기분이 좋겠어요?"

하며 바지를 끌어다 입고 형사들을 보고 자리에 앉으라고 권했다.

"그런데 원주신이란 사람이 어떤 사람인지 좀더 자세히 설명을 해주

시오. 혹시 우리들도 도움을 드릴 수 있을는지 모를 일 아니겠소."
하고 나이가 든 형사가 E의 권으로 자리에 앉으면서 말했다.

E는 원주신에게 관한 신문기사 이야기부터 시작해서 원주신의 정체를 알아보고자 한 동기의 설명까지를 제법 근사하게 나열해놓았다. 그러고는,

"벼룩의 한쪽 눈을 연구해가지고 의학박사가 될 수 있듯이 현해탄에 투신자살한 조선인 청년 덕분에 역사학 그러니까 문학박사가 될 수도 있는 거요."

하고 농담까지 섞었다. 요약하면 순학문적인 문제이지 타의가 없다는 점을 강조한 것이었다.

형사들은 한편 실망도 하면서 한편 안심도 하는 눈치여서,

"우리들도 전연 모르는 사실인데 가능한 한 경찰에 그런 자료가 있는지를 찾아보지요."

하는 말까지 내놓았다.

E는 도쿄의 자기 집 주소를 적어 주면서,

"뭐든 원주신에 관한 조그만한 자료라도 있으면 이리로 연락해주시오. 도쿄 오면 내가 한턱하지요."

하는 농섞인 응수를 했다.

E의 기지로 나와 형사들과는 한마디의 말도 건네지 않고 그날 아침의 소동은 유머러스한 희극으로 끝났다.

형사들이 나가고 나자 E는,

"됐다, 됐어. 이로써 홍역을 치른 셈이다. 앞으로는 형사들에게 대한 대책은 박사 되기 위한 노력이라고 강조하면 되겠다."

고 당초의 불쾌함을 씻어버린 밝은 어조로 좋아했다.

그러나 나의 심정은 그렇지 않았다. E가 일본인이었기에 그 정도로서 끝난 일이지 E가 조선인이었다면 어림도 없는 일이다. 경찰서에까지 끌려가야 하고 만만찮게 경을 치러야 하고 잘못하면 수개월 동안 유치장 신세를 지고도 그 뒷일을 예측할 수 없게끔 된다. E는 자기의 멋진 응대로 형사들을 물리쳤다고 생각하고 있는 모양이지만 사실은 그렇지가 않은 것이다.

이런 뜻을 말할까 하다가 나는 그만두기로 했다. 그 말을 그만두기로 한 대신 원주신 찾는 일을 그만두자고 말해보았다.

E는 그렇게 말하는 나를 힐끗 돌아보더니 내가 한 말뜻과, 내 마음의 뜻까지를 알아차렸다는 표정이 되었다.

"그러니까 내게 맡겨 둬. 모든 책임은 내가 질게. 자넨 그늘에서 노력하란 말이다. 표면엔 내가 있으면 되잖아."

조금 뒤, E와 보이 사이에 한바탕 시비가 벌어졌다.

"인간으로서 그렇게 비열할 수 있느냐?"

고 방으로 들어온 어젯밤의 보이를 보자 E는 고함을 질렀다. 그래도 보이는 조용하게 웃고만 있었는데,

"아무리 보이 노릇을 해처먹고 살기로서니."

하는 악담이 겹치자 보이는 정색을 하고,

"내가 뭘 잘못했단 말이오?"

하며 덤벼든 것이다. 이렇게 보이가 덤비자 가늘고 약해 뵈는 몸집이긴 하지만 중학교와 고등학교 시절 검도선수로 이름을 날렸다는 E는 그 실력을 과시할 셈인지 보이의 뺨을 보기 좋게 갈겼다.

"너희 호텔에 투숙한 손님을 이렇다 할 근거도 없이 경찰에 밀고를 해놓고 그래도 잘했다는 얘기야?"

극도로 흥분해버린 E앞에 보이는 감히 덤벼들지는 못했으나,
"수상한 놈을 고발하는 것은 국민의 의무요."
라고 고래고래 고함을 질렀다.

이 소동을 듣고 뛰어올라온 지배인이 호통을 쳐서 보이를 내려보내고 정중한 사과를 했다.

"용서하십시오. 이런 일이 일반에게 알려지면 우리 호텔업은 그로써 끝장이 납니다. 그러나 그 애들의 딱한 입장도 이해하셔야 합니다. 경찰에서 의무적으로 시키는 일이고 만일 그런 청탁을 어겼다간 그야말로 보이 노릇도 해먹지 못합니다. 그렇더라도 판단만은 정확해야 할 텐데 학생들에게 대해선 빗나간 판단을 한 모양입니다. 연락선 어귀에 있는 곳이라 위험분자가 침입하지 않는 바도 아니니 그런 점 저런 점을 이해하시고 용서해주시오."

우리들의 아버지뻘쯤 되는 나이의 지배인이 이처럼 사과하는 것이니 그 이상 어떻게 할 수도 없었다. E는 이 같은 날이야말로 일기를 쓸 만한 날이라고 중얼거리면서 목욕탕으로 들어가버렸다.

시모노세키에 머물러 있어보았자 그 이상의 소득은 없을 것 같았다. 우리는 곧 부산으로 떠나기로 했다. 문의한 결과 밤배를 탈 수밖엔 없게 되었는데 이번에는 나와 E 사이에 선표 문제를 가지고 한바탕 격론이 벌어졌다.

나는 2등표를 사자고 하고 E는 3등표를 사자고 고집을 부렸다. 내가 2등표를 사자고 하는 데는 다음과 같은 이유가 있었다. 특고特高의 감시가 3등에 비해 2등이 훨씬 누그럽다. 3등을 탔다간 틀림없이 나는 특고의 명령으로 트렁크를 열어야 하고 몸수색을 당해야 하고 귀찮은 질

문을 받아넘겨야 한다. 그렇게 되면 사람은 십상팔구 비굴한 몰골이 되는 것이다. 일본인인 E는 일본인이라는 신분만 제시하면 무난히 관문을 넘는다. 무난히 관문을 넘은 E가 잔뜩 부릅뜨고 있을 그 호기好奇의 눈앞에 내 비굴한 몰골을 드러내고 싶지 않았다. 그리고 또 하나의 이유는 일본인들도 3등객일 경우는 별수없었겠지만 3등 선창, 그 창고 같은 선실에 짐짝처럼 실려가는 동포의 누추한 꼴들을 E에게 보이기 싫었다는 데 있었다. 하지만 이러한 이유를 말할 수가 없어서 나는 우선 3등을 타면 갑판 위에 나갈 수 없다는 점만을 들었다.

E는 이왕 관부연락선을 탈 바엔 그 악명이 높은 3등 선실에 타야만 모처럼 연락선을 탄 보람 있는 체험을 할 수 있다면서 고집을 부렸다.

나는 그러한 E의 태도를 값싼 센티멘털리즘이라고 했고, E는 한사코 2등을 타려는 나의 태도를 설익은 귀족 취미라고 비난했다.

설익은 귀족 취미보다 더 추하게 썩어빠진 속물근성이라고 해도 나는 2등을 타야겠다고 우겼으나 E는 절대로 양보할 기색을 보이지 않았다.

"열차에서고 배에서고, 2등을 타는 사람들처럼 아니꼬운 족속은 없다."

는 극론까지 내놓으면서 꼭 그렇다면 1등을 타라고 했다.

1등은 고위고관, 또는 귀족의 신분을 가진 사람이 아니면 탈 수 없게 되어 있다고 말했더니 그럴 바엔 꼭 3등을 타야 한다고 단호했다. 어이가 없어 쪼끄마한 놈이 웬 고집은 그렇게 센가고 빈정대주었다. 그 응수가 또한 만만치가 않았다.

"관군에 대항해선 자멸하는 줄을 알면서 아이즈한會津藩에 군자금을 대준 할아버지의 손자다, 나는……."

정공법으로 안 되는 경우는 기습작전을 해야 한다.

나는 관부연락선을 한두 번만 타본 사람이 아니고 E는 초행이라서 표를 사는 역할은 내가 맡아야 한다. 그 찬스를 이용할 계획이었다. 나는 E의 주장에 항복한 척하고 담배를 산다는 핑계로 방에서 나왔다. 그러고는 아까 사과하러 온 지배인을 찾아 부산까지의 2등 선표 두 장을 부탁해놓고 돌아왔다.

돌아오니 E의 육감이 작용했던지 표를 사러 나가야 할 게 아니냐고 내게 물었다. 나는 3등표는 배를 타러 나갈 때 사도 충분하다고 시침을 떼었다. 사실은 그 무렵 승객이 폭주해서 3등표는 하루 앞, 또는 밤 편이면 일찍 사놓지 않으면 안 되게 되어 있었던 것이다.

식당엘 내려가서 아침식사를 하고 있는데 지배인이 나타나 배표 두 장을 탁자 위에 놓았다.

E는 불현듯 그 표를 들었다.

E는 눈을 안경 너머로 무섭게 흘기면서 나를 노려보았다. 나는 쾌활하게 웃었다. 오래간만에 실로 오래간만에 웃어보는 유쾌한 웃음을 오랫동안 웃었다. 그러고는 덧붙였다.

"뭐랬지, 너 아까. 아이즈한에 군자금을 대어준 할아버지의 손자라구? 난 말야, 엽전 한 닢, 엽전 한 닢이면 지금 우리가 쓰고 있는 돈 1전의 10분의 1의 화폐 가치밖엔 없는 거야, 그것을 밤길에서 잃곤 내일 아침 찾을 요량으로 호랑이가 나온다는 산 속에서 밤을 새운 할아버지의 손자다, 알았지?"

이쯤 되었으니 E의 고집도 굽히지 않을 수 없었던 모양이다.

포크를 가진 손을 번쩍 들어 보이면서 시무룩하게 한마디했다.

"본일 천기청랑天氣晴朗하되 파도는 높다."

배가 떠날 때나, 배가 닿을 때 부두에는 일종 식전式典의 기분이 흐른다. 누가 주재하는 것도 아니고 일정한 순서를 갖춘 것도 아니지만 부두를 감도는 분위기엔 식전을 닮은 장중함이 있고 식전을 닮은 소란이 있다.

이 식전에선 저마다 주빈으로서의 스스로를 느낀다.

미지의 운명을 향해 떠나는 사람은 그 미지의 운명을 앞두고 설레는 가슴속에서 스스로가 주인공이며, 긴 방랑을 마치고 돌아가는 사람은 미지의 세계로 향할 때보다도 더 불안한 마음으로 고향을 생각하는 그 생각을 되씹어보는 마음속에서 스스로가 주인공이 된다. 희망을 안고 떠나가는 사람은 그 희망으로 해서, 절망을 안고 돌아가는 사람은 그 절망으로 해서, 한동안 부두를 무대로 엮어지는 식전에서 각기 주빈인 스스로를 느낀다.

바꾸어 말하면 배를 대하면 누구나 감상적으로 된다는 얘긴데 시모노세키와 부산의 부두는 이국이 아니라면서 이국일 수밖에 없는 나라를 향해 오가는 연락선의 발착지로서 그 감상은 갖가지의 바리에이션으로 물들기도 한다. 관부연락선을 두고 그 숱한 민요와 유행가가 생겨난 것도 이유 없는 일이 아니다.

그 밤의 시모노세키 부두에도 식전의 기분은 넘쳐 있었다. 일본 각지에서 모여든 군중이란 실감이 짙게 풍기는 군중들이 각양각색의 차림을 하고 각양각색의 사투리를 지껄이며 붐비고 소음을 엮었다. 국민복 차림의 사나이가 신문을 '순분'이라고 발음하며 유카타浴衣 차림의 사나이에게 말을 걸면 그 사나이는 "소야사카이(그러니까)" 하는 따위의 관서변關西辯으로 대답하고, '밧덴'을 연발하는 사나이가 있는가 하면 '간스'로써 말맺음을 하는 사나이도 있다. '밧덴'은 나가사키 근처 사람들의 말버릇이고 '간스'는 히로시마 사람들의 말버릇이다.

물론 이 소음 속에는 조선어 사투리도 끼어 있다. '짐'을 '딤'이라고 하고 '정거장'을 '덩거당'이라고 하는 평양 사투리, '그러탕께' '그러탕가' 하는 따위의 전라도 사투리, 퉁명스러운 경상도 사투리들이 얽히고 설켜 일본인이 만든 소음에 질세라 기를 쓰는 것 같다.

이 군중들의 소란 위로 '애국행진곡'의 힘찬 가락이

"보라! 동해의 아침은 밝았다."

고 외치기도 하고,

"이기고 돌아오리, 맹세를 하고"

고향을 떠난다는 '출정 군인의 노래'가 슬픈 가락을 펴기도 한다.

그 밤에도 병정들은 있었다. 공용公用의 완장을 두르고 일반 여객 속에 끼여 있는 병정, 또는 장교들도 보였지만 일반인이 붐비고 있는 곳과 조금 떨어진 한구석에 카키 일색으로 밀집한 병정들이 숨을 죽이듯 승선을 기다리고 있었다.

섬나라인 고국을 떠나 이제 전쟁터 대륙으로 간다는 병정들의 착잡한 감정이 내 가슴에까지 번져오는 것 같았다. 나는 연락선을 기다리고 있는 병정들을 볼 때마다 팽창하는 일본의 국력을 느끼면서도 역사의 거대한 바퀴에 짓밟히는 희생을 생각한다. 그러나 그 희생은 일본으로서는 고귀한 희생이다. 그때 야스쿠니 신사靖國神社가 희생에다 군신軍神 또는 영령英靈이란 이름을 붙여 길이 모셔주는 것이다.

'조선 출신의 이인석 상등병도 야스쿠니에 있다.'

2등과 3등의 입구가 갈라지는 곳에서 머물고 있는 동안 E는 어떤 소년 하나를 붙들고 말을 걸고 있었다.

"어디를 가지?"

"만주로요."

"고향은 어디지?"

"나가노현입니다."

"만주는 뭣 하러?"

"만몽개척단滿蒙開拓團으로 갑니다."

"어디 있는 거냐, 그건?"

"손오孫吳에 있다고 합니다."

"손오란 어디쯤에 있는 곳인가."

"북만주에 있다고 합니다."

"나이는 몇이지?"

"열여섯 살입니다."

"부모님은 다 계시니?"

"어머닌 돌아가셨습니다."

"개척단이란 건 뭣 하는 거지?"

"만주의 벌판을 개척해서 천황폐하께 충성을 다하는 단체입니다."

소년의 대답은 명석했다. 그러나 아직 어린 티가 그냥 남아 있는, 뭣엔가 질려 있는 듯한 그 소년의 눈과 표정은 용감스럽고 명석한 그의 대답과는 딴판이었다. E는 그 소년에게서 시선을 돌려 나를 향하며,

"저런 소년들까지도 동원해야 직성이 풀리는 것일까."

하고 낮은 소리로 중얼거렸다. 그러고는 다시 소년을 보곤 몸조심하고 부디 성공하라고 타이르는 것인데 그 어조나 태도가 몹시 감상적이었다.

뒤에야 안 일이지만 E는 손오에 있는 개척소년단에 관해서 쓴 K라고 하는 고명한 비평가의 글을 읽고 있어서 그곳이 소년들에게 대해서 어

떤 곳인가를 미리 알고 있었던 모양이었다.

그 글엔 경험과 방법도 없는 그저 야심으로 부풀어 있기만 한 자칭 지도자들 때문에 희생되는 소년들의 참담한 상황이 그려져 있다고 했다. E가 외우듯 하고 있다는 부분은 대강 다음과 같은 것이었다.

소년에겐 어른들처럼 곤란을 이겨내는 의지가 없다. 그 대신 곤란을 곤란으로서 느끼지 않는 젊은 에네르기가 있다. 희망에 사는 재능을 갖지 않는 대신 절망이니 하는 관념적인 것을 만들어내는 재능도 없다. 그런 무사기無邪氣함을 소년들의 얼굴 위에 확실하게 읽었을 때 나는 충격을 받았다. 아마 그들의 반항도 무사기하고 그들의 복종도 무사기한 것이다. 그 점, 지도자들은 소년들을 지도하기는커녕 도리어 소년들에게 끌려다니고 있다. 결핍도 또한 일종의 훈련이란, 그 따위 어른들의 로맨티시즘을 소년들의 무사기는 결코 이해하지 못한다. 변소는 집 밖에 있었다. 기둥과 암페라와 대竹로써 만들어져 있었다. 소변을 하고 있으니까 안에서부터 소년들의 방귀 소리며 똥에 힘을 주는 소리가 들려 불각지중 나는 눈물을 흘렸다. 이렇게까지 해서라도 필요한 일인가, 하고 생각한 때문이 아니다. 이렇게까지 해서라도 하지 않으면 안 될 일의 필요함이란 뭣일까 하는 생각이 통절했던 까닭이다.

엷게 별이 깔린 여름 밤 하늘 밑에 전현全舷에 가득 전등불을 켜단 7천5백 톤 체중을 가진 고안마루는 10시 20분 정각, 기적을 높이 울리면서 시모노세키의 부두를 떠났다(그 후, 1년이 못 가서 관부연락선은 이렇게 화려한 출범은 하지 못하게 되었다. 전현에 불을 켜 달기는커녕, 손님들의 담뱃불까지를 경계하며 밀수선처럼 드나들어야 했다).

연락선을 타보기는 처음인 E는 별을 이고 밤새워 데크에 기대서서 검은 파도가 뱃전에 부딪혀 하얗게 비말을 올리며 흩어지는 광경을 바라보며 있고 싶은 마음인 것 같았으나 출범 직후는 갑판에 나와선 안 된다는 선원들의 성화를 이겨낼 수가 없어 선실로 돌아왔다.

2등 선실이라고 해서 별반 시설이 잘 되어 있는 것은 아니다. 3등은 선저에 널따랗게 다다미를 깔아놓았을 뿐 칸막이가 없는데, 2등은 방 하나에 7, 8명씩 수용할 수 있도록 칸막이를 해놓았다는 점과 갑판으로 수월하게 나갈 수 있다는 점과 보이를 시켜 술을 자유로이 사 마실 수 있다는 점이 조금 다를 뿐이다.

3등은 너무나 혼잡해서 손님들이 포개서 앉아야 할 정도라고 하는데 2등은 의외로 한산했다. 나와 E를 빼곤 우리가 지정된 방의 손님은 다섯밖에 없었다. 나는 보이에게 푸짐한 팁을 주면서 배가 오키노우미에 다다를 때, 그때 갑판에 나갈 수 있도록 해달라고 부탁해놓고 트렁크를 베고 누웠다. E도 내 본을 따랐다.

저편 벽에 기대어 두 사람이 그저 무료히 앉아 있고, 방 한가운데서 세 사람이 술자리를 벌여놓고 있었다.

배의 리드미컬한 진동이 발 끝에서 머리 끝까지 번져왔다. 이것도 일종의 쾌감이구나 하고 느껴볼 수 있는 가벼운 자극이다. 바라보니 E는 심각한 얼굴을 하고 천장을 쳐다보고 있다.

너 무슨 철학을 하니, 하고 내가 물었다. 무엇을 생각하느냐는 말을 우리는 무슨 철학을 하느냐고 묻는 버릇으로 되어 있다.

"손오로 간다는 아까의 그 소년을 철학하고 있어."

어떤 결론이 날 것 같으냐고 되물었다.

"무결론의 결론. 다만 이런 결론은 얻었다. 관부연락선, 일본 사람에게 대해서 반드시 영광에의 길이 아니고, 조선 사람에게 대해서 반드시 굴욕에의 길이 아니다."

그런 뜻의 말을 내가 한 적이 있지 않으냐고 했더니,

"자네가 한 그 말과 내가 한 이 말은 말은 같으나 의미는 다르다."

네가 보다 철학적이란 말인가고 했더니 E의 대답은,

"너의 말은 시니컬했고 나의 말은 역사적이다."

그럴싸한 표현이라고 생각했다. 그러나 나는 그 이상 대꾸할 생각을 않고 덤덤히 배의 진동에 나의 생각의 진동을 맡겨버렸다.

"그런데 말야."

하고 E의 말이 건너왔다.

"우린 조선에 가서 할 일은 하나도 정해놓지 않았지 않았어?"

나는 한국의 속담을 말했다. 바람부는 대로 물결치는 대로 하면 되지 않느냐고.

"그것도 그래."

하더니 E는 다시 말을 걸어왔다.

"가만히 생각하니까 나 아는 사람이 부산의 어떤 중학교에서 지리선생 노릇을 하고 있다던데."

이름만 알면 중학교라야 서너 개밖에 없으니 쉽게 찾을 수 있을 거라고 했더니 E는 벌떡 일어나 앉으면서 외쳤다.

"고다田야, 고다."

부산에 도착하자마자 찾아보기로 하자니까 그럴 것까진 없다면서 고다란 사람이 얼마나 얼간이인가, 그런 얼간이가 선생 노릇을 하고 있으니 조선 학생들이 일본인을 깔볼 만도 할 것이라고 하면서 E는 고다에 관한 이야기를 띄엄띄엄 늘어놓았다.

양치질을 하지 않아 언제나 누우런 이빨을 드러내고 있다는 것, 한참 신이 나게 지껄일 땐 입 언저리에 거품을 질국질국 뿜어낸다는 것, 그런 주제니까 옷차림이 형편없다는 것 등등…….

아닌 게 아니라 조선에 나와 있는 일본인 선생들은 거개 실력이 없었다. 가령 어떤 수학교사를 예를 들면 교과서 이외, 교과서에 있는 것이라도 아직 배우지 않은 부분에 있는 것을 질문하면 태반을 풀지 못했다. 내 좁은 경험을 가지고 단정하긴 곤란하지만 교사 자격증은 가지고 있고 실력은 없어 본국에선 취직할 수가 없으니까 조선으로 기어나오는 것이 아니었을까 한다. 그중에도 기막히게 실력이 있는 선생이라고 보면 이건 예외 없이 변태 성격이다. 내가 겪은 교사 가운데 구사마草間란 영어선생이 있었다. 히로시마 고사高師를 거쳐 교토제대京都帝大를 나왔다는 경력을 가진 사람인데 이 선생은 일정한 하숙을 가지지 않았다. 이를테면 본거지라고 할 만한 곳은 있기는 하는데 거기서 기거하는 날이란 드물었다. 학생들 집을 찾아 빙빙 돌아다니며 얻어먹고 자고 하는 것이다. 그것까지도 좋다. 어쩌다 2층 같은 데 재워놓으면 숭늉 그릇에 오줌을 누고 신문지에다 똥을 싸선 창을 열고 바깥에 던져버린다. 이런 일 한 가지만 보더라도 그 사람의 변태성이 어느 정도인가를 알 수 있다. 그런데 영어실력만은 신통했다. 영어뿐만이 아니라 독일어, 프랑스어, 희랍어, 나전어까지 통하고 있다고 들었지만 이편에서 테스트할 만한 실력이 없었으니까 뭐가 뭔지 모르겠고…… 나는 이러한 예를 되는대로 주워섬기고 내가 2학년 때 고향의 중학을 집어치우고 일본으로 건너간 이유 가운데는 그런 것도 있었다고 덧붙이자, E는 일류학교를 제외하면 일본 내에 있는 학교도 마찬가지라고 하면서, 일본에 있는 중학으로 옮겨보니 어떻더냐고 되물었다. 사실 나는 일본 내에 있는 중학교로 옮겨 와선 후회도 했다. 후회를 한다고 해서 돌이킬 수도 없어 학교를 등한히 하고 결국은 검정시험을 통해서 중학을 졸업한 셈으로 된 것이다.

이럭저럭 말이 오가는 결에 E가 안다는 그 고다라는 선생을 만나 그의 눈에 비친 조선 학생의 상태 같은 것을 알아보기로 하자는 데 합의가 이루어질 무렵,

"어이 거기서 지껄이고 있는 학생들!"

하는 고함 소리에 놀라 나도 일어나 앉았다.

고함은 아까부터 술자리를 벌여놓고 있었던 그 세 사람 가운데서 터져나온 것이다. 어리둥절하고 있는 우리들에게 다시 고함이 쏟아졌다.

"거 학생들 이리 좀 오라구. 배를 탔으면 여행자답게 술이나 들이켤 것이지, 계집새끼들처럼 지껄이고만 있어?"

지지미의 잠방이와 동저고리를 걸치고 구마소熊襲 같은 털투성이의 팔다리를 내놓고 아까부터 노상 지껄이고만 있던 뚱뚱보가 도리어 우리들을 지껄이고만 있다고 비난하고 있으니, 어이가 없었다. 거나하게 취기가 돈 모양이었다.

"이리 오래두."

그 사나이는 또 한번 취기에 어린 고함을 질렀다. E는 나의 얼굴을 살피고 나는 E의 얼굴을 살폈다. 둘이는 그 술자리로 가지 않을 수 없게 된 상황을 느꼈다.

옆에 가 앉자, 나이가 40을 넘어 보이는 그 사나이는 유리잔을 불쑥 내 앞으로 내밀며 맥주를 가득 따랐다. 사양하느니 그만 따르라느니 말할 겨를도 주지 않았다.

"난 아마카스란 놈이다. 아시아를 주름잡고 있는 풍운아다."

나는 눈을 부릅뜨고 놀란 표정으로 그를 바라보았다. 아마카스甘粕란 말인가? 아마카스 다이스케? 이건 괴물이었다. 일본의 아나키스트 지도자, 오스키 사카에大杉榮와 그의 아내 이토 노에伊藤野技를 일본도로 베어 죽이고도 석방되어, 만주에서 판치고 있다는 소문으로 해서 전설적인 인물이 아닌가. 나는 나의 의아한 표정을 E에게로 돌렸다. E도 같은 의혹과 놀람을 가진 모양이었다. 그러나 이런 상념은 일순의 일이다.

그 사나이는 너털웃음을 웃으며,

"너희들 내가 아마카스라고 하니까 오스키 사카에를 죽인 아마카스 다이스케라고 생각하는 모양이군. 그렇다면 오해다. 나는 그런 테러리스트가 아니다."

나는 그 말을 듣고 한편 안도의 숨을 내쉬면서도 그 사나이가 바로 그 아마카스 다이스케가 아니라는 데 가벼운 실망을 느끼기조차 했다.

"나는 E라고 합니다."

"나는 유라고 합니다."

자기 소개를 하면서도 상대편은 우리를 너희들이라고 부르며 천대를 하는데 이편에선 경어를 써버린 데 대해 아니꼬움을 느꼈다.

'담력과 용기란 털끝만큼도 가지고 있지 못한 너절한 녀석이 바로 나다.'

너털웃음의 사나이는 우리들의 인사를 받곤,

"그러면 내가 소개하지."

하며 한 사람을 가리켜,

"권선생이란 분이다. 고등문관시험에 합격한 수재인데 곧 군수로 가신단다."

하고, 또 다음 사람을 가리키며,

"오키 씨, 지금 만철조사부滿鐵調査部의 혁혁한 간부다."

권이라는 사람은 27, 8세 되어 보이는 거무스레한 피부가 반들반들 윤이 나는 사람, 뒤에 E가 표현한 바에 의하면 고등문관시험이 생애 최고의 목적이고 그 목적이 달성되자 자족자애하는 품이 머리칼 가닥가닥에까지 반사되어 있는 듯한 위인이고, 오키란 자는 넓은 이마 밑에 날카로운 눈이 빛나는 어디에다 버려놓아도 지식인 아니라고 말할 사람은 없을 그러한 위인이었다.

"만철조사부란 것이 뭔지, 아나?"

너털웃음의 사나이가 이렇게 묻는 것이었지만 나나 E가 그런 것을 알 까닭이 없다.

너털웃음의 사나이는 우리들의 무식을 깨우쳐주는 듯이 말했다.

"만철조사부란 아시아의 운명을 조사하고 예견하고 그러니까 아시아의 운명을 좌우하는 기관이다. 그쯤 알면 돼. 그 이상은 필요 없어. 그런 점으로 미루어 오키 씨는 무서운 사람이다."

이렇게 말해도 오키 씨는 웃고만 있었다. 그의 풍채와 용모에서 자기가 하는 일에 자신과 만족을 느끼고 있는 사람에게 특유한 고요함과 활발함과 예리함을 느꼈다.

"어느 대학이죠?"

권이라는 자가 물었다. 나는 머뭇거렸다. 그런데 E가 털어놓았다.

"A대학이오."

"과는?"

"문과."

권의 얼굴에 관대한 웃음이 번졌다. 삼류대학에 다니는 형편없는 친구들이로구나 하고 입으로 말하는 것보다 더 명백한 의사표시였다. E도 같은 것을 느꼈던 모양이었다.

"당신은 D대학이죠?"

"그렇소."

여유작작하고 거침이 없는 권의 대답이었다.

그러자 아마카스가 나섰다.

"오키도 D대학이지?"

"그렇습니다."

"앞에 있는 권군과 오키 군을 빼놓고 하는 말인데 D대학을 다닌 놈 치고 인간 같은 건 드물어. 그런 치들이 일본의 상층부를 점령하고 있으니 딱하단 말야. 아시아의 경영에 지장이 이만저만 아니거든. 기우장대하고 도량여해해야 할 텐데 터무니없는 우월의식에 사로잡히고 계산 속의 노예가 돼선 꼼짝달싹을 못하는 꼴이니 말야. 인생에 있어서 학교에서 배우는 부분이란 시간적으로만이 아니라 여러 면으로 봐서 얼마 되지 않는 거야. 이를테면 여자하고 잠자리하는 것 가르쳐주나? 알면서도 속는 척하는 이 법을 가르쳐주나? 가장 소중한 것은 빼놓고 쓸데없는 것만 가르치는 곳이 학교 아닌가. 그런데도 어쩌다 그런 학교를 나왔다고 해서 그 우월의식을 코에 걸고 다니니!"

"언제 내가 그러는 것을 봤어요?"

"누가 오키더러 얘길 하나? 오키는 빼놓고 하는 얘기라고 하잖았어?"

"죄송합니다만 선생님은 어느 대학을 나오셨습니까."

권이 점잖게 물었다.

"나?"

하고 아마카스는 소리를 높였다.

"내가 나온 대학은 많지. 내 열서너 살 때 일이지. 과잣집의 심부름꾼을 했거든. 그러니까 종종 대학에 들어가고 나올 기회가 있었지. 자전거를 타고 앞문으로 들어가서 뒷문으로 나오는 수도 있고 뒷문으로 들어가서 앞문으로 나오는 수도 있고!"

E가 무슨 생각을 했던지 보이를 불러 맥주를 한 타스 가지고 오라고 일렀다.

"제가 한턱하겠습니다."

라고 했다.

"뭣!"

하곤 아마카스가 호통을 쳤다.

"학생인 주제에 술을 사? 건방지게. 부모님 호주머니 털어 대수롭지도 않은 공부를 하면서 뭣, 술을 사겠다고? 되어먹지 않았어! 아까 너희들을 내가 혼을 내주려고 했어, 사실은. 학생의 신분으로 2등이 뭐냔 말이다. 그러나 보이에게 들으니 3등은 입추의 여지가 없을 정도라고 하더구나, 그래 용서하기로 한 건데……."

"전 이왕이면 1등 타려고 했어요. 그게 안 된다고 해서 부득이……."

E가 구김살없는 미소를 띠고 이렇게 말하자 아마카스의 흥분은 절정에 이르렀다.

"뭣이? 1등을 탈 작정이었다고?"

"그럼요."

E는 말했다.

"그러나 오해는 마십시오. 난 부모님의 호주머니를 털어가며 공부하고 있는 것은 아니니까요."

"됐어, 그럼 됐어. 그러나 술을 사는 건 반대다. 이 아마카스가 학생이 사는 술을 마셨대서야 말이 되겠나, 술값 같은 건 걱정 말고 실컷 마시기나 해라."

"대단히 실례입니다만 선생님의 직업은 뭡니까."

E가 이렇게 묻자 아마카스는 다시 한 번 호탕한 웃음을 터뜨렸다.

"내 직업? 저기 있는 오키 군에서 물어보게나. 굳이 이름을 붙이려면 대동아공영권 건설기술업이라고나 해두지."

"아마카스 선생은……"

하고 오키란 사나이가 거들었다.

"종래, 호걸이면 두뇌가 얕고, 지식인은 심장이 약하다는 것이 통념처럼 되어 있지 않아? 그 통념을 박차버린 지도자다. 원대한 시야가 있고 높은 이상이 있고 치밀한 두뇌를 가졌다는 건 희귀한 소질이지."

"너 사람을 앞에 두고 그따위 낯이 간지러운 소린 안 하는 게 좋아. 헌데 학생들도 학교를 나오거든 대륙으로 웅비해. 거기에 이상이 있고 꿈이 있고 우리의 능력을 시험해볼 수 있는 단련장이 있고 남아 일대의 포부를 보람 있게 할 무대가 있단 말야."

"우리 같은 사람도 대륙으로 가면 쓸모가 있겠습니까?"

하고 권이란 자가 나섰다.

"있고말고. 그러나 고 케케묵고 잘난 법률의 조문 따위는 잊어야 돼."

"국가는 법치국가이고 사회도 법치사회인데 법률을 부정하고 문화사회가 성립될 수 있겠습니까."

권은 자기 딴엔 제법 이론을 갖추었다고 할 수 있는 말로 응수했다.

"법률에 우선하는 것이 도의다. 지금 일본은 법률의 올가미 속에서 도의가 질식할 상태에 있다. 그 질식상태에 있는 도의를 대륙에서 소생시키자는 것이 우리의 포부다."

"일본의 도의를 대륙에서 소생시킨다는 것은 일본의 준법정신을 대륙에다 보급시킨다는 뜻으로 되어야 가장 효과가 있지 않겠습니까."

"그따위 소리밖에 하지 못하니까 고등문관인가 뭔가의 시험을 본 사람을 싫어하는 거야, 나는. 내 친구에 헌법학자라는 게 있어. 이자의 말을 들어 봐. 사회를 지배하는 것은 법률이다. 법률의 우두머리에 있는 것은 헌법이다. 그런데 나는 헌법을 연구하는 학자다. 그러니까 내가 제일이다. 이런 식의 얘기거든. 그래 내가 쏘아주었지. 세균학을 연구하는 학자는 그러면 후레자식이냐고……."

그래도 권은 자기의 주장을 끝끝내 세우려고 했다. 자기가 얼마나 똑똑한가를 과시하려고 들었다. 그것이 얄밉게 보였는지 E가 권더러 물었다.

"조선에는 일본의 국법을 어겨가며 독립운동을 하고 있는 자가 있는 모양인데 권씨의 법률관으로선 그자들은 어떻게 되는 거요."

"조선독립을 위해서 운동하고 있는 자들은 거개가 상식결핍증에 걸린 사람이거나 정신착란에 가까운 사람들이오. 그 외의 운동자들은 해외에서 생활할 수단으로 하고 있는 거요. 정신이 올바르게 서 있는 자들은 모두 내선일체의 방향으로 노력하고 있소. 그러니 조선독립 운운하는 자는 단순한 범법자로 취급해야 하는 거요. 야마토다마시大和魂에 귀일하는 길 외엔 우리의 살 길은 없소."

보아하니 오키가 아마카스에게 기묘한 시선을 보내고 있었다. E의 웃는 눈빛이 나를 향해 쏟고 있었다. 나는 권의 번들번들한 이마를 쳐다봤다. 그리고 훌륭한 견식이라고 생각했다. 용기 있는 태도라고 생각했다. 나도 저런 명쾌한 관념을 지니고 동요하지 말아야 하는 것이었다.

"센티멘털리즘을 민족주의로 혼동하고 스스로의 의식을 애매하게 하는 것을 지식인의 장기처럼 생각하고 있는 치들이 있지요. 우리는 솔직하게 헤겔의 철학을 믿으면 되는 거요. 현실적인 것은 합리적이고 합리적인 것은 현실적이지 않소?"

좌중이 조용해진 것을 자기의 변설에 탄복한 탓으로 알았는지 취기도 겸쳐 권의 얼굴은 의기양양하기조차 했다.

"어쨌든 대륙이 필요해. 권군이 말하는 내선일체는 만주를 비롯한 대륙에서 이루어지는 거야. 일본 내에 있어서의 노자勞資의 충돌, 또는 모순도 대륙에서 지양되는 거야. 권군의 그 명쾌한 사상도 일본과 조선이란 판도 안에서는 소수자의 선구적 사상은 될지 몰라도 현실을 타개하는 열쇠는 되지 못한단 말이야. 자! 모두들 만주로 가자. 중국으로 가자."

아마카스는 호기 있게 술잔을 비워선 내게로 넘기면서 말했다.

"자넨 꿀먹은 벙어린가. 한마디쯤 하라구."

당황하고 있는 나를 보자 E가 구원의 손길을 뻗었다.

"유군은 철학자입니다. 철학자는 관찰하고 생각은 해도 떠들어대진 않는 족속인가 봅니다."

나를 철학자라고 하는 바람에 곁에 있던 권의 눈이 슬쩍 나를 훑어갔다. 오키가 안경을 고쳐 쓰는 척하면서 나를 훔쳐봤다. 아마카스만은 정면으로 나를 노려보며 다시 입을 열었다.

"이거 잘 만났다. 내 소원은 철학자를 만나 내 포부를 철학적으로 검토해달라고 부탁하는 데 있었다. 어때, 이런 말이 있지? 인류는 스스로 해결할 수 있는 문제만을 문제로 해야 한다. 마르크스란 놈, 이 말 한마디는 잘했지. 그런데 내가 설정한 문제를 해결할 수 있는 것으로 보는가 그렇지 않은가를 말해달라는 거다."

아마카스는 여기서 일단 말을 끊었다가 크게 숨을 한번 내쉬고는 다음과 같이 말을 이었다.

"나의 이념은 대동아공영권을 만들지 않고는 현재 하고 있는 일본의 노력이 명분을 갖지 못한다는 데 있고, 나의 포부는 대동아공영국, 나라라는 국이야. 이 대동아공영국을 만드는 데 있다. 한번 내 말대로 생각을 해봐. 동해에 일본국이 있다. 지금의 일본열도를 판도로 한 것이다. 현해탄, 지금 건너고 있는 이 현해탄을 건너면 조선국이 있다. 압록강을 넘으면 만주국이 있다. 산해관을 넘으면 화북국華北國이 있다. 주강珠江 일대의 남쪽엔 화남국華南國이 있다. 운남, 귀주, 청해, 신강을 합쳐 화서국華西國을 둔다. 안남安南은 그대로 안남국으로 하고 시암은 태국 그대로 두고 버마는 독립시켜 버마국으로 하고 말레이도 물론 독립시켜 말레이국으로 하고 거기에다 필리핀국까지를 포함시킨다. 이것이 연방체로 된 대동아공영국이다. 이 모든 연방이 일본 천황의 정신적 지배 밑에서 각기의 발언권을 가지고 공존공영하는 거다. 최고 통치기관은 각 연방국에서 하나씩 선출된 최고대표들이 모인 최고회의로 하고 그 회의의 의결에 따라 각국의 왕, 또는 대통령, 수상이 일체의 행정권을 가진다. 그러니까 전체적인 안전보장, 물자계획 이외의 것은 독립국과 마찬가지로 행세하는 것이다. 최고회의의 의장은 윤번제라도 좋다. 이렇게만 되면 그야말로 이상적인 대동아공영권이 이루어지지 않겠나. 어때 젊은 철학자, 이 이념이 철학적으로 가능한가?"

오키란 자는 빙그레 웃고 있었다. 권이란 자는 심각한 표정을 하고 있었다. 나는, 아마 당황한 표정이었을 것이다. E만은 아마카스와 꼭같이 유쾌한 표정을 지니고 있었다.

"어때 젊은 철학자."

아마카스는 계속 나를 추궁했다.

"그렇게 될 수만 있다면야 철학적으로 가능한지 않은지가 문제가 되겠습니까."

겨우 내가 이렇게 말하자 E가 거들고 나섰다.

"이왕이면 인도네시아도 넣고, 인도도 넣고 이집트도 넣고 아프가니스탄도 넣고 페르시아도 넣고 하는 것이 좋지 않을까요?"

이러한 E의 말투엔 분명히 야유하는 빛깔이 있었는데 아마카스는 그것을 알아차렸는지 못 알아차렸는지 응수하는 품이 정색이었다.

"그건 안 돼. 황색단 일체가 깨지거든. 머지않아 세계는 황색, 흑색, 백색의 삼대 색별권으로 나뉘어 각축을 벌이게 돼. 그런데다 중동의 어중간한 인종들을 끼워놓으면 후환이 있단 말야. 마르크스 최대의 오산은 역사를 계급적으로만 파악하고 인종 색별을 등한히한 점이야."

"안 됩니다."

하고 단호한 어조로 권이란 자가 나섰다.

"천황폐하의 미이쓰(위세) 아래 복종하는 대동아공영권은 가능하기도 하고, 지금 황군皇軍의 활약으로 봐서 그 실현하는 날이 가까이 다가오고 있기도 합니다. 그러나 독립국 체제로 해가지고 연방을 만드는 것은 불가능한 일일 뿐더러 나는 반대합니다. 그리고 아까 천황폐하 외에 최고의장에게 최고의 권한을 주는 양의 말이 있었는데 이것은 대권大權의 침해이며 대일본제국의 헌법상 절대로 용납할 수 없는 사상입니다."

아마카스는 또다시 호탕한 웃음을 터뜨렸다.

"자네를 조선의 어떤 지방의 군수로 시킬 것이 아니라 도쿄로 데려가 추밀원 의장을 시켜야겠구나."

권의 얼굴이 벌겋게 타오른 것은 술의 작용만은 아닌 것 같았다. 오키가 빙그레 웃으면서 한마디 보탰다.

"꿈 얘길 가지고 흥분할 것까진 없잖아?"

"권군의 충성심을 조롱한 건 아냐. 오늘 처음으로 권군을 만났지만 조선의 청년 관리 가운데 군과 같은 인물을 발견했다는 건 이번 여행의 큰 수확이었어."

이렇게 해놓곤 아마카스는 또다시 내게 화살을 던졌다.

"유군도 조선 사람이지. 권군의 얘기를 듣고 어떻게 생각했어. 이런 선배를 배워야 하네. 어때, 감상이."

나는 만좌의 눈이 내게 쏠린 것을 느꼈다. 뭔가 대답하지 않을 수 없게 되었다.

"생각해보죠, 여러 가지를. 선생의 그 대동아공영국은 참으로 흥미가 있었습니다."

잇달아 공영권 이야기가 한창 꽃을 피웠는데 그것을 전부 옮길 수가 없다. 아까 부탁해놓은 보이가 우리 곁을 지나면서 사인하는 눈치를 보였다. 나와 E는 잠깐 갔다 오겠다면서 자리를 떴다. 변소에서 E가 한 말.

"대동아공영권, 좋은 사상이다. 그러나 저런 자의 입을 통해서 나오니까 더러워지는 거야. 그런데 그 권이란 자, 일본의 교육은 확실히 성공했어."

드디어 오키노우미.

여름이라고 하지만 밤의 바닷바람은 차다. 어두운 파도 저편에 아슴푸레 검은 덩치가 흐려 있다. 희미한 별빛과도 같은 등불이 그 검은 덩치의 바닥에 보일 듯 말 듯하다가 꺼졌다.

등대의 불이 한없이 외롭다.

연락선의 엔진 소리와 연락선이 박차고 나가는 파도 소리가 들릴 뿐

적막하다. 거창한 파도가 굽이치고 있는 광경이 눈이 어둠에 익숙해감에 따라 괴물의 몸부림처럼 보이기 시작했다.

나는 원주신의 이미지를 그려보려고 했으나 검고 넓고 거창한 바다가 눈앞에 펼쳐놓은 적막하고 막막한 광경에 압도되어 상념과 이미지의 조작을 할 수가 없었다.

억지로 말하면 바다의 사상이 너무나 크기 때문에 바다에 관한 사람의 사상을 꾸밀 수가 없다. 원주신이라고 해도 무한한 역사 속의 미소微小한 하나의 점에 불과하다. 원주신을 하나의 미미한 점으로 만든 역사도 이 바다 위에 펼쳐놓으면 한 가닥의 가냘픈 실오라기가 될 뿐이다.

오키노우미, 아니 현해탄에 서서 왜 하필이면 원주신이냐? 신라 고려의 옛날, 이 바다를 넘나든 선인의 모습을 그려볼 수도 있지 않으냐. 메뚜기의 대군大群을 닮았다던 몽고병蒙古兵도 이 대해에선 물거품과 더불어 부유하고 있는 나뭇조각이나 쓰레기와 다를 바가 없다.

오키노우미를 통과하는 약 20분. E와 나는 그동안 한마디의 말도 건네지 않았다. 뒤에서 보이가 지켜보고 서 있었기 때문이 아니라 현해탄에는 사람의 말문을 막게 하는 그 무엇을 지니고 있는 것인지 모른다.

선실로 돌아와서 한참 만에야 E가 입을 열었다.

"너 현해탄에서 죽음의 유혹 같은 것, 말하자면 그의 비슷한 감정을 느껴봤나?"

나는 전연 그런 것을 느껴보지 못했다. 그래 그대로 말했다.

"나도 그래. 그러고 보면 우리들은 대단한 낙천가들인 모양이지."

나는 그 바다에 내가 투신하는 경우를 상상해봤다. 아무리 노력해도 상상조차 할 수 없었다. 죽음에 대한 공포에 앞서 몸을 던지는 동작과 그 밑에 기다리고 있는 바다에 대한 공포 때문에 꼼짝달싹도 하지 못할 것 같았다. 이런 뜻의 말을 했더니 E의 대답은 이렇다.

"동감이다. 추호의 오차도 과부족도 없이 동감이다. 그럼 우리 바다에 투신자살한 사람들을 오늘부터 존경하기로 할까. 우선 그 용기만 해도 대단하지 않아? 적어도 세 가지의 공포를 이겨낸 셈이거든. 죽음의 공포, 바다의 공포, 투신의 공포……."

나는 여기서 윤심덕尹心悳의 자살 이야기를 하기로 했다.

"윤심덕이란 뭣 했던 사람이지?"

호기심이 강한 E는 뭐든 질문으로 공략하려고 든다. 자기 자신은 소크라테스의 방법이라고 뽐내지만 상대편의 입장에서는 거추장스럽고 거북하다. 그래 잠자코 듣고만 있으라고 했다.

윤심덕이란 가수가 있었고 김우진金佑鎭이란 극작가가 있었다. 지금 살아 있으면 둘 다 44세. 그들은 나이 30이 되던 해, 그러니까 1926년, 시모노세키에서 부산으로 가는 도중, 바로 아까의 그 오키노우미에 뛰어들었다.

윤심덕은 도쿄음악학교를 나온 성악가였었는데 뒤에 유행가수로 전향한 사람이다. 김우진은 W대학의 영문과를 나온 극작가인데 도쿄에서 조선인 유학생으로서 '동우회'同友會란 연극단체를 조직했다. 김우진과 윤심덕이 알게 된 것은 상당히 오래되었지만 사이가 가깝게 된 것은 동우회의 순회공연차 전선 방방곡곡으로 돌아다닌 때부터가 아닐까 한다.

그런데 그들이 자살하기까지 아무도 그들 사이가 그처럼 가깝게 되어 있다는 것을 몰랐다.

동우회 공연 때 윤심덕이 가장 즐겨 부른 노래가 '사死의 찬미讚美', 상연 각본은 김우진 작, 김우진 연출의 '김영일金永一의 사死'란 것이었다. '사의 찬미'라는 노래는 그 뒤 잠깐 동안이나마 일세를 풍미한 느낌이 있었다.

'김영일의 사'는 허무주의적인 경향을 띤 것인데 주인공의 자살로써 끝나는 연극이라고 했다.

말하자면 두 사람의 사랑은 죽음을 테마로 한 작품을 계기로 시작해선 죽음을 키움으로써 사랑을 가꾸고 죽음으로써 사랑을 완성시켰다고 볼 수가 있다.

"그런데 그 사인은 뭐야."

터져나오기 시작한 E의 질문의 제일의 화살이다. 허무주의적 사상일 테지, 하고 대답하니 E는 대뜸,

"사람이 그렇게 간단히 죽을 수 있을까."

하고 되물어왔다. 김우진에겐 결혼한 처가 있었다. 그러니 그들의 사랑이 세속적으로 맺어지기 위해선 한 파란 겪어야 되는 것이었다. 그런 것도 원인이 되었지 않을까 했더니 E는 그것도 죽음에까지 끌고 갈 수 있는 원인은 되지 못한다고 했다. 그래,

"넌 그러면 꼭 가노코식의 해석이 나와야 만족하겠구나."

하고 나는 빈정대지 않을 수 없었다.

가노코식 해석이란 여류작가 오카모토 가노코岡本かの子가 쓴 「학鶴은 병들었다」는 작품을 두고 하는 말이다. 오카모토는 그 작품에서 아쿠타가와 류노스케芥川龍之介의 자살을 아쿠타가와가 중국 여행 때 상해에서 옮아온 국제 매독 때문이라고 묘사하고 있다.

"넌 영리해서 얘기하기가 수월해. 김이란 사람이 매독을 윤심덕에게 옮아주었단 말야. 그 때문에 윤심덕의 목소리가 쓰지 못하게 될 형편이었거든. 그래 허무주의를 자처한 김은 윤의 자살에 동행하지 않을 수

없었던 거지. 어때, 이쯤의 해석이 붙어야 얘기가 성립되지 않아?"

E의 이런 말이 농담인 줄을 번히 알면서도 슬그머니 화가 났다.

"E군, 자넨 참으로 큰일났어, 사람이 어디 그렇게 시니컬할 수가 있나, 아까 뭐랬지? 투신자살한 사람에겐 존경하기로 할까 하는 말도 하잖았어? 엄숙한 죽음을 한 사람들을 그렇게 모독한대서야 쓰나."

"그처럼 화를 낼 것까진 없어. 아까 유군이 가노코식 해석이라야만 만족하겠나 하고 말하기에 그 말에 편승해봤을 뿐이다. 그리고 가노코, 가노코식 하지만 아쿠타가와는 자기의 수법에 자기가 복수를 당한 거나 마찬가지지. 아쿠타가와의 「장군」將軍이란 작품이나, 「어느 날의 오이시 요시오大石良雄」나 모두 일반적으로 인정되어 있는 권위나 신비를 세속적인 해석으로써 폭로한 것이거든. 오카모토 가노코는 그 아쿠타가와 수법을 빌려 아쿠타가와의 자살을 위악적으로 폭로한 것이 아냐?"

나는 그런 문제를 가지고 그 이상 E와 시비를 벌이기가 싫었다. 다만 다음과 같은 사실을 덧붙여놓지 않을 수 없었다. 그들이 자살했을 당시 상당수의 사람들은 그것을 위장자살이라고 보고 그들이 이탈리아 근처로 도망했을 것이라고 생각하고 있었다. 그리고 김우진의 작품은 오늘날 돌보는 사람이 없지만 윤심덕이 마지막 시간에도 불렀다고 전해진 '사의 찬미'는 지금도 어떤 층엔 감동의 뿌리를 깊게 심어놓고 있는 것이다.

"'사의 찬미'란 어떤 노래지?"

"이바노프의 '다뉴브의 잔물결'이란 왈츠곡이 있지. 그 곡에다 조선말로 가사를 붙인 거야."

"그 가사를 아나?"

"황막한 광야에 달리는 인생아…… 뭐 그런 거던데."

"시원찮은 가사군."

"일본말로 번역을 해놓으니까 그렇지 내용은 유치해도 조선어의 어감이 곡에 썩 잘 어울리게 돼 있어."

E는 '흠' 하는 표정으로 천장을 말똥말똥 쳐다보면서 잠깐 동안 잠자코 있더니 이렇게 물어왔다.

"김우진이란 사람이 지금 살아 있으면 어떻게 되었을까?"

"꽤 많은 작품을 쓴 모양인데도 이렇다 할 것이 남아 있지 않은 것을 보면 작가로선 대단하게 되어 있지 않을 것도 같애."

"윤심덕이 지금 살아 있었으면?"

"세키야 도시코關屋敏子 정도는 못 되었을 게고 세키타네코關種子쯤이나 되었을까?"

"그렇다면."

하고 E는 말했다.

"윤과 김의 자살 사건은 그 원인이 어디에 었었건 한갓 에피소드에 불과하다. 이에 비하면 우리의 원주신은 바로 역사다. 역시 매력은 원주신에게 있다."

서경애

　서경애가 왔다는 소식은 유태림에게 커다란 충격인 것 같았다. 내가 듣고 판단한 바로도 유태림의 서경애에게 대한 감정이 복잡할 것이라고 추측은 되었지만 충격이 될 수 있을 정도라면 뜻밖의 일이었다. 나는 유태림이 일순, 당황해하는 표정을 곁눈으로 보면서 지난 여름 서경애가 왔더라는 얘기를 했을 때의 그의 반응을 회상했다. 무관심하다고밖엔 생각할 수 없는 냉랭한 반응이었다. 그래 그땐 서경애가 화제에도 오르지 않았던 것이다.

　당황한 표정에서 침착한 표정으로 되돌아온 유태림은,

　"이선생은 서경애를 만난 적이 있다지?"

하고 물었다.

　지난 여름, 만났다고 하지 않더냐고 했더니 유태림은 창밖, 먼 곳으로 시선을 보내며 중얼거리듯 말했다.

　"보통 여자완 좀 다른 여자지."

　높은 기품, 고요한 지혜를 느끼게 하는 여인이더라고 나는 말했다. 유태림은,

　"그러나."

하면서 망설였다. 그러나? 하고 되물었으나 이에 대해 유태림은 대답이 없고,

"서경애의 오빠에 서진수라는 친구가 있었지. 우리가 학병에 가 있을 동안 죽었다는데 이 친구가 참으로 우수했어."

하며 회상에 잠기는 눈빛을 하고 말을 이었다.

"S고등학교라면 수학의 전통이 강한 학교가 아닌가. 그러니까 수학의 수재들이 모여들었지. 그 가운데서도 서진수는 출중했어…… 우리들에게 수학에의 정열을 불어넣어 준 것도 서군이었지. 서군이 회람잡지에 쓴 「수학의 고향」이란 것이었는데, 수학이란 비정한 학문에도 고향이 있다는 뜻의 글이었어. 일제의 경찰이 그것에 트집을 잡았어. 흉측한 놈들! 서진수는 유치장에서 얻은 병으로 죽고 만 셈이지…… 지금 살아 있으면……."

지금 살아 있으면 좌익의 투사가 되어 있을지 모르는 일 아니겠느냐고 나는 일부러 싱거운 말을 해보았다.

유태림은 못마땅한 얼굴이 되었다.

"정치를 할 사람은 아니고 어디 어느 자리에 있어도 진리의 편, 진실의 편에 설 사람이었어."

그놈의 진리, 그놈의 진실이 엇갈려 있으니까 탈이 아닌가 하고 나는 빈정댔다.

"그런데 이선생, 그 사람을 볼 때 좌익인가 우익인가 하고 구별하는 버릇 좀 없었으면 좋겠어."

태림은 사뭇 정중하게 말하는 것이었으나 나는 나대로의 견식이 있는 것이다. 세상이 바로 그렇지 않은가. 주위의 사람들이 우리를 보는 눈이 그렇지 않은가.

그날도 학교에는 소동이 일고 있었다. K라는 좌익계열의 교사가, S라고 하는 소읍의 학교로 전근발령되어 학교는 불온한 공기에 싸여 있었다. 내일에라도 또 학생대회가 열리고 요구조건이 나붙을 판인데 어떤 전술과 명분을 들고 나오는가가 관심거리였다. 서경애로부터 전화를 받았을 바로 그때 우리들은 그 얘기에 열중하고 있었던 것이다. 이런 판국에서 사람을 좌익 우익의 관념으로 구별하지 말라는 말은 도시 무리한 얘기가 아닌가.

학교 문제를 두고 의논을 하자는 교감의 청이 있었으나 유태림과 나는 우선 서경애를 만나기로 하고 학교를 나왔다. 다방, 또는 식당 같은 공개적인 장소는 피해주었으면 하는 서경애의 뜻이어서 만나는 곳을 나의 약혼녀 최영자의 집으로 하기로 했다. 최영자의 집을 이용하는 데는 나 자신 내키지 않았지만 달리 장소를 물색할 수가 없었다. 시간은 오후 5시 반쯤으로 정했다.

서경애를 만나러 가는 도중 공연히 나의 가슴이 설렜다. 몇 달 전, 한 시간가량 만난 일밖엔 없었는데, 그 한 시간 동안에 그처럼 강렬한 인상을 받았는가 하고 생각하니 이상했다. 내 마음의 탓뿐만이 아니라 유태림의 얼굴도 긴장되어 있었다.

서경애를 만나기 위해 최영자의 집을 향하고 있는 도중, 유태림이 자기의 결혼 얘기를 했다. 처음으로 듣는 얘기였다. 나는 당초엔 무슨 까닭으로 유태림이 돌연 그런 얘기를 꺼내는지 의아했다. 이야기는 대강 다음과 같지 않았는가 한다.

태림은 어렸을 때 결혼을 했다. 그러나 그의 표현을 빌리면 '나 자신 한 행동에 책임을 지지 않아도 좋을 정도로 어렸던 것은 아니'라고 한다. 태림은 그 결혼을 자기가 경솔한 탓으로 저지른 과오라고도 했다.

"내겐 어려서부터 남의 눈을 의식하고 남의 마음에 들려고 본의 아닌 짓을 하는 버릇이 있었던 모양이다. 우리 태림인 참으로 착하다는, 할머니의 말을 듣기 위해 쓰디쓴 약을 달게 먹고, 그 집안이 되려니까 저런 아들을 두었다는 칭찬을 듣고 싶어서 부모나 어른들의 말에 그저 순종하는 그런 버릇…… 내 결혼도 그 버릇이 시킨 행동에 불과했다."

태림은 조그마한 지각, 세상일에 대한 다소의 견식만 가졌더라도 그때 그런 결혼을 하지 않아도 되었다. 태림이 '노'라고 하면 온 집안에 그대로 통할 수 있었으니까.

"나는 결혼을 할머니의 말따라, 우리 문중의 가모家母를 한 분 데리고 온다. 아버지와 어머니의 며느리를 데리고 온다는 뜻 이상으론 생각하지 않았다."

그러니 선을 보는 일 같은 것도 일절 하지 않았다. 부모의 마음에 드는 사람이면 그만이 아닌가 하는 생각에서. 결혼을 해도 태림의 부인은 친정에서 살았다. 태림은 학교엘 다니느라고 늘 외지에 있었다. 결혼이란 인식이 강하게 심상 위에 작용할 겨를이 없었다.

도쿄에서 알게 된 어떤 한국 여학생이 유태림이 결혼한 사실을 알자 탄식한 일이 있다.

"당신을 사랑해서가 아니고 일반론으로 말하는 건데, 우리 나이 또래의 여자가 결혼하고 있으니 공부를 한답시고 나이를 먹어버린 우리들은 어떻게 한단 말요. 우리 선배가 대개 남의 후처나 첩 노릇을 하는 것을 보고 속으로 경멸했는데 사정을 알고 보니 무리도 아닌 일 아뇨?"

그러나 이런 말을 듣고도 유태림은 결혼의 뜻을 깨닫지 못했다. 며느리는 집에 데려다놓고 필요하면 제2부인 제3부인을 모셔오면 될 게 아니냐 하는 따위의, 유태림의 지능 정도를 아는 사람이면 도저히 납득할 수 없는 엉뚱한 관념만을 어렴풋이 가지고 있었던 것이다.
그랬는데,
"어느 해인가, 어느 날의 황혼, 도쿄의 긴자銀座를 걷고 있다가 돌연 나의 결혼이 내게 의미하는 것을 깨달았다. 어떤 계기인지 확실히 몰라. 아마 그 순간 스쳐 지나간 어떤 소녀의 아름다움에 일순 마음을 뺏기고 다음 순간, 그러나 그 소녀의 아름다움이 내겐 직접적으론 무관할 수밖에 없다는 인식이 전광처럼 내 뇌리를 지나간 때문이었을 게다."
그때부터 유태림은 비극을 느끼게 되었고 고민하기 시작했다. 몇 개의 사랑이 다음다음으로 유태림을 지나갔다. 이런 사랑은, 이루어질 수 없다는 선입관념 때문에 키워보지도 못하고 키울 생각도 없는 사이에 거품처럼 일었다가 거품처럼 사라져갔다. 그런 일의 반복이 태림의 생활을 타락시키고 태림을 음울한 사람으로 만들었다.
"그 뒤, 내 앞에 돌연 어떤 소녀가 나타났다. 어느 4월의 아침, 도쿄 나의 하숙의 현관에 그 소녀가 이제 막 솟아오른 태양을 후광으로 받고 그늘진 얼굴에 눈동자를 크게 뜨고 나를 바라보고 서 있었다. 나는 그 소녀를 보자 직감적으로 비극을 느꼈다. 나와 그 소녀는 우리가 이 세상에 태어나기 아득한 옛날부터 서로 결합하도록 운명이, 섭리가 정해 놓고 있었던 것이다. 우리들 스스로가 아직 육체를 갖추지 못한 영靈의 세계에서 이 세상에 나가면 서로가 서로를 찾아내어 하나의 사람이 되어야 한다고 맹세했던 것이다. 맹세한 바로 그 상대인 소녀가 나를 찾아온 것이었다. 소녀의 그 큰 눈은 이미 아내라는 여자를 가져버린 나의 소행을 힐난하는 것같이 빛나고 있었다. 그 후로 나는 그 소녀 앞에만 가면 죄의식을 느꼈다. 살결이 닿기만 해도 비수에 베인 듯 생채기가 나고 피가 흐를 것만 같았다. 나는 그 소녀와 이상 가까워지지도 않고 이상 멀어지지도 않을 거리를 계산하고 지냈다."

그러면서도 유태림은 아내와 이혼할 궁리를 해보았다. 고향에 돌아와선 넌지시 그런 뜻을 비쳐보기도 했다. 그러나 불가능한 일임을 알았다. 줄잡아 한 세대 위의 어른들이 살아 계시는 동안은 철벽을 뚫는 일이었다. 우리나라의 결혼은 개인과 개인과의 결합이 아니고 집안과 집안의 결합이다. 수천 년을 헤아려 족보라는 것을 간직하고 있는 집안이란 하나의 거대한 유기체다. 이 유기체에 속한 개인이란 존재는 집안이란 것에서 떠나면 일개의 동물로 화하고 만다. 결혼은 이 거대한 유기체와 유기체끼리의 결합이다. 결혼과 동시에 세의가 얽히고설켜, 거기 이해관계가 실밥에 엿이 묻은 것처럼 묻어 있는 판이니 이혼이란 말이 안 되는 것이다.

게다가 유태림의 결혼은 할머니의 뜻에 의한 것이었다. 할머니와 유태림의 사이는 조손祖孫의 관계 이상의 신비로운 유대로써 묶여 있었다. 그런데 그 할머니는 이미 돌아가시고 계시질 않으니 의논을 해볼 수도 없었다.

그래도 유태림은 온갖 수단을 궁리해내는 데 골몰했다. 집안과 고절孤絶하면 될 것이 아닌가 하는 생각, 법률상으로야 어떻게 되었든 평생 고향에 돌아가지 않고 일본이나 구라파에서 살면 그 소녀와의 결합이 가능하지 않을까, 하는 생각…….

"그러는 동안 그 소녀에게 사건이 생겼다. 내 힘으론 감당할 수 없는 사건이었다. 나는 나 자신을 힐난하고 질책하고 낮이면 낮대로 밤이면 밤대로 고민하고 몸부림치고 울었다. 그때 학도병 문제가 나타났다. 무위안좌無爲安坐하고 기다리느니보다 내 스스로를 사지에 몰아넣어 거기서 운명과 결판을 지을 생각을 했다……"

해방이 되었다. 유태림이 제일 먼저 생각한 것은 그 소녀와의 문제였다. 어떤 수단으로든 이혼을 하고 그 소녀에게 구혼해야겠다고 마음을 먹었다. 태림이 상해에 있을 적에 이 뜻을 몇몇 친구들에게 전하고 의논했다. 친구들은 모두들 협력하겠다고 나섰다. 그때 유군 이혼추진위원회란 것까지 만드는 장난도 있었으나 유태림 본인에 있어선 결코 장난이 아니었다. 귀국하자마자 쇠뿔은 단김에 빼야 한다는 격으로 서둘 참이었다.

"고향에 돌아와서 집엘 들어서자 중문中門에 서서 내 가방을 받으며 울음을 터뜨린 여자가 있었다. 그것이 내 아내였다. 나는 아내가 친정에 있지 않고 우리집에 와 있을 줄은 꿈에도 예상하지 않았었다. 나를 남편이라고 해서 수년이란 세월을 기다린 아내란 생각이 일자, 그 순간 나의 결심은 무너졌다. 내가 뭐 잘했다고 이혼을 하느니 마느니 할 수 있을까. 일본군에서 온갖 압제도 받고 살아왔는데 해방되고 광복된 내 나라에선 웬만한 일쯤은 참고 견디며 살아야 하지 않겠는가. 그때부터 나는 그 소녀를 내 마음속에서 말쑥히 지워버리기로 했다. 결심만으로 될 일인가. 그러나 나는 내 나름으로 안간힘을 다하고 있다. 중국 어느 산골짜기에서 죽어 없어진 몸이라고 생각하고 이를 악물고 있다. 그 소녀에겐 이미 죄를 지었지만 내 고통으로써 보상이 되지 않을까, 이렇게도 생각했다. 그런데 아내는 아이를 밴 모양이다……."

터무니없이 결혼 이야기를 왜 하는가 했더니 '그 소녀'의 이야기로 수수께끼는 풀렸다. 그 소녀가 곧 서경애라는 것은 두말할 것도 없다. 서경애가 찾아왔다는 소식이 충격이 될 수 있었다는 데도 이해가 갔다.

최영자의 집이 가까워 오자 유태림은 구멍가게를 찾아 사이다를 한 병 사서 병째로 마셨다.

풍경화 하나가 걸리고, 시들기 시작한 국화가 꽂힌 꽃병이 있고 자개를 박은 경대와 책꽂이가 얹힌 책상과…… 이렇게 촌스럽게 꾸며진 최영자의 방에서 진회색 울 복지의 슈트를 입고 단정히 앉은 서경애의 몸 언저리에만 향긋이 세련된 도시풍의 공기가 서려 있는 느낌이었다.

화장기가 없는 것은 지난 여름철의 경우와 같았지만 짧게 컷백한 머리를 아무렇게나 빗어 넘긴, 약간 거무스레한 얼굴엔 그땐 볼 수 없었던 정기와 매력 같은 것이 넘쳐흐르고 있었다. 그러한 경애와 나란히 앉아 있는 최영자를 보는 것은 고통스러웠다. 같은 나이 또래이고 학교를 말해도 같은 정도의 교육을 받았을 것인데 저렇게 다를 수가 있을까 하는 한탄이 솟았다.

나는 서경애와 인사를 주고받으면서 이 여자는 결코 사랑을 구걸하러 온 여자가 아니라는 사실을 깨달았다. 그만큼 몸가짐이 우아했고 활발했다.

나는 한편 경애와 유태림의 대면에서 일종 신파적인 수탄장愁嘆場을 예상하지 않는 바도 아니었는데 그런 경사傾斜란 조금도 보이지 않았다. 담담한 태도, 담담한 언동이었다. 이에 비하면 유태림의 태도가 부자연했다.

"뵙기가 참으로 힘들었어요."

하며 서경애가 미소를 지었을 때, 태림은 안절부절 뭐라고 중얼거렸지만 요령 있는 말이 되질 않았다. 한참 만에야 유태림이 입을 열었다.

"진수 군이 돌아가셨다는 소식은 들었습니다."

"……"

"문상도 못하고."

"죽은 사람으로 하여금 장사 지내게 하라는 말이 있잖아요?"

이 말에 유태림은 고개를 들었으나 다시 시선을 딴 곳으로 옮기며 말했다.

"헌데 어머니께선 어떻게 지내십니까."

"어머니도 돌아가셨습니다."

"돌아가셨어요? 언제?"

"작년 겨울이었습니다."

여기서 다시 태림의 말문은 막혔다.

나는 영자에게 눈짓을 하고 밖으로 나왔다. 따라나온 영자는 저녁 준비를 도울 요량인지 부엌으로 들어가고, 나는 영자의 어머니께 인사도 할 겸 안방으로 건너갔다.

영자의 어머니는 내가 예상했던 대로 결혼 일자에 관한 이야기를 했다. 해를 넘기지 말자는 제안이었다. 나는 집을 신축하고 난 뒤로 미룰 수밖에 없다고 잡아떼었다. 그러나 이것은 핑계였다. 아까 유태림에게서 결혼 얘기를 들었기 때문이 아니라 나 자신 결혼 자체에 관한 회의 같은 것을 느끼고 있었던 것이다. 보다도 최영자와의 약혼을 스스로 파기해버릴 용기는 없었으나, 결혼을 빨리 서둘러야겠다는 마음이 시든 지는 이미 오래였다.

그 원인은? 그 원인은 최영자라는 여자에게 환멸을 느꼈다기보다 최영자에게 이상을 찾지 못한 탓이다. 나이 26세에 결혼을 하면서 일시적인 착각으로써만으로도 상대방에게 이상을 찾지 못하는 결혼을 할 수가 없는 것이 아닌가.

최영자에의 나의 정열이 식게 된 동기에 서경애라는 여자가 있다고 해도 당돌한 말은 아니다. 지난 여름 서경애를 만난 이래, 나는 최영자를 생각할 땐 서경애를 생각하곤 했다. 이러한 비교가 마음속에서 거듭

되기 시작하면서부터 어느덧 나의 최영자에게 대한 정열은 냉각하고 있었던 것이다.

　최영자의 내게 대한 태도도 그만큼 변화하고 있었던 것이 아닌가 한다. 최영자도 서경애가 나타나서 유태림에 대한 열렬한 사랑 얘기를 한 것을 듣고 뒤이어 유태림을 알고 그와 나와를 비교해보는 버릇이 들면서부터 내게 대한 정열이 식어간 것이 틀림없었다. 그렇다고 해서 내가 서경애를 사랑한 것도 아니고 최영자가 유태림을 사랑한 것도 아니다. 솔직하게 말해서 그때까지의 사정은 그랬다. 태양이 나타나는 바람에 주위의 별들이 빛을 잃듯이 서경애의 출현 때문에 최영자의 빛이 흐려지고, 유태림 덕분에 내 그림자가 희미해졌다는 얘기일 뿐이다. 그러나 이런 일을 그때 자각한 것이 아니다.

　아무튼 이런 사정을 최영자의 어머니에게 말할 수는 없었다. 그래,

　"해를 바꾸어놓고 천천히 정하지요."

했더니 최영자의 어머니도 그 이상 말을 보태지 않았다.

　30분쯤이나 지났을까.

　나와 영자는 태림과 경애가 있는 방으로 돌아갔다. 앉아 있는 자세로나 방 안의 분위기로나 별반 신통한 얘기가 오간 것 같지 않았다. 재떨이에 담배 꽁초가 수두룩하게 쌓여 있을 뿐이었다.

　우리가 자리에 앉자 유태림이 나를 돌아보고,

　"서경애 씨에게 당분간 대구를 떠나 있어야 할 사정이 생긴 모양인데……."

하며 말끝을 흐렸다. 그러곤 왜, 하는 의아한 표정을 내게서 발견한 탓인지,

　"시월폭동의 선봉을 서신 모양야."

하고 폭동이란 말에 악센트를 넣고 말했다. 서경애는 그저 웃고만 있었다.

나는 서경애가 좌익이라는 데 일순 가슴이 섬뜩했으나 다른 부류에 서와는 달리 적개심이 솟지 않았다.

"그럼 서경애 씨는 좌익의 투사이구먼요."

했더니, 서경애의 말은 이랬다.

"놀고 있으니까 동무들이 여맹女盟에 가입하자고 하잖아요? 승낙을 한 것도 안 한 것도 아닌 상태에서 보류하고 있었는데 굉장한 감투를 씌워버렸어요. 그래놓고 보니 별반 반대할 이유라는 것이 없었어요. 나라를 만드는 일에 응분한 노력을 해야겠다는 생각도 들었구요. 다만 감투가 큰 것이 걱정이었는데 사양해도 도리가 없고 해서 최선을 다한다고 한 것이 시월항쟁의 선두에 나서버린 거예요."

나는 서경애가 항쟁이란 말에 악센트를 두는 것을 놓치지 않았다.

"실례입니다만 물어보아도 되겠습니까?"

하고 내가 또 말을 걸었다.

"실례가 어디에 있겠어요. 물어보시죠."

서경애의 시원한 대답이었다.

"서경애 씨는 공산주의를 신봉합니까?"

"전 공산주의자는 아닙니다. 보다도 아직 공산주의자에 이르지 못했다고 말씀드리는 것이 옳을는지도!"

"공산주의자가 아닌데 여맹의 간부가 될 수 있습니까?"

"여맹은 공산당과 다르잖아요?"

"그래도 여맹은 공산당의 지령을 받고 움직이는 단체가 아닙니까?"

"지금은 목적이 같으니까 서로 협조하고 있는 거지요."

"그런 정도일까요?"

"그런 정도인지, 그 이상의 정도인지는 몰라도 저 자신은 그렇게 생각하고 있을 따름입니다."

"정치 얘기는 집어치우지."

유태림이 불쾌한 듯 말했다.

"대구를 떠나 있어야 할 사정이란 건 여맹을 그만둔다는 뜻입니까?"

나로서는 꼭 물어두어야 할 사실이었다.

"당분간은 그렇죠."

"당분간?"

"앞으론 어떻게 될지 모르니까 그렇게밖엔 말씀드릴 수 없잖아요? 영원히 그만두게 될지, 내일이라도 시작해야 할지 정세에 따를 일이 아니겠어요?"

"그럼 이 C시에 계시도록 하십시오."

하고 나는 태림과 경애의 눈치를 살폈다.

"꼭 그렇게 해요."

하고 최영자도 나섰다.

"저와 같이 계시면 되잖아요? 우리집엔 안식구들밖엔 없고 하니 말예요."

"그렇게 번번이 폐를 끼칠 수도 없고…… C시에 있게 된다고 해도 어디 비밀이 유지될 만한 하숙에 있었으면 해요."

"안 돼요, 안 돼요."

최영자가 바짝 서둘고 나섰다.

"좀더 연구해보도록 합시다. 영자 씬, 어떻게 하려는 겁니까. 폭도를 숨겨주었다가 경을 치면……."

유태림의 말엔 다분히 가시가 돋쳐 있었으나 서경애는 활달한 표정으로 듣고만 있었다.
　　"대구서 한 일을 여기서 알 까닭이 없잖겠어요?"
　　최영자는 계속 추근댔다.
　　"서경애 씨가 이 C시에 계시게 된다면 이 집을 두곤 딴 적당한 곳이 없을 겝니다."
하고 나도 거들었다.
　　"좀더 두고 연구해보자고 했는데 모두들 왜 그러실까."
　　유태림이 퉁명스럽게 내뱉는 바람에 좌중은 어색하게 침묵해버렸다. 한참을 지난 뒤, 그 어색한 침묵을 깨뜨려야겠다고 나는 느꼈다.
　　"오래간만에 만났으니 재미있는 회고담 같은 거라도 하시죠."
　　이렇게 말하는 나를 태림은 힐끗 돌아다보며 역시 퉁명스럽게 말했다.
　　"유태림이 반동의 주구 노릇을 한다는 소문이 대구에까지 퍼졌다네."
　　"주구라는 말은 빼세요. 전 주구라는 말은 하지 않았어요."
　　부드럽게 서경애는 말했다.
　　"풍기는 느낌으로서 그랬어. 헌데 서경애 씬 그런 나, 반동이 된 나를 힐난하러 오신 모양야."
　　"아녜요."
하고 서경애는 차분하게 말을 이었다.
　　"유선생님을 아시는 분이 대구에도 더러 있거든요. 그분들이 그런 뜻의 말을 하셨어요. 물론 주구니 뭐니 하는 표현은 없었구요. 그래 얘기가 나온 김에 해본 것뿐인데 힐난은 또 무슨 힐난이겠어요."
　　"치사스러! 내용도 알기 전에 이러쿵저러쿵 평만 하려고 드니. 반동이란 뭣에 대해서 반동이란 거야. 우리 학교의 사정을 한번 알아보라지. 그따위 소리가 나올 수가 있을까 없을까 알 게 아냐?"

끝내 불쾌한 모양의 태림에게 타이르듯 서경애가 일렀다.

"그러니까 유선생님은 잠자코 계셨으면 해요. 누가 뭣을 하든 지켜보고만 있으면 되잖겠어요?"

"내나 유선생님은 본시 가만히 있었던 겁니다. 시비를 걸어온 것은 저편이었어요."

태림을 두둔할 요량으로 나는 이런 말을 꺼냈던 것인데 태림은 언성을 높였다.

"잠자코 있으란 말은 죽어 있으란 말 아냐? 경애 씨는 그럼 잠자코 있으라고 내게 권하러 왔어?"

"그런 오해는 하시지 마십시오."

서경애의 어조엔 슬픔이 섞인 듯했다.

"전 진심을 말하면 선생님을 붙들고 선생님이나 저나 정치적인 것엔 일절 손을 대지 말고 우리 자신의 일만 생각하고 살아보자는 얘기를 드려볼 참이었어요. 저도 저 나름의 고생을 했고 선생님도 선생님 나름의 고생을 하시잖았어요? 사람은 한평생을 두고 그런 기간 전체를 위해 노력을 했거나, 사회 때문에 희생을 당했으면 그밖의 시간은 자기 자신을 위해서 써도 되리라고 믿었어요."

"나는 학원의 문제 때문에 노력은 하고 있어도 정치적인 것엔 손만이 아니라 코도 대기 싫소. 경애 씬 이미 정치의 전면에 나서버리지 않았소? 그래 가지고 그런 말을 한다는 건 모순이 아닐까? 나는 내 길을 걸을 수밖엔 없어. 그리고 어느 놈이 반동인지 결판을 내볼 일이지."

태림의 이런 말을 나는 필요 이상의 흥분이라고 생각했다. 서경애를 대하고 있으니 일종의 압박감 같은 것을 느끼는 모양인데 그 압박감에서 벗어나려는 노력이 필요 이상의 흥분으로 되는 것이 아닌가 하는 짐작도 갔다.

　서경애는 유태림의 흥분을 조용히 지켜보다가 입을 열었다.

　"소신대로 하셔야죠. 잠자코 계셨으면 하는 것은 저의 욕심이구요. 그러나 인민의 적이 되어서는 안 되잖아요?"

　유태림의 눈빛이 번쩍했다. 이번엔 정말 화가 난다는 그런 표정이었다.

　"인민의 적? 난 그런 말이 제일 불쾌해. 인민의 적이란 건 뭐지? 구체적으로 말해야 해. 죄 없는 백성을 두들겨패는 놈이라든가, 백성의 재산을 훔치는 놈이라든가, 거짓말로 백성을 속이는 놈이라든가, 밀고하는 놈이라든가, 지도자로서의 양심도 능력도 없으면서 지도자인 척하는 놈이라든가, 자신도 없는 방향으로 백성을 끌고 가려는 놈이라든가 이런 말도 인민의 적을 규정하기엔 지나치게 추상적이야. 그러니 하여간에 적이라고 할 땐 구체적이고 뚜렷하게 규정이 되어야 되잖아? 그래야만 인민의 적 운운하는 놈이 되레 인민의 적일 수가 있고 입버릇처럼 애국 운운하는 놈이 나라를 해치는 놈일 수 있다는 걸 증명해낼 수 있잖겠어? 그리고 인민의 적이 되어선 안 된다고 했는데 어떻게 하면 되지? 그것도 구체적이라야 되잖겠어? 좌익들이 시키는 대로 하면 되는 건가? 그들의 말에 의하면 나는 나면서부터 인민의 적일 수밖엔 없는 계급에 속해 있는 모양인데 그런 말이 어떻게 가능하단 말인가. 막연하고 추상적인 목적을 내걸어놓고 다음에 나타날 사태에 방책다운 방책도 생각해놓지 않고서 양떼를 몰듯 대중을 몰아치는 행동에 동조하기만 하면 인민의 적이 아니고, 그런 일에까지 시시비비를 가려 좁은 생활환경이나마 인간답게 평화롭게 지켜나가려고 노력하는 자는 인민의 적인가? 시월사건이 있고 며칠 후, 나는 시골에 간 적이 있다. 한참 수확기에 있는 들을 텅텅 비워놓고 농부들은 산에 숨어 있었다. 그 결과가 뭣이었지? 일어서기만 하면 농민들 마음대로 될 것처럼 선동해 놓고, 농민들 마음대로 되기는커녕 농민들이 더욱 골탕만 먹게 되었다면 선동한 자를 어떻게 말해야 옳지? 대구에선 많은 사람들이 죽었다고 들었는데 그 죽음에 의미가 있도록 무슨 일을, 그 사건을 획책하고 선동한 사람들은 하고 있는 거지? 시월폭동에 죽은 아들의 시체를 안고 폭동을 선동한 사람을 찾아가, 네가 내 아들을 죽였으니 네가 나의 원수이며 따라서 인민의 적이라고 하면 뭐라고 변명하지? 군정청 관리가 총을 쏘아서 죽였으니 내겐 관계가 없다고 말할 수 있을까? 군정청 관리에도 책임이 없진 않겠지만 그 앞에 져야 할 책임은 없을까? 세계 어느 나라에, 어느 역사에 점령군이 그들이 관리하고 있는 관청을 부수려고 덤벼드는 군중들의 자의恣意에다 맡겨두고 수수방관하는 사례가 있었겠어? 미군을 성군聖軍으로 알았다면 너무나 낙천적이고 그런 결과를 알고도 했다면 너무나 잔인하고 그 뒤에 나타난 사태에 대응하고 있는 꼴을 보니 너무나 어처구니가 없어. 인민의 적은 분명히 있긴 하다. 그러나 함부로 쓸 말은 아냐."

"유선생님은 혁명을 부정하시는 모양이시죠?"

나지막했지만 서경애는 단호하게 물었다.

"일반론엔 흥미가 없어. 나는 좌익들의 그런 수작 가지고는 혁명 상황을 만들어내지 못한다고 단언하지."

"그렇다면 미군정청이 시키는 대로만 하는 것이 현명하단 말예요?"

"현명한 처사와 불가피한 처사완 다르지. 항거를 해도 효과적인 수단으로 동지적 결속을 통해서 하란 말야. 좌익들은 미제국주의라고 하고 그 위력을 무서운 것이라고 설명하면서, 행동은 미국을 얕잡아 보는 짓을 한단 말야. 질서유지에 대한 관념의 차이가 있을 뿐 미국은 일본 이상으로 강경한 나라라는 것을 알아야 해. 일본 통치 시절에 불가능했던 일이 미군정 시대에 가능하리라고 생각한다면 터무니없는 착각이야. 그 착각을 가지고 민중을 끌고 가려 하니 될 일인가.”

"쉽게 이해하자면 미국 절대주의신 모양입니다. 어떻든 인민이 인민답게 잘살려고 노력하는 방향을 방해하시질 말라는 얘기였어요."

이 말이 또 유태림의 비위를 거슬러놓았다.

"인민이 인민답게 잘살려고 하는 방향이란 또 뭐지? 권세욕에 사로잡힌 한줌가량의 인간들의 두뇌에서 짜낸 지령을 말하는 건가?"

"일제 때부터 항거운동을 해온 지도자들의 두뇌라는 것도 있습니다."

서경애의 이 말은 태림의 폭론暴論을 막으려는 선의보다도 자기 나름의 울분을 터뜨린 것이었다.

유태림도 그와 같이 느꼈던 모양으로 자기의 흥분을 간신히 가라앉히는 어조로 말했다.

"그러니까 일본의 학병 따위로 나간 놈이 일제 때 항거운동을 한 서경애 씨 앞에선 서투른 문자를 쓰지 말라는 얘기로군."

서경애는 멍청한 눈으로 유태림을 바라보고 있다가 황급히 호주머니에서 꺼낸 손수건으로 눈시울을 가렸다. 눈물이 와락 솟아오른 것 같았다.

"어쩌면 유선생님은 말을 그처럼 자꾸만 오해하시려고 그러시죠?"

자리엔 갑자기 어색한 분위기가 감돌았다. 유태림의 침울한 음성이 흘러나왔다.

"내가 오해를 했으면 용서하시오. 너무나 오래간만에 뵙고 보니 여러 가지 생각이 벅차 지나치게 흥분한 것 같소."

서경애는 손수건을 눈시울에 댄 채 아무 말도 하지 않았다.
"시간이 있는 대로 뵙죠."
하고 유태림이 일어섰다. 저녁 준비가 되었노라고 최영자가 알렸으나 굳이 사양하고 밖으로 나가버렸다. 나는 일어선 서경애를 만류해서 밖으로 나오지 못하게 하고 유태림의 오늘의 상태가 정상이 아니라고 이르고 내일 다시 서경애를 찾겠다는 약속을 하곤 집을 나섰다.

한참 빠져나가야 나타나는 골목 어귀에 유태림과 최영자가 서 있었다. 주위는 벌써 어두웠다. 찬바람이 일고 있었다.
두 사람 사이에 무슨 말이 오간 것 같은 느낌이었으나 나는 굳이 개의하지 않기로 하고 최영자와는 별반 인사말도 없이 유태림과 같이 걷기 시작했다.
"오늘의 유선생은 유선생답지 않던데."
하고 말을 건네보았으나 태림에게서의 대꾸는 없었다.
등불이 환한 곳으로 나와서 본 태림의 얼굴은 무서울 정도로 이지러져 있었다. 소화가 되지 않는 감정과 사상이 가슴속에 부글대면 사람의 얼굴은 저렇게 되는 건가 싶을 그런 얼굴이었다. 나는 태림의 제안을 기다릴 것 없이 한산한 선술집을 찾아들었다. 그러고는 분위기를 완화할 양으로 싱거운 소릴 한마디 했다.
"영남의 C시는 참으로 살기 좋은 곳이다. 술꾼에겐 바로 파라다이스다. 아무 데나 들어가면 술이 있다. 어떤 집에 들어서서 술을 달래 가지고 없다는 대답이 있으면 그 다음 집으로 가면 되거든. 술집을 찾을 필요가 없는 곳이 바로 이 C시다."
그러나 태림의 얼굴 근육은 한 가닥도 풀어지지 않았다.

따끈하게 데워 온 청주를 한 홉은 실히 들어갈 만한 글라스에 꽉 채워 태림의 앞으로 밀어주니 태림은 단숨에 그 큰 잔을 비워버렸다. 어이가 없어 주전자를 든 채 다시 그 잔을 채울까 말까 하고 망설이고 있으니까 태림은,

"이래봬도 일본 도쿄 빗쿠리야 주인을 놀라게 한 실적을 가진 놈이야, 부어라."

하고 잔을 내밀었다.

그 빗쿠리야라는 집은 나도 알고 있다. 싼값으로 음식을 많이 주는 바람에 손님들이 놀란다는 뜻으로 빗쿠리야(놀라게 하는 집)라는 것인데 그 집엔 색다른 경품이 있었다. 한 되가웃의 술이 드는 술잔에 가득 부은 술을 단숨에 마시면 그 술값은 물론 공짜이고 일행들까지 그날 밤은 공짜로 먹여 주는 것이다. 그러나 한 되가웃이란 양이 단숨에 마시기엔 곤란한 한계인 것 같았다. 그 경품의 혜택을 받는 자는 한 달에 한 사람꼴밖엔 안 된다고 했다. 그러니 유태림의 말은 그곳에 가봤다는 얘기지 그 경품을 탔다는 얘기는 아니다.

유태림이 이처럼 술을 마실 때는 할 말이 있는 것이다. 나는 그때만을 기다리면 되었다.

"이선생, 아까 나보고 뭐랬지?"

"유선생답지 않다고 했다."

"어떻게 하는 것이 유태림다운 노릇이지?"

"글쎄."

"글쎄가 아냐, 말해 봐."

"몇 년 만이야. 4, 5년 만에 모처럼 만나게 된 사람, 그것도 여자에게 하는 태도로선 되어먹지 않았다는 얘기지."

"되어먹지 않았다고?"

"그렇지."

"세상에서 가장 얌전한 척, 가장 옳은 척하는 그 태도가 싫단 말야."

급격하게 취기가 도는 것 같았다. 유태림의 눈 언저리가 붉어지면서 눈동자의 윤택이 더해갔다.

"척한다는 건 유선생이 잘못 본 거야. 경애 씨는 그런 사람이 아냐."

유태림은 나를 무섭게 노려봤다.

"이선생은 그 여자를 몰라. 무서운 여자다, 그 여자는…… 나는 그 여자를 미워해. 여자는 약해야 해. 남자를 사랑할 줄 알아야 해. 그 여자는 사랑할 줄을 몰라. 의지만 있고 애정은 없는 여자다."

나는 천만의 말씀이라고 공박했다. 그런 말을 하는 것은 서경애의 진심을 유태림이 모르는 탓이라고 했다.

"진심과 사랑은 달라. 사랑한다면 사랑하는 남자를 위해서 평생을 그늘에서 살 각오도 있어야 하는 것 아냐? 똑바로 말하면 사랑하는 남자를 위해서 첩 노릇도 할 수 있는 여자라야 하는 거야. 서경애가 첩 노릇을 하겠어?"

나는 뜻밖인 태림의 말에 술이 한꺼번에 깨는 느낌이었다. 잇달아 그러한 모욕은 있을 수 없다고 생각했다. 그래 나는 당신 개인의 기분으로 고귀한 여인을 모욕하지 말라고 윽박지르고 계속 그따위 소릴 하면 먼저 가버리겠다고 화를 냈다.

"가려면 가라구. 내 말이 틀렸어? 첩 노릇을 못하겠다는 여자이면 남자를 사랑할 줄 모르는 여자라는, 내 철학에 잘못이 있느냐 말이다."

나는 일어섰다. 오늘의 당신은 정상이 아니니 상대할 수 없다면서, 셈을 하고 나오려니까 유태림이 뛰어나와 나를 붙들었다.

"내가 잘못했어, 내가 잘못했어, 조금만 더 있어 주어."

그렇게까지 하는 그를 뿌리칠 수가 없어서 나는 다시 자리에 돌아가 앉았다. 유태림은 손으로 이마를 괴고 한참 동안 묵묵히 앉아 있더니 고개를 다시 들었다.

"그 여자가 일제 때 징역살이한 줄은 알지?"

나는 안다고 대답했다.

"나 누구에게도 죄를 지었다고는 생각하지 않는다. 그런데 그 여자에게만은 죄를 지었어…… 난, 일본 병정의 그 강압된 환경 속에서는 한없이 비굴했지만 그밖의 경우 비굴해본 적이 없었다. 그랬는데 그 여자에게만은 나는 비굴하고 비열했다."

모든 것이 운명이 아니겠느냐고 나는 태림을 위로하는 말을 했다. 지나치게 자책할 것까진 없지 않으냐고도 했다.

"아냐. 나는 그 여자가 왜 붙들려 갔는가를 모르고 있는 척했지만, 난 그 여자가 붙들려 갔다는 것을 알았을 때 단번에 알아차렸어. 누구에게 물어서가 아니라 직감으로써 알았다. 어떤 책 때문이라고 들었을 때 더욱 확신을 가졌다. 내가 빌려준 바로 그 책 때문이란 걸 알았단 말이다. 그 책을 빌려준 바로 며칠 전에 나는 서경애의 방에 간 적이 있었다. 나는 그때 내 눈에 비친 책으론 교과서와 참고서밖엔 없었다. 책에 관한 한 나의 관찰력은 비상한데 얼마 되지 않는 그 여자의 책을 나는 한 권도 빼놓지 않고 관찰했단 말이다. 분명히 위험성이 있는 책은 없었다. 또 그런 책을 구할 여자도 아니다. 자기 오빠 때문에 온 집안이 초상난 집처럼 되어 있는 집의 딸인데다가 학교 공부에만 열중할 수 있는 성품의 여자였으니 내가 보고 온 후 그런 책을 샀을 리가 만무하지 않겠나…… 그러니까 내가 빌려준 이린의 저서 외엔 문제될 책이 없었을 것이란 나의 판단이 설 만하잖아? 그런데 붙들려 간 10일쯤 후에야 내가 알았는데 그때까지 내겐 아무런 위험신호 같은 것이 없었거든. 고문은 처음 일주일 동안이 고비라고 하니까 그 고비를 넘겼다면 나는 안전하리라는 생각이 들었어. 소식을 듣고 그 책 때문이라는 추측이 섰으면 바로 경찰서로 뛰어가 그 가냘픈 여자를 구해야 할 것 아닌가. 그랬는데 나는 그 짓을 하지 못하고 그 소녀를 파멸하도록 내버렸으니…….”

이건 실로 중대한 고백이었다. 태림은 스스로의 인격을 걸고 스스로를 비판하고 있는 것이었다. 그 고민으로써도 과오는 보상되지 않겠느냐고 말하려고 했으나 어쩐지 공허한 느낌이 들어 삼가기로 했다.

“그 후 몇 번이고 나는 자수하려고 했다. 자수하는 길만이 그 소녀를 구하고 나를 구하는 길이라고 생각했다. 그리고 나는 자수하면 그 책을 산 곳이 런던이고 세관도 무난히 통과했다는 점으로 해서 1년쯤 경찰서 유치장 신세를 질지는 모르나, 집행유예 정도로 풀려 나올 수가 있지만, 출처를 대지 못하는 서경애는 그 때문에 중형을 받지 않을 수 없을 것이란 생각도 했었다. 그랬는데도 시일이 감에 따라 나의 안전이 보장되었다는 의식이 굳어져, 좀처럼 경찰서의 문을 들어설 수가 없더란 말이다. 그러면서도 나는 한편에선 나와 상관이 없는 사건이라고 믿고 싶었다. 오자키 호쓰미, 조르게 사건에까지 연관이 있다는 것이니 나는 그럴 리가 없다고 단정적으로 생각하면서도 그렇다, 나완 무관하다는 자기 변명을 해왔단 말이다. 나는 전전긍긍한 날을 보냈다. 처음엔 서경애가 진상을 불지 않을까 해서, 다음엔 내 양심의 가책으로 해서…… 학병 얘기가 나왔을 때 차라리 나는 자수하는 편을 택했어야 할 것인데 겹겹이 망신을 하느라고 학병으로 가고 말았다. 나는 이처럼 비겁한 놈이다. 그러나 이건 지나버린 얘기다. 앞으로 나는 서경애에 대해서 어떻게 해야 옳단 말인가. 그 여자만 생각하면 항의와 힐난을 느낀다. 그 여자를 대하고 보니 나는 견뎌낼 수가 없다. 그 여자에게 저지른 내 죄를 어떻게 하면 좋지? 그 여자에 대한 나의 비열함을 어떻게 보상해야 옳지?"

나는 서경애가 유태림을 힐난하러 온 것이 아니며, 유태림에게 대한 사랑을 가꿈으로써 일경日警의 고문을 이겼다고 한, 서경애의 얘기를 전했다.

취기가 한꺼번에 가시어진 듯한 창백한 얼굴로 굳어버린 유태림을 바라보고 있는 것은 고통이었다. 나는 가능한 말은 죄다 동원해서 그를 진정시키고 위로하려고 했으나 허망했다.

사랑과 죄책감. 무거운 십자가임은 틀림없었다. 나는 그날 밤 처음으로 유태림에게 동정을 느끼고 동시에 우정을 느껴봤다.

그 이튿날 아침 유태림은 학교엘 나타나지 않았다. 몸이 불편해서 출근하지 못한다는 전화가 심부름꾼의 입을 통해서 왔을 뿐 그 이상의 사정은 알 길이 없었다.

그런데 학교에선 사건이 터지고 말았다. 좌천 발령을 받은 K라는 교사가, 그날은 운동장 조례를 하는 날인데, 그 조례가 막 시작하려는 무렵, 학생들의 환시環視 속에서 B선생의 뺨을 친 것이다. 이유는 B선생의 밀고로 자기가 좌천하게 되었으니 그 밀고자를 규탄한다는 것이었다.

그러나 이건 천만의 말씀이다. K교사는 지난 학기 초 장학사들의 일행이 학교 시찰을 왔을 때, 초급부 1학년 영어수업을 하면서 '예스'와 '노'를 바꿔 가르치고 있는 잘못을 적발당한 교사였다. 그 일로 도청 장학사들끼리에 물의가 있었다. 초급 1학년의 영어, 그 가운데서도 가장 기초적이며 초보적인 것을 가르치지 못하는 교사를 어떻게 처리해야 할 것인가 하고. 더욱이 C교는 도내에선 손꼽히는 명문인데 이런 학교에 그따위 교사를 그냥 둔다면 장학사의 역할이 뭐냐고 하는 문제에까지 발전했다.

그 결과 K교사의 좌천이 결정된 것이지 B선생이 관지關知할 바가 아니었다. 그러면 왜 B선생을 걸고 들었는가. 이것이 바로 좌익계 교사들의 책동이었다.

B선생은 C교에선 가장 훌륭한 교사였다. 학력도 있었지만 교무행정을 해나가는 데는 없어선 안 될 인물이었다. 그만큼 교내에 있어서의 비중이 컸다. 좌익교사들이 B선생을 탐탁하게 여기지 않게 된 데는 B선생이 좌익이 아니라는 점뿐만이 아니라 B선생이 그들의 정체를 가장 정확하게 알고 있다는 사실 때문이다.

신탁통치 문제에 대해 공산당의 태도가 바뀌었을 무렵이라고 한다. 어떤 교사가 B선생을 자기네들의 집회에 데리고 갔다. 시국에 관한 간담회라고 말해서 B선생도 한번 참석해볼 만하다고 생각해서 응했다. 그랬는데 가보니 시내 중고등학교의 교사들만이 모인 집회였고 집회의 목적은 신탁통치 지지의 삐라를 붙이는 일을 의논하는 데 있었다. B선생은 그 자리를 박차고 나와버렸다.

이 일이 있고 나서 좌익계 교사들은 갖은 수단을 써서 B선생을 추방하려고 했다. 그러나 명분이 없었다. 어느 모로 보나 우수한 교사를 좌익이 아니라는 이유만으로 추방하기가 곤란했다.

그러던 차에 K교사의 문제가 나타났다. 장학사 가운데는 B선생의 친구가 있었다. 그것을 기화로 밀고설을 날조하면 인간으로서의 위신이 견디지 못할 뿐더러 스트라이크의 좋은 구실이 된다고 생각했던 것이다. K교사의 B선생에 대한 행패는 그러니 이중의 목적이 있었다. 창피를 당하면 본인이 견디지 못해 학교를 그만두게 될 수도 있고, 동맹휴가의 요구조건으로서 B선생 추방을 내걸 수도 있다는 것이 그것이다.

조례는 순식간에 학생대회로 변하고 학생대회에선 미리 준비한 결의문이 채택되었다. 결의의 내용은 밀고를 일삼는 비열한 교사 B를 추방하라, 좌천된 K교사를 유임시켜라, 그러지 못할 땐 교장 물러나라는 3개 조항이었다.

긴급 직원회의가 열렸다. 그처럼 떠들기 좋아하는 좌익계 교사들도 꿀먹은 벙어리가 되었다. 그밖의 교사들은 하도 어이가 없어 말을 잃었다. 교감선생만이 뭔가 수습책을 강구해야겠다고 역설하고 있었지만 아무런 반응이 없었다. 교장은 심각한 시선을 비어 있는 유태림의 자리와 B선생의 자리에 보내고 있었다. 이윽고 내일까지 각기 연구해보기로 하고 산회를 했다.

나는 그 길로 B선생 댁으로 갔더니 B선생은 춘풍대탕한 얼굴로 이 기회에 학교를 그만두겠노라고 했다. 어이가 없어 대꾸할 말도 나오지 않았다. 나는 유태림을 찾아보지 않을 수 없었다.

'서경애의 문제, 학교의 문제 등에 휘몰려 유태림은 어떻게 할 것인가.'

유태림 집의 대문을 들어서자 태림의 아버지가 반갑게 나를 맞았다.

"그러지 않아도 자네를 만나보려고 하고 있던 참이네."

이렇게 말하는 그의 표정은 심상치가 않았다. 그러고 보니 집 전체의 기분에서도 이상한 감이 느껴졌다. 분명히 무슨 일이 일어난 것이었다.

태림의 부친은 자기 방으로 나를 들어오라고 했다. 몇 차례 그 집을 찾은 적이 있었지만 태림의 부친 방에 들어가본 적은 그때가 처음이다.

방 안은 상상 외로 질소했다. 서창을 향해 조그마한 문갑 하나가 놓였고 문갑 있는 벽면에 족자 한 폭이 걸렸고, 아랫목에는 열두 폭 산수

화 병풍이 둘러쳐 있을 뿐 그밖엔 이렇다 할 물건이 눈에 띄지 않았다.
 태림의 부친은 편히 앉으라고 권하고 구기차라고 하면서 차를 따라 찻잔을 내 앞에 놓았다. 그러고는 좀처럼 입을 열 기색을 보이지 않았다. 나를 만나 보려고까지 했다는 사람의 태도로선 이상했다. 뭔가를 대단히 망설이고 있는 눈치였다. 그러니 내 편에서 서둘러 얘기를 꺼낼 계제도 되지 못했다. 나는 무료한 자세로 문갑 위에 걸린 족자에다 눈을 보내고 있었다.
 불과 몇 자 되지 않는 글이었는데 좀처럼 알아보기가 힘들었다. 전서체라는 것만은 알 수가 있었다. 그런데 앞뒤의 연결로 추리한 결과 천귀기명天貴其明, 지귀기광地貴其光, 군자귀기전야君子貴其全也라고 읽혔다. 낙관 위의 서명을 보니 허미수許眉叟였다. 첫눈에 시대의 이끼가 낀 물건이라고 느꼈더니 과연 그렇구나 싶었다. 나는 무심결에 물어보았다.
 "허미수라면 3백 년 전쯤의 인물이 아닙니까?"
 "숙종 때 돌아가셨으니 그쯤 될 걸세."
 태림의 부친은 담담하게 답했다. 그러나 내가 그 족자에 관심을 가진 것을 알자, 자기의 관심사는 일단 보류하는 태도를 보이며 다음과 같은 설명을 했다.
 "우리 선조의 당파와는 다른, 남인南人인데 미수 선생의 글이 어떤 연분으로 우리집에 있게 된 것인지는 알 수가 없다. 서고에 그냥 처박아 둔 것을 요새 꺼내어 걸어보았네."
 "무슨 특별한 동기라도 있었습니까?"
 "특별한 동기가 뭐 있었겠나."
하고 말을 끊었다가 조금 후에 이렇게 이었다.
 "당시는 사색당쟁이 여간 심하지 않았던 시절인데 허미수 선생은 그

치열한 당쟁의 선봉에 섰으면서도 90세 가깝게 살고 고종명考終命을 한 분이거든. 다른 당파의 수령들은 거의가 사사賜死를 당했거나 횡사橫死, 또는 액사厄死한 판국에 대단한 팔자가 아닌가."

태림의 아버지는 지금의 시대를 3백 년 전 당쟁과 파쟁이 심했던 시대와 같다고 생각하고 그 시대에 천수天壽를 다한 허미수의 팔자를 닮아보고자, 그 간절한 기원의 뜻을 품고 저 족자를 서고에서 꺼내선 먼지를 털고 자기 방에 걸어놓은 것이 아닐까. 그 기원의 바탕에는 자기를 위한 것보다 아들 태림을 위한 마음의 강도가 세지 않았을까 하고 나는 생각했지만 그런 말을 할 수도 없어 족자에 쓰인 근의 출전이 뭣인가고 물어보았다.

"천학한 내가 어디 그런 것을 알 수 있었겠냐만 담원詹園 정인보鄭寅普 선생의 말씀이 『순자』「권학편」에 있는 글귀라고 하더군."

"순자면 공맹, 특히 맹자의 설에 반대한 사람인데 사문난적이라고 야단법석을 치던 시대에 어찌 허미수가 그런 출전의 글을 썼을까요?"

"담원 선생의 말씀도 그랬어. 그래 허미수 선생의 반대파가 미수를 모함하기 위해 위필僞筆한 것이 아닌가 하는 말도 났었지. 그런데 전서로선 동방 제일이라는 미수의 위필은 쉬운 것이 아니고 여러 모로 감정한 결과 친필임이 틀림없다고 하더군. 허기야 글귀의 뜻이 공자나 맹자와 다 통하는 무난한 진리니까 별게 있었겠나."

"그렇게 간단하지가 않았을 겁니다. 일제 말의 예를 보더라도 그렇지 않습니까. 아무리 무난한 말이라도 마르크스나 레닌에서 인용했다간 야단이 났으니까요."

태림의 부친은 '흠' 하고 한숨을 내쉬며 다시 생각에 잠기는 것 같았다. 나는 그런 어른을 그냥 대하고만 있을 수가 없어서 이편에서 말을 꺼냈다.

"태림 군은 지금 집에 있습니까?"

그의 표정에 당황한 빛이 돌았다. 그러더니 겨우 결심이 이루어진 모양으로 내게로 약간 무릎을 내밀며 입을 열었다.

"이군은 어젯밤 우리 태림이와 같이 있었나?"

"예."

"그때 그 애의 태도에 이상한 점이 없었나? 혹시 무슨 말을 하지 않더냐?"

나는 뭐라고 대답할 수가 없었다. 어제 있었던 일을 샅샅이 고해 바칠 수도 없고 그렇다고 해서 일부분만 얘기해 가지고는 요령부득한 얘기가 되고 말겠기 때문이다.

갑자기 긴장해진 나의 마음이 태도로서 나타났음인지 태림의 부친은 바짝 서둘고 물었다.

"부자간의 일 아닌가. 내게 뭣을 숨길 것이 있겠나. 속시원하게 말해 주게. 태림을 위해서도 그것이 좋을 걸세."

이쯤 되고 보니 나는 입을 다물고만 있을 수가 없었다. 조심조심 서경애에 관한 이야기를 간추려서 얘기를 했다. 물론 어젯밤 유태림이 지껄인 말의 내용은 일절 생략해버렸다.

그 정도로 족했다. 유태림의 부친은 내가 한 얘기만으로 사태의 진상을 이해한 것 같았다. 그러고는 다시 골똘한 생각으로 되돌아갈 모양이었다.

나는 태림을 만나게 해달라고 했다.

"그 애는 지금 집에 없네."

태림의 부친은 침울하게 말했다.

"없다니요? 어디로 갔습니까?"

"자네가 오기 두어 시간쯤 전에 내게도 암말 없이 나가버렸네. 캐물을 수도 없고 해서 그만두었는데……."

"그럼 제가 나가서 한번 찾아보지요."

하고 일어서려는 나를 태림의 부친은 붙들어 앉혔다.

"얘기할 게 있네."

나는 다시 자리에 앉아 그의 말을 기다렸다.

"자네와 우리집 아이와는 모든 통사정을 하는 허물없는 사이니까 집안의 수치지만 솔직하게 얘기하겠네."

이렇게 서두를 해놓고도 다음의 말이 쉽게 나오지 않는 것 같았다. 담배를 다시 태워 물고서야 말을 이었다.

"어젯밤 밤중에 돌아오자마자 난리를 일으켰네. 어디서 배운 버르장머린지 평생 안 하던 짓을 하지 않겠나. 기가 막혀서…… 글쎄 영문도 없이 제 아내를 밤중에 내쫓으려고 드니 그게 망나니가 하는 짓이지 사람의 탈을 쓴 자가 할 짓인가. 아내가 집을 나가지 않으면 제가 나가겠다는 거지. 안집에서 그런 법석이 났을 때 나는 꼼짝도 않고 여기 앉아 있었네. 내가 나갔다간 부자간에 충돌이 생길 판이었거든…… 이웃이 창피해서 난 잠 한숨 자지 않고 이렇게 앉아 있었네.

그 애의 어미가 말리려고 해도 막무가내하고 환장한 놈처럼 덤볐다네…… 우리 집안 수대에 걸쳐 그런 일은 없었네…… 난 사실 그 애가 실성해진 것이 아닌가 하고 한편으론 걱정도 했는데 자네의 얘기를 듣고 보니 알 것도 같네만……."

이렇게 통탄하는 어른의 침통한 모습을 보는 것은 견디기 힘든 노릇이었다. 나는 건성으로라도 위로하는 말을 하지 않을 수 없었다.

"과히 심려하시질 마십시오. 일시적인 흥분이란 것도 있는 것이 아니겠습니까?"

"서경애라는 여자가 이곳에 와 있다는데 어찌 일시적인 일로만 끝나겠나."

듣고 보니 그랬다. 서경애라는 여자가 존재하는 한 쉽게 해결될 문제가 아닌 것이었다.

"이군, 어떤 방법이 없을까?"

지푸라기라도 잡고 싶은 애원이 그 어조에 서려 있었다.

"방법이라뇨?"

"서경애라는 여자를 타일러 돌려보낸다든가, 그밖에 이 일을 해결할 수 있는 방법을 강구한다든가……."

나는 서경애에 관한 설명을 좀더 상세히 했다. 그러고는 이 문제는 서경애에게 해결의 열쇠가 있는 것이 아니라 유태림 자신의 마음속에 열쇠가 있는 것이라고 말하고,

"서경애라는 여인은 마음으로 유태림 군이 잘되기를 바랄망정 자신을 어떻게 해달라는 요구는 전연 갖지 않는 사람으로 봅니다."
하고 덧붙였다.

"그렇다면 더욱 딱한 일이 아닌가."

태림의 부친은 탄식했다.

"태림의 각오가 어느 정도로 굳어 있는지를 알 수 없으니 뭐라고 말씀드릴 수가 없습니다만 서경애가 대구로 떠나고 세월이 지나면 순리대로 해결될 것입니다."

"그럴까?"

하면서도 태림의 부친은 믿어지질 않는 모양이었다. 그런 태도로 묵묵

히 앉아 있더니 태림의 부친은 어떤 희망을 얻은 것처럼 눈빛에 생기를 돋우면서 말했다.

"어떨까, 내가 서경애라는 여자를 만나보면."

"서경애를 만나시다니……."

하고 나는 질겁을 했다.

"만나서 어떡허실 작정으로……."

"내 아들 때문에 그런 고초를 당한 분이라면 애비 된 도리로 응당 만나서 사과도 하고 예도 드려야 하지 않겠나. 보다도 자식을 그처럼 사랑하고 있다고 하니 내 인정이 끌리기도 하네…… 사정이 허락한다면 내 딸처럼 보살펴줄 수도 있는 게고, 아니 보살펴주어야지…… 이군, 그분을 꼭 만나게 해주게나. 당장이 아니라도 좋으니……."

나는 그렇게 하겠노라고 답했다. 유태림의 부친이 태림이 사랑하고 태림을 사랑하는 여자를 만나려 하는 것을 막을 명분이나 이유란 없지 않은가.

"사후엔 알아도 좋지만 그분과 내가 만난다는 것을 태림에겐 알려선 안 되네. 그리고 태림이 있는 곳을 알아보게. 되도록 타일러 집으로 빨리 돌아오도록 힘써 주게."

태림의 부친은 이렇게 몇 번이고 부탁했다. 나는 2, 3일 후에 연락을 하겠노라고 약속을 하고 태림의 집을 나섰다.

어둠은 벌써 짙어 있었다. 초겨울의 추위가 으스스 스며들었.

태림이 그런 상황에서 집을 나갔다면 그가 간 곳은 대강 짐작이 되었다. 나는 우선 난주라는 기생집엘 가보기로 했다. 난주는 태림이 좋아하는 기생이다. 그러고 보니 난주는 서경애를 닮은 데가 많았다. 체격, 용모, 언동, 품위가 모두 비슷비슷했다. 서경애에 비해 난주가 좀더 섬세하다고나 할까. 난주는 국민학교밖엔 나오지 않았어도 천성이 영리한 탓으로 기생으로선 교양미가 있는 축으로 꼽혔다.

학생의 신분, 교사의 신분으로서 기생집에 드나든다고 들으면 타지방 사람들은 소행이 좋지 못한 사람으로 생각하겠지만 이 C시의 경우를 그렇게 판단해선 곤란하다. C시에 있어선 기생집이 향락의 장소도 되지만, 보다도 청년기에 접어든 사나이들이 세정을 배우고 인생을 배우는 곳이기도 했다. C시의 부모들은 자기의 아들들이 그런 곳에 드나드는 일을 그다지 걱정하지 않는다. 그런 짓도 한동안의 일이라고 생각한다. 세월이 가서 한 집의 당주가 되면 어른 이상으로 건실한 사람이 된다는 것을 부형들은 스스로의 체험을 통해서 알고 있기 때문이다.

C시의 기생들은 물론 예외도 있겠지만 권번에서 선배로부터 꽤 엄격한 교육을 받는다. 그런 때문에 기생들과 노는 동안에 마이너스도 있겠지만 학교나 가정에서 배우지 못하는 것을 배우기도 한다. 그런 때문은 아니겠지만 C시 출신의 대학생들이 방학 때 귀성을 하면 심지어 어떤 부형은 아들을 활달하게 놀게 하기 위해서 시골집으로 피해주기까지 했다.

그러니 유태림이 난주의 집에 자주 간다고 해서 C시에선 탓할 일이 아닌 것이다.

난주의 집 대문을 두드렸다. 식모아이가 나왔다. 난주가 있느냐고 물었더니 있다고 했다. 그 시간까지 권번엘 가지 않았다면 유태림이 거기와 있는 것은 틀림없었다.

난주가 나와서 들어오라고 했다.

유태림은 술상을 앞에 놓고 보료 위에 맞아 제법 한량 기분을 내고 있었다. 침울하게 찌푸리고 있을 것으로 상상했었는데 그 상상과는 딴

판으로 들어가는 나를 보고 명랑한 웃음까지 띠어 보였다.

"어젯밤엔 실례가 많았다."

"천만에."

하며 나는 난주가 밀어주는 방석 위에 앉았다.

난주가 있는 자리에서 그의 부친과 주고받았던 얘기를 할 수도 없고 난주더러 조금 나가 있으라고 하기도 쑥스럽고 해서 먼저 학교 얘길 하기로 했다. 내가 한 설명을 듣고 나더니 태림은 B선생의 태도가 어떻더냐고 물었다.

"학교를 그만두겠대."

"그럼 나도 그만둬야겠어."

유태림이 이렇게 잘라 말하고 그렇다면 학교 문제 같은 데 신경을 쓸 필요가 없지 않으냐 하는 표정을 지었다.

B선생이 그만두고 유태림도 그만두면 나는 어떻게 하나 하는 생각이 들었다. 그러나 이런 생각 때문으로서가 아니라 나는 유태림의 의견에 반대했다.

"그렇게 호락호락 항복하고 만단 말야? 내 생각으론 그런 항복은 일시적인 항복으로서 끝나지 않고 필생의 항복이 될 것 같애."

"기권과 항복은 다르잖아?"

유태림의 말이었다.

"기권? 그러면 주어진 환경에서 최선을 다하자던 유선생의 이때까지 한 말은 어떻게 되는 거지?"

내가 이렇게 대들자 유태림은 뭔가를 생각하는 눈치더니,

"그러질 말고 여기 B선생을 부르자."

고 했다. 나는 좋다고 했다.

사람을 시켜 B선생을 부르러 간 동안 우리는 B선생을 끝까지 버티게 할 것인가 어쩔 것인가에 대해서 의논을 했다. 유태림의 견해는 B선생의 성미로 보아 그런 굴욕까지 참아가며 학교에 있지 않을 거라는 비관적인 것이었다.

나는 그런 얘기를 주고받고 하는 한편 어제부터 비롯한 사건에 대한 유태림의 태도를 살피기도 했다. 불유쾌한 빛도 없고 간밤에 그토록 야료를 부렸다면서 고민하는 빛도 없고 아버지가 그처럼 걱정하고 있을 것이란 사실을 뻔히 알면서도 조금도 뉘우치는 기색도 없으니 이상했다.

나는 유태림의 그런 태도에서 그의 만만치 않은 결심, 또는 각오 같은 것을 느꼈다. 자기 딴으로는 자기가 당면한 딜레마를 풀어버리는 확고한 방침을 세워버린 것이 분명했다.

'그렇다면 꼭 이혼을 강행한단 말인가. 서경애와 꼭 결합하겠다는 말인가.'

나는 또한 유태림이 교사로서의 진퇴 문제와 가정 문제를 하나로 묶어버리고 있는 것이 아닌가 하는 생각도 들었다.

B선생이 왔다. 낭자한 배반杯盤을 보자 빈정댔다.

"타락도 여기에 이르면 더 갈 곳이 없구나."

"선배 앉으시오."

하며 태림은 자기의 자리를 B선생께 양보했다. 그러고는 한다는 말이,

"그러니까 우리에겐 걱정이 없다는 얘기가 아닙니까. 타락할 대로 타락해버렸으니 변화가 있기만 하면 좋은 방향에로의 변화밖엔 있을 수 없는 것이 아니겠습니까?"

학교 문제가 화제로 올랐다. 학교를 그만두겠다는 B선생의 각오는

바위처럼 굳어져 있었다. 학교를 그만두고 무엇을 할 것이냐는 질문에 대해 B선생은,

"국방경비대에 들어갈 참이오."

했다.

"국방경비대?"

유태림도 놀라고 나도 놀랐다. 놀라는 우리들을 보고 B선생은 단호한 어조로 말했다.

"국방경비대가 장차 국군이 될 것이 아닌가. 내 전공이 법률이니까 거기 들어가 법무관 노릇이나 할 작정이오."

유태림은 심각한 얼굴이 되었다. 그리고 중얼거렸다.

"하필이면 군인 노릇을 할 게 뭐요."

"내가 받은 굴욕을 생각해보시오. 가만있을 수 있는가. 나는 어떡허든 공산당의 정체를 밝혀놓고 말 테니까. 누가 애국자냐 하는 것을 가려놓고 말 테니까. 이왕 낙인이 찍혔을 바에야 정면에서 해보는 거지."

B선생은 약간 흥분한 것 같았다. 태림은 그러한 B선생을 쓸쓸하게 쳐다보았다.

"굴욕은 참을 수 없겠죠. 그러나 군에 들어간다는 건 평생의 중대사가 아니겠소. 조금만 더 시간의 여유를 두고 생각해보시는 게 어떻겠어요?"

"공자의 말에 삼군의 장수는 빼앗을 수 있어도 필부의 뜻은 빼앗을 수 없다는 말이 있잖소. 내 문제는 이로써 낙착된 것이고 유선생 얘기나 해봅시다. 유선생은 그만두겠다고 했는데 유선생이야말로 좀더 생각하시는 게 좋을 것 같은데."

"나의 뜻은 필부의 뜻도 못 된단 말씀입니까?"

이렇게 말한 유태림의 얼굴은 굳어 있었다.

"그런 게 아니구 유선생은 한 1년쯤 더 계시면서 놈들의 행동에 브레이크를 걸어줘야 되지 않겠소, 이 말입니다."

이어 별의별 얘기가 쏟아졌지만 결론은 다음과 같이 정해졌다.

B선생은 가되 나와 태림은 학교에 남아 좌익계열들과 끝내 대결해보자고. 유태림의 속셈은 이 기회에 C시의 생활을 청산하고 타향으로 가버리려고 했던 모양인데 좌익계열의 술책에 호락호락 넘어가서 되겠느냐는 의식이 한편으로 강한 작용을 한 것 같았고 한편으론 모처럼 교사가 되어보겠다고 학교에 발을 들여놓자마자 몇 가지의 좌절이 있었다고 해서 그만두는 것은 비겁할 뿐 아니라, 천 명을 넘는 학생들에게 엉뚱한 인상만을 남겨놓을 염려가 있다는 의식이 그로 하여금 망설이게 했던 모양이다.

난주를 자기 어머니 방으로 쫓아버리고 자리를 깔고 잠자리에 들면서도 우리들의 이야기는 좀처럼 끝나지 않았다. 나라의 앞날, 우리들의 앞날을 그야말로 진지하게 토론했다. 비록 기생집에 취해 누워 있었을 망정 우리들의 사고는 명쾌했고 우리들의 심정은 순진했다.

그날 밤 유태림은 자신에게 타이르듯 다음과 같은 말을 한 것을 나는 아직껏 기억하고 있다.

"나는 공산주의의 이론을 철저하게 연구해볼 작정이다. 그래서 그 주의의 생리와 병리에 통달해볼 참이다. 그들의 정체를 밝히기 위해, 그들이 내건 이상과 그들이 채용하고 있는 방법과의 사이에 있는 모순을 파드러내 볼 작정이다. 제정 러시아의 차르 정권에 반대하는 각계각층의 반항력을 볼셰비키는 감쪽같이 횡령해선 차르 정권에 못지않은 전제정권을 세웠다. 지금 공산당은 해방의 기쁨에 뒤이어 혼란하고 있는 민심을 횡령하려 하고 있다. 나는 횡령의 방법까지를 규명할 작정이다."

이에 대한 B선생의 야유 섞인 의견도 귀에 쟁쟁하다.

"범 잡으려다가 범에게 잡아먹히지나 말도록 하시오."

눈을 붙였을까 말까 한 시간에 일어나지 않을 수 없었다. 한낮에 기생집을 나올 수는 없었던 것이다. 우리는 아침밥을 B선생 댁에서 먹을 요량을 하고 새벽에 난주 집을 나왔다.

문을 닫은 상점들 사이로 걷고 있으니 좌익계열에서 붙인 삐라가 더욱 눈에 띄었다. 전신주란 전신주, 상점의 덧문이란 덧문엔 살벌한 구호가 범람하고 있었다.

'미군 철수하라' '이승만은 미국의 주구다' '악질 지주, 민족반역자 숙청하라' 등등…….

그러나 우리들은 이러한 위협에도 늠름했고 초겨울 아침의 가시 돋친 추위에도 늠름했다. 어쩐지 이날 아침따라 우리가 20대의 청년이며 창창한 앞날을 가진 청년이란 자부를 강렬하게 느꼈다.

B선생 댁에서 아침밥을 먹고, 나와 태림이 학교에 도착한 것은 비교적 이른 시간이었는데 교무실로 들어가니 거의 전부의 교사가 출근하고 있는 성싶었다.

유태림과 내가 난롯가에 가서 앉자 M선생이 곁에 와서 말을 걸었다. 문제의 K교사는 바로 우리 앞자리에 앉아 있었다.

"유선생, 어제는 출근하시질 않았더군요. 그래 지금 의논드리려고 하는데……."

하며 M선생은 연판장 비슷한 것을 꺼내들었다. 그러고는 말을 이었다.

"유선생도 아시다시피 K선생의 좌천은 아무리 생각해도 억울한 일입니다. 학생들도 스승을 존경하는 마음에서 궐기하고 있을 때 우리 동료들이 그저 수수방관만 하고 있겠습니까. 그래서 우리들도 K선생에 대한 조처를 취소해달라는 진정서를 내자는 의견이 있었습니다. 유선생과 이선생만 도장을 찍으면 거의 전원 일치가 됩니다."

태림은 M의 얼굴을 거들떠보지도 않고 쏘아붙였다.

"추잡한 수작은 작작 하시오. 나는 그런 진정서엔 도장을 찍지 못하겠소."

M은 꺼낸 진정서를 펴려다 말고,

"유선생, 무슨 말을 그렇게 하시오."

하고 맞섰다.

"생각해보시오."

태림의 음성은 침착했다.

"앞에 K선생이 있으니 솔직하게 말하겠소. 다른 점은 모르겠소, 교사라는 점으로 볼 때 K선생이 B선생의 상대가 되겠소? B선생의 힘이란 당신네들의 의도대로 호락호락 움직이지 않았다는 그 점뿐 아뇨? 그런데 학생들이 하는 짓은 뭐요. K선생의 전근은 반대하면서 한편으론 B선생을 배척한다니 그게 이치에 닿는 소립니까? 그게 스승을 존경하는 태도입니까? 스트라이크가 아니라 학교를 없애버리는 한이 있더라도 학생들의 그런 태도는 용납할 수 없다고 나는 봅니다. 그런데도 명색 선생이란 사람들이 학생들의 행동에 동조하잔 말인가요. 나는 진정서에 서명을 하지 않을 뿐 아니라 그 진정서 자체를 인정하지 않겠소."

M선생이 뭐라고 하려고 하자 태림은,

"할 말이 있거든 이따가 직원회의 때 합시다."

하며 자기 자리로 돌아가버렸다.

30분쯤 후에 직원회의가 열렸다. 의제는 어제 숙제로 해두었던 동맹휴학에 관한 대책이었다.

좌익교사들은 번갈아 서선 학생들의 요구조건을 들어주는 것만이 유일한 해결책이라고 역설했다. 좌익교사들이 저마다 한마디씩 연설한 뒤를 이어 태림이 일어섰다.

"나는 B선생의 사표를 맡아왔습니다. B선생의 사임의사는 단호합니다. 그러니 사표수리 문제는 여부가 없습니다. 정승도 제 하기 싫으면 그만이라고 하지 않습니까. 그렇다면 동맹휴학의 요구조건은 결과적으로 봐서 관철된 셈입니다. 내가 이것을 교장선생께 전하지 않고 미리 여기서 공개하는 것은 교장선생의 만류를 완전 봉쇄하기 위해서였습니다. 이 결과를 전하면 학생들은 맹휴를 철회하지 않겠습니까?"

"요구조건이 하나 더 있다."

하는 소리가 터져나왔다.

"그건 뭔데요."

하고 유태림이 되물었다.

"K선생의 좌천 발령 취소가 있지 않소."

노기가 섞인 고함 소리가 들렸다.

"K선생의 좌천 발령은 도청에서 한 것이오."

유태림이 이렇게 말하자,

"그건 형식이고 교장의 의사에 달려 있는 것이 아니냐?"

하는 반박이 나왔다.

"형식이건 뭣이건 일단 발령한 것을 취소하자면 도지사의 뜻이 있어야 하지 않겠느냐 하는 말이오. 아무리 되어먹지 않은 관청이기로서니 일단 발령한 것을 취소하자면 상당한 이유가 붙어야 할 것이고 상당한 시일이 필요하지 않겠느냐 말이오. 그런데 그 발령이 취소될 때까지 한

서경애 335

달이고 두 달을 맹휴상태에 있자는 말입니까?"

"교장이 확약만 하면 되지."

어디선가 이런 소리가 들리자 유태림은 흥분했다.

"교장이 확약을 해요? 그건 안 될 말입니다."

"네가 교장이냐?"

하는 야유가 나왔다.

유태림은 소리를 높였다.

"K씨는 학생이 둘러보는 가운데서 B선생을 구타한 사람이오. B선생은 그것을 굴욕으로 알고 이 학교를 그만두게 되었소. 당연한 일이죠. 염치를 아는 사람은 그런 굴욕을 참을 수 없는 겁니다. 교사라고 해서 싸움을 하지 말라고까진 할 수 없겠지요. 그러나 최소한 장소는 가릴 줄 알아야 하지 않겠소. 장소를 가릴 줄도 모르고 함부로 싸움을 거는 교사를 교장이 만일 용납하고, 뿐만 아니라 전근까질 취소하겠다고 하면 나는 그런 교장을 교육자로서 인정할 수가 없소. 그런 교장을 인정했다간 이 학교는 K씨 같은 권투선수가 있을 곳이지 적어도 염치가 있는 교사는 배겨내지 못할 것 아뇨? 싸움을 할 자리 못할 자리도 가리지 못하고 할 소리 못할 소리도 가리지 못하는 K씨와 같은 행동을 용인한다면 학교는 하루아침에 붕괴될 것이오. 언제나 정의와 애국을 내세우시는 여러 선생님이 이 문제를 어떻게 생각하고 계시는지는 모르겠습니다만 B선생의 용퇴만으로써 사건을 수습하도록 노력하는 것이 현명하리라고 생각합니다."

이상과 같은 유태림의 말은 그 시종이 일관된 것이 아니다. 사이사이에 야유가 있었고 반박이 있었고 조소조차 있었다.

그러나 일단 그것으로 학생대표와 절충하기로 하고 직원회의는 오후 3시까지 휴회로 들어갔다.

좌익계열에 있어선 K교사의 전근 취소가 맹휴의 동기였지 목적은 아니었다. 목적은 B선생의 퇴진에 있었다. K교사의 전근 취소가 가능하리라곤 그들 역시 생각하지도 않았던 것이다. 다만 어려우리라고 믿었던 B선생의 문제가 너무나 간단하게 해결되었기 때문에 K에 대한 체면도 있고 해서 한바탕 트집을 잡아본 것이다.

오후에 있은 직원회의에선 맹휴의 종결과 내일부터 학생이 등교할 것이란 보고가 있었다. 그런데 이 자리에서 유태림은 폭탄을 터뜨리고 말았다.

맹휴의 총본산인 고급 2학년을 담임하고 있는 P선생을 힐난하고 나선 것이다.

"자기가 맡은 학급 하나를 제대로 통솔하지 못하는 사람이 담임선생으로서 자격이 있다고 봅니까?"

유태림이 쏜 화살을 맞고 평소에 과묵하던 P교사는 새파랗게 질린 표정을 하고 일어섰다.

"학생도 엄연한 인격인들이오. 그 인격인 다수의 의사를 어떻게 하란 말요."

"그러니까 질질 끌려다녀야 한단 말이군요."

나는 놀라서 태림을 쳐다봤다. 그의 성품으로 봐서 정말 뜻밖의 짓이었던 것이다.

"나는 그들의 의사를 존중하는 민주교사요. 파쇼교사는 아니란 말요."

"민주교사 두 번만 하다간 매일 맹휴만 하겠습니다."

이 무렵 교감이 쌍방을 무마하려고 나섰다. 그러나 때는 이미 늦었

다. 극도로 흥분한 P교사는,

"일제 때 병정 노릇을 해놓으니 탄압교육에 맛을 붙인 모양이구먼."
하고 빈정댔다.

태림도 지지 않았다.

"학생의 본분을 지키게 할 수 없으면 책임을 질 줄도 알아야 할 게 아뇨?"

"내가 학생의 본분을 지키지 못하게 한 게 뭐 있소?"

"그럼 맹휴만 선동하고 있는 짓이 옳은 짓이란 말요?"

"누가 선동했다는 거요?"

"당신이지 누군 누구야."

이때 M교사가 싸움을 가로막고 나섰다.

"지금 유선생은 K선생의 행동을 비난했지요. 그런데 유씨는 주먹의 테러만이 테러이고 말로 하는 테러는 테러가 아닌 줄 아시오?"

"책임을 다하지 못하는 교사에게 대해서 나는 동료로서 충고하고 있는 거요. 직원회의란 본래 충고하기 위한 광장이 아뇨? 충고를 받기 위한 광장이 아뇨?"

"충고와 인신공격은 다르오."

M이 호통을 쳤다.

"자기가 담임하고 있는 학급 하나를 제대로 컨트롤 못하는 교사를 책임추궁하는 것이 인신공격이 됩니까?"

다시 P가 나섰다.

"그럼 당신은 자기가 맡은 학급을 완전히 컨트롤할 자신이 있소?"

"있고말고."

태림은 권위 있게 말했다.

"맡겨만 주면 컨트롤만 하다뿐이겠소."

"만일 안 되면?"

"그땐 깨끗이 물러나죠. 그러니 당신도 그 학급에서 손을 떼란 말요."

"좋소. 손을 떼겠소. 그럼 지금 내가 맡고 있는 학급을 당신이 맡겠소?"

"맡지요. 명령만 있고 여러분이 불평만 않는 담에야 내가 맡겠소."

미리 의논한 것도 아닌데 만장일치로

"좋소!"

하는 함성이 터져나왔다.

"좋습니다. 내일부터라도 그 학급을 맡겠소. 그런데 교장선생과 교감선생의 의도는 어떻습니까?"

이와 같은 유태림의 질문이 있자,

"흥분해서 일을 서둘 것이 아니라 천천히 정하도록 합시다."

하고 교감은 당황했다. 또다시 그것이 불씨가 되어 겨우 꺼놓은 맹휴의 불이 다시 튀길 염려가 있었기 때문이다.

그런데 좌익계 교사들이 가만있지 않았다. 본인이 해보려는 것을 방해할 필요가 없지 않으냐고 호통을 치는 교사도 있었고 그 학급을 컨트롤할 수 있다는 자신을 가진 사람을 담임으로 추대하는 데 천천히 정할 필요가 어디에 있느냐고 떠들어대는 교사도 있었다.

교장도 용단을 내리지 않을 수 없었던 모양으로 내일부터 유태림이 고급 2학년의 담임으로 취임하기로 하고 직원회의는 끝났다.

사태가 의외의 방향으로 발전해버린 데 나는 아연실색했다. 고급 2학년의 그 학급은 해방 후 1년 반 남짓한 기간에 담임선생 여섯을 학교 밖으로 몰아낸 실적을 가지고 있는 학급이었다. 그렇게 한 이유 가운데 P나 M 아니면 S를 자기들 학급의 담임으로 모시기 위한 목적이 있었다.

 교장과 교감도 대강 그런 눈치를 챘기 때문에 쉽사리 그들을 그 학급의 담임으로서 선정하지 않았던 것인데 선임된 담임교사를 다음다음으로 배척하는 야료를 부렸기 때문에 금학기 초엔 할 수 없이 P선생으로 하여금 그 학급을 맡게 한 것이었다.

 그러한 학급을 유태림이 자기가 맡겠다고 발을 벗고 나섰으니 교감의 생각이 아니라도 무모한 짓이다. 좌익교사들이 함성까지 올려가며 유태림의 고급 2학년 담임을 지지한 것도,

 '며칠을 배겨내나 보자.'

하는 속셈 때문이었다.

 이런 뜻을 말했더니,

 "범을 잡자면 범의 굴에 들어가야 한다는 속담이 있잖아?"

하면서 자기가 고급 2학년을 맡기 위해 고의로 P선생을 힐난하고 그의 감정을 상하게 했다고 덧붙였다.

 그 이튿날 유태림이 내 집에서 아침밥을 먹고 있는데 교감이 찾아왔다.

 다짜고짜 하는 말이,

 "일주일 아니면 오늘만이라도 유선생, 학교엘 나오지 마시오."

하는 것이었다.

 까닭을 묻는 유태림에게 한 교감의 설명은 이랬다.

 "어젯밤 학생동맹 전원이 모여 회의를 했답니다. 유선생이 교실에 들어오기만 하면 한바탕 면매面罵하고 P선생을 복귀시킬 것과 유선생을 배척한다는 결의문을 내고, 그것을 학교 측에서 들어주지 않으면 다시 맹휴로 들어간다는 겁니다."

"예측한 일입니다."

하면서도 태림의 얼굴은 파리해졌다.

"예측한 일이고, 그런 일이 있을 줄 알면서도 나는 그 학급을 맡으려고 한 겁니다. 교감선생은 걱정마시고 가십시오."

"그럼 오늘 유선생은 학교엘 나오시지 않겠지요? 출장명령을 낼 테니 어디 가서 놀다 오셔도 좋습니다."

교감의 이 말에 태림은 화를 냈다.

"교감선생은 나를 모욕하시는 겁니까? 오늘부터 그 학급을 맡는다고 장담해놓고 꽁무니를 빼란 말인가요? 안 될 말입니다. 내 소신껏 해보고야 말겠습니다."

교감은 끈덕지게 태림을 말리는 것이었으나 통하지 않았다. 온후한 교감은 내색을 안 했지만 불쾌한 듯 자리를 떴다.

그날은 교실 조례가 있는 날이었다. 시업을 알리는 종이 울리자 유태림은 출석부를 꽂아놓은 선반 앞으로 가서 고급 2학년의 출석부를 빼어 들었다. 직원실에서 서성거리고 있던 모든 교사들의 눈초리가 태림의 등뒤로 쏟고 있었다. 교감이 태림의 곁으로 가서 뭔가를 속삭였다. 들으나마나 지금 교실에 들어가는 것은 삼가달라고 했을 것이다. 대강 분위기를 수습해놓은 뒤에 가면 어떻겠느냐는 종용도 있었을 것이다.

유태림은 뽑았던 출석부를 다시 제자리에 꽂고 들었던 백묵통을 도로 놓고 밖으로 휭 나가버렸다. 교감은 자기의 말이 통했다는 듯한 표정으로 자기 자리로 돌아가고 있었다. 나는 무슨 일이 생겼는가 하는 궁금한 마음으로 골마루로 나가보았다. 태림은 변소 있는 쪽으로 걸어가고 있었다. 뒤쫓아간 나는 태림과 나란히 서서 소변을 보았다. 태림은 소변을 보고 나서 손을 씻기 시작했다.

수돗물을 풍부하게 틀어놓고 천천히 야무지게 손을 씻는 것이었다. 나는 그의 옆얼굴을 훔쳐봤다. 파리하게 긴장한 얼굴, 뭔가를 골몰히 생각해내려 하고 있는 사람의 얼굴에서 볼 수 있는 엄숙함과 맑고 굳센 의지 같은 것이 느껴졌다. 좋은 얼굴이라고 생각했다.

손을 씻고 난 태림은 손수건으로 손을 닦으면서 세면장 건너편으로 내다보이는 하늘에 시선을 옮기면서,

"오늘도 하늘빛은 좋은데…… 겨울의 이맘때의 하늘빛이 좋아. 싸늘하고 맑고…… 명석한 정신 같애."

이렇게 중얼거리곤 나를 향해 돌연 물었다.

"상황 구성이란 걸 알지?"

"상황 구성?"

"상황을 구성한단 말이다. 한번 해볼 일이지."

교실 조례가 이미 시작한 까닭인지 골마루엔 지나다니는 학생도 교사들의 그림자도 없었다.

고급 2학년의 교실은 동서로 뻗은 골마루의 서쪽 끝에 있었다. 일제때 식물교실로 쓰던 교실이었다.

그 교실로 향해 걸어가는 유태림의 뒷모습을 오랫동안 지켜보다가, 그가 교실의 문을 여는 순간까지 차마 볼 수가 없어서 얼른 직원실로 돌아와 내 자리에 앉아버렸다.

웬일인지 직원실엔 조례시간인데도 교사들이 그냥 남아 있었다. 뭔지 일어날 것이란 기대에 젖은 고약한 분위기가 느껴졌다. 얘기들이 모두들 건성인 것을 보면 신경이 모두 고급 2학년 교실 쪽으로 쏠려 있음이 분명했다.

30분이 지났는데도 아무런 소식이 없었다. 금시라도 골마루를 쾅쾅

거리며 학생대표들이 직원실로 들이닥칠 것 같은 분위기인데도 고급 2학년 교실 편에선 아무런 소동도 들리지 않았다. 첫 시간이 끝나는 종이 울렸다. 그래도 아무런 소식이 없었다. 둘째 시간이 끝나도 역시 마찬가지였다. 좌익교사들은 차차 초조하기 시작한 모양이었다.

어떤 일이 일어나고 있는가 모두들 궁금했지만 누구 하나 그 근처에 가보고 오겠다는 사람이 없었다. 교감마저도 그럴 생각을 내지 못하는 것 같았다.

교장실로 통하는 문은 굳게 닫힌 채 있었다. 교장 역시 숨을 죽이고 있는 것 같은 그런 인상이었다.

과연 어떤 일이 고급 2학년 교실에선 일어나고 있었을까.

그것을 설명하자면 그때의 상황을 소상하게 회상하고 있는 유태림의 제자, 장張군의 기록을 빌리는 것이 편리할 것이다. 장군은 그 기록의 제목에다 '두꺼비 이야기'라고 달았다.

두꺼비 이야기

일체의 준비는 다 되어 있었다. 우리들은 유태림 선생이 나타나기만을 기다리면 되었다. 키다리 정鄭이 유선생께 "당신은 이 교실에 뭣 하러 왔습니까?" 하고 선두 질문을 하고 이어 얌체 차車군이 "소작인 다루듯 우리를 다를 셈인가?"고 묻고 원元군은 점잖게 "기생집에나 가실 일이지 애교도 없는 우리를 뭣 때문에 찾아왔소?" 하는 식으로, 야유조의 말을 급우 전원 한마디씩 하고 나면 리더 이李군이 유선생의 반동적 행위를 열거하고 교사로서의 자격이 없다는 것을 논리정연하게 전개할 작정이었다. 그리고 결론으로서 유선생의 퇴장을 요구하고 이미 선출된 대표 7명이 교장실로 가서 우리의 결의서를 내놓을 것이다.

들어오자마자 유선생의 간담을 서늘하게 할 요량으로 교단으로 통하는 미닫이식 문 위엔 물이 담긴 바께쓰가 걸려 있었고 문을 열기만 하면 바께쓰가 쏟아져 잘하면 유선생은 물벼락을 맞을 것이고 그렇게 성공적으로 되지는 않더라도 눈앞에 쏟아지는 물과 뒹군 바께쓰로 해서 우리의 적의를 섬뜩하게 알아차릴 것이었다.

긴장된 분위기였다. 우리들 33명은 한 사람 한 사람이 비장한 각오를 하고, 존경하는 P선생을 모욕한 행위에 대해 설욕도 하고 아울러 반동 교사를 퇴치할 계획이었다. 그러니 교실 내는 물을 뿌린 듯 조용했다. 문이 열리고 바께쓰가 쏟아질 때 일제히 높은 조소를 터뜨릴 작정도 있고 해서 그 시기에 맞추기 위해서는 잡담 같은 것도 삼가야 했던 것이다.

그런데 일은 엉뚱하게 벌어지고 말았다. 유태림 선생은 바께쓰를 걸어놓은 앞문을 열지 않고 뒷문을 열고 들어왔다. 당장에 '스파이가 있었구나.' 하는 생각이 있었지만 그럴 수는 없는 일이었다. 물이 담긴 바께쓰를 달아놓자는 의견은 이제 막 나온 것이고, 바께쓰를 달아놓은 후엔 한 사람도 교실 밖으로 나간 적이 없었기 때문이다. 뿐만 아니라 33인은 철통 같은 단결을 하고 있는 터여서 스파이가 있을 리가 없었다.

뒷문으로 들어온 유선생은 교단으로 가지 않고 뒷벽 한가운데쯤에 서버렸다. 우리의 등을 보고 서버린 것이다. 이것 역시 뜻밖의 일, 전연 예상하지 못했던 일이었다.

뒷벽에 붙어 선 채 유선생은 그저 잠자코만 있었다. 우리는 망설이기 시작했다. 교단으로 가지 않고 뒷벽에 기대 서 있어도 야유를 퍼부어야 하는가 하고. 그 야유 가운덴 빠짐없이

"그 교단에 설 자격이 있다고 생각하는가."
라는 말귀가 달려 있었는데 그것을 어떻게 하나 하는 당혹도 있었다. 게다가 등뒤를 응시당하고 있다는 의식처럼 간지러운 마음의 상태란 없다. 우리는 어떻게 해야 할 것인가를 알기 위해서 리더 이군과 시선을 맞추려고만 했다. 이렇게 해서 고요한 교실이 약간의 파문이 일기 시작한 때가 아닌가 한다.

등뒤에서 나지막한 말이 들려왔다.
"여기에 한 마리의 두꺼비가 있다."
"두꺼비?"
나는 내 귀를 의심했다. 무슨 얘길 하자는 건가. 우리들 당초의 계획은 유선생의 입을 처음부터 봉쇄하자고 했었는데 난데없이 두꺼비가 튀어나오는 바람에 어떻게 대응해야 할지 몰랐다. 리더 이군이 곁자리에 앉은 정더러 뭐라고 귓속말을 하자 귓속말이 온 교실 내에 퍼져갔다. 이때다.
"저 앞을 보라!"
는 고함이 등뒤에서 터져나왔다. 급우들의 시선이 와락 앞으로 쏠리는 동정이 느껴졌다. 나의 시선도 물론 앞으로 쏠렸다.
"텅 빈 흑판이 있고, 텅 빈 교단, 텅 빈 교탁이 있다. 똑바로 저 광경을 봐라."
고요해진 교실 내에 유선생의 나지막한 음성이 스며들듯 울렸다. 조금 있다 다시 말이 이어졌다.
"텅 빈 흑판, 텅 빈 교단, 텅 빈 교탁 저것을 학생이란 이름의 너희들과 교사라는 이름의 내가 지금 지켜보고 있다. 똑똑히 봐둬라! 이것이 오늘날 남한의 교육 실정이다."

기침 한번 하는 학생이 없었다. 유선생의 말이 끊어지자 교실은 다시 조용해졌다. 사이를 두고 유선생의 말은 계속되었다.

"누구를 저 교단 위에, 저 교탁 위에 세워야 되겠는가. 누구를 저 위에 모셔야 하겠는가. 지도자를 기다리고 교육자를 구하는 남한 실정의 상징적인 의미를 저 텅 빈 흑판, 텅 빈 교단, 텅 빈 교탁이 말해주고 있다. 똑똑히 봐둬라. 철저하게 가슴에 새겨둬라. 오늘 이 시간이 교실 안에서의 인상이 우리 생애에 큰 의미를 가질는지 모른다."

우리들은 어느덧 마술에 걸려 있었다. 미리 짜놓은 계획을 생각해낼 겨를도 없었다. 리더 이군의 어깨가 바르르 떨렸다. 사태는 유선생의 의도대로 움직이고 있었다. 아무도 그것을 막을 도리가 없을 성싶었다.

"나는 너희들의 급을 담임하러 온 것이 아니다. 너희들의 급주임이 되려고 온 것이 아니다. 너희들과 더불어 저 교단에 어떤 선생님을 모셔야 할 것인가를 찾으러 온 것이다. 그 선생이 나타날 때까지 너희들과 함께 기다리기 위해 온 것이다."

여기서 또 유선생은 말을 끊었다. 유선생에의 도전을 포기한 것은 나만이 아닌 것 같았다. 교실은 계속 조용했다.

"어떤 분을 저 교단 위에다 모셔야 할까. 우리 한번 찾아보자. 기다려 보자. 학식으로나 정신으로나 너희들을 지도하고 교육하는 데 부족함이 없는 선생이 나타나길 기다리자. 너희들은 진리와 정의를 위해서는 목숨도 아깝지 않다고 했었다. 그런 연설을 나는 번번이 들었다. 그런 정신으로 기다리는 거다. 몇 시간이고 몇 날이고 기다려보자."

이때 리더 이군이 자리에서 섰다. 그리고 무슨 말을 하려는 찰나,

"앉아라!"

하는 고함이 유선생 입에서 터졌다. 그때 급우 전원이 유선생에게 항거

하는 함성을 질러야 했었다. 그리고 리더 이군의 연설이 시작되어야 했었다. 그런데 급우들은 잠잠했었고 급우들의 성원을 잃은 리더 이군은 아무 말도 못하고 도로 자리에 앉아버렸다. 그 맹렬하고 무섭기 없는 이군도 유선생이 만들어낸 분위기 속에서는 도리가 없었던 모양이다.

이어 유선생은,

"그동안을 참지 못해 가지고 어떻게 몇 시간 며칠을 버틸 수 있는가. 우린 진정하고 훌륭한 선생님을 저 교단 위에 모시기 위해서 참고 견디고 버티어야 한다."

나는 억눌린 압박감 같은 것에서 차츰 풀려 나와 유선생의 말에 일종의 매력, 학생생활 10여 년 동안 이때까지 전연 느껴보지 못했던 기이한 감정을 느꼈다. 텅 빈 교단 쪽이 커다란 의미로서 다가오는 느낌이었다.

"이승만 씨를 저 교단 위에 올려놓으면 어떨까."

나는 누군가가 불쑥 일어나서 유선생을 방해하지나 않을까 하는 걱정을 가졌다. 그러나 아무 일 없었다.

"김구 씨를 모시면 어떨까. 너희들의 비위에는 안 맞겠지만 그만한 분들이라면 너희들의 교사로서 부족은 없을 게다. 적도 또한 교사로서 이용할 수 있다."

나는 유선생의 말을 누군가 방해할까 봐 걱정하는 스스로를 발견하고 기이한 감정을 가졌다.

"박헌영 씬 어떨까. 저 교단에 모셔 부족함이 없을 뿐만 아니라 너희들이 가장 환영할 분일 게다."

이렇게 말하고 2, 3분쯤 사이를 두곤 유선생은 다시 말을 이었다.

"이밖에도 저 교단에 모셔 부족이 없을 뿐만 아니라 저 교단을 빛나게 할 수 있는 선생들의 이름을 얼마라도 들먹일 수는 있다. 그러나 그분들은 전 민족이 요구하고 있고 기다리고 있는 분들이기에 우리의 갈망이 아무리 강해도 저 교단에 모실 수는 없다……. 그렇다면 그런 고명한 어른들을 탐낼 것이 아니라 우리 스스로의 내부에서 저 교단에서 설 만한 인물의 자질을 찾아볼 수밖에 없다. 어떤 성격의 인물, 어느 정도의 학력을 가진 인물이라야 할 것인가 하고 우리 스스로의 내부에서 생각해봐야 할 게 아닌가. 그것을 같이 생각해보자는 거다."

나는 참으로 그렇다고 생각했다. 다른 급우들의 태도에도 내게와 같은 반응이 있는 모양이었다. 유선생은 여전히 나지막한 소리로 천천히 호소하듯 말을 이끌고 갔다.

"너희들이 나를 싫어하는 줄을 나는 잘 알고 있다. 그래서 나는 이 학교를 당장에라도 그만둘 생각을 했다. 그렇게 마음을 먹고 난 뒤 나는 고민했다. 이유 없이 받는 미움이란 참으로 고통스러운 것이다. 너희들이 나를 어떻게 알고 있기에 미워하는지 그것이 궁금했다. 내가 가르칠 학과가 이 학급에도 있지만 나는 이 학교에 부임한 이래 이 학급에선 수업 한번 하지 못했다. 그런데 너희들이 나를 어느 정도로 이해하고 있단 말인가. 선생과 제자가 된다는 것보다 우리 모두 좋은 친구가 될 수 있었을 것을 직접 만나서 대화를 나누어보지도 못하고 남의 얘기만 듣고 원수처럼 헤어진다는 것은 너무나 안타까운 일이 아닌가 하고 나는 생각했다……. 교사가 되어보겠다고 이 학교에 와서 교사가 되기는커녕 너희들 33명의 미움만 사고 그만둔다는 건 내 인생에 있어서 다시 없는 손실이 아닌가 하고 고민했다…….

서양의 속담에 이런 말이 있다. 백 사람의 친구는 부족한데 한 사람의 원수는 벅차다는. 이 속담엔 기막힌 진실이 있다고 생각한다. 내 나이 지금 26세다. 26세에 벌써 33명의 원수를 만들어버린다면 이게 될 말이냐고 생각했다. 너희들은 유태림 같은 인간 하나쯤 원수로 돌린다고 해도 대단할 것 없다고 생각할지 모르나 인생이란 그런 것이 아니다. 꼭 원수가 되어야만 하는 사람도 있고 사이도 있다. 그런데 우리들은 아직도 서로를 이해할 시간도, 꼭 원수를 삼아야겠다고 해야 할 이유도 갖지 못하고 있는 것이 아닌가……. 그래 나는 일대 용기를 냈다. 내가 학교를 그만두더라도 너희들과 한번 만나보고 그만두자고. 마지막을 서둘 것이 없지 않으냐, 설혹 굴욕을 당하는 일이 있더라도 너희들에게 내 정성 내 진실을 털어놓고보자, 이렇게 생각하고 오늘 나는 너희들을 찾아왔다. 학급을 담임하고 안 하고가 문제가 아니다. 나쁜 인상을 너희들의 가슴에 심어놓고 떠나기가 싫었고, 너희들을 생각할 때마다 불쾌하고 너희들과의 일을 회상할 때마다 고통스럽게 되는 그런 불행을 번연히 예견하면서도 그냥 있을 수가 없었다. 말하자면 가슴을 털어놓고 얘기하러 왔다. 내가 급주임으로서 적당하지 않으면 어떤 사람을 급주임으로서 모셔 불만이 없겠는가 하는 문제를 같이 상의하고 같이 기다리기로 하자는 얘기다."

대강 이와 같은 얘기를 하고 있을 때 첫 시간이 끝나는 것을 알리는 종이 울렸다. 종소리가 울리는 동안 유선생은 말을 끊었다. 종소리가 멎자,

"자, 그럼 너희들은 쉬는 시간에 변소에 갔다 오고 볼일도 보아라. 나는 다른 학급의 수업이 있을지도 모르니 갔다가 올 게다. 수업시간의 종이 울리면 꼭 이대로의 자세로서 기다려라. 빈 시간이 있으면 나도 돌아와 바로 이 자리에서 저 텅 빈 흑판, 텅 빈 교단, 텅 빈 교탁을 바라

서경애 349

보며 너희들과 같이 생각하고 진실로 자격 있는 교사가 나타나길 기다릴 참이다."

하고 유선생은 문 쪽으로 걸어갔다. 이때였다. 키다리 정이 후닥닥 일어서더니 유선생을 가로막았다. 그러고는 헐떡이며 말했다.

"선생님, 가시지 마십시오. 우리에게 말씀 좀더 해주십시오."

누가 시킨 것도 아닌데 이 말이 신호가 된 듯 급우 전원이 일어섰다.

반 이상의 학생이 유선생을 둘러쌌다. 그러고는 입마다 부르짖었다.

"선생님, 가지 마십시오."

하고.

나도 그렇게 부르짖은 한 사람이었다. 우리들은 때를 놓칠세라 유선생을 떠받들어 교단 위로 모시고 갔다.

그때의 정황을 나는 아마 평생토록 잊을 수가 없을 것이다. 억지로 끌려 교단 위에 오른 유선생의 얼굴도 상기되어 벌겋게 타는 듯했다.

유선생을 교단 위에 세워놓고 우리들이 각기의 자리로 돌아가 교실이 다시 조용해졌을 때 나는 내가 이제 무슨 짓을 했나 하고 내 스스로를 돌아보았다. 있을 수 없는 짓, 할 수 없는 짓을 한 것 같은 수치감도 들었다. 우리가 패배한 것이 아닌가 하는 생각도 비쳤다. 어젯밤 반동교사 유태림을 축출하기 위해 그처럼 열을 올리고 다짐했던 일이 꿈만 같았다. 그리고 한편 걱정도 구름처럼 솟았다. 소위 학생동맹의 지도부를 형성하고 있는 우리들이 이렇게 호락호락하게 넘어갔다면 당의 간부, 민청의 간부들이 뭐라고 할 것인가 하는 겁도 났다.

그러나 좋다고 생각했다. 새로운 앞날이 트일 것만 같은 예감에 가슴이 설레기조차 했다. 뒤에 들은 얘기지만 다른 급우들도 모두 나와 마찬가지인 감상이었다고 한다.

유선생을 단 위에 모셔놓고 장장 세 시간을 끈 토론이 전개되었지만 지리하지가 않았다. 우리는 그때부터 우리가 미리 준비해놓았던 얘기를 죄다 쏟아놓았다. 유선생은 그런 야유 하나하나에 솔직하고 대담하게 답했다. 그러나 그땐 벌써 우리들의 말에서 독기는 사라져 있었다. 배척하기 위해 준비된 말이 꼭 같은 내용이면서도 영합하고 서로의 이해를 돕기 위한 말로 바뀔 수 있다는 사실을 안 것도 참신한 감동이었다.

그때 유선생과 우리 사이에 어떤 말이 오갔는지는 여기선 생각 안 하기로 한다. 그로부터 유선생은 우리가 졸업할 때까지 약 2년 동안 우리의 급주임으로서 있었다. 그동안 정치정세의 변화에 따라 몇 고비의 파란이 있었지만 지금 생각하면 얄밉게 짓궂게 굴고 있어도 우리들도 순진했던 것이다.

―장군의 회상 끝

그날의 사태가 그렇게 되었다는 것이 알려졌을 때 좌익계 교사가 절대다수를 이루고 있는 직원실은 초상이 난 집 같은 정황을 닮았다.

이 소문은 순식간에 C시를 휩쓸었다. 동지는 물론 적까지도 외경의 눈으로써 태림을 보게 되었다. 그런 데는 고급 2학년 학생들이 자기들의 굴복을 사람들에게 납득시키기 위해서 과장된 설명을 한 탓도 있었다.

우리들 몇몇 친구는 그날 밤 유태림을 영웅처럼 떠받들고 축배를 올렸다. 그러나 유태림은 그날을 고비로 새롭게 펼쳐진 가시밭길을 걸어야 했다. 그런 운명을 태림 스스로는 깨닫고 있었을 것이다. 그런 탓인지 축배소동을 일으키고 있는 친구 사이에 끼여 앉아 유태림은 시종 침통한 표정이었다.

태림의 부친과 경애가 만날 시일과 장소를 주선해야만 했다. 그러자면 우선 경애에게 그 뜻을 알려야 했고 대강의 사정 설명도 해야만 하는 것이었다. 최영자 집으로 경애를 찾아가, 최영자를 따놓고 얘기하기도 난처했고 최영자가 있는 자리에서 그런 얘기를 꺼내기도 거북했다. 생각한 끝에 나는 서경애더러 단둘이서만 해야 할 긴한 얘기가 있으니 C루 근처로 나와달라고 하고 시간을 일렀다.

경애는 순순히 승낙했다.

겨울철에 들었지만 따스한 소춘小春의 날씨가 계속하고 있는 날의 오후였다. 들 위엔 아지랑이가 가물거렸다.

C루에 올라 아름드리 기둥에 기대어 나는 경애가 올 방향을 향해서 있었다. 흡사 애인을 기다리는 가슴의 설렘조차 느꼈다. 서경애는 정시에 나타났다.

C루에 오른 경애는 인사를 끝내자 나완 두어 걸음 떨어진 곳에 서서 바로 아래를 흐르는 N강을 바라보기도 하고 건너편 백사장과 백사장을 따라 푸르게 울창한 죽림에 눈을 보내기도 하고 멀찌막하게 단정한 선으로 남쪽 하늘에 아담하게 치솟은 M산을 바라보기도 했다. 그러곤 고개를 돌려 동쪽에 있는 K산, 북쪽의 B산, 서쪽의 S대를 두루 보고 나더니,

"C시란 참으로 아름다운 곳이군요."

하고 탄성에 가깝게 중얼거렸다.

나는 난간 가까이 경애를 이끌어 아래에 보이는 의암義岩을 가리켰다.

"저 바위에서 기생 논개가 왜장의 목을 안고 물에 빠졌답니다."

"그 왜장이란 게 누구죠?"

"민간의 전설로선 가등청정加藤清正이라고 되어 있죠."

"가토 기요마사?"

"그렇죠. 그러나 가등청정은 그 뒤 본국으로 돌아가서의 활약이 역사에 남아 있으니까 그럴 리가 없죠. 어떤 기록엔 게야무라 로쿠시케毛谷村六助라고 되어 있습니다. 게야무라는 가등의 부장部將이었으니 당시의 사람이나 그 뒤의 사람이 그를 가등청정이라고 오인할 만도 했겠죠."

"그런 얘기들이 모두 정사에 기록되어 있습니까?"

"글쎄요, 제 선배에 J라는 분이 있는데 그분의 설에 의하면 정사엔 없답니다. 논개에 관한 유일한 기록은 임진왜란이 지난 뒤에 나왔다고 추측되는『어우야담』뿐이라고 합니다. 물론 J씨가 조사한 범위에서 하는 말이지요. J씨는 자기 나름의 연구를 한 결과 여기서 죽었다는 게야무라 로쿠시케의 무덤을 그의 생국生國에서 발견하고, 그 무덤이 있는 절의 기록으로선 무사히 돌아가서 병으로 죽은 것으로 되어 있었다고 합니다. 그래 J씨는 논개가 실재 인물이 아니라는 주장을 내세우려고 하다가 노인들에게 야단을 맞은 적이 있지요. C시의 상징인 논개를 애매한 문헌, 애매한 추측으로 말살한다는 건 언어도단한 일이라는 거지요."

"실재했거나 가공이거나 전설로서 살아 있는 인물이면 실재 이상이 아니겠어요?"

"그러나저러나 3백 몇십 년 전, 왜병이 물밀듯 저 앞 평야에 밀어닥치고 성이 소란한 때가 있었다고 생각하니 이상한 느낌이 들지 않습니까."

경애의 심중에 어떤 감회가 일고 있는 듯싶었다. 흐름을 내려다보고 있는 조용한 눈빛과 단아한 옆얼굴이 그랬다.

"한용운 선생이 이 풍경을 읊은 시가 있습니다. 꽤 긴 건데요. 그 선두에 N강은 흐르지 않고 C루는 달려간다는 뜻의 글귀가 있습니다. 흐르는 강물은 흐르지 않고, 우뚝 서 있는 C루가 어디론가 달아나고 있다는 상이 멋지지 않습니까."

감회를 돋울 겸한 나의 이 말에 대해 강물에서 시선을 떼지 않은 채 경애가 말했다.

"한용운 선생은 스님 아니세요? 그러니까 그런 발상은 불가에선 되레 평범한 것이 아닐까요. 색즉시공 공즉시색의 바리에이션에 불과하다고 할 수 있으니까 말예요."

아는 척 떠벌리다가 호되게 얻어맞은 수치감으로 해서 얼굴을 붉혔다. 그래 이 수치감에서 빨리 벗어나려는 생각에서 서경애에게 좀더 조망이 좋은 S대로 가자고 권했다.

C루에서 S대까지의 길은 N강을 왼편으로 부드러운 곡선과 심심치 않은 구배로써 엮어진 1킬로 남짓한 산책로다. 낮은 곳에선 빨래질하는 아낙네들의 바로 등뒤를 지나기도 하고 올망졸망한 집들 사이로 잠시 굽이돌아야 하기도 했다.

경애는 연도의 경치를 하나도 빼놓지 않고 기억 속에 새겨두려는 듯 조심성 있는 눈초리를 하고 조심성 있게 다른 집들과 어울리지 않는 큼직하고 현대적인 건물이 나타날 적마다 물었다.

"저건 어떤 집이죠?"

경애가 그렇게 묻는 집은 대개 일제 때 고관들의 사택이거나 별장이었다.

조금 가파른 비탈길을 오르면 정수장이 있고 거길 지나 30미터쯤 더 올라가면 S대에 이른다.

S대에 서면 C시를 일망에 모을 수가 있다. 나는 먼저 서북쪽에 하얗게 눈을 덮고 솟아 있는 일련의 연봉을 가리켰다.

"저게 무슨 산입니까."

경애가 숨가쁘게 물었다.

"지리산입니다."

"아아 지리산이에요. 그런데 저렇게 가까이 보입니까."

청명한 날이라서 지리산은 바로 거기에 있는 것같이 가깝게 보였다. 파도처럼 기복하는 무수한 지맥을 거느리고 은빛 산정을 푸른 하늘에 부착시킨 지리산의 위엄이 감동인 양 가슴속에 저렸다. 서경애도 꼭 같은 감동을 받은 모양이었다. 한참 동안 거기서 눈을 떼지 않았다.

"지리산에 오른 적이 있어요?"

"아직 올라보지 못했습니다."

"바루 저기 있는데두요?"

경애의 말투는 바로 가까이에 영산을 두고 아직도 올라가보지 않은 게으름을 힐난하는 것 같았다.

"한번 올라봤으면!"

경애가 중얼거렸다.

"같이 오르도록 합시다."

"그럴 기회가 있겠어요?"

이렇게 말하는 경애는 쓸쓸한 표정이었다.

이윽고 지리산에서 시선을 옮긴 경애는 서쪽으로 뻗고 있는 길을 가리켰다.

"저 길은 어디서 오는 길이죠?"

"저건 하동에서 오는 길입니다."

하고 나는 다음다음으로 길의 설명을 늘어놓았다.

"저 형무소 앞으로 해서 북쪽으로 뻗은 길은 산청, 함양에서 오는 길이고 형무소 뒤를 돈 길은 합천, 거창에서 오는 길이고 동쪽으로 등을 넘은 저 길은 의령에서 오는 길이고 다리를 건너 남쪽으로 뻗은 길은 사천, 삼천포, 고성, 통영, 함안, 마산에서 오는 길이고……."

나는 이어 이런 교통상황만 보더라도 이 C시가 서부 경남의 중심지로서의 관록을 충분히 지니고 있는 것이 아닌가고 덧붙였다. 그러나 경애의 표정은 그런 얘기에 흥미를 느끼고 있는 것 같지 않았다.

따스한 날씨라고는 하지만 S대와 같은 높은 곳을 스치는 바람은 찼다. 오래 그곳에 서 있을 수가 없어서 나는 경애를 데리고 S대 바로 밑에 자리잡고 있는 H사寺로 갔다. 송림이 무성한 언덕 사이에 아늑히 안겨 있는 절의 양지바른 대청을 골라 나와 경애는 나란히 걸터앉았다.

언제나 이 무렵이면 그러하듯이 절간은 인기척 하나 없이 조용했다. 폐사가 아니란 증거는 깔끔하도록 청결하게 쓸린 뜰에 남은 빗질의 흔적이었다. 비탈진 언덕을 울창하게 흘러내리듯 한 송림 사이로 민가의 지붕들이 보이지만 않았더라도 심산유곡의 산사에 있는 것 같은 착각에 사로잡히기도 할 것이다.

드디어 나는 그 긴한 얘기라는 것을 끄집어내야만 했다. 그래 어떻게 말머리를 잡을까 하고 망설이고 있는데 경애가 입을 열었다.

"학교 일은 어떻게 됐지요?"

아마 최영자를 통해 C고등학교의 사건을 대강 알고 있는 것 같은 경애의 눈치였다. 나는 화제가 그쪽으로 쏠린 것을 다행하게 생각하고 어제 있었던 일, 특히 유태림의 훌륭한 수완, 탁월한 능력, 멋진 플레이라고도 할 수 있는 행적에 관해서 장황한 얘기를 늘어놓았다.

그러나 경애의 얼굴에는 내가 기대했던 대로의 표정이 돋아나지 않았다. 되레 싸늘하게 굳어만 가는 것 같았다. 나는 순간 경애에게서 좌익을 느꼈다. 좌익이면 유태림의 어제의 행적 얘기를 들으면 모두 그런 표정이 될 것이었다. 그래 나는 의식적으로 다음과 같이 물어보았다.

"참으로 멋진 일 아닙니까. 적의를 품고 있는 33명의 학생을 한 시간 동안에 굴복시키다니 대단한 일 아닙니까."
하고.

그런데 실로 뜻밖인 대답이 경애의 입에서 터져나왔다.

"전 유태림 씨가 그처럼 타락한 인물인 줄은 몰랐습니다."

나는 내 귀를 의심했다. 타락이란 웬말인가! 나는 반문하지 않을 수 없었다.

"타락이라니 그게 무슨 말씀입니까."

"양심은 없으면서 술책으로만 학생을 사로잡으려는 태도가 타락 아니고 뭣이겠어요."

경애의 우아한 모습과는 어울리지 않는 격한 어조였다. 나는 유태림을 옹호한다느니보다 우리들 전체에 대한 모욕 같은 것을 느꼈다.

"교육에도 방법이 있어야 하지 않습니까. 교육하기 위한 방법과 술책을 혼동할 순 없지 않습니까?"

"교육의 방법은 순수해야 되리라고 전 믿습니다. 유태림 씨가 쓴 방법은 불순하단 말예요. 그러니까 술책이라고 하는 겁니다."

나는 어이가 없었다. 그러나 보고만 있을 순 없는 노릇이었다.

"보통의 방법으로선 통할 수 없는 상대라는 것을 염두에 두셔야 해요. 순수하게만 대하기엔 상대방이 너무나 불순해 있었다는 것도 염두에 두어야 하구요. 유선생이 만일 보통의 방법으로 순수하게만 행동했더라면 교실에 들어서자마자 물벼락을 맞고 망신을 당했을 것 아네요? 그래 가지고 무슨 대화가 성립되겠습니까, 암말도 하지 못하고 실컷 모

서경애 357

욕만 받고 돌아왔지 뭡니까. 그리고 그 결과는 뻔하지 않아요? 다시 유 선생 배척의 스트라이크가 일어날 게고……."

"그러니까 애당초 그런 화근을 만들지 말아야 할 게 아녜요? 대세를 보아가며, 모험을 하지 말고 한 걸음 한 걸음 확실하게 학생들에게 접근할 기회를 만들어야 할 게 아녜요? 제가 듣기엔 유선생이 직원회의에서 쿠데타와 같은 방식으로 그 학급을 빼앗았다고 합니다. 그렇게까지 할 이유가 없지 않아요? 제가 술책이라는 것은 그 직원회의 때부터의 행동을 말하는 거예요. 그때 벌써 교실에서 부릴 술책의 각본이 뇌리에 짜여 있었다고 봐야 하지 않겠습니까?"

"유선생은 학교를 그만둘 작정을 하고 있었습니다. 그러나 학교에 취임한 지 몇 달도 못 돼서 학생들에게 적이란 인상을 주고 자기 역시 학생에게 적의를 품고 떠나기는 싫었던 것입니다. 학생이라고 해도 고급생들이니 우리들과 연령 차이가 얼마나 되겠소? 젊은 사람들끼리 의사나 통해보고 떠나더라도 떠나고 주저앉으려면 앉고 하자는 속셈이었지요. 그 용기만 하더라도 훌륭하지 않습니까. 그리고 술책이라고 단순히 말하지만 그런 술책도 학생들과 마음을 통해보려는 성의에서 나온 것이 아니겠습니까. 그런 점으로 볼 때 경애 씨의 유태림 군에 대한 비판은 좀 가혹한 것 같은데요."

"성의라고 말씀하셨는데 유태림 씨는 그래 가지고 학생들을 어디로 끌고 갈 작정인가요?"

경애의 어조는 부드러워졌다. 나는 선뜻 대답을 할 수가 없었다. 대변을 할 정도로 유태림의 속셈에 익숙하지 못하고 있다는 사실을 깨달았다. 경애는 다시 부드러운 어조로 말을 이었다.

"제가 유태림 씨를 타락했다고 한 말은 지나쳤는지는 몰라도 저의 진의는 이렇습니다. 유태림 씨가 쓴 방법이 아무리 훌륭한 것이었다고 해도 유태림 씨는 그런 방법을 쓸 줄 모르는 사람이었으면 좋겠다는 저의 마음이 배신당한 것 같아서 한 말예요, 또 이런 뜻도 있어요. 좌익이 학생들을 끌고 가려는 방향을 옳지 못하다고 판단할 수 있다면 우익이 학생을 끌고 가려는 방향도 결정적으로 옳다고는 말할 수 없지 않겠습니까. 유태림 씨는 좌익도 아니고 우익도 아니라고 하지만 좌익의 방향을 반대했으니까 우익의 방향으로 돌려놓은 것이라고 말할 수 있잖겠어요? 그런데 그 방향이 옳다고 어떻게 해서 이 마당에 증명할 수 있느냐 하는 말입니다. 성의가 있다면 확신이 있어야 할 게 아녜요? 확신이란 어떤 방향이 옳다는 데 대한 확신이 아니겠어요. 좌익도 아니고 우익도 아니라면 유태림 씨 독특한 제3의 방향이 있다는 얘긴데 그 제3의 방향이 오늘날 어느 정도의 객관성과 설득력과 실현성을 가진단 말입니까. 그런 애매한 신념은 신념이 아니고 그러니 성의도 아니라는 말입니다. 엄격하게 보면 유태림 씨는 신념도 없이 성의도 없이 그저 잔재주 솜씨만을 이용한 술책으로써 학생들을 현혹했을 뿐이란 얘깁니다."

"경애 씨의 말을 들으면 일세를 주도할 사상이나 주의가 없으면 학생들을 대할 수가 없다는 결론으로 되는데 그건 너무한 얘긴 것 같습니다. 잘은 모릅니다만 유군은 학생들과의 대화의 길을 트자는 일념이 있었을 뿐이라고 생각합니다. 대화의 길만 터놓으면 교사는 교사의 할 노릇을 할 수 있지 않겠습니까. 지식의 조각을 가르치든지 영어의 단어를 가르치든지……."

"제가 말하는 건, 그 대화의 길을 트는 데 유태림 씨가 너무한 무리를 했다는 거예요. 두고 보세요. 그 무리가 앞으로의 유씨의 교사생활에 적지않은 난관을 마련할 것입니다. 마음에도 없는 짓을 해야 하고 터무니없는 제스처도 써야 하고…… 선생님은 학생들이 굴복했다고 보십니까. 어림도 없는 얘깁니다. 학생들의 센티멘털리즘이 일시적으로 유태림 씨의 술책에 영합한 것에 불과하다고 저는 봅니다. 학생들은 그들의 센티멘털한 감정에 굴욕을 느끼고 되레 매섭게 태림 씨와 대립할지도 알 수 없는 일 아녜요? 학생의 굴욕은 일시적이고 유태림 씨의 굴복은 항구적인 것이 될는지 모르죠. 그 결과가 어떻게 되는지 걱정스럽다는 얘깁니다."

이 말에만은 나도 동감을 느꼈다. 사랑하는 사람이 아니면 미처 거기까지 생각할 수 없는 것이라고도 생각했다. 경애는 다시 말을 이었다.

"유태림 씨는 주위 사람들이 자기를 어떻게 생각하느냐에 대해서 지나치게 관심을 가지고 있는 것 같애요. 누구에겐들 그런 관심이 없겠습니까만 유태림 씨의 경우는 좀 심하지 않을까 해요. 누구에게나 굿 보이가 되어야 한다는 건 힘겨운 일이되 쑥스러운 노릇인데도 유태림 씨는 자기에게 악의나 반감을 가진 사람이 있다고 생각하면 견디지 못하는 성미가 아닌가 해요. 그 성미가 어제의 일 같은 행위로 나타난 것이 아닐까요?"

나는 이 말을 듣고 새로 보는 사람처럼 경애를 봤다. 얼마나 날카로운 관찰력이냐 싶었다. 이 경애의 말은 수일 전 유태림이 취중에 내게 한 고백과 일치했기 때문이다.

나는 그 고백을 뇌리에 되살리면서,

"유군 자신도 그런 점을 반성하고 있습니다."

했더니,

"그래요?"

하고 돌아보는 경애의 눈엔 슬픔에 가까운 고요가 깃들어 있었다.

그러고도 여러 가지의 이야기가 오갔는데 어느덧 우리의 주변에서 햇빛이 사라지고 우리는 송림의 그림자에 안겨 있었다.

우리는 다시 언덕을 기어 S대에 올라 석양 속에 더욱 의젓한 지리산을 한참 동안 바라보다가 발길을 돌렸다.

돌아오는 도중 나는 유태림의 부친이 경애 씨를 만났으면 하더라는 뜻을 전했다.

"유태림 씨의 아버지가 저를?"

경애는 별반 놀라는 기색도 없이 반문했다.

"그렇습니다."

"그분이 저를 어떻게 아시기에."

사뭇 의아한 표정이기에 나는 대충 설명하지 않을 수 없었다. 경애와 유태림이 만났던 날 밤에 일어난 사건을 그 내용은 빼고 분위기만 전달되도록 애썼다. 그러고 나서,

"그 이튿날 유군이 학교엘 나오지 않아서 그 집으로 찾았더니 유군은 없고 그의 아버지만 계십디다. 그 자리에서 이런저런 말들이 오가는 가운데 경애 씨의 얘기가 나왔던 거지요."

하고 덧붙였다.

그때야 경애의 표정엔 당혹하는 듯한 빛깔이 돌았다. 나의 경솔을 힐난하는 것 같은 느낌이 없지도 않았다. 그러나 말만은 조용했다.

"만나 뵙는 거야 어렵지 않지만 엉뚱한 오해라도 하고 계시는 게 아녜요?"

"그러니까 그 오해를 풀기 위해서라도……."

나의 등에서 식은땀이 솟을 지경이었다. 경애는 뭔가를 골똘히 생각하고 그리고 한참 망설이는 눈치더니 중대한 결심이나 한 것처럼 입을

열었다.
"선생님께서도 무슨 오해나 하시지 않을까 해서 말씀하겠습니다. 말하지 않아도 괜찮을 그런 성질의 것이지만 선생님만은 알아두실 필요가 있지나 않을까 합니다. 선생님께선 공연한 짐이 되시겠지만 우리들의 증인이 되어주셔야 할 때가 있을는지도 모를 일 아니겠습니까. 제가 하는 말을 꼭 그러실 필요가 있거든 유태림 씨에게 그대로 전해도 좋습니다……. 제가 유태림 씰 만나러 온 것은 그의 사랑을 구하러 온 것은 아닙니다. 한번은 만나봐야겠다는 단순한 이유 외엔 아무것도 없어요. 최영자 씨에게서 들으셔서 알고 계시겠지만 제가 한때 그분을 사랑한 건 사실입니다. 그러나 그것은 어디까지나 상상 속의 사랑, 관념상의 사랑이었지 구체적인 사랑은 아니었습니다. 소녀의 공상 속에서 꾸민 사랑이지 현실의 사랑은 아니었습니다. 사실 저는 유태림 씨에게 사랑을 고백한 적도 없고 그런 시늉을 해본 적도 없습니다. 그리고 이런 관념적이고 공상적인 사랑의 감정도 옛날의 것이 되어버리고 말았습니다. 그런데 뭣 하러 이곳에 왔느냐고 물으시겠지요. 그 이유는 간단해요. 새로운 생활을 시작하기 전에 꿈의 흔적을 한번은 더듬어보고 싶었던 겁니다. 게다가 대구를 한동안 피해 있어야 할 사정이 곁든 것이지요……."

여기까지 말하고 잠잠해버린 서경애의 옆얼굴의 섬세한 선을 훔쳐보면서 나는 쑥스러움을 무릅쓰고 물었다.
"관념 속의 사랑이라고 하더라도 그처럼 열렬한 감정을 그렇게 쉽게 지워버릴 수 있을까요?"
"아무리 열렬한 감정이라도 꿈속의 감정은 꿈에서 깨어버리면 그만이 아녜요?"

이렇게 말하는 경애의 입 언저리에는 쓸쓸해 뵈는 웃음이 남았다.

"유군은 고민하고 있는 모양입니다."

"고민?"

하고 경애는 소리를 내어 웃었다.

"어떤 고민을요?"

이렇게 나오는 데는 할 말이 없었다. 친구를 위해 친절하게 설명한다는 것이 친구를 욕되게 하는 결과가 될지도 모를 일이기 때문이었다.

"맘속으론 경애 씨를 사모하고 있는 것 같던데요."

"동정 비슷한 그런 감정이 전 딱 질색입니다."

강한 어조였다. 그래 나는 얼른,

"진정한 사랑이라면 어떻게 합니까."

하고 말해보았다.

"마찬가지예요. 모두가 지난 일입니다."

"억지로 그렇게 다짐하는 것은 아닙니까?"

"외람한 말씀이지만 전 저의 감정을 컨트롤할 수 있습니다. 수년 동안을 어두운 감방 속에서 저 스스로의 마음과 감정을 지켜보고 그것을 통제하는 데 익숙해왔으니까요."

이 말을 할 때 경애는 웃음마저 띠어 보였다.

나는 다시 실례를 무릅쓰고 물었다.

"만일 유군이 이혼을 하고 경애 씨에게 구혼한다면 어떻게 하겠습니까."

경애는 밝은 표정에 어이가 없다는 빛을 돋우며,

"그분의 이혼과 나와 무슨 관계가 있겠어요."

했다.

"그러니까 옛날의 사랑을 말쑥하게 지워버렸단 말씀이지요?"

"지우고 안 지우고가 아니라니까요. 상상 속의 사람이 실재의 사람을 닮을 필요가 없지 않아요? 전 상상 속에서 유태림 씨란 인물의 이미지를 키워왔을 뿐예요. 그땐 실재의 유태림 씨와 겹쳐진 것으로 착각하고 있었을 뿐이지요. 제가 상상 속에 키워온 그 사람과 실재의 그 사람과 겹쳐진 것이 아니라는 사실을 안 다음에야 제게 의미가 있는 것은 상상 속의 인물이지 실재의 인물은 아니란 말씀입니다. 말하자면 전연 딴사람이에요."

"추억으로만 남겨두겠다는 말씀이군요."

"추억에 남는다고 해도 제가 상상한 그 사람일 뿐이지 실재의 그 사람은 아니겠죠."

"납득이 가질 않는데요. 그처럼 분리해서 생각할 수가 있을까요?"

"제가 분리해서 생각하는 것이 아니라 사실이 분리해서 생각하게끔 되어 있는 것을 어떻게 하죠?"

나로선 상상할 수 없는 여심女心이었다. 그래서 추근추근하다는 비난을 받을 각오를 하고 다시 물었다.

"그렇다고 치고 새로 등장한 인간으로서 유군이 구혼을 한다면 어떻게 하겠어요?"

"새로 등장한 인물일 수가 없잖아요?"

"똑바로 말해서 환멸했다는 얘깁니까?"

경애는 답하길 주저했다. 그러나 나는,

"어떤 때 증인이 되어야 할지도 모른다고 말씀하셨기에 실례를 무릅쓰고 묻는 것입니다."

하고 추궁했다.

"똑바로 말씀하겠습니다. 유태림 씨가 제게 구혼하는 일은 없을 것입니다. 그런데 여자의 입장에서 하지도 않을 구혼을 전제로 하고 이러쿵저러쿵 말한다는 건 이상한 일 아녜요. 그러나 선생님께 증인이 되어 달라는 청을 했으니까 경박함을 무릅쓰고라도 그런 가정에 대한 답을 하지요. 만일 유태림 씨가 제게 구혼을 한다면 전 거절하겠습니다. 그 이유를 물으시면 이렇게 대답하죠, 사상과 행동의 방향이 다른 까닭이라고……."

이 말이 내게 주는 충격은 의외로 컸다. 유태림을 위해서가 아니라 나도 모르게 내 가슴 한구석에 콩알만하게 돋아난 불꽃이 이 말이 내뿜는 입김에 간단하게 꺼져버린 때문이란 걸 뒤에야 알았다.

"남자와 여자와의 사랑에 있어서 사상이란 것이 그처럼 큰 비중을 갖는 것일까요."

아마 나의 이 말은 신음하는 것 같은 중얼거림이었을 것이다.

"이미 이루어진 사랑도 사상 때문에 파탄하는데 하물며 지금부터 이루어지려는 사랑이 사상의 괴리 위에 결합될 수 있겠어요?"

나는 또박또박 명료하게 발음된 경애의 말에서 좌익계 여성의 전형을 보는 느낌이었다.

'좌익사상이란 것이 그처럼 무서운 것일까!'

우아하고 총명한 얼굴, 매력이 넘치는 몸짓을 가진 이 여인이 어쩌면 이렇게 경화된 심정을 가질 수 있을까 하고 생각하니 한편 안타깝고 그 벽을 뚫지 못하는 내 스스로의 무력에 초조감을 느꼈다. 그래,

"모든 가치에 우선하는 것이 사랑이 아닐까요?"

내 스스로 졸렬하고 초보적인 질문이라고 생각하며 나는 이렇게 물어보지 않을 수 없었다.

"그건 평화 시절의 얘기겠죠."

"그럼 지금은 전시란 말씀입니까."

"전시가 아니고 뭐지요?"

"전시라고 치고 전시엔 사랑도"

"전력을 위해서 어머니에게서 외동아들을 징발하고 아내에게서 남편을 떼어오는 것이 전쟁이 아녜요?"

"사랑까지를 거부하고 뭣을 하자는 겁니까, 그럼."

"사상이 다른 사람에의 사랑을 인정하지 않는 것과 사랑을 거부하는 것과는 다르잖아요?"

아무래도 말로썬 경애의 경화된 마음의 벽을 뚫기란 무망한 노릇이었다. 그러나 나는 두서없는 말이라도 지껄이지 않을 수 없었다.

이성이 논리적으로만 정돈된 세계에 집착하면 그런 태도 자체가 불모인 광기의 포로가 된다는, 태림에게서 들은 파스칼의 말을 인용해봤다.

사회과학적 이론, 예컨대 사회주의란 것이, 즉 그 사상이 이루어놓은 업적이란 기껏 사람을 액자적 세계에 얽어매는 노릇밖에 안 된다는, 역시 태림에게서 들은 말을 인용하기도 했다. 그러나 경애에게서 돌아온 말은,

"반인간적인 조건을 제거하기 위해서는 광기의 포로가 되어야 하고 너무나 불합리한 사회를 고치기 위해서는 당분간 액자적인 세계도 견뎌야 한다고 생각합니다."

하는 식으로 단호하고도 결정적인 것이었다. 나는 하나의 유연하고 고귀한 영혼을 이처럼 경화시켜버린 좌익이론에 대해서 새삼스럽게 공포를 느끼기조차 했다.

"우리 토론은 이 정도로 합시다."

하는 서경애의 상냥한 소리에 처신을 도로 찾았다.

거리에 내려섰을 땐 엷게 깔린 어둠 위로 전등불이 꽃피기 시작했다. 다방으로 안내해서 따뜻한 차라도 나눴으면 했지만 서경애는 사람이 모이는 자리는 피해야겠다면서 곧바로 최영자의 집으로 향했다. 그러나 나는 내일 유태림의 부친과 경애를 만나게 하는 일을 잊지 않았다. 시간 오후 2시, 장소는 생각한 나머지 내 집으로 했다.

서경애를 보내고 황혼의 거리를 혼자 걸으면서 나는 문득 어떤 상념에 사로잡혔다.

'서경애의 경화는 좌익이론에 원인이 있는 것이 아니라 태림에게 있는 것이 아닐까?'

태림의 부친과 서경애의 대화는 15분이 넘지 않았으리라고 생각한다. 두 사람을 소개해놓고 나는 뜰로 나와버렸었는데 얼마 안 가 태림의 부친이 마루를 나오고 있었던 것이다. 그러나 짧은 동안의 대면이긴 했어도 피차간 불쾌한 것이 아니었다는 것을 그들의 표정으로써 짐작할 수 있었다.

한길에까지 배웅을 나간 나에게,

"노자라도 보태 쓰도록."

하면서 서경애에게 전하라는 엷은 봉투를 꺼내주는 태림 부친의 얼굴은 근엄하면서도 구김살이 없이 맑았다.

"실례가 안 되도록 자네가 조심해서 전해주게."

하는 당부까지도 잊지 않은 그 어른의 뒷모습이 모퉁이로 사라지는 것을 보고 나는 걸음을 돌렸다.

방으로 돌아와 보니 경애는 찻잔을 설겆고 재떨이를 비우고 때마침

들어온 식모아이를 시켜 방석을 고쳐 까는 등 여자다운 신경으로 이제 막 손님이 떠나간 뒤의 방을 정돈하고 있었다.

그것을 보자 나는 서경애에게서 새로운 면을 발견한 것 같은 느낌을 가졌다.

'여자는 역시 여자다.'

자질구레한 살림살이 같은 덴 눈도 거들떠보지 않을 것이라고 생각한 여자가 그런 일에도 섬세한 신경을 쓰고 있다는 걸 발견하는 것은 신선한 감동이 아닐 수 없는 것이다. 나는 서경애가 바로 그 자리에서 나의 아내로서 눌러앉아 주었으면 하는 황홀한 환각에 순간 사로잡혔다. 나는 그 환각으로 해서 얼굴이 화끈 달아오름을 알았다. 경애도 무슨 장난을 하다가 들킨 소녀처럼 얼굴을 붉혔다.

자리에 앉으며 나는 아까 태림의 부친이 주고 간 수표가 들어 있는 성싶은 봉투를 꺼내 서경애의 앞에 놓았다.

"그게 뭔데요."

의아한 빛으로 경애의 커다랗게 뜬 눈이 나를 바라보았다.

"노자에 보태 쓰라면서 유선생의 아버지가 두고 가신 겁니다."

경애는 어이가 없다는 듯 얼굴에 웃음을 깔았다.

"도루 갖다 드리세요. 전 노자에 궁하지 않으니깐요."

"어른이 주시는 거니까 순순히 받아두시는 게 어떻습니까. 그러지 않아도 실례나 되지 않을까 해서 무척 마음을 쓰시는 모양입니다."

경애는 그 봉투를 내 앞으로 밀어놓으며 결연한 어조로 말했다.

"어른이 주시는 것을 거절한다는 건 죄송합니다만 이와 같은 사정으로선 안 될 것입니다."

"이와 같은 사정이라뇨?"

"그분은 아까 저에게 유태림 씨에 관한 모든 것을 용서해달라고 말씀하셨습니다. 전연 영문을 알 수 없는 말씀이었어요. 그러나 저는 캐묻지도 않고 그저 당치도 않은 말씀이라고 말했습니다. 하여간 뭔가를 오해하시고 계시는 모양인데 제가 그런 것을 받으면 제게 유태림 씨를 용서해야만 하는 사정이 있는 것같이 되잖아요. 사실은 아무 일도 없는데 말예요."

"그렇게 어렵게 생각하실 것은 없지 않겠습니까."

"어렵게 생각하는 것은 아닙니다."

하고 경애는 상냥하게 웃어 보이면서,

"하여간 그런 걸 받을 수는 없습니다. 도루 갖다 드리세요."

하는 것이었다.

나는 그 봉투를 집어 호주머니에 넣으면서 물었다.

"대강 어떤 말씀을 하셨는지요?"

"별말이란 없었어요. 이제 말씀드리지 않았어요? 태림 씨에 관한 모든 것을 용서해달라는 밑도끝도없는 말씀 외엔 더 한마디도 하시지 않고 그냥 앉아 계시다가 돌아가셨습니다."

그 한마디를 하기 위해서 태림의 부친은 서경애를 만나게 해달라고 부탁한 것일까. 나는 새삼스럽게 좋은 아버지라고 생각했다. 서경애도 꼭 같은 감정이었던 모양이다.

"태림 씨는 좋은 아버지를 가졌었더구먼요. 참으로 좋은 분이란 생각이 들었어요. 말씀이라곤 그 말밖엔 없었지만 훈훈하게 느껴 오는 것이 있는 어른이었어요."

조용조용 이렇게 말하는 경애의 말을 듣고 있으니 그런 시아버지를 모셨으면 얼마나 좋을까 하는 소원을 말하고 있는 것처럼 내겐 느껴졌다.

서경애

"좋은 분이지요. 좋은 분이구말구요."

나도 덩달아 중얼거렸다.

경애는 일어설 듯하다가 말고 앉은 채로 내 서가를 둘러보기 시작했다. 서가래야 대단한 책이 꽂혀 있는 것이 아니었다.

"죄다 데데한 책들뿐입니다."

이에 대꾸를 않고 경애는,

"책 한 권쯤 빌려주시겠어요? 기차에서 읽게."

했다.

"좋습니다. 제게 있는 책이라면 뭐든. 그런데 기차에서 읽으시다니, C시를 떠나실 작정이십니까."

"떠나야죠. 언제나 이곳에 있을 수는 없지 않아요?"

그러나 경애는 책을 가지려는 기색도 없이 중얼거렸다.

"조용하게 공부나 실컷 했으면……."

"어렵잖지 않습니까. 지금부터서라도."

"글쎄요."

하고 경애는 쓸쓸하게 웃었다. 그 쓸쓸한 웃음엔 조용하게 공부한다는 것이 가망 없는 노릇이란 뜻이 풍겨 있는 것 같았다. 나는 경애로 하여금 조용하게 공부하지 못하게끔 하는 것이 뭣일까 하고 생각했다.

'정치운동? 조직? 그렇다면 이 여인은 어느 정도로 정치운동에 깊이 빠져들어가 있는 것일까.'

그저 덤덤하게 앉아 있는 것이 무료했던지,

"그런데 참."

하고 경애가 물었다.

"선생님은 왜 결혼하지 않으시지요?"

"어디 적당한 상대가 있어야죠."

엉겁결에 나는 그렇게 대답했다.

"영자 씨가 있잖아요?"

나는 약간 당황했으나 정직하게 대답하지 않을 수 없었다.

"약혼은 했지요. 그러나 약혼을 했다고 해서, 파약하지 못할 정도로 심각한 데까지 간 것은 아니고, 그리고……."

이렇게 얼버무리고 있는 나에게 경애는 그 이상 캐묻지 않았다. 짐작으로 보아 영자에게서도 나와 비슷한 의견을 들은 모양이었다.

"행복한 결합이란 참으로 어려운 건가 보죠?"

경애는 탄식 섞인 말을 했다. 그 말은 나와 영자에게 대해서라기보다 자기와 태림과의 사이를 두고 한 것이리라 싶었다.

너무나 많은 폐를 끼쳤다면서 경애는 자리에서 일어섰다. 그러곤 기차를 타지 않고 대구로 갈 수는 없느냐고 물었다.

"합천으로 돌아서 가는 버스가 있지요."

"합천?"

"해인사가 있는 합천 말입니다."

"해인사!"

하고 경애는 자기의 가슴속에 새겨두기나 하려는 듯이 외었다.

"해인사. 여학교 시절에 가본 적이 있어요. 이번엔 그리로 돌아갈까?"

이렇게 중얼거리면서 경애는 서가에서 문고본 하나를 빼들었다. 체호프의 희곡, 「백부 바냐」의 일역日譯이었다.

"대구에 돌아가서 곧 보내드리겠습니다."

"곧 대구로 떠나시렵니까."

"곧 떠나야죠."

"좀더 계시다가 가시지 그렇게 서두실 건 없지 않습니까."

"가야죠. 더 있으면 있을수록 공연한 오해만 살 것 같애요."

"대구로 가도 괜찮을까요."

한동안 대구를 떠나 있어야 한다는 얘기를 상기했기 때문에 나는 이렇게 물어보지 않을 수 없었다.

"해인사 구경이나 하다가 가죠 뭐."

경애는 나의 어머니를 찾아 공손하게 인사를 하고 대문을 나섰다. 따라 나서려는 나를 한사코 만류하며 혼자 가겠노라고 했다.

"혼자 C시를 걸어다녀보고 싶어요. B산에도 혼자 올라보고 싶구요."

여자가 거절하는 동행을 남자가 굳이 서둘 수는 없었다. 나는 아까 태림의 부친을 배웅한 데까지 나가서 경애와 작별했다.

해인사로 간다고 해도 오늘 버스는 없을 것이니 나중에 유태림과 같이 찾아갈 작정이라고 했더니 경애는 오지 말라고도 오라고도 하지 않는 애매한 웃음을 띠어 보이면서 발길을 돌렸다.

경애의 뒷모습에는 고독이 안개처럼 서려 있었다. 저 고독한 여인이 갈 길이 어딜까 하고 생각하니 남의 일 같지 않게 나의 마음은 무거웠다.

그 이튿날 새벽 경애는 버스를 타고 해인사로 향했다. 그 소식을 영자는 오후가 되어서야 전화로 내게 알렸다. 영자는 경애가 떠나면서 유태림과 나에게 각각 편지를 남겨놓았다고 덧붙였다.

내가 이 소식을 전하자 태림은 얼빠진 사람처럼 한동안 멍하니 나의 얼굴을 바라만 보고 있었다.

경애의 내게 대한 편지는 간단한 인사 편지였다. 자기로 인해 시간을 낭비케 한 것을 미안하게 생각한다는 것이고 C루를 비롯해 S대까지의 산책을 잊지 않겠노라는 글귀도 있었다. 그런데 반가운 것은 나와 같은 사람을 알게 된 것을 다행으로 생각한다는 사연이었다.

태림은 자기 앞으로 온 경애의 편지를 심각한 표정을 하고 읽고 있더니,

"이거 한번 읽어보라."

면서 내게 그것을 밀쳐놓고 밖으로 휑 나가버렸다. 남의 신서信書를 읽는다는 건 내키지 않는 마음이었지만 이미 두 사람 사이에 개입해버린 나로서는 후일의 일을 위해서도 읽어둬야겠다는 구실을 찾지 않을 수 없었다.

편지의 사연은 다음과 같았다.

새삼스러운 이런 편지를 올려야 하는 처지를 만들었다는 것이 벌써 저의 경솔한 탓이라고 생각하고 먼저 사과를 올립니다. 제가 이곳으로 오지만 않았더라도 이와 같은 쑥스러운 편지를 쓸 필요가 없었으리라고 생각하기 때문입니다.

오늘 저는 태림 씨의 아버지를 만나 뵈었습니다. 따뜻한 인정을 가지신 참으로 훌륭한 어른으로 봤습니다. 그 어른의 하신 말씀이 태림 씨에 관한 모든 것을 용서하라는 것이었습니다. 무슨 오해를 하셨기에 그러한 말씀을 하시는 건지 저는 도무지 갈피를 잡을 수가 없었습니다. 만일 그 어른에게서 풍겨오는 훈훈한 인정을 느끼지만 않았더라도 제가 C시로 온 것이 무슨 목적을 가지고 온 것이라는 오해를 하고 지레 겁을 먹고 예방이라도 할 양으로 하는 말씀이 아닌가고 생각했을 것입니다.

거듭 말씀드리겠습니다. 제가 C시로 온 것은 대구에서 시월 사건에 관련하고 잠시 피신할 곳을 찾다가 우연히 이곳이 염두에 떠올랐

기 때문이지 결코 타의는 없습니다. 지난 여름 제가 최영자 씨에게 한 이야기는 저의 지난날의 사정을 여자들끼리 얘기한 것에 지나지 않으며, 그때의 그 감정이 지금까지 살아 있다는 뜻은 아니었습니다.

대강 알고 계시는 것 같아서 이선생에게도 말씀드렸습니다만 어디까지나 옛날의 이야기지 오늘의 얘기가 아니며 옛날의 이야기긴 해도 관념적 공상적인 얘기지 실제의 얘기는 아니었습니다. 혼자의 가슴속에서 지워버려야 했던 것을 입 밖에 내었다는 것이 경솔한 노릇이었습니다.

오해가 계실까 봐 분명히 말씀해놓겠습니다. 저는 태림 씨를 사랑하고 있지도 않으며 앞으로도 그럴 것입니다. 그러니 어떠한 일이 있어도 마음에 부담 같은 것을 갖지 않으시길 바랍니다. 저 때문에 가정에 파탄이 오지 않도록 각별한 마음먹이가 계셔야 하겠습니다.

그러나 저의 앞일에 대해서 궁금하실까 봐 마음먹은 바를 대강 적어보겠습니다. 저는 이왕에 내친걸음이니 조국의 민주적 독립을 위해서 저의 분에 알맞은 노력을 할 작정입니다. 가정으로 들어가나, 공부를 하나, 정치운동을 하나 하고 세 갈래 길을 두고 망설였습니다만 지금의 저는 정치운동이라기보다 건국운동, 혁명운동에 목숨을 바칠 각오를 단단히 했습니다. 그 길이 태림 씨의 가는 길과 어긋나지 않기를 바라는 마음 간절합니다만 혹시 어긋나는 일이 있더라도 깊은 이해 있으시길 바랍니다. 험준한 길이란 것도 이미 알고 있습니다. 허지만 이미 험준한 길을 걸어왔으니 그만한 곤란쯤엔 굴하지 않을 용기도 있습니다. 하물며 이 길이 아무리 험준하다고 해도 다수 인민과 더불어 걷는 길이니 그 사실만으로도 충분히 보람이 있을 줄 믿습니다. 누가 말하길 인생엔 그 길 밖에도 행복에 통하고 환희에 통하는 길이 있다고 했습니다만 좁은 소견 탓인지 이 길을 두곤 갈 길이 전연 없는 것처럼 생각이 드니 어떻게 합니까. 정의니 진리니 하는 그런 고상한 이상주의의 병에 걸린 것은 아닙니다. 나와 더불어 우리 민족이 살아갈 수 있는 활로를 찾자는 절실한 얘길 뿐입니다.

앞으로 언제 만나 뵈옵게 될지 모르는 이 마당에서 태림 씨에게 다음과 같은 의견을 말하고 싶은 저의 외람함을 용서해주십시오. 듣건대 태림 씨는 그 탁월한 수완으로 반대파 학생들을 굴복시켰다고 했습니다. 그러나 제가 믿기론 그것이 문제의 시작이지 문제의 해결이 아닐 것입니다. 문제의 해결은 태림 씨가 그 학생들을 어느 방향으로 끌고 갈 것인가 하는 그 방향과 성의에 있다고 생각합니다. 또 화를 내실지 모르나 조국의 적, 민족의 적이 나가는 방향이 아니었으면 합니다. 언제나 대중의 편에 서시도록 노력하시면 얼마나 좋겠습니까.

저는 태림 씨의 오늘의 입장, 오늘의 행동을 이해하고 있습니다. 불순한 동기, 비양심적인 목적이 있다고는 결코 생각하지 않습니다. 순결하고 인간적인 것을 잘 이해하고 있습니다. 그러나 반동이 무식과 비양심으로써만 비롯하는 것이 아니란 사실을 누구보다도 잘 알고 계시겠지요. 혁명의 상황이 반인간적인 처사, 반도덕적인 방법까지를 함께 섞어 흐르는 탁류를 닮았다는 것도 잘 알고 계실 줄 믿습니다. 반동에 양심이 빛나 뵈는 경우도 있고 혁명에 사악이 노출되는 경우도 있지만 보다 나은 내일을 위해서 보다 많은 사람의 이익을 위해서 반동을 배격하고 혁명을 택해야 하는 사례가 곧 역사라는 것이 아니겠습니까. 역사 속의 인간의 행동이 아니겠습니까.

건방진 말씀입니다만 C학교에 있어서의 태림 씨의 활약상을 들을 때, 나무만 보고 숲을 보지 않는 것이 아닌가 하는 안타까움을 금할 수가 없었습니다. 숲만 보고 나무를 보지 않는 태도도 옳지 못하겠지만 나무만을 보고 숲을 볼 줄 모른다는 것도 어리석고 위험한 일이라고 생각합니다.

저는 태림 씨의 인격을 믿고 양심을 믿고 그 인격과 양심이 언젠가는 대중을 위한 커다란 힘이 되리라고 믿습니다. 두서없는 글을 썼습니다. 이런 편지를 쓰지 않고 살 수 있으면 얼마나 행복하겠습니까. 태양과 달에 이 지구의 운명을 맡기고 꽃처럼 피고 새처럼 울고 바람처럼 불며 살아갈 수만 있다면 얼마나 기쁘겠습니까. 아담한 집, 아름다운 뜰, 그 기막힌 음악, 그 그윽한 그림들, 사람을 행복하게 하는 일체의 조건들을 외면하고 형극의 길을 걸어야 한다면, 그것이 설혹 당분간의 일이라고 하더라도 얼마나 뼈아픈 일이겠습니까. 하물며 영원히 외면해야 한다면…….

그러나 태림 씨, 모든 센티멘털리즘은 깨끗이 청산해야 할 시간이 온 것 같습니다. 목적에의 의식과 의지만 남겨놓고 잡스러운 감정일랑 모조리 불태워버릴 작정입니다.

하지만 태림 씨는 행복하게 살아야 합니다. 자중하고 자애하소서…….

―서경애 씀

나는 이 편지를 읽고 고독이 안개처럼 서려 뵈던 경애의 뒷모습을 생각했다. 편지를 읽다 말고 휑하게 밖으로 나가버린 태림의 의중도 상상할 만했다.

서경애는 분명 인생의 갈림길에서 망설이다가 태림을 찾은 것이었다.

사상이고 뭐고는 갈피를 잡지 못한 경애의 공허한 가슴을 메우기 위한 거품과 같은 것이리라 싶었다. 태림이 만일 서경애의 그 가냘픈 허리를 힘껏 안고 사랑을 약속하기만 했더라면 어떻게 되었을 것인가.

조국의 민주적 건설이니 대중이니 하는 문자를 경애가 아무리 정성 들여 썼더라도 내겐 허망하게만 보였다.

경애는 허망을 향해 스스로의 청춘을 장송하려고 떠난 것이다. 나는 나 자신 경애의 뒤를 쫓아 해인사로 달려갔으면 하는 충동을 느꼈다.

시무룩한 표정으로 태림이 돌아와 자기 자리에 앉았다. 나는 그 편지를 태림에게 밀어주며 나지막하게 말했다.

"해인사로 가보게."

"해인사는 뭣 하러."

태림의 눈은 고집이 강한 빛깔로 나를 쏘았다.

나는 잠자코 있을 수밖에 없었다. 그 이상 무슨 말을 하겠는가 하는 심정이었다.

그날 밤 나는 경애를 안고 눈물을 흘린 꿈을 꾸었다.

관부연락선 1

지은이 이병주
펴낸이 김언호

펴낸곳 (주)도서출판 한길사
등록 1976년 12월 24일 제74호
주소 10881 경기도 파주시 광인사길 37
홈페이지 www.hangilsa.co.kr
전자우편 hangilsa@hangilsa.co.kr
전화 031-955-2000~3 팩스 031-955-2005

부사장 박관순 총괄이사 김서영 관리이사 곽명호
영업이사 이경호 경영이사 김관영 편집주간 백은숙
편집 박희진 노유연 김지수 최현경 강성욱 이한민 김영길
관리 이주환 문주상 이희문 원선아 이진아 마케팅 정아린
디자인 창포 031-955-2097
인쇄 예림 제본 예림바인딩

제1판 제1쇄 2006년 4월 20일
제1판 제5쇄 2022년 2월 18일

값 14,500원
ISBN 978-89-356-5922-7 04810
ISBN 978-89-356-5921-0 (전30권)

• 잘못 만들어진 책은 구입하신 서점에서 바꿔드립니다.